Maurizio Temporin

ascheträume

Maurizio Temporin

ascheträume

roman

Aus dem Italienischen
von Gaby Wurster

Lesen was ich will!
www.lesen-was-ich-will.de

Die italienische Originalausgabe erschien unter dem Titel »Iris. Fiori di Cenere« bei Giunti Editore S.p.A., Mailand 2010.

Die Zitate aus »Peter Pan« sind der Übersetzung von Angelika Eisold-Viebig entnommen, Arena Verlag, Würzburg 1994.

FSC
MIX
Papier
FSC® C083411

ISBN 978-3-492-70244-7

Illustrationen: Mattia Ottolini
Satz: psb, Berlin
Druck und Bindung: CPI – Clausen & Bosse, Leck
Printed in Germany

Für Giuliano Giunchi, den ich manchmal im Rauch sehe.
Für den Bruder, den ich noch kennenlernen muss.
Für alle, die auf die Welt kommen, und alle,
die sie verlassen – in der Annahme,
dass es kein so großer Unterschied ist.

»Denk immer daran … Denk immer daran,
dass der Mond ein Loch im Himmel ist,
durch das wir das Licht sehen können,
das Licht des nächsten Tages.«
Kolor

Schwarzer Schnee

Er lief barfuß, und das Feuer rückte neben ihm vor.

Meine Mutter sah ihn als Erste. Das war vor siebzehn Jahren.

In jenem Moment lag sie auf dem Rücksitz des Wagens, die Hände auf den Bauch gepresst und den Mund zu einem Schrei verzogen. Der Grund für ihren Schmerz war ich. Ich war im Begriff, auf die Welt zu kommen.

Mein Vater drückte auf die Hupe, als könne er dadurch die Autos vor ihm verschwinden lassen. Er raste so schnell durch die Straßen wie noch nie. Mit seiner warmen Stimme versuchte er, meine Mutter zu beruhigen, sagte, dass sie gleich im Krankenhaus seien. Er sprach davon, wie schön der Moment sein würde, wenn er mich zum ersten Mal im Arm hielte. Meine Mutter hatte darauf nur eine Antwort – die einzigen Worte, die sie unter den Schmerzen der Wehen hervorbringen konnte: »Los, los, los!«

Und dann passierte es.

Dad bog gerade Richtung Park ab, als eine Explosion den Wagen an den Straßenrand schleuderte. Ein glühender Pilz aus Flammen und Rauch schoss in den Himmel. In Panik rannten die Leute aus der brennenden Fabrik. Kurz darauf war die Luft mit dichtem, stickigem Qualm erfüllt.

Mein Vater bremste jäh ab, um nicht in die Menschenmenge zu fahren. Hastig kurbelte er das offene Fenster hoch, dennoch drang ein bisschen von dem schwarzen Gift in den Wagen. Er hustete, und seine Augen brannten. Sie brannten, als hätte man ihm Säure ins Gesicht gespritzt. Deshalb sah er ihn nicht.

Meine Mutter hingegen, die sich auf die Ellbogen gestützt hatte, sah ihn sehr wohl.

Er erschien nur für die Zeit eines Atemzugs.

Er schritt durch die Feuerwand wie durch einen Vorhang. Er blickte sich um, während er sich die langen Haare aus dem Gesicht strich, und schrie. Er schrie in rasender Wut, mit der Gewalt eines wilden Tieres, das seit Jahren nichts mehr gefressen hatte.

Der Wagen fuhr weiter, bevor die Flammen ihn einholen konnten. Meine Mutter drehte den Kopf und sah durchs Rückfenster, wie er sich auflöste. Sie erzählte mir später, er sei verweht worden wie Asche, weggefegt von einem heißen Windstoß.

Ich habe diese Geschichte nie geglaubt. Ich dachte, es sei nur eine Halluzination gewesen, eine Wahnvorstellung, hervorgerufen von den Geburtswehen.

Doch das war nicht das einzig Seltsame, das in dieser irrwitzigen Stunde geschah. Es war Mitte August, und dennoch begann es zu schneien. Ein Schnee, wie es ihn noch nie gegeben hatte. Schwarzer Schnee.

Er bedeckte die Stadt mit einem dunklen Mantel, während ich in den Armen meiner Mutter die ersten Atemzüge tat. Sie erinnert sich noch daran, wie die Krankenschwestern und Ärzte am Fenster standen und dieses merkwürdige Ereignis bestaunten.

Die Presse behauptete später, dieser Schnee sei eine Folge des Rauchs aus der Chemiefabrik gewesen, die in Flammen aufgegangen war. Eine rationale Erklärung für etwas, das die Grenzen der Wirklichkeit überschritten hatte.

Heute weiß ich, was dieses schwarztintige Schneegestöber zu bedeuten hatte. Es war das düsterste Omen. Das Zeichen für die Ankunft eines Wesens aus dem Feuer.

Doch das war nur ein kleiner Vorgeschmack auf den Schmerz und das Grauen, das über die Welt, meine Welt, kommen sollte – siebzehn Jahre später, als er aus der Asche zurückkehrte, um mich zu verfolgen.

Thara

Es war in der Dämmerung.

An jenem Abend jagten sich hinter den Wohnblöcken große goldene Wolken im warmen Wind. Ich wusste, dass ich nicht hässlich war, aber in den Augen der anderen war ich eine sonderbare Person. Mit einem Jungen essen zu gehen erschien mir wie ein Traum. Ein abwegiger Traum zum Sonnenuntergang, bevor die Nacht kommt.

Ich war aufgeregt. Ich hatte das Gefühl, ich müsse jeden Moment erwachen. Ich zog die Sonnenbrille hoch, um auf dem Handy die Uhrzeit abzulesen.

Genau in diesem Moment sah ich Esteban, und ich ließ die Brille wieder auf meine Nase rutschen. Er kam mit diesem verhaltenen Lächeln um die Ecke wie ein Popstar. Vor dem Restaurant befand sich niemand außer mir.

Wem würde Esteban nicht gefallen? Ein bisschen verwegen, ein bisschen ungehorsam, aber schlau genug, um sich nie erwischen zu lassen. Er war neunzehn, zwei Jahre älter als ich. Ganz kurz fragte ich mich, ob er sich wirklich für mich interessierte, vertrieb diesen blöden Gedanken aber gleich wieder.

Ich hatte mir immer gewünscht, spontaner zu sein als ich es war – ich wollte locker sein und stellte mir deshalb vor, wie er mich später zu einer Spritztour auf seinem Motorrad mitnehmen würde und wer weiß, zu was noch.

Esteban war bestimmt ein interessanter Typ. Ich war mir dessen zwar überhaupt nicht sicher, denn wir hatten noch nie miteinander gesprochen, aber alle Mädchen redeten über ihn. Irgendjemand musste ihm meine Telefonnummer gegeben haben, denn vor zwei Tagen hatte ich eine SMS bekommen: »Samstag um acht? Esteban«. Ich hatte zugesagt, auch wenn wir noch nie ein Wort gewechselt hatten. Der Abend durfte auf keinen Fall eine Enttäuschung werden.

Während er die letzten Schritte auf mich zu machte, zog er eine Zigarettenschachtel hervor, klopfte auf die Unterseite und ließ sich eine Zigarette in den Mund springen. Er blieb stehen und sah mich an, während er sie anzündete. Ich lächelte schüchtern. Zum Glück konnte er wegen der Sonnenbrille, die ich immer trug, und wegen des Dämmerlichts nicht sehen, dass ich rot wurde. Ich hingegen bemerkte seine Verlegenheit, als ich ihm die ersten Worte dieses Abends sagte – die schlimmsten, die ich hätte wählen können: »Esteban … Ich glaube, du hast die Zigarette falsch herum angezündet.«

Er ließ sie wie zufällig fallen und lächelte breit.

»Thara! Gehen wir rein?«

Wir setzten uns an einen abgelegenen Tisch. Das Lokal war nichts Besonderes, es gab im Grunde nur Sandwiches – aber hausgemacht, wie Esteban betonte.

Na toll, dachte ich. Ein rauchender Gesundheitsapostel!

Doch andererseits hatte auch ich übertrieben, denn mit meinem langen, violetten Kleid, das ich irgendwann mal für einen besonderen Anlass gekauft hatte, war ich viel zu elegant angezogen.

Als ich die Speisekarte las, nahm Esteban meine Hand. »Was nimmst du?«, fragte er in einer Art, die er wohl für verführerisch hielt und fügte hinzu: »Und warum setzt du deine Sonnenbrille nicht ab?«

Bei dieser Frage zitterten mir die Knie und die Stimme. Zum Glück saß ich! Richtig: Warum nahm ich sie nicht ab? Ich musste mich nicht schämen.

»Ich hatte keine Zeit, mich zu schminken …«, antwortete ich in der Hoffnung, dass das als Entschuldigung durchgehen würde, doch er rümpfte nur die Nase.

Da ich ihn nicht verstimmen wollte, strich ich mir die Haare aus dem Gesicht und zog langsam die Brille ab.

Meine Mutter ist Apothekerin und sagt immer, dass man sich von lästigen Dingen mit einem Ruck befreien soll wie von einem Pflaster. Vielleicht hat sie damit sogar recht. Zumindest hatte ich Estebans Reaktion, als er mir in die Augen sah, nicht erwartet.

»Wow!«, rief er und beugte sich vor.

Ich lächelte schwach. Noch hatte ich nicht ganz begriffen, was dieser Ausruf bedeutete.

Er starrte mich an. Einen Moment lang hatte ich den Eindruck, beim Augenarzt auf dem Stuhl zu sitzen. Und das gefiel mir gar nicht. Schon von klein auf hatte ich viel zu viel Zeit als Versuchskaninchen bei irgendwelchen Spezialisten verbracht. Dann stützte er sein Kinn in die Hand, und ich wusste, dass ich mich entspannen konnte: Meine violetten Augen schienen ihm zu gefallen.

Es war wirklich eine Erleichterung. Ich hoffte nur, dass sich das Gespräch nun nicht bloß um meine Augen drehen würde, denn auf die war ich nicht unbedingt stolz.

Ich brauchte eine Pause von der Verlegenheit, die ich verspürte. »Ich gehe schnell mal zur Toilette und schminke mich«, sagte ich und stand auf.

Esteban wollte mich zurückhalten.

»Aber du bist spitze! Und du hast tolle Augen. Violett wie zwei Rubine.«

»Amethyste«, korrigierte ich ihn. »Rubine sind rot.«

Und dann ging ich.

Natürlich wollte ich mich nicht wirklich schminken, es war ein Vorwand, damit ich mich eine Weile verziehen konnte. Also nahm ich vorsorglich meine Handtasche mit.

Ich ging zur Toilette. Vor dem Spiegel waren zwei Mädchen eifrig mit ihrem Aussehen beschäftigt. Ich lächelte ein wenig ungeduldig und holte meine Wimpertusche aus der Tasche.

Ich stellte mich vor den Spiegel und sah mich an. Auch wenn es meine eigenen waren, diese violetten Augen mit den gelben Einsprengseln hatten mir immer Angst gemacht. Ich weiß, dass es verrückt klingt, so von einem Teil des eigenen Körpers zu sprechen, aber der Punkt war: Ich hatte das Gefühl, dass diese Augen nicht mir gehörten.

Ich hob den Blick und inspizierte meine Haare. Die waren ziemlich normal. Ich hatte hellbraunes, glattes Haar, was ich als ein Glück betrachtete, denn so brauchte ich wenigstens kein Glätteisen. Es wäre die Hölle gewesen, wenn ich mich darum mit meiner Mutter, die widerspenstige, blonde Haare hatte, hätte streiten müssen.

In diesen Augenblicken dankte ich meinem Vater, auch wenn ich ihn nie kennengelernt und noch nicht einmal auf einem Foto gesehen hatte.

Er war gestorben, als ich noch klein war.

Während ich die schwarze Tusche auf die Wimpern auftrug, schielte ich zu den beiden anderen hinüber, die sich wahrlich Zeit ließen. Fast hätte ich mir mit dem Bürstchen ins Auge gestochen. Vor ihnen konnte ich mich nicht konzentrieren. Dann endlich gingen sie.

Hastig wühlte ich in meiner Tasche nach der Thermoskanne. Meine Finger spürten das Metall, ich war erleichtert. Ich schraubte den Deckel ab und führte sie an meine Lippen.

Ich riss die Augen auf.

Sie war leer! Hohl wie das Gehirn unseres Sportlehrers! Vor lauter Aufregung, pünktlich zu sein, hatte ich vergessen, sie zu füllen, bevor ich aus dem Haus gegangen war.

Ich ließ mich mit dem Rücken gegen die Wand fallen. Ich wusste nicht, ob es meine Unsicherheit war, die dieses Gefühl der Kälte in mir hervorrief, oder die Kacheln, an die ich mich lehnte. Ich hatte keine Ahnung, was ich nun tun sollte.

Vielleicht könnte ich noch eine Stunde durchhalten. Aber dann?

Ja, dachte ich, ein Stündchen schaffe ich noch …

Ich kehrte mit einem so angespannten Lächeln an den Tisch zurück, dass es aussah, als hätte ich es mir mit Lippenstift aufgemalt. Die Speisekarten waren weg.

»Ich habe schon für uns beide bestellt. Ich hoffe, es stört dich nicht«, sagte Esteban, kaum dass ich mich wieder gesetzt hatte.

»Nein, nur zu«, gab ich zurück.

Natürlich störte es mich! Es passte mir nicht, wenn andere über mich bestimmten. Dafür hatte ich ja meine Mutter.

»Weißt du, nachher treffe ich mich mit ein paar Freunden, und deshalb muss es schnell gehen«, fügte er hinzu.

Ich konnte ihn schon jetzt nicht mehr ertragen.

»Macht nichts«, antworteten meine guten Manieren.

Wenn das ein Test war, um zu sehen, wie weit meine Geduld reichte, würde ich in wenigen Minuten durchgefallen sein. Zum Glück – oder leider – musste ich das nicht mehr abwarten.

Mir wurden die Lider schwer, meine Umgebung verschwamm, und bevor ich noch etwas dagegen tun konnte, schlief ich ein. Ich sah noch flüchtig, wie die Tischplatte auf mich zukam, und fiel vornüber, mit der Stirn auf den leeren Teller.

Ich weiß nicht, wie viel Zeit vergangen war, als ich wieder aufwachte, ich weiß nur, dass es draußen dunkel war, als ich die Augen aufschlug – und der Kellner ungeduldig. Ich versuchte, ein Gähnen zu unterdrücken.

Als ich merkte, dass Esteban nicht mehr da war und offensichtlich allein gegessen hatte, während er mich hier in aller Seelenruhe hatte schlafen lassen, kam ich mir vollkommen lächerlich vor. Gleich darauf wurde ich sehr traurig:

Wie lange würde ich wohl warten müssen, bis sich wieder ein Junge mit mir verabredete? Seufzend ließ ich den Kopf hängen. Wenn Esteban jetzt auch noch herumerzählte, wie die Sache gelaufen war, würde sich meine Lage auf nicht wiedergutzumachende Weise verschlechtern. Die sonderbare Thara würde mutterseelenallein in ihrer kleinen Welt weiterleben.

Ich stellte mir schon vor, was er seinen Freunden sagen würde: »Thara ist eingepennt! Ich schwör's, wie ein erlegter Büffel ist sie auf ihren Teller gesunken! Das hättet ihr sehen müssen!«

Wie schön wäre es, ein Frosch zu sein, mit verträumtem Blick und ohne denken zu müssen, es sei denn an kleine Fliegen. Ich hätte nichts dagegen.

Doch stattdessen wurde mir allein beim Gedanken, das nächste Mal zur Schule gehen zu müssen, übel. Und ich hatte nicht einmal gegessen. Ich hatte keine Ahnung, wie ich mich am Montag verhalten sollte.

Als der Kellner kam und mir die Rechnung brachte, wurde mir klar, dass nicht ich, sondern in Wirklichkeit Esteban die erbärmliche Fliege war. Er hatte nicht nur ohne mich gegessen, er hatte noch nicht mal die Rechnung beglichen!

Ich lächelte dem Kellner zu, der mich ansah, als hätte man mich gerade aus der Klapsmühle entlassen, und suchte in der Handtasche nach meinem Geldbeutel. Ich opferte meine Ersparnisse und kratzte noch die letzten Münzen zusammen, die vereinzelt in den Taschenfächern lagen.

Als der Kellner wegging, stand ich auf, wobei ich versuchte, nicht aufzufallen, doch ich spürte die Blicke der anderen Gäste auf mir, als wäre ich ein Nadelkissen. Ich ließ den Kopf gesenkt, aber ich konnte es spüren. In dem Lokal waren noch andere Jugendliche, die ich aus meinen Kursen kannte.

Ich schlich mich hinaus und blickte hinauf zum Mond. Die Lichter der Stadt verschleierten den Himmel und maßten sich an, die Sterne zu überstrahlen. Nur der Mond konnte sich in diesem Kampf der Lichter und Neonleuchten behaupten.

Dann zog ich mein Handy heraus und suchte Christines Nummer. Ich schluckte und hoffte, sie würde mich nicht zum Teufel schicken. Immerhin war es Samstagabend. Dann verflog meine Sorge – im Grunde war ich ihre einzige Freundin.

Das Freizeichen. Als sie abhob, musste ich wegen der brüllend lauten Musik das Handy von meinem Ohr weghalten.

»Hallo?«, schrie ich. »Bist du auf einem Konzert?«

Die Musik verstummte plötzlich, und Christines Stimme, lustlos und ein bisschen feindselig wie immer, sagte zu mir: »Ja, stell dir vor, Tokio Hotel spielt in meinem Zimmer!« Sie kaute kurz auf ihrem Kaugummi. »Wo soll ich dich abholen?«

Christine fand mich auf einer Bank auf der anderen Straßenseite vor dem Park. Ohne ein Wort setzte sie sich neben mich. Sie drückte mir einen dreifachen Kaffee in die Hand, den sie auf dem Weg gekauft hatte. Ich lächelte, hatte aber noch nicht den Mut, ihr ins Gesicht zu sehen.

Sie war wirklich eine gute Freundin, dachte ich, als ich den Deckel von dem Pappbecher nahm. Immer kümmerte sie sich um mich. Wäre sie meine Schwester, könnte ich mir nichts Besseres wünschen. Sie war kein einfacher Mensch, im Gegenteil, sie hatte ein eher kompliziertes Wesen. Ich wusste nie, wie ich sie nehmen sollte, aber dafür wusste sie, wie sie mich zu nehmen hatte.

»Danke, dass du gekommen bist«, sagte ich schlürfend.

Der Kaffee war ohne Zucker. Mir genügte es, dass er mich wach hielt. Christine sagte nichts.

»Inzwischen hasst du mich wahrscheinlich ... Immer bist du es, die kommen muss, wenn mir das passiert«, sagte ich, während ich auf den Gehweg starrte, wo alte Kaugummis klebten. »Du bist wirklich die Beste. Ich weiß einfach nicht mehr, wie ich mit diesem Problem umgehen soll … Es ist schrecklich, und die Ärzte haben dafür keine Erklärung. Ich werde immer müder. Tagsüber, nachts … Nur in der Morgen- und Abenddämmerung geht es mir gut. Meiner Mutter wäre es am liebsten, ich würde immer zu Hause bleiben, das weißt du ja, und wenn sie sich nicht auf dich verlassen könnte, würde sie mich gar nicht mehr allein aus dem Haus gehen lassen. Ich mag dich wirklich gern, Christine. Ich hoffe, du weißt, wie wichtig du für mich bist.«

Dann hatte ich endlich den Mut, mich zu ihr zu drehen. Ich war richtig aufgewühlt, weil ich ihr gesagt hatte, was mir unsere Freundschaft bedeutete, sie aber wirkte völlig abwesend. Sie hatte die Augen geschlossen und wackelte rhythmisch mit dem Kopf. Ich berührte ihren Arm. Da drehte sie sich zu mir um.

»Hast du was gesagt?«, fragte sie und nahm die Kopfhörer ab.

Ich brach in schallendes Gelächter aus, als sie mich anstarrte, als sei ich bescheuert – das sagte sie mir daraufhin auch ins Gesicht –, dann gab sie mir einen Ohrstöpsel.

»Willst du mithören?«

Ich lehnte dankend ab und schlug vor, besser nach Hause zu gehen. Der Abend war schon aufregend genug gewesen – wenn auch nicht im positiven Sinn.

Wir standen von der Bank auf und liefen durch den Park, den kürzesten Weg zu mir nach Hause.

Nachts durch den Park zu gehen war ein bisschen leichtsinnig, aber zusammen fühlten wir uns sicher. Außerdem konnte Christine mit ihrem Blick einen Dobermann zum Winseln bringen, wenn es sein musste.

Als wir uns in der Schule zum ersten Mal begegnet waren, war sie gerade neu in die Stadt gezogen und hätte mich fast verhauen. Denn an ihrem Spind hatte sie Beschimpfungen entdeckt, und unsere Mitschüler hatten behauptet, ich sei es gewesen. Doch Christine hatte gleich begriffen, dass ich nicht die Schuldige sein konnte und man sie, genau wie mich, von Anfang an zur Außenseiterin abstempeln wollte. »Also«, hatte sie zu mir gesagt, »wenn die anderen uns schon nicht mögen, dann sollten wenigstens wir beide versuchen, uns nicht allzu sehr zu hassen.«

In ihrem Inneren war sie kein Goth, aber nach außen hin tat sie alles, um so rüberzukommen. Sie kleidete sich schwarz und trug komische Strümpfe. Sie war zu niemandem nett – würde ihr jemand die Hand reichen, sie würde wohl hineinbeißen. Bei mir verhielt sie sich völlig anders. Natürlich verschonte sie mich nicht mit giftigen Antworten und zynischen Kommentaren, aber ich hatte sie auch schon mehr als ein Mal getröstet, wenn sie in Tränen aufgelöst gewesen war. In der Rolle der Unausstehlichen hatte man eben ein schweres Leben.

»Und? Wie war der Abend mit dem schönen Esteban?«, fragte sie mich mit hochgezogener Augenbraue. »Warte – lass mich meine hellseherische Gabe nutzen …« Sie legte eine Hand auf ihre Stirn, als müsse sie sich konzentrieren: »Ein totaler Scheiß! Hab ich recht?«

»Volle Punktzahl. Aber ich glaube nicht, dass man übersinnliche Kräfte braucht, um das herauszufinden – es genügt, mich anzusehen«, antwortete ich, während ich den Kaffee austrank und den Becher dann in einen Abfalleimer warf. »Ich bin eingeschlafen, bevor wir überhaupt angefangen haben, uns zu unterhalten.«

»Pah. Wenn es dich tröstet: Dir sind lediglich Gespräche über Fußball, Motorräder und diversen anderen Blödsinn entgangen.«

»Sagen deine hellseherischen Fähigkeiten das auch?«, fragte ich, als wir am anderen Ende des Parks angelangt waren.

»Nein, das sind die Erkenntnisse einer Frau, die einfach mit Jungs reden kann.«

Christine überquerte bei Rot die Straße, ich wartete, bis es grün wurde. Wir gingen an geschlossenen Geschäften vorbei. Hin und wieder blieben wir stehen, warfen einen Blick in ein Schaufenster und machten eine imaginäre Liste der Kleider, die Christine niemals anziehen würde. Ich sagte immer: »Schau mal, das da ist super!«

Und sie sagte dann: »Nein.« Oder: »Ja, damit würdest du eine tolle Figur abgeben, wenn es gerade Mode wäre, sich in Geschenkpapier zu hüllen!«

Wir brauchten eine halbe Stunde für den Weg, den man schnelleren Schritts in zehn Minuten hätte zurücklegen können. Doch irgendwann kamen wir zu meinem Haus. Das grüne Kreuz leuchtete und beschien die ganze Straßenkreuzung – ich wohne über der Apotheke meiner Mutter.

Bevor ich hineinging, erzählte ich Christine, dass Esteban mir sogar die Rechnung überlassen hatte. Ich erwartete, dass sie schimpfte – doch sie lachte nur.

»Wirklich witzig!«, gab ich zurück, nahm den Schlüssel und schloss die Tür auf.

Wir gingen die Treppen hoch. Ich sagte zu Christine, dass sie nicht leise sein müsse, meine Mutter sei sicher mit irgendeinem neuen Verehrer ausgegangen. Dann schaltete ich das Licht an, und wir warfen unsere Jacken aufs Sofa.

Bevor meine Freundin sich setzen, den Fernseher einschalten und nach einem Musiksender zappen konnte, fiel mir etwas ein: »Christine! Ich habe vergessen, dir *die* Neuigkeit zu zeigen!«

Sie sah mich perplex an.

»Thara ... Neuigkeit ... Zwei Wörter, die nicht zusammenpassen. Dich nervt es ja schon, wenn sie die Erkennungsmelodie einer Fernsehserie ändern.«

Ich packte sie am Arm, schleppte sie in mein Zimmer und drückte den Lichtschalter.

»Stark! Ganz in Schwarz hätte es mir allerdings noch besser gefallen«, rief sie aus.

In den zwei Tagen vor der Verabredung mit Esteban war ich so aufgeregt gewesen, dass ich mich irgendwie hatte austoben müssen. Malen war schon immer eine meiner Leidenschaften gewesen, und ich hatte beschlossen, meinem Zimmer einen neuen Look zu verpassen. Ich hatte die Wände gestrichen und überall violette Iris aufgemalt – von jeher meine Lieblingsblumen. Sie hatten die Farbe meiner Augen und – Zufall oder nicht: Der Name der Schwertliliengattung und die Bezeichnung der Regenbogenhaut des Auges sind ein und dasselbe Wort.

Ich erklärte Christine, warum ich diese Veränderung gebraucht hatte, und gleich darauf überkam mich wieder diese unermessliche Traurigkeit. Wir setzten uns aufs Bett, sie legte mir eine Hand auf die Schulter.

»Weißt du, Thara ... ich bin nicht gut in diesen Dingen, aber wenn ich am Boden zerstört bin, mache ich immer eins ...«

Ich sah sie an und hoffte auf eine erhellende Antwort. »Was denn?«

»Entweder mischen wir Eis, Schokolade, Erdnussbutter und Popcorn in einer Schale zusammen und essen alles auf, oder ...«

Zehn Minuten später saßen wir auf dem Dachsims, rissen Seiten aus unserem Mathebuch, knüllten sie zusammen und warfen sie auf die Straße.

»Irre! Das gibt mir jedes Mal einen Kick!«, sagte Christine und blickte hinunter. »Wer rechnet jetzt mit wem ab? Ich mit dir oder du mit mir?« Sie hielt sich das Buch ans Ohr, als würde es mit ihr sprechen: »Was, was? Du willst auch was dazu sagen? Komm, friss diese Formel!«

Sie fletschte die Zähne, riss die nächste Seite heraus und schleuderte sie weit von sich. Zum Glück hatte ich ihr das Mathebuch vom vorigen Jahr gegeben.

Am Ende hatte auch ich bei der Bestrafung der Arithmetik mitgemacht und mich tatsächlich ein bisschen besser gefühlt. Etwas besonders Dummes zu tun, hilft manchmal, sich darüber klar zu werden, dass gerade das, was wichtig erscheint, oft noch dümmer ist. Natürlich habe ich nicht gelacht wie eine Verrückte, aber ich habe gern mitgespielt. Dann wanderte mein Blick zwischen den Antennen der Häuser und dem Smog, der langsam aufstieg, umher. Meine Euphorie verflog.

»Was ist?«, fragte Christine besorgt. »Willst du lieber die Geometrieseiten?«

»Nein«, flüsterte ich. »Ich dachte nur … wenn ich einen Vater hätte, würde ich mich bei den Jungs vielleicht nicht so blöd anstellen.«

»Sieh mal«, versuchte meine Freundin mich zu trösten, »ich habe einen Vater, und das ist, wie zwei Mütter zu haben, nur dass er die schlimmere Mutter ist. Wenn du mit einem Vater über Jungs redest, sagt er dir nur, du sollst einen großen Bogen um sie machen.«

Ich seufzte und spürte den Knoten im Nacken, als hinge ich am Galgen.

»Kann sein … Aber zumindest würde ich mehr über mich selbst wissen. Manchmal kommt es mir so vor, als würde ich mich gar nicht kennen, oder nur zur Hälfte.«

Christine verzichtete eine Weile auf ihren Sarkasmus und rückte näher. Sie blickte mir so tief in die Augen, wie nur sie es sich traute.

»Thara, ich kenne dich, du bist ein guter Mensch, vernünftig, vertrauenswürdig. Ganz im Gegensatz zu mir. Vielleicht bist du der einzige Mensch, in dessen Hände ich mein Leben legen würde. Du musst an dich selbst glauben. Ich jedenfalls tue es. Ich bin sicher, dein Vater wäre stolz auf dich.«

Sie merkte, dass ich gerührt war.

»Ich hätte ihn eben gern kennengelernt«, erwiderte ich leise. »Warum ist er gestorben, kurz nachdem ich geboren wurde? Was habe ich so Unmögliches an mir?«

»Es ist diese Welt, die unmöglich ist.«

»Ich hätte ihn so gern getroffen – und sei es nur für eine Stunde.«

An diesem Punkt konnte sich Christine eine bissige Bemerkung nicht verkneifen: »Und ich würde gern Johnny Depp treffen, und sei es nur für eine Stunde …«

Wir lachten und umarmten uns.

Das Dunkel in den Blumen

»Ich kann mir vorstellen, dass du die ganze Nacht gelernt hast, aber die Klassenarbeit ist *jetzt*!«

So weckte mich meine Mathematiklehrerin. Ich setzte mich wieder auf und sah, wie sich ihr breites Hinterteil entfernte. Mein Blick war noch verschwommen vom Schlaf.

Während ich mir die Wange rieb, hörte ich, wie die halbe Klasse hinter mir lachte. Ein fürchterliches Gefühl, und ich musste es in letzter Zeit immer öfter ertragen. Zu oft. Ich strich meine Haare so hin, dass eine Strähne den Teil meines Gesichts verdeckte, der wahrscheinlich gerötet war.

Ich seufzte und versuchte nachzuvollziehen, was Frau Sperling auf die riesige schwarze Wandtafel schrieb. Vor lauter Nervosität merkte ich nicht, dass ich an den Nägeln kaute. Und ich unterdrückte ein Gähnen. Frau Sperling hätte mich ganz sicher rausgeschmissen, hätte ich vor ihr den Mund aufgerissen. Unauffällig bückte ich mich und holte die Thermoskanne mit dem Kaffee aus meinem Rucksack. Ich nahm zwei Schlucke und versuchte mich wieder zu fangen. Und ich tat so, als würde ich das Gelächter hinter meinem Rücken nicht hören.

Christine stieß mich mit dem Ellbogen an.

»Keine Sorge, ich helfe dir: Ich habe Fotokopien im Mäppchen versteckt.«

In diesen Dingen war Christine ein Genie. Ich erinnerte

mich an eine Geschichtsarbeit, für die sie sich nahezu perfekt präpariert hatte. Es war ihr mit einigem Geschick gelungen, ein paar Notizen in ihr Wörterbuch einzubauen. Sie hatte sich Papier von derselben Farbe und demselben Format besorgt, hatte auf dem Computer zusammengeschrieben, was sie brauchte, und die Seiten so eingeklebt, dass es nicht auffiel.

Der Lehrer hatte dennoch Verdacht geschöpft und das Wörterbuch kontrolliert, aber Christines Trick war so abwegig und verschroben, dass er nichts gemerkt hatte. Er hatte nach handschriftlichen Notizen gesucht – etwas so Teuflisches hatte er allerdings nicht erwartet.

Das war eine weitere Stärke meiner Freundin: Sie brachte alle dazu, sie zu unterschätzen. Eine unschlagbare Taktik. »Die Schule ist ein Krieg, der Jahre dauert«, sagte sie immer. »Und im Krieg ist alles erlaubt.«

An jenem Morgen hätte ich ohne ihre Hilfe nicht einmal meinen Namen und das Datum aufs Blatt schreiben können. Es wurden meine zwei schlimmsten Stunden im ganzen Schulhalbjahr, doch am Ende schaffte ich es, die Arbeit rechtzeitig abzugeben. Und wenigstens war ich nur ein einziges Mal eingeschlafen.

Normalerweise hatte ich ja schon Schwierigkeiten, beim Gehen wach zu bleiben – aufmerksam dazusitzen war praktisch unmöglich. Und all der Kaffee, die Cola und die anderen Energiedrinks, die ich ständig trank, machten mich hypernervös.

Als die Pausenglocke läutete, gingen wir hinaus und vertraten uns im Garten ein wenig die Beine. Gerade waren die ersten Frühlingstage angebrochen, die Schule würde bald zu Ende sein, und die Sonne schien uns aufzufordern, schneller zu laufen, um dem Sommer zuvorzukommen. Ich atmete die frische Luft tief ein.

Blumenduft.

Und Zigarettenqualm.

Ich wandte mich um. Die Tussengruppe stand neben dem Schultor und bewunderte Esteban andächtig. Ich nahm Christine am Arm und wollte sie wegziehen.

»Was zum Teufel machst du da?«, fragte sie und wich vor mir zurück.

»Ich will nicht, dass sie mich sehen!«

Christine schüttelte lachend den Kopf.

»Was kümmern die dich denn? Sie werden erwachsen, heiraten, haben Kinder, vielleicht werden sie alt und dann sterben sie. Ende der Geschichte. Davor lesen sie ein paar billige Liebesschmonzetten und meinen, sie wären supercool. Wir aber werden ein unvergessliches Leben haben und …«

Ich fiel ihr ins Wort: »Okay, aber hast du das Gelächter gehört, als ich heute Morgen in die Schule gekommen bin? Ich will nicht, dass sich diese Szene wiederholt.«

»Ich habe kein Problem damit, eine an den Haaren zu packen, wenn du das möchtest. Willst du dir eine aussuchen? Zählen wir sie ab? Oder hast du eine Bestimmte im Sinn?«

»Lass nur, das lohnt sich nicht.«

Christine ließ es gut sein. Sie hatte begriffen, dass ich an diesem Tag nicht in der Stimmung für ihren Sarkasmus war.

»Los, komm, ich muss dir was zeigen. Sagen wir, … eine kleine Revanche.«

Ich folgte ihr mit zweifelnder Miene. Sie hatte es sonst nur selten so eilig.

Wir setzten uns auf das Mäuerchen vor dem Parkplatz. Sie sagte, wir müssten nur warten. Währenddessen nahm sie ein Tramezzino aus ihrer Tasche und teilte es mit mir. Es vergingen zehn Minuten, dann kam Esteban aus dem Park. Christine aß ruhig weiter, während ich instinktiv versuchte, mein Gesicht hinter der dreieckigen Brotscheibe zu verstecken.

Auf einmal hörte ich wütendes Geschrei und ließ das

Brot sinken, um die Szene verstohlen zu beobachten. Esteban kniete vor seinem Motorrad. Er raufte sich die Haare und weinte, als sei die größte Katastrophe seines Lebens eingetreten.

Die Reifen seines geliebten Motorrads waren aufgeschlitzt, und an der Karosserie waren überall Herzchen eingeritzt.

Schockiert wandte ich mich an Christine: »Sag mir, dass du damit nichts zu tun hast!«

Christine aß in aller Ruhe weiter. »Soll ich jemand anderem die Lorbeeren für dieses Meisterwerk überlassen? Nein, kommt gar nicht infrage!«

Ich strich mir übers Gesicht. Ich spürte, dass nur noch wenig fehlte und ich bekäme einen Nervenzusammenbruch.

»Bleib locker«, beruhigte mich Christine mit gleichmütiger Miene. »Von all den Mädchen, mit denen er ausgeht, bist du am wenigsten verdächtig.«

Dennoch bestand ich darauf, dass wir uns verkrümelten. Während Christine seufzte und jammerte, dass man ihr immer das Ende des Films verdarb, gingen wir zurück in den Park.

Ich muss zugeben, dass meine Schuldgefühle nach der anfänglichen Panik restlos verflogen waren. Ich drehte mich um, um ein letztes Mal Estebans Anfall auszukosten. Er war immer noch am Ort seines Unglücks und wälzte sich auf dem Asphalt. Ich stieß einen Lacher aus, und in jenem Moment kümmerte es mich eigentlich nicht mehr, ob Esteban mich hörte oder nicht. Ich hätte nie den Mut gehabt, sein Motorrad zu ruinieren, aber zum Glück war Christine jemand, der in die Tat umsetzte, was ich noch nicht einmal zu Ende denken konnte.

»Christine, ich hätte nie damit gerechnet, dass ich dir eines Tages für einen Akt von Vandalismus danken würde!«

»Immer gerne«, gab sie zurück, »solange es kein Mord ist …«

Wir blieben im Park und genossen die letzten Minuten in Freiheit, bevor wir in unsere kleinen Zellen in Form von Schulbänken zurückkehrten.

Ich konnte nicht sagen, dass ich die Schule generell hasste – auch weil ihr das Verdienst zukam, Christine und mich zusammengebracht zu haben. Doch ich verspürte Widerwillen. Lernen sollte eine Freude sein; es war schön, Neues zu erfahren, aber die Art und Weise, wie der Unterricht gehalten wurde, war einfach grauenvoll. Die Lehrer schafften es sogar, einem die Literatur zu verleiden. Ich konnte nicht gut schreiben, aber es gab so viele Autoren, die auf wundervolle Weise unglaubliche Geschichten erzählten, und die Interpretationswut der Lehrer war einfach nur ärgerlich. Bücher erklärten sich von selbst, und was man aus den Seiten lernen konnte, sollte jeder für sich selbst entdecken. Es ist unmenschlich, am Ende darüber Bericht erstatten zu müssen.

Mitunter war die Schule jedoch auch ganz lustig: Sie war wie ein kleines Aquarium, in dem man eine Karikatur unseres zukünftigen Lebens sehen konnte. Ich und Christine waren die bunten Fischchen an einem Korallenriff, und die anderen die Putzerfische – ihr Problem.

Wir gingen wieder ins Schulgebäude und liefen durch Gänge, die so voll waren wie U-Bahn-Waggons in der Rush-Hour, und holten unsere Bücher für den Naturkundeunterricht aus den Spinden. Ich hoffte, dass wir dieses Mal nichts sezieren müssten. Christine war da anderer Meinung.

Wir stiegen in den dritten Stock und betraten den großen, geräumigen Saal. Die Sonne zeichnete komische Figuren, als sie sich in den Phiolen brach, die auf einigen Pulten standen. Neben dem Lehrerpult befand sich sogar ein Skelett. Ich wusste, dass es aus Plastik war, aber irgendjemand hatte das Gerücht in Umlauf gesetzt, es sei echt. Wahrscheinlich Leonard.

Es hieß, es hätte einem Mann gehört, der vor vielen Jahren Rektor an der Schule gewesen war. Die Legende wollte, dass er verfügt hatte, man möge das Fleisch von seinen Knochen entfernen und diese dann an einer Kette aufhängen, sodass er noch als Skelett über die Schule würde wachen können. Manchmal hatte es den Anschein, als würde er einen aus seinen leeren Augenhöhlen anstarren.

Christine gefiel das, aber Christine gefiel alles, wovor sich andere ekelten.

Wir setzten uns und bereiteten uns mental auf weitere zwei Stunden Gehirnwäsche vor. Insgeheim hofften wir, dass Leo mit einem neuen Einfall herausplatzen würde.

Ich drehte mich um, um ihn zu begrüßen.

Zwei Bleistifte ragten aus seinen Nasenlöchern.

Leonard war der einzige Junge, mit dem ich mich verstand. Der einzige wirkliche Freund – nach Christine.

Er saß hinten in den letzten Reihen und erprobte die Wirkung der Schwerkraft mit einem Gummiband und einem Radiergummi. Wie immer trug er viel zu weite Kleider, seine Schnürsenkel waren nicht gebunden, und er liebte Fleecejacken mit Kapuze. Immer und überall fiel er auf, und es war ihm vollkommen egal.

In der Woche zuvor hatte er sich etwas wirklich Cooles einfallen lassen. Wie gewöhnlich hatte der Lehrer alle namentlich aufgerufen und die Anwesenden abgehakt, bis er schließlich bei Leonards Namen angekommen war.

»Leonard Sunner?«, fragte der Lehrer.

Daraufhin stand einer von Leonards Freunden auf und rief: »Leonard Sunner – teletransportiert!«

In diesem Moment ging der Schrank auf, und Leonard sprang heraus, er stellte sich vorne hin, verneigte sich und nahm den Applaus seines Publikums entgegen. Danach durfte er beim Rektor nachsitzen, was ihm genauso zu gefallen schien wie seine Filmfigurensammlung. Er war ein Fan von *Star Wars* und Horrorfilmen.

Nachmittags kam er oft mit Christine zu mir, und dann sahen wir uns zwei, drei Filme hintereinander an.

Ich glaube, zwischen den beiden knisterte es. Während ich mich bei gruseligen Szenen immer hinter einem Kissen versteckte, umarmten sich die beiden und lösten sich dann sofort wieder voneinander, um gleichmütig in entgegengesetzte Richtungen zu blicken. Sie würden niemals zugeben, etwas füreinander zu empfinden. Zu stolz.

Auch diese zwei Unterrichtsstunden vergingen mit Säuren, Aminosäuren, tertiären Säuren, Papierkügelchen und -schnipseln, bis es endlich läutete. Die Kaution für diesen Schultag war mit ausreichend vielen Neuronen bezahlt worden.

Nach der Schule konnte ich endlich meine Sonnenbrille wieder aufsetzen. Im Unterricht erlaubten die Lehrer nicht, dass ich sie trug. Es war eine Erleichterung, wieder den dunklen Schleier vor den Augen zu spüren, der mich beschützte.

Christine und ich warteten, bis das Gedränge der Schüler nachließ, erst dann gingen wir durch das Portal. Es war ziemlich nervig, ständig auf der Treppe angerempelt zu werden.

»Ich muss kurz zum Schwarzen Brett«, sagte ich zu ihr, während ich in meiner Schultasche wühlte. »Kommst du mit?«

Christine hob den Blick zum Himmel. »Das willst du doch nicht wirklich machen? Wenn dich die anderen für eine Streberin halten – ich habe dich gewarnt!«

Wir gingen am Zaun des Schulgebäudes entlang bis zu der Holztafel, die die Schule zur Verfügung gestellt hatte. Dort waren die unterschiedlichsten Annoncen angepinnt: Einer versuchte, ein offensichtlich kaputtes Motorrad zu verkaufen und pries es an wie eine Antiquität. Ein anderer wollte unter dem Vorwand, ein Zimmer zu vermieten, Mädchen abschleppen – allerdings nur die gut aussehenden. Wieder ein anderer verkaufte Lösungen für Prüfungsaufgaben und anderen Unsinn. Es hätte mich nicht gewundert, auch noch die Anzeige eines Serienmörders zu finden.

Ich seufzte. Vielleicht hatte Christine recht. Doch ich brauchte Geld und ich hatte wirklich nicht die Absicht, meine Mutter anzubetteln.

In allen Fächern lag ich ein wenig über dem Durchschnitt, aber in Latein war ich wirklich gut, also hatte ich mich entschlossen, Nachhilfe anzubieten. Ich nahm einen Flyer aus meiner Schultasche und pinnte ihn mit zwei Heftzwecken an das schwarze Brett.

»Nicht schlecht«, sagte Christine, als sie sich den Text durchlas. »Wenn es dir gelingt, zwei Schüler am Tag für fünf Stunden zu bekommen …«, sie legte einen Finger an die Lippen, »mal sehen – dann kannst du dir in fünfzig Jahren eine halbwegs tolle Jacht leisten.«

»Mir reicht es schon, wenn ich meine kleinen Ausgaben bestreiten kann«, antwortete ich und besah mir voller Stolz meine Anzeige.

»Und du willst hier einfach deine Telefonnummer für alle sichtbar stehen lassen?«

Ich zuckte mit den Schultern. »Es ist die Nummer der Apotheke meiner Mutter, von mir habe ich nur die E-Mail-Adresse angegeben.«

»Na gut«, sagte sie und drehte sich um. »Latein ist eine tote Sprache – vielleicht solltest du auch noch ein paar Flyer auf den Friedhof legen.«

»Es gibt keine toten Sprachen«, widersprach ich, »es gibt nur erloschene Gehirne«, und folgte ihr.

Wir gingen gerade durch das Tor, überzeugt, die Letzten zu sein, die die Schule verließen, als wir spürten, wie sich jemand auf unsere Schultern stützte.

»He, Mädels! Was erzählt man sich denn da?«, erklang Leos Stimme. »Ich habe von dem tollen Abend gehört. Tut mir leid, Thara – hättest du mich vorher gefragt, ich hätte dir gleich gesagt, dass du Esteban in den Wind schießen kannst.«

Christine ging seufzend weiter und zuckte mit den Schultern. »Wenn du nicht gleich deine Hand da wegnimmst, schießen wir dich auch gleich irgendwohin.«

Leo wich zurück und streckte die Arme von sich.

»He, he! Schon um diese Zeit schlechte Laune? Ich empfehle einen Kamillentee mit Vanille, er beruhigt die Nerven, glättet Falten …«

Christine drehte sich um und versetzte ihm einen Schlag gegen den Brustkorb. Während ich meine Thermoskanne aus der Schultasche nahm, versuchte ich zu schlichten, bevor es zu einer Rauferei kommen würde.

»Das mit den Beruhigungsmitteln lasst mal lieber schön bleiben. Ihr bräuchtet ja wohl eher eine Elefantendosis. Wollt ihr auch einen Schluck Kaffee?«

Wir lehnten ab, wobei jeder in eine andere Richtung blickte. Ich lächelte, zog die Augenbrauen hoch und nahm einen Schluck.

Leo zog mich auf die Seite, um mir ein paar DVD-Raubkopien zu zeigen, die er aus dem Internet heruntergeladen hatte. Schon die Filmtitel waren so furchterregend, dass ich gar nicht wissen wollte, worum es dabei ging. *Atomkrebse* hieß es da, oder: *Öffnet diese Tür nicht, es zieht* … Doch Leo sah mich mit seinem treuherzigen Welpenblick an, und ich wollte nicht, dass er auf meine Schuhe sabberte.

»Na gut. Heute Abend sehen wir uns einen an«, sagte ich großzügig.

»Toll!«, rief er hüpfend.

Leo war ein hübscher Junge, aber er hatte so einige Probleme mit Mädchen, genau wie Christine. Vielleicht dachte ich deshalb, dass sie ein perfektes Paar wären.

Auf dem Nachhauseweg trank ich den restlichen Kaffee. Wir wohnten alle drei im selben Viertel am Stadtrand, wo, eingefasst zwischen hohen, modernen Wohnblöcken, ein paar alte, kleine Landvillen standen.

Eine Villa gefiel mir besonders. Sie sah aus wie das Haus der Addams-Family: Es hatte ein Türmchen und war von einem Lattenzaun umgeben. Aber es hatte nichts Düsteres an sich, im Gegenteil, es war weiß getüncht, und an den Fenstern hingen blaue Vorhänge.

Immer wenn wir daran vorbeikamen, blieb ich fasziniert stehen, zog meine Sonnenbrille ab und ließ meine Augen leuchten – wie der Anblick, der sich ihnen bot.

Der Garten – ein Rasen, so perfekt, als wäre er mit Kamm und Schere bearbeitet worden – war voller Iris.

Normalerweise gab es davon jede Menge Sorten, doch hier hoben sich nur violette Iris gegen das glänzende weiße Holz des Hauses ab. Sie sahen fast aus wie gemalt – wie die Blumen in meinem Zimmer.

Sogar Christine und Leonard blieben stehen, als sie sahen, dass ich reglos dort verharrte.

»Was ist, Thara?«, fragte Leo.

Ich hörte ihn ganz deutlich, doch ich konnte nicht antworten. Ich war wie verzaubert von den Blütenblättern, die in der Farbe meiner Augen schimmerten.

Christine begriff, warum ich so in den sich mir bietenden Anblick versunken war, und kam zu mir.

»Schön. Wirklich schön«, sagte sie und meinte es auch so.

Leonard versuchte unterdessen, durch die Fenster zu spähen. »Was gibt's denn da zu sehen? Mädchen unter der Dusche? Mädchen aus unserer Schule?«

In der Sonne wogten die Iris leicht im Wind. Sie wirkten lebendig wie tausend Schmetterlinge. Wer sie gepflanzt hatte, musste sie genauso lieben wie ich. Nicht eine war verwelkt, sie sahen alle prächtig aus.

»Und wenn ich eine pflücke …?«, fragte ich Christine.

»Ich werde dich bestimmt nicht daran hindern.«

Ich blickte hinunter auf die Klingel. »Ich könnte fragen …«

Christine drückte gegen die Latten. Das Tor sprang mit einem kaum hörbaren Quietschen auf. »Scheint nicht nötig zu sein.«

Normalerweise betrat ich keine Privatgrundstücke, aber ich fühlte mich derart von den Blütenblättern angezogen, dass ich sie sogar lieber gestohlen hätte als Diamanten. Nirgendwo anders hatte ich je so viele Iris auf einem Fleck gesehen.

Ein Windhauch trug den Duft dieses violetten Meeres zu mir wie eine Welle. Ich atmete tief ein und konnte nicht länger widerstehen.

Ich trat durch das Tor und spürte das Gras unter meinen Sohlen, weich wie einen Teppich. Kaum war ich auf dem Gartenweg, vergaß ich völlig, dass jemand aus der Tür kommen und mich verjagen könnte. Welch ein Duft! Und diese Farben – sie hüllten mich ein. Alles war so intensiv!

Freude überwältigte mich, ich spürte, wie mich meine Kräfte verließen, und fiel.

Ich fiel in die Dunkelheit.

In das Dunkel der Blumen.

Mondlose Welt

So begann meine erste Reise ins Cinerarium.

Verloren in der Bewusstlosigkeit und im Dunkeln, hörte ich kraftvolle Schläge in mir, die dumpf und düster hallten, rhythmisch, langsam, stetig. Es war mein Herz.

Meine Sinne waren verwirrt, nichts ergab einen Sinn, nirgendwo konnte man sich festhalten. Mit dem Mund hörte ich Töne, schwarze Töne, meine Augen berührten glatte, sich wieder auflösende Oberflächen, meine Hände sahen Schluchten und Einsamkeit. Die Verwirrung, in die ich gestoßen worden war, war unbeschreiblich. Ich war wach, aber ich verstand nichts. Ich verstand nicht, was geschehen war, wo ich war, wohin ich ging und ob ich überhaupt irgendwohin ging.

Einen Moment lang glaubte ich zu sterben.

Dann schlug ich plötzlich die Lider auf, ein weißer Blitz durchzuckte mich. Ich musste die Augen wieder schließen. Ich setzte mich ruckartig auf und versuchte, mich zu beruhigen. Es ging nicht.

Als ich wieder zu mir kam, merkte ich, dass ich auf dem Boden saß. Unter mir spürte ich so etwas wie Sand. Meine Hände sanken langsam in einen Haufen Körnchen.

Ich kniff die Augen zusammen und wagte einen Blick in diese neue Welt. Es war wie eine Halluzination.

Vor mir lag eine Wüste, eine graue Wüste. Und über mir …, ja, über mir war weißer Himmel.

Aufmerksamer betrachtete ich das, was meine Finger zu greifen versuchten. Es sah aus wie Sand. Bleicher Sand. Aber leichter, so leicht, dass ein Teil davon in die Luft flog und langsam schwebend wieder herunterfiel, als ich den Arm hob.

Es sah aus wie Asche. Und alles roch auch wie Asche.

Mühsam stand ich auf. Es war schwierig, sich auf einem so instabilen, unberechenbaren Boden zu bewegen. Ich zog eine Wolke mit mir hoch, die zu den Dünen hin verwehte.

Ich sah sie davonwirbeln und blickte dann auf meine Kleidung. In der Aufregung hatte ich nicht bemerkt, dass ich mein langes, violettes Kleid »für besondere Anlässe« trug, das ich auch zu meinem Date mit Esteban angehabt hatte.

Ich wollte gar nicht wissen, wie das vonstattengegangen war, sicherlich hatte niemand es mir übergezogen, wie mich auch sicherlich niemand hierhergebracht hatte. Es war, als würde ich in eine tiefe Pfütze aus Duft eintauchen, auf deren Grund man nicht blicken konnte.

Ich schaute wieder in den weißen Himmel, der gar nicht da zu sein schien, als hätte eine riesige Hand ihn weggeschoben. Ich sah genauer hin. Es war merkwürdig – der Himmel war nicht nur weiß, das Firmament war auch mit Kratern überzogen.

Großer Gott!, dachte ich. Dieser Himmel war eine feste Masse, eine Wand, eine gigantische Kuppel.

Ich drehte mich um meine eigene Achse, sah hinauf und hinüber zum Horizont, den ich wegen der Dünen nicht ausmachen konnte. Es schien der Mond zu sein – ich schien im Inneren des Mondes zu sein.

Dann sah ich das Loch.

Ich blieb stehen.

Im Himmel – wenn man das so nennen konnte – war ein rundes Loch, eine Öffnung, schwarz wie die Nacht. Und vielleicht war es auch wirklich die Nacht, denn wenn alles aus der Schale des Mondes bestand, musste es ja irgendwo ein bisschen Nacht geben.

Ich befand mich in einer Aschewüste unter einem Mondhimmel, in dessen Mitte ein Loch aus Nacht klaffte.

Und außer mir war kein Mensch hier.

Nach dem Staunen, das auf die Aufregung gefolgt war, schnürte mir nun Panik die Kehle zu. Ich war allein an einem Ort, der gar nicht existieren konnte.

Ich versuchte, meine Atmung, die immer mehr zu einem Keuchen wurde, wieder unter Kontrolle zu bekommen, doch je mehr ich mich anstrengte, desto mehr von dieser nach Ruß schmeckenden Luft pumpten meine Lungen in mich hinein.

In diesem Augenblick begriff ich wirklich, was Angst ist. Ich zitterte und bebte, und das nicht vor Kälte.

Ich schlang die Arme um mich, um mir selbst Gesellschaft zu leisten und das Zittern zu stoppen. Es nützte nichts. In mein Schaudern mischten sich Tränen, die mein Gesicht nass überzogen.

Ich ließ alles aus mir heraus. Ich konnte und wollte mich nicht zusammennehmen. Ich hoffte, dass sich mit meinem Weinen auch diese ganze absurde Welt in nichts auflösen würde. Ich hoffte, in diesem Irisgarten aufzuwachen, wenn ich die Augen so fest wie nur möglich zusammenkniff.

Um die Tränen zu unterdrücken, blinzelte ich so heftig, dass es schmerzte, doch als ich die Lider wieder aufschlug, war ich noch immer dort. Verloren in einem endlosen Gefängnis ohne Mauern.

Das dringende Bedürfnis zu fliehen ließ mich aufspringen.

Ich versuchte auf eine Düne hinaufzulaufen, aber meine Schritte waren langsam und plump. Meine Füße sanken in die Asche ein, und es war mühselig, auch nur einen einzigen Meter zurückzulegen. Keiner würde mich hier finden, keiner.

Die Düne war steil, und meine Beine waren vor Angst zu schwach, um sie zu bewältigen. Ich rutschte und fiel.

Ich schlug die Hände vors Gesicht und fing wieder an zu weinen.

Ich weiß nicht, wie lange ich so dasaß. Ich wusste nicht, was ich tun sollte. Ich machte mir Vorwürfe und sagte mir, dass alles vorbeigehen würde, wenn ich mir nur ein kleines bisschen mehr Mühe gab. Ich musste etwas tun, das wusste ich, aber ich hatte keine Ahnung was.

Irgendwann verging auch die Angst, und ich versuchte, die Situation mit der größtmöglichen Klarheit anzugehen.

Ich war in dieser Wüste. Niemand würde mich suchen. Ich konnte nur auf mich selbst zählen.

»Also los!«, sagte ich mir.

Ich stand auf, wischte die letzten Tränen weg und kletterte entschlossen weiter die Düne hinauf. Sie war hoch, aber als ich oben war, verspürte ich eine unendliche Erleichterung.

So unendlich wie das Panorama, das sich mir bot.

Auf der anderen Seite der Düne konnte ich Gebäude ausmachen, vielleicht eine Stadt. Wenn das, was ich sah, nicht nur eine Luftspiegelung war, würde ich dort wahrscheinlich Menschen antreffen.

Ich machte einen Schritt, und der graue Sand gab unter meinem Gewicht nach. Um nicht einzusinken, musste ich schnell laufen, und das Kleid erschwerte die Sache. Während ich den steilen Hang hinunterrannte, wäre ich mehrmals fast gestürzt.

Als ich unten angelangt war, ging ich langsamer. Ich merkte, dass der Boden in Richtung Stadt immer kompakter wurde. Er war nicht richtig fest, aber ein wenig so, als würde man am Strand entlanggehen.

Ich verstauchte mir den Knöchel und verfluchte den Teufel, der das Ganze hier erschaffen hatte. Als ich das Bein anhob, um meinen Knöchel zu massieren, sah ich, dass ich Schuhe mit Absätzen trug. Hätte ich das gleich bemerkt, wäre alles sehr viel einfacher gewesen. Ich zog sie aus und schleuderte sie mit einem wütenden Schrei weit weg.

Ich zerriss auch teilweise das Kleid, auf das ich immer wieder trat. Dann gelangte ich zu den Gebäuden. Ohne Bezugspunkte war es schwierig, die Entfernung einzuschätzen, aber ich war vielleicht ein paar Kilometer gelaufen.

»Was ist das hier nur für eine Hölle?«, flüsterte ich.

Diese Worte, die ich leise ausgesprochen hatte, verursachten ein seltsames Gefühl auf meiner Haut, denselben Schauder wie damals, als ich ein Kind gewesen war und meine Mutter mich einmal in einem Supermarkt aus den Augen verloren hatte.

Das hier war keine Stadt.

Die vereinzelten schwarzen Gebäude, die ich von Weitem gesehen hatte, sahen aus wie Brandruinen.

Ich lief durch die breiten Straßen, die in Wirklichkeit Aschewege waren, dabei sah ich mich ständig um und versuchte, mir einzureden, dass nun alles besser werden würde.

Hier musste doch jemand sein! Ich kam mir vor wie in einem dieser verfluchten Zombie-Filme, die Leonard uns immer vorführte. In allem, was mich hier umgab, war nichts, das mir Sicherheit geben konnte. Selbst in der Anordnung der Gebäude gab es keinerlei Logik, sie schienen wie Würfel in die Wüste geworfen worden zu sein.

Einige waren krumm und schief, andere waren zur Hälfte und wieder andere ganz im Sand versunken. Manche waren eingefallen oder umgestürzt. Es war wirklich verstörend.

Die verwüstete Landschaft war nicht nur mit Häusern gespickt, sondern auch mit verbrannten und halb kaputten Autos, verkohlten Lastwagen, Industrieanlagen, die ein Raub der Flammen geworden waren, und sogar Schiffen.

Es gab alles, was man sich nur vorstellen konnte, aber alles war verbrannt.

Ich blieb reglos stehen und überlegte, was das zu bedeuten hatte, doch ich hätte es wahrscheinlich nicht mal in einer Million Jahre begriffen. Vielleicht war genau das die Zeit, die ich noch hier verbringen musste. Ich hatte nicht die leiseste

Ahnung, wie an einem Ort, an dem der Mond ein stillstehendes Loch am Himmel war, Zeit vergehen konnte.

Dann geschah plötzlich etwas, das mir einen Schock versetzte.

Ein Windstoß kam von rechts und riss ein Gebäude um.

Ich konnte nicht glauben, was ich da sah – ein ganzes Haus, das mir bis vor einem Augenblick noch solide zu stehen schien, zerbröckelte in winzig leichte Teilchen. Und wurde vom Wind fortgetragen. Auch das Haus war aus Asche.

Alles war aus Asche.

Eine graue Welt aus Asche.

Ich blickte der Wolke nach, die sich für einen Moment aufzulösen schien, doch dann sah ich, dass sie wieder dichter wurde und sich heftiger drehte und dass sich am Ende das Haus an einem anderen Ort wieder zusammensetzte – es sah genauso aus wie vorher.

»Das ist Wahnsinn!«, murmelte ich.

Meine Nerven, die zum Zerreißen gespannt waren, rissen, und ich schrie: »Ich will weg! Ich will hier weg!«

Meine Stimme schallte in alle Richtungen. Doch es kam kein Echo zurück. Vielleicht hatte sie nur eine andere Mauer zum Einsturz gebracht.

Ich nahm eine Bewegung hinter mir wahr.

Ein Rauschen. Schleppende Schritte.

Langsam drehte ich den Kopf.

Aus dem Augenwinkel sah ich die Umrisse eines Mannes. Ich fuhr herum, und genau in diesem Augenblick zerfiel die Gestalt zu Staub und verwehte in der Luft.

»Nein!«, brüllte ich und streckte automatisch die Hand nach ihm aus, als könnte ich es verhindern. Ohne dass ich darauf gefasst gewesen wäre, packte mich eine Sekunde später etwas am Hals.

Grob.

Es tat weh.

Ich konnte mich gerade noch rechtzeitig aus der Umklammerung herauswinden. Als ich mich umdrehte, sah ich eine Schreckgestalt, so grauenerregend, so mörderisch, dass mir fast das Herz stehen blieb.

Das einzig Menschliche an ihr waren die Arme und die Beine. Der Rest war ein verbrannter Körper ohne Augen. Der Kiefer stand weit offen und hing herunter, ein heiserer Schrei drang daraus hervor. Die Kreatur schien zu leiden, gleichzeitig aber schien sie die volle Absicht zu haben, mir Leid zuzufügen.

Von Grauen gepackt wich ich zurück. Alles, was ich durchgemacht hatte, seit ich in diese Welt geworfen worden war, war nichts im Vergleich zu der Todesangst, die mich in diesem Moment packte.

Alle Muskeln meines Körpers waren angespannt wie ausgefranste Seile, an denen zentnerschwere Gewichte hingen. Die Kreatur bewegte sich unkoordiniert und zeigte mit dem Finger auf mich. Von ihrem gräulichen, rissigen Fleisch hingen Aschefetzen herab. Es war, als würde sie mich nicht sehen, als würde sie mich lediglich spüren.

Eine Flucht schien nicht möglich. In meiner Angst, die ich noch nie so real gefühlt hatte, stand ich da wie festgenagelt. Ich spürte die Adern an meinem Hals pulsieren, ich bekam keine Luft mehr.

Hinter diesem widerlichen Wesen tauchten nun andere auf. Sie kamen aus den Häusern, sprossen aus dem Boden, krochen aus den Fenstern der Autowracks. Es war kein Albtraum, sosehr ich mir auch wünschte, es wäre einer. Es waren Dutzende Albträume zusammen, und ich war ganz schrecklich wach.

Da hörte ich eine Stimme: »He! Hierher!«

Voller Hoffnung drehte ich mich um.

Auf einem Eisenbahnwaggon, der entgleist und explodiert zu sein schien, erkannte ich die Silhouette eines Jungen.

Er stand da in einem weißen T-Shirt, das sich im Wind bauschte. Er streckte die Hand nach mir aus.

Das reichte mir, um zu verstehen, dass mein Leben heute nicht enden sollte.

Ich lief zu ihm und versuchte dabei, nicht an die Zombies in meinem Rücken zu denken. Das Wissen, dass mir jemand helfen konnte, gab mir Kraft.

Der Gedanke, dass wir beide sterben könnten, kam mir gar nicht. Und selbst wenn, immerhin wäre ich dann nicht alleine gewesen.

Ich kam zu dem umgestürzten Waggon und klammerte mich an einen Vorsprung, um hinaufzuklettern. Ich spürte, dass mich etwas am Bein schnappen wollte, aber die Hand des Jungen, die aus dem Nichts hervorschoss, war stärker.

Er packte mich am Handgelenk und zog mich hoch. »Los! Schnell!«

Mit einem Fußtritt konnte ich mich aus der aschigen Umklammerung lösen und hielt mich mit beiden Händen am Arm des Jungen fest. Ich nahm alle Kraft zusammen und sprang mit seiner Hilfe auf den Waggon.

Ich stand unter Schock und konnte kaum glauben, dass ich noch heil war.

Der Junge legte seine Hände auf meine Schultern. Es war eine sanfte, entschlossene Berührung. Erst jetzt konnte ich den Kopf heben und ihn ansehen.

»Alles okay?«, fragte er.

Er war wundervoll. Von entwaffnender Schönheit. Er hatte ein ebenmäßiges, weiches Gesicht, und als er ein Lächeln versuchte, bildeten sich zwei kleine Grübchen um seine Mundwinkel. Dann wurde er ernst.

»Alles okay?«, fragte er noch einmal, und erst jetzt nahm ich seine Stimme so richtig wahr. Tief und ruhig.

Vor lauter Angst konnte ich nicht antworten. Ich blickte nach unten, um zu sehen, ob uns die Aschekreaturen noch immer auf den Fersen waren.

Eigentlich hielt ich sie für zu dumm, um auf den Waggon zu springen, aber wenn sie sich weiter so aufeinanderstapelten wie bislang, hätten sie es bald geschafft.

»Also – alles okay?«, fragte er zum dritten Mal und stieß mich dabei leicht an, ohne sich um Höflichkeit zu bemühen.

»Ja!«, sagte ich und rückte von ihm ab.

Er mochte ja hübsch sein und mich gerettet haben, aber ich ließ nicht zu, dass er so mit mir umging.

Irritiert schüttelt er den Kopf. Dann schlug er sich auf die Schenkel und sah mich verdrossen an. Das schwarze Haar fiel ihm fast in die Augen, und mit seiner hellen, fast weißen Haut, sah er aus wie ein Engel. Ein empfindlicher, arroganter Engel.

Ich wollte schon gereizt auf sein irritierendes Schweigen reagieren, aber seine Augen schafften es irgendwie, mich zu beruhigen. Absolut faszinierend. Seine Augen zogen mich magnetisch an. Sie mussten Schreckliches gesehen haben, dennoch waren auch Spuren von Sanftheit darin zu erkennen. Als er sie zusammenkniff, um meine Gedanken zu erraten, sah ich ihre Farbe.

Besser gesagt ihre Farben.

Denn seine Augen waren ein schimmernder Regenbogen.

Sonnenstrahlen, die vom Wasser reflektiert wurden.

Sie schillerten in jeder denkbaren Farbschattierung wie die Flügel eines Schmetterlings.

Und dann brach er in schallendes Gelächter aus. »Ich würde mich an deiner Stelle nicht so nah an den Rand stellen«, sagte er.

Ich blickte auf meine Füße und sah, dass ich praktisch auf der Kante stand. Unter mir versuchten die Aschekreaturen, mein zerrissenes Kleid zu schnappen. Ich schrie auf und machte einen Schritt weg vom Rand. Fast wäre ich gegen den Jungen gestoßen.

»Tja, vielen Dank, dass du mich gerettet hast«, sagte ich und versuchte dabei ebenso flapsig zu klingen wie er.

»Nichts zu danken«, sagte er und runzelte die Stirn.

Ein besorgter Ausdruck legte sich über sein schönes Gesicht. »Was ist los mit dir?«, sagte er und versuchte mich festzuhalten.

Mir drehte sich der Kopf. Ich verlor das Gleichgewicht. Genau dasselbe Gefühl hatte ich gehabt, bevor ich eingeschlafen war.

Nicht einmal die Angst, vom Waggon zu fallen, konnte mich zur Besinnung bringen, und das letzte Bild, an das ich mich erinnerte, während ich fiel, waren die weiten Augen des Jungen und deren tausend Farben. Ich wollte mich noch festhalten, aber ich glitt unweigerlich in die Dunkelheit hinein.

Ein Schwindel überkam mich und riss mich mit sich.

In Sicherheit mit einem Fremden

Eine Stimme holte mich in die Wirklichkeit zurück: »Deine Freunde sind echte Feiglinge.«

Ich versuchte mehrmals, die Augen aufzuschlagen und riss sie nun abrupt auf.

Ich saß auf dem Rücksitz eines fahrenden Autos, am Steuer war ein Mann um die fünfzig. Er blickte sorglos drein und sah ein wenig kauzig aus.

»Wo bin ich?«, fragte ich beunruhigt.

Es war nicht schön, im Wagen eines Fremden aufzuwachen, nicht einmal nachdem man von Aschemonstern angegriffen worden war.

Ich drehte mich um. Keine Spur von meinen Freunden.

»In einem Auto«, antwortete er verwundert. »Deine Beobachtungsgabe ist wohl nicht sehr gut.«

Er sah mich mit einem merkwürdigen Lächeln an, und ich drückte mich an die Tür. Diese rote Fliege, die er trug … Die störte mich am meisten. Das letzte Mal hatte ich so etwas am Hals einer Mörder-Bauchrednerpuppe gesehen!

»Lassen Sie mich sofort aussteigen!«

»Wir sind gleich da«, antwortete er beschwichtigend.

Er bremste ab und bog in eine Straße ein. Ich erkannte sie an dem Schild eines Geschäfts, in das ich immer mit Christine ging. Das beruhigte mich ein wenig. Zwei Kreuzungen weiter sah ich schon die Apotheke meiner Mutter.

Da wurde mir klar, wie absurd die ganze Situation war.

»Woher wissen Sie denn, wo ich wohne?«, fragte ich ungehalten, um ihm meine Wut zu zeigen.

Er kratzte sich am Kopf. »Hm ... Ich habe dich oft auf dem Schulweg gesehen.«

Ich riss Augen und Mund auf. »Spionieren Sie mir nach? Verfolgen Sie mich?«

Ich wollte das Fenster herunterlassen und um Hilfe rufen. Der Mann hielt an einer roten Ampel.

»Nein, ich spioniere dir nicht nach und ich verfolge dich auch nicht, und das hier ist ein Oldtimer, sei also ein bisschen vorsichtig.«

»Lassen Sie mich sofort aussteigen!«, erwiderte ich.

Dann wurde ich wieder ruhiger. Dieser Mann war zwar komisch und hatte mir noch keine Erklärung gegeben, aber er wirkte nicht bedrohlich. Und wenn ich schon entführt worden war – was ich eigentlich ausschloss – dann wenigstens in einem schönen Wagen, einem altmodischen, feuerroten Cabrio.

»Ich wollte dir nur einen Gefallen tun«, sagte der Mann und reckte den Hals, um die Ampel zu sehen. »Eigentlich müsste ich derjenige sein, der wütend ist. Schließlich bist du in meinem Garten ohnmächtig geworden, nachdem du ihn ohne meine Erlaubnis betreten hast. Das nennt man Hausfriedensbruch!«

Ich runzelte die Stirn. »Die Villa gehört Ihnen?«

»Die Villa, die aus der Asche auferstanden ist. Genau«, antwortete der Mann, blies die Backen auf und schnaubte.

»Wie bitte?«

»Ach nichts, alte Erinnerungen. Ein Freund von mir nannte sie so. Er hat vor mir dort gewohnt.«

Die Ampel wurde grün.

»Wo sind meine Freunde hin?«

Der Mann legte den Gang ein und fuhr los.

»Kaum haben sie mich aus dem Haus kommen sehen,

sind sie abgehauen. Aber du darfst ihnen nicht böse sein. Verschlafen und im Morgenrock bin ich sicherlich kein schöner Anblick.«

Er hielt direkt vor der Apotheke. Drinnen bediente meine Mutter Kunden. Sie sah mich durchs Schaufenster, und ich bemerkte gleich ihre zornige Miene. Ich wandte mich an den Mann: »Wie lange habe ich geschlafen?«

Er sah auf die Uhr am Armaturenbrett.

»Ich würde sagen: vier Stunden. Ich wusste nicht, wie ich dich wach kriegen sollte. Meine Frau hat es sogar mit kaltem Wasser versucht, aber du …«

Erst jetzt bemerkte ich, dass ich nasse Haare hatte.

»Ist Ihnen nicht in den Sinn gekommen, dass ich krank sein könnte? Haben Sie denn keinen Rettungswagen gerufen?«, fragte ich.

Das hätte ich nämlich getan, wenn ich im Hof meines Hauses eine ohnmächtige Person gefunden hätte. Er hingegen kratzte sich wieder am Kopf, und bevor ihm noch eine Antwort einfiel, öffnete sich die Wagentür neben mir. Ich blickte direkt in die Augen meiner Mutter, die aussahen wie Gewehrläufe.

»Das wird kein schöner Tag für dich!«, sagte sie und zog mich nach draußen. Dann beugte sie sich zum Autofenster hinunter, sah den komischen Typen an, der im Wagen saß, und sagte etwas, das ich niemals erwartet hätte.

»Charles!«

Kannte sie ihn? Und wenn sie ihn kannte, warum klang sie dann so vorwurfsvoll? Vielleicht war er ein Stammkunde der Apotheke. Ja, so musste es sein. Der Mann fing an zu lachen.

»Julia, ich habe sie im Garten gefunden, sie hat inmitten der Blumen geschlafen.«

Meine Mutter strich sich irgendwie ratlos durch ihr blondes Haar. Ich konnte ihr Gesicht nicht sehen, aber ihrem Tonfall nach zu urteilen, war sie auch auf diesen Mann wütend. Vor allem auf ihn.

Sie stand mit dem Rücken zu mir, und ihr weißer Kittel ließ sie selbst in dieser Situation noch makellos erscheinen.

»Du hättest mich vorher anrufen können!«, sagte sie zu Charles und bemühte sich, ihre Beherrschung wiederzufinden. »Ich habe mir Sorgen gemacht.«

»Ich habe versucht, sie zu wecken, aber selbst ein Bombenhagel hätte das nicht geschafft. Hör zu, ich wollte sie nach Hause bringen, bevor sie aufwacht …«

»In Ordnung«, unterbrach sie ihn hastig. »Macht nichts.«

»Mama, es geht mir gut, ich weiß nicht, warum du dich so aufregst.«

Sie richtete sich wieder auf und stemmte eine Hand in die Hüfte, holte Luft und schien etwas Fürchterliches zu mir sagen zu wollen. Doch stattdessen ließ sie die Luft wieder ohne einen Ton aus ihren Lungen entweichen.

»Lass es gut sein. Ist nicht wichtig …, nicht mehr. Bedanke dich bei dem Herrn, und dann gehen wir rein.«

Ich beugte mich hinunter und winkte ihm zum Gruß. Nachdem ich nun wusste, dass er ein Freund meiner Mutter war, war es mir ein bisschen peinlich, wie ich ihn behandelt hatte.

Doch er schien nicht der Typ zu sein, der sich wegen so einer Kleinigkeit aufregen würde. Trotz allem, was ich zu ihm gesagt hatte, war er ausgesprochen nett gewesen.

»Danke«, sagte ich. »Entschuldigen Sie das Missverständnis.«

Er blinzelte mir zu. »Es war eine nette erste Begegnung. Und außerdem ein ziemlich außergewöhnlicher Tag.«

»Ja …, außergewöhnlich«, wiederholte ich.

Das war es in der Tat. Es kam nicht oft vor, dass ich in Parallelwelten geriet. In der Erinnerung sah ich wieder die vielfarbigen Augen des Jungen vor mir, der mich gerettet hatte.

Meine Mutter packte mich am Arm, und ich kehrte in die Wirklichkeit zurück.

»Thara, das war heute eure erste und einzige Begegnung. Ich möchte nicht, dass ihr euch wiederseht.«

Sie sprach diese Worte mit ungewöhnlichem Ernst und großer Entschiedenheit. Ich hielt es für das Beste, wenn sie sich erst einmal beruhigte, bevor ich ihr weitere Fragen stellte.

Sie verabschiedete sich nicht von Charles. Sie ging zur Tür der Apotheke und drehte sich nur um, um sich zu vergewissern, dass ich ihr folgte.

»Gehen wir?«, sagte sie noch immer wütend.

Ich warf Charles einen letzten Blick zu – er zuckte mit den Schultern, als wollte er sagen: Mach dir nichts draus – und ging mit meiner Mutter in die Apotheke.

Als wir an den Regalen vorbeigingen, sah ich, wie ihr Kittel in der Luft flatterte. Er schien wie von einem Wind bewegt, der dem Gewitter vorausgeht. Und ich täuschte mich nicht.

Sie ging hinter den Tresen und gab mir das Zeichen, ihr ins Hinterzimmer zu folgen. Ich begrüßte Vivian, die Apothekenhelferin, und folgte meiner Mutter in den Raum, der jetzt wohl meine Folterkammer werden sollte. Auch wenn ich vor Kurzem noch von fremdartigen Kreaturen angegriffen worden war, meine Mutter verstand es, mich noch viel wirkungsvoller zu terrorisieren.

Ich ließ meine Tasche mit den Büchern neben einen Stuhl fallen. Sie schloss die Tür.

»Wir haben zwei feste Regeln. Mehr verlange ich nicht von dir. Ich möchte nur, dass ich mir keine Sorgen machen muss.«

Ich verstand nicht: zwei Regeln? Ich unterbrach sie: »Gab es denn nicht nur eine Regel? Ich soll immer mit Christine zusammen sein, wenn ich ausgehe.«

»Tja, dann ist heute eine zweite hinzugekommen: Du sollst dich von Charles fernhalten.«

Sie atmete tief ein, als hätte dieser Mann etwas noch viel Schrecklicheres an sich als die Fliege an seinem Kragen.

»Ich dachte, er wäre ein Freund von dir …«

Sie fuhr sich mit der Hand an die Schläfe und schien lange nachzudenken, bevor sie eine Antwort fand. Ich konnte wirklich nicht verstehen, warum sie so aufgeregt war. Bis gerade eben hatte sie den Namen »Charles« nie erwähnt.

»Wir waren mal Freunde«, sagte sie schließlich, als hätte sie sich von einer Last befreit. »Vor vielen Jahren. Aber nun haben wir nichts mehr miteinander zu tun.«

Ich nahm die Thermoskanne aus der Tasche und schraubte den Deckel ab, aber sie war ja leer.

»Wieso nicht?«

Meine Mutter wurde immer aufgeregter. »Vor langer Zeit …«, antwortete sie, »ist etwas vorgefallen. Etwas Unangenehmes, das uns voneinander entfernt hat.«

»Zwischen euch?«

»Nein, nicht zwischen uns. Charles ist ein anständiger Mensch.« Sie suchte meinen Blick in der Hoffnung, ich würde sie verstehen, ohne weiterzufragen. »Aber wir haben zusammen Momente durchlebt, an die ich mich lieber nicht erinnern will.«

Ich runzelte die Stirn. So sprach Mama eigentlich nur über ein Thema. Besser gesagt, sie sprach eigentlich gar nicht darüber.

»Du meinst, mit Dad?«

Sie versteifte sich, als wäre mit diesen Worten die Zeit stehen geblieben oder die Temperatur gesunken und sie mitten in der Bewegung eingefroren. Ihre Stimme zitterte, ohne dass sie richtige Worte artikulierte. Dann öffnete sie die Tür, und bevor sie hinausging, sagte sie mit traurigem Gesicht: »Ich muss heute noch viel erledigen … Besser, ich räume jetzt weiter die Regale auf.«

In meinem Zimmer warf ich mich aufs Bett und starrte an die Decke.

Mir ging so vieles durch den Kopf, dass ich nicht wusste,

wo ich anfangen sollte. Ich fühlte mich nicht gut, ich war unruhig und verstört.

In diesem Zustand hatte ich die blöde Angewohnheit, mir auf die Lippen zu beißen. Zumindest konnte ich auf diese Weise den Schmerz einordnen, den ich empfand.

Ich dachte noch immer über die mondlose Welt nach. Ich wollte mir einreden, dass es ein Albtraum war, aber je mehr ich es versuchte, desto heftiger kamen mir die Eindrücke und die Angst wieder in den Sinn. Ich spürte noch die Asche in den Haaren und an den Fingern wie Totenpuder. Ich wusste nicht, was mir lieber gewesen wäre: dass diese Welt ein Auswuchs meiner Schlafkrankheit war oder dass es sie wirklich gab.

Und wenn es sie gab, was war sie dann? Die Hölle, das Fegefeuer, ein Raucherparadies?

Ich holte tief Luft.

Ich glaubte nicht an das Übernatürliche. Meine Mutter hatte mich immer dazu angehalten, rational zu denken, und behauptet, nur das menschliche Verhalten sei unerklärlich. Vielleicht war das die einzige Meinung, die ich wirklich mit ihr teilte.

Einerseits zwang ich mich zu glauben, einer Sinnestäuschung erlegen zu sein, andererseits spürte ich, dass dem nicht so war. Diese Wesen, diese rissigen Hände, die mich an den Beinen gepackt hatten – ich hatte sie gesehen und gespürt. Ich konnte noch den scharfen Geruch der Asche riechen, die mir in Nase und Augen gedrungen war. Ich packte das Laken, als wollte ich mich vergewissern, dass ich meinen Händen trauen konnte.

Was sollte ich denken? Vielleicht wäre es das Beste, mit meiner Mutter darüber zu sprechen. Sie könnte mir Tabletten geben, und ich würde alles vergessen. Oder sie würde mich zu einem Seelenklempner schicken. Nein, das kam nicht infrage, eher würde ich für den Rest meines Lebens an Kobolde glauben.

Im Moment war es wohl das Beste, die Sache für mich zu behalten oder höchstens mit Christine darüber zu reden. Und wer sagte mir denn überhaupt, dass sich meine Weltenreise wiederholte? Es war unwahrscheinlich, dass es noch einmal geschah. Ich musste einfach alles vergessen.

Aber diese Augen könnte ich niemals aus meinem Gedächtnis streichen.

Ich bin noch nie gerettet worden, zum Glück war das bislang nicht nötig gewesen, aber es war eine aufregende Erfahrung. Ich erinnerte mich zu deutlich daran, um einfach auf die Delete-Taste zu drücken.

Freilich war das Benehmen des geheimnisvollen Jungen nicht so toll wie seine Augen, aber er übte einen gewissen Zauber aus. Nicht jeder konnte einen Menschen innerhalb von wenigen Sekunden verunsichern und gleichzeitig faszinieren.

Irgendetwas an seinem Aussehen hatte mich angezogen und verwirrt. Ich verspürte das Bedürfnis, mehr über ihn zu erfahren.

Die Begegnung mit ihm war, als würde ich vor einer verschlossenen Tür stehen, hinter der ich merkwürdige Geräusche hörte. Ich wusste nicht, was hinter der Schwelle auf mich wartete, aber die Versuchung, die Tür zu öffnen, war zu groß, um ihr zu widerstehen.

Ich wusste nicht einmal, wie der Junge hieß.

Für mich war er nur ein Gesicht.

Ich schloss die Augen, um zu prüfen, ob sich Spuren seiner Existenz hinter meinen Lidern festgesetzt hatten. Aber ich fand nur Dunkelheit.

Ich dachte noch eine Weile nach, dann erhob ich mich von meinem Bett und ging zum Schreibtisch. Ich zog die Schublade mit dem Zeichenblock und den Buntstiften auf.

Da ich an den Jungen nur eine flüchtige Erinnerung hatte, wollte ich sie nicht verblassen lassen und begann ihn zu zeichnen.

Ich malte ihn so, wie ich ihn im ersten Moment gesehen hatte: auf einem verbrannten Eisenbahnwaggon stehend, seine Augen sendeten schillernde Blitze in alle Richtungen aus.

Während sich meine Erinnerung auf dem Papier wieder zusammenfügte, stellte ich fest, dass er schlank und sportlich war. Vielleicht gab es ja irgendwo auch ein verborgenes Lächeln ...

Wie so ein Junge wohl hieß? Er musste mindestens zehn Namen haben, einen für jede Farbe seiner Augen.

Ich hielt inne und kippte mit dem Stuhl nach hinten. Mir kam ein abwegiger Gedanke: Auf Altgriechisch bedeutete Iris »Regenbogen«.

Ich machte die Zeichnung fertig, heftete sie mit einer Nadel an den Schrank und betrachtete sie. Dann fiel mein Blick auf das Telefon auf der Kommode.

Ich wusste nicht, ob ich Christine anrufen und ihr erzählen sollte, was passiert war. Vor allem nachdem sie mich im Garten eines Fremden alleingelassen hatte. Und wenn ich sie anrief, was sollte ich ihr sagen?

Am Abend holte meine Mutter im China-Restaurant ein Take-Away-Menü. Das aßen wir hin und wieder ganz gern, wenn keine von uns Lust hatte zu kochen. Sie hatte mich am Nachmittag gefragt, ob ich etwas zum Essen machen könnte, aber ich hatte Kopfschmerzen.

Wir setzten uns ins Wohnzimmer und schauten fern. Meine Mutter hatte die schreckliche Angewohnheit, ständig herumzuzappen, sodass wir nie eine Sendung oder einen Film vollständig sahen, sondern immer nur einen absurden Wirrwarr an Bildern. An jenem Abend war das jedoch mein geringstes Problem. Ich interessierte mich nicht für das Fernsehprogramm, ich war vollkommen abwesend und viel zu sehr damit beschäftigt, vor mich hin zu grübeln.

Meine Mutter merkte erst, dass etwas nicht stimmte, als

sie die Schachtel mit dem Mandel-Hühnchen öffnete, sie mir reichte und ich nicht reagierte.

»Was ist?«, fragte sie. »Du hast noch kein Wort gesagt. Willst du lieber das Curry-Hähnchen?«

Ich blickte kurz auf, um ihr zu zeigen, dass ich anwesend war. »Mama«, sagte ich, »meinst du, dass Narkolepsie, also meine Schlafkrankheit, Halluzinationen hervorrufen kann?«

Sie verharrte mit dem Hühnchen in der Hand und sah mich unschlüssig an. »Das weiß ich nicht. Ich glaube, eher nicht«, sagte sie leise. »Warum?«

»Nur so. Aus Neugier«, log ich mit einiger Mühe.

»Ist etwas passiert?«, fragte sie besorgt.

Auf so eine Frage hätte ich gefasst sein müssen.

»Nein. Nichts Besonderes, nichts, worüber du dir Gedanken machen müsstest.«

Doch so einfach konnte ich sie nicht beruhigen. Das Mandel-Hühnchen schwebte noch immer zwischen uns.

Schließlich fand ich eine Möglichkeit, das Gespräch zu beenden.

»Dieser Charles sieht aus wie ein Typ aus einem Comic.«

Dann knallte meine Mutter die Schachtel mit dem Huhn auf den Tisch. »Ich bitte dich, Thara«, sagte sie und heftete den Blick auf den Fernseher, »bitte ...«

Und wir fingen an zu essen.

Ich stocherte nur ein wenig in meinem Reis.

Meine Mutter hatte zwar keinen Abschluss in Medizin, aber ich wusste, dass sie auf diesem Gebiet sehr kompetent war. Wenn sie Halluzinationen also ausschloss, dann vertraute ich ihrem Urteil. Dennoch wusste ich nicht, ob es mich beruhigen sollte, dass ich noch bei Verstand war, oder ob ich Angst haben musste, weil das, was ich erlebt hatte, offensichtlich real war. Für den Moment beschloss ich, es dabei bewenden zu lassen, doch das hinterließ ein kaltes, feuchtes Kribbeln auf meiner Haut.

Ich zog es vor, meine Aufmerksamkeit auf greifbarere Dinge zu richten.

Ich schenkte mir ein Glas Cola ein, trank es und konzentrierte mich auf die Bläschen, die mich am Gaumen kitzelten.

Ich war im Garten eines fremden Mannes ohnmächtig geworden, und aus purem Zufall kannte dieser Mann meinen Vater. Den Vater, über den ich nur so viel wusste: Er hieß Ray und war wenige Tage nach meiner Geburt gestorben. Ich hatte noch nicht einmal ein Foto von ihm gesehen. Meine Mutter hatte alles verbrannt, als könnte sie ihn so aus dem Gedächtnis löschen.

Es war mir egal, dass sie beschlossen hatte, ich dürfe Charles nicht mehr sehen. Ich würde ihn ganz sicher wiedertreffen. Vielleicht war es für meine Mutter schmerzhaft, Charles zu sehen, aber für mich war er ein neues Gesicht.

Ich beschloss, am nächsten Tag wieder zur Villa zu gehen und Charles darum zu bitten, mir alles zu erzählen, jede Kleinigkeit, an die er sich erinnerte.

Zumindest war das eine gute Möglichkeit, mich abzulenken.

Tote, bissige Sprachen

Am nächsten Tag ging schon gleich in der Früh alles schief.

Kaum war ich aufgestanden, gab die Kaffeemaschine den Geist auf. Ich ging stattdessen in ein Café, und als ich mit einem Pappbecher in der Hand wieder herauskam, sah ich, wie mein Bus von der Haltestelle wegfuhr.

Ich rieb mir das Gesicht, um nicht laut loszubrüllen. In der Nacht hatte ich trotz meiner ständigen Müdigkeit wenig und schlecht geschlafen. Ich hätte damit rechnen müssen. Besser, ich hätte krankgemacht und wäre zu Hause geblieben. Ich setzte die Sonnenbrille auf und rannte los, um nicht zu spät zu kommen.

Gleich hinter dem Schultor bestätigte sich, dass es ein Fehler gewesen war, in die Schule zu gehen.

Als ich den Weg entlanglief und nach Luft schnappte, merkte ich, dass etwas Merkwürdiges vor sich ging. Ich begriff nicht gleich, worum es sich handelte, bis mir klar wurde, dass das übliche Geschrei der Schüler verstummte, als ich an ihnen vorbeiging.

Ich hob kaum merklich den Kopf – gerade so viel, um hinter meinen dunklen Brillengläsern hervorschielen zu können – und sah, dass alle mich anstarrten. Sobald ich in ihre Richtung blickte, sahen sie weg und hielten sich die Hand vor den Mund, um ihr Gelächter dahinter zu verstecken.

Leichter Frust mischte sich in die Lawine verwirrender Gefühle, die mich sowieso schon belasteten und kostete mich meine letzten, wenigen Kräfte. Was war denn nun schon wieder los? Was hatte ich so furchtbar Witziges getan?

Gerade als ich unauffällig durch den Haupteingang gehen wollte, tauchte Jennifer Suarez mit ihren beiden Freundinnen auf. Jenny »Lippenstift«, wie Christine sie nannte, denn ihr Lippenstift war überall, nicht nur auf ihren Lippen, stellte sich mir in den Weg. Immer war sie geschminkt und gekleidet, als müsste sie über einen Laufsteg gehen, aber sobald sie den Mund aufmachte, wirkte sie wie ein Troll.

»Was willst du, Suarez?«, fragte ich und suchte nach einer Fluchtmöglichkeit.

Sie grinste mich an und machte einen Schritt nach rechts, um mir auch diesen Ausweg zu blockieren.

»Ich wollte wissen, ob du Spaß hattest.«

Sie kicherte mit ihren Freundinnen.

»Hä?«, machte ich desinteressiert und ging nach links.

Wieder folgte sie mir auf dem Fuße.

»Ob du es gut fandest, mit Esteban ins Bett zu gehen? Ich fand es nämlich nicht so gut, als ich davon gehört habe.«

Ich blieb stehen und sah sie durch ihr undurchdringliches Make-up hindurch an.

»Was hast du gesagt?«, fragte ich scharf.

»Esteban hat allen erzählt, was neulich Abend los war«, fuhr Jennifer mit Genugtuung fort. »Die ganze Schule weiß, dass du mit ihm im Bett warst. Weißt du, ich hätte ja nicht gedacht, dass man dich so leicht rumkriegt. Beim ersten Date!«

»Aber das stimmt doch gar nicht!«, schrie ich sie an. Meine Nerven lagen blank.

Wie konnte dieser Mistkerl es wagen! Ich ballte so fest die Faust, dass ich mir fast die Fingernägel ins Fleisch trieb. Er musste gedacht haben, dass ich an der Geschichte mit seinem Motorrad schuld war, und nun hatte er eine tolle Möglichkeit gefunden, um sich zu rächen.

»Ich war nicht mit ihm im Bett!«, wiederholte ich. »Das würde ich niemals tun!«

Ich stieß Jennifer Suarez weg und lief mit gesenktem Kopf durch den Eingang.

Ich spürte die Blicke der anderen wie spitze Pfeile auf mir. Ich war eine leichte Zielscheibe. Meine Haut fühlte sich kalt und kribbelig an, und ich war überwältigt vor Scham. Ich musste die Situation sofort in den Griff bekommen, bevor alles noch schlimmer wurde.

Jennifer Suarez war noch nicht zufrieden, sie schrie mir nach: »Esteban hat gesagt, es war, als würde man ein Schnitzel vögeln!«

Ich knirschte mit den Zähnen. Wenn ich sie noch weiter aufeinandergedrückt hätte, wären sie zerbröselt.

Ich ging schneller und versuchte, zwischen den Schülern zu verschwinden, aber meine Größe – ich war ein wenig größer als der Durchschnitt – machte mir die Sache nicht leicht.

Ich bog in die Flure ein, und auch dort erwartete mich das gleiche Szenario. Alle drehten sich nach mir um, als wäre ich nackt. Und genauso fühlte ich mich auch. Es war ein Albtraum.

Dann sah ich Esteban an seinem Spind lehnen, ein paar andere Jungs standen um ihn herum. Mit seiner Lederjacke und seiner provokativen Haltung sah er genauso aus, als würde er gerade pikante Details über unser Date zum Besten geben. Mir wurde übel.

Ich ging direkt auf ihn zu. Als er mich kommen sah, hob er unmerklich den Kopf. Sein Blick ließ mich innehalten. Auch die anderen Jungs drehten sich zu mir um, und brachen in schallendes Gelächter aus.

Alle Beschimpfungen, die ich mir auf dem kurzen Weg zurechtgelegt hatte, waren augenblicklich wie weggeblasen.

Meine Kehle war wie zugeschnürt, und ich brachte kein Wort heraus. Ich spürte, dass ich aus Frust und Verbitterung gleich anfangen würde zu weinen.

Esteban hatte etwas in Gang gesetzt, das nie wieder zu stoppen wäre.

Plötzlich erschienen Christine und Leonard auf der Bildfläche.

»Das wird dich teuer zu stehen kommen – warte nur!«, fauchte Christine und machte einen Schritt auf Esteban zu.

»Ich sterbe schon vor Angst!«, gab er selbstgefällig zurück. »Das Kätzchen fährt seine Krallen aus …«

Leo flüsterte mir ins Ohr: »Komm, Thara, lass uns gehen.«

Ich folgte ihm, während Christine sich weiter mit Esteban stritt. Ich warf einen Blick zurück und sah, wie sie auf ihn losgehen wollte und die anderen Jungs sie festhielten.

»Keine Sorge«, sagte Leo leise. »Wir kriegen das wieder hin, du wirst sehen.«

Ich holte tief Luft.

»Weißt du, das interessiert mich gar nicht«, log ich. »Lass uns ins Klassenzimmer gehen und das Ganze vergessen.«

Zum Glück hatten wir in den ersten Stunden Latein. In diesem Fach war ich gut und musste nicht besonders aufpassen, denn das hätte ich in meinem jetzigen Zustand nicht fertiggebracht.

Leo und ich setzten uns nebeneinander und belegten einen Platz für Christine.

Herr Calinger saß am Lehrerpult, ging irgendwelche Texte durch und achtete nicht auf das Kommen und Gehen der Schüler. Die Brille hing ihm fast auf der Nasenspitze, und er besah sich seine Notizen wie ein Geier. Er beugte sich vor und ließ seinen Kopf ruckartig nach rechts und links schnellen. Von allen Lehrern hatte er sich als Einziger einen Hauch Menschlichkeit bewahrt.

Kurz bevor er anfing zu sprechen, kam Christine als Letzte ins Klassenzimmer und setzte sich neben uns.

»Esteban wird bereuen, wie er dich behandelt hat und erst recht, wie er mich behandelt hat!«, sagte sie, nahm ihr Textbuch und knallte es aufs Pult. Dann stützte sie die Ellbogen auf und machte ein mürrisches Gesicht.

In diesem Moment erhob sich Herr Calinger, sein Stuhl quietschte. Er stand immer gebeugt da, und von unseren Plätzen aus hatten wir einen perfekten Blick auf seinen Kahlkopf.

»Heute«, sagte er und räusperte sich, »lassen wir die Grammatik Grammatik sein und sprechen über etwas anderes. Etwas Interessanteres.«

»Halleluja!«, brummte Christine.

Herr Calinger hob den Zeigefinger. »Wir wollen heute über die größte Bibliothek sprechen, die es jemals gab. Die Bibliothek von Alexandria. Weiß jemand etwas darüber?«, fragte er mit Blick in die Klasse.

Nachdem er keine erhobenen Hände sah, blieb sein Blick an mir haften. Nolens volens war ich seine Lieblingsschülerin.

»Thara?«, fragte er.

Ich zwang mich zu einem Lächeln. Dass sich an diesem Tag alle Aufmerksamkeit auf mich richtete, war das Letzte, was ich wollte.

»Na, vielen Dank auch, Herr Calinger!«, sagte ich ganz leise und mit einem Anflug von Sarkasmus, dann hob ich die Stimme: »Ich weiß nur, dass sie vor etwa zweitausend Jahren zerstört worden ist, das war's aber auch schon.«

»Ganz genau!«, rief Herr Calinger und kam hinter seinem Pult hervor. »Im dritten Jahrhundert nach Christus wurde sie bei einem Brand zerstört. Es gibt diesbezüglich keine genauen Quellen, aber man geht davon aus, dass sie während der Auseinandersetzungen zwischen dem römischen Kaiser Aurelian und der Königin Zenobia von Palmyra ein Raub der Flammen wurde. Seneca beziffert die Brandverluste auf 40 000 Buchrollen, ein anderer Gelehrter gar auf 700 000 ...«

In den beiden folgenden Stunden erzählte er mit leidenschaftlicher Begeisterung die Geschichte der Bibliothek. Ich fand das Thema sehr interessant, Christine und Leonard hingegen nutzten die Gelegenheit, um sich mit anderen Dingen zu beschäftigen, ohne zurechtgewiesen zu werden. Wenn Herr Calinger etwas erzählte, an dem ihm besonders gelegen war, kümmerte er sich nicht mehr um das, was um ihn herum geschah.

Am Ende der Lateinstunde nahmen wir unsere Bücher und verließen das Klassenzimmer. Uns erwarteten zwei Stunden bei unserer Geschichtslehrerin Frau Palmer. Zu ihr hatte ich keinen besonders guten Draht.

Doch auch diese Qual ging vorüber, und wir konnten endlich in die Mensa gehen.

Der Saal war groß und gedrängt voll. Ich hasste es, dort zu essen, aber unsere Mittagspause war zu kurz, um vor dem Nachmittagsunterricht nach Hause zu gehen. Mein Magen war total verkrampft, also holte ich mir nur einen Kaffee.

Leo, Christine und ich setzten uns an einen Tisch am Rand, direkt unter der Empore, die mitunter für Schulkonferenzen oder -versammlungen genutzt wurde. Ich wollte meinen Freunden erzählen, was mir tags zuvor passiert war, wusste aber weder, wie ich anfangen sollte, noch, ob es überhaupt eine gute Idee war. Sie würden mich für verrückt halten – wie ich selbst mich am Anfang auch.

Dennoch lag mir viel an ihrer Meinung.

»Glaubt ihr, dass es noch etwas anderes außerhalb dieser Welt gibt?«, fing ich an, ohne zu wissen, wie ich fortfahren sollte.

»Ja«, sagte Leo sofort. »Du steckst bis zum Hals drin: Das Gymmi.«

»Nein, ich meine es ernst. Glaubt ihr, dass dies hier die einzige Wirklichkeit ist?«

Christine sah mich an, als wäre ich besoffen. »Du bist ja noch merkwürdiger als sonst.«

Ich seufzte. »Gestern … als ich in Charles' Garten ohnmächtig geworden bin …«

»Du kennst den Typ?«, unterbrach mich Leo.

»Es hat sich herausgestellt, dass er ein Freund meines Vaters war. Wie auch immer, als ich ohnmächtig geworden bin, ist mir was echt Komisches passiert …«

Ich erzählte die ganze Geschichte mit einer Selbstverständlichkeit, die ich selbst nicht erwartet hatte. Ich schilderte ihnen die Aschewüste bis ins kleinste Detail, und während ich sprach, durchlebte ich noch einmal jeden einzelnen Augenblick, jeden einzelnen Moment der Angst, des Staunens und der Verwirrung. Und während ich nach und nach alle Vorfälle schilderte, wuchs meine Überzeugung, sie wirklich erlebt zu haben. So deutlich konnte man sich nicht an einen Traum erinnern! Träume waren verschwommen und unzusammenhängend, sie folgten keiner exakten Zeitlinie, es waren Bilder und Verarbeitungen von Erlebnissen des vorigen Tages.

Meine Freunde unterbrachen mich nicht, sondern hörten mir, nach vorne gebeugt, zu. Immer wieder blickten sie sich gegenseitig an, um die Reaktionen des jeweils anderen zu prüfen und sich zu vergewissern, dass ich mich nicht mit einem von beiden abgesprochen hatte, um dem anderen einen Streich zu spielen.

Als ich dann bei dem Jungen angekommen war, der mich gerettet hatte, holte ich die Zeichnung aus der Mappe, die ich für sie in die Schule mitgebracht hatte. Ich legte sie vor mich auf den Tisch und beendete meine Geschichte.

»Gut, Thara«, hob Christine an, »in meiner privaten Rangliste von Soziopathen und potenziellen Mördern hast du an Punkten gewonnen.«

»Du musst mir ja nicht glauben«, erwiderte ich und nahm die Zeichnung wieder an mich.

Mit so einer Reaktion hatte ich zwar gerechnet, aber es ärgerte mich trotzdem.

»Ich habe nicht gesagt, dass ich dir nicht glaube«, lenkte sie ein, als sie meine angesäuerte Miene sah. »Vielleicht bin ich ja nur neidisch …«

Sie spielte mit dem Armband, das ich ihr zum Geburtstag geschenkt hatte. »Du hast den Jungen deiner Träume gefunden. Schade, dass er dortgeblieben ist!«

»Ich finde den Teil mit den Aschemenschen cool! Wie in *Silent Hill*«, sagte Leo und schaukelte auf seinem Stuhl.

»Du bist der Junge meiner Albträume!«, grinste Christine.

»He, Leute«, bremste ich sie, bevor sie anfangen konnten, sich zu streiten. »Ich habe euch gerade erzählt, dass ich in einer anderen Welt war.«

Christine lächelte. »Gut, beweise es!«

»Und wie?«, fragte ich sie.

Christine zwinkerte mir zu und stieß mich mit dem Ellbogen an. »Was hatte dieser Typ denn für einen Hintern? Einen herrlichen, perfekten Knackarsch?«

Lächelnd schüttelte ich den Kopf.

Da sie mich sowieso nicht ernst nahmen, beschloss ich, mitzuspielen. Auch ich musste mich mal amüsieren.

»Du bist besessen!«

»Nein, nein!«, stellte Christine richtig. »Das ist eine sehr wichtige Frage. Ich bin Ästhetin. Ich betrachte die Sache aus einer rein künstlerischen Perspektive.«

»Na klar!«

Ich ging nicht weiter auf dieses Thema ein. Stattdessen wollte ich ihre Aufmerksamkeit auf den Moment lenken, in dem ich in Charles' Garten eingeschlafen war. Wenn ich begreifen würde, was passiert war, würde ich vielleicht die gleichen Bedingungen wiederherstellen und in diese Welt zurückkehren können.

»Erinnert ihr euch zufällig, was ich getan habe, bevor ich ohnmächtig geworden bin?«

Leonard setzte die Kapuze seiner Fleecejacke auf.

»Du wolltest Blumen klauen. Vielleicht bist du aus Angst, geschnappt zu werden, durchgedreht.«

»Nein«, sagte ich nachdenklich. »Ich glaube, es war dieser Duft.«

Leonard zwinkerte mir zu.

»Waren das denn wirklich Iris? Oder baut dieser Typ in seinem Garten womöglich illegale Pflanzen an?«

Ich ging auch darauf nicht ein.

»Wie wär's«, schlug ich vor, »wenn wir nach der Schule zu ihm gehen?«

Kuriositäten

Gegen halb fünf standen wir vor Charles' Haus. Bevor wir klingelten, besah ich mir misstrauisch die Iris. Ich wollte nicht, dass ich mitten auf dem Gartenweg eine weitere Überraschung erlebte. Oder vielleicht doch?

»Vielleicht sollten wir besser ein anderes Mal wiederkommen«, sagte ich mit Blick auf die Klingel.

»Es ist immer das gleiche mit dir!«, schnaubte Christine und drückte auf das Messingknöpfchen.

Während wir warteten, betrachteten wir das Haus: Es war groß und hatte zwei Stockwerke, ein Türmchen und eine Veranda. Ich hätte gern hier gewohnt, auch wenn mir der Anblick des Hauses Gänsehaut verursachte. Die weiße Fassade erschien mir mittlerweile wie eine Maske, die etwas Düsteres verbarg.

Als die Tür aufging, stand Charles im Eingang. Er war im Morgenrock, auf der linken Seite standen ihm die Haare ab, als wäre er gerade erst aufgestanden. Er setzte sich die Brille auf. Als er mich erkannte, lächelte er breit.

»Na, so was! Hallo! Diesmal haut ihr aber nicht gleich wieder ab, oder?«

Gähnend kam er zum Tor und öffnete es.

Christine und Leonard verkniffen sich ihre frechen Bemerkungen und gaben sich wohlerzogen. Nach wenigen Worten des Mannes waren sie schon auf einer Wellenlänge mit ihm.

Sie hatten nicht erwartet, dass er so umgänglich und so einnehmend sein würde. In puncto schlagfertige Bemerkungen und Sarkasmus war er ihnen um Längen voraus.

Während wir zur Haustür gingen, erzählte er uns einen schrecklichen Witz.

»Den kennt ihr wirklich nicht? Gut. Also: Treffen sich drei Vampire und schließen eine Wette darüber ab, wer am meisten Blut saugen kann. Der Erste geht los und nach ein paar Stunden kommt er blutverschmiert wieder zurück. Die anderen beiden fragen: ›Wo warst du denn?‹ Da sagt der Erste: ›Habt ihr diese Säule im Wald gesehen, mitten im Nebel? Da bin ich links gegangen, ein Stück weiter ist ein Dorf, und dort habe ich allen das Blut ausgesaugt!‹ Der Zweite geht los und kommt auch nach ein paar Stunden voller Blut wieder zurück. Die beiden anderen sagen: ›Wow! Wo warst du denn?‹ Der Vampir sagt: ›Habt ihr diese Säule im Wald gesehen, mitten im Nebel? Da bin ich nach rechts gegangen, ein Stück weiter ist ein Dorf, und dort habe ich allen das Blut ausgesaugt!‹ Dann geht auch der Dritte und kommt nach einer Weile triefend vor Blut wieder zurück. Die beiden anderen sagen: ›Wow! Wo warst du denn?‹ Und der Vampir antwortet: ›Habt ihr diese Säule im Wald gesehen, mitten im Nebel?‹ Die anderen: ›Ja!‹ Und er: ›Tja, ich nicht.‹«

Ich zwang mich zu lachen, während Leo mich am Arm nahm und mich traurig ansah.

»Warum haben wir in unserer Schule keine Charles-Klone statt Lehrer?«

Ich warf einen Blick auf die Iris, die reglos in der Sonne standen. Sie wirkten zu gelassen, um unschuldig zu sein.

Gleich als wir eintraten, blieben wir stehen. Aus dem Halbdunkel tauchten seltsame Formen auf. Ungläubig sahen wir uns um.

Charles drehte sich zu uns um und breitete die Arme aus: »Tata-tatam!«

Da ging sein Morgenrock auf, und er schloss ihn hastig wieder.

»Ist ja supercool!«, sagten Christine und Leonard fast im Chor.

Wir kamen uns vor wie in einem Grusel- und Kuriositätenkabinett. Das ganze Haus war voller merkwürdiger, unheimlicher Dinge. An der Wand hingen ausgestopfte Uhus mit Karnevalsmasken und Papierhüten; mitten im Wohnzimmer stand eine Kanone, aus deren Lauf Zeitungen ragten und in einem Sessel saß ein Skelett, das Tee trank. Hinter dem Sofa standen Ritterrüstungen mit Toastern anstelle der Helme und eine Reihe noch seltsamerer Sachen.

Trotz der düsteren Einrichtung verlieh Charles' Aufzug dem Ganzen eine ziemlich groteske Note.

Wir wagten uns weiter ins Haus hinein und folgten dem eigenartigen Hausherrn in die Küche. Dort nahm er eine Schachtel und bot uns Gummibärchen an, die aussahen wie Regenwürmer. Er fand ganz offensichtlich Gefallen daran, die Leute zu schockieren, aber ich gehörte nicht zu der Sorte Mensch, die sich deswegen aufregte. Vielmehr wusste ich seine Mühe zu schätzen.

»Wollt ihr?«, fragte er meine Freunde.

Leonard und Christine ließen sich kein zweites Mal bitten. Ich lehnte dankend ab, Charles blinzelte mir zu und goss mir eine Tasse Kaffee ein – schwarz, wie ich ihn mochte.

»Ich hatte gehofft, dass ihr kommt«, gestand er.

»Auch nach dem, was meine Mutter gesagt hat?«, fragte ich.

Charles sah mich an. Er schien sich zwingen zu müssen, ernst zu bleiben.

»Vor allem deswegen!«

»Sie sind echt klasse, Herr Charles!«, sagte Leo.

»Bitte, nennt mich Charles.«

In diesem Augenblick tauchte eine ordentlich aussehende Frau in der Küchentür auf, die so gar nicht in dieses absurde Haus zu passen schien.

»Das ist meine Frau Sally«, sagte Charles und stellte sich neben sie.

»Guten Tag«, sagte die Frau leise und hob langsam eine kleine, zierliche Hand, als würde sie jemanden von Bord eines Schiffes aus grüßen. »Schön, hier im Haus junge Stimmen zu hören!«

Charles schien sich getroffen zu fühlen.

»Was willst du damit sagen? Dass ich alt bin?«

Er packte Sally an den Hüften und hob sie hoch. Sie lachte, und wir lachten auch, ich allerdings tat mich etwas schwerer. Mir war ein wenig unbehaglich zumute. An Familienszenen war ich nicht gewöhnt.

Eine gute Viertelstunde unterhielten wir uns, und Leo nutzte die Zeit, um dem Witz von vorhin noch einen draufzusetzen. Sein Humor schien Charles zu liegen. Ich bekam eine leichte Gänsehaut an den Armen. Wenn die beiden noch mehr Zeit zusammen verbrachten, würden sie wissen, wie sie mir Angst einjagen konnten!

Dann verabschiedete sich Sally, die sagte, sie müsse in den Garten und sich um die Iris kümmern. Sie war die Hobbygärtnerin des Hauses.

Ich sah ihr nach, wie sie sich langsam entfernte und eine kleine Hacke aus einem Schränkchen nahm. Charles rieb sich die Hände und schlug vor, unseren Rundgang durch das Haus fortzusetzen.

Wir erhoben uns vom Küchentisch und folgten ihm in die übrigen Zimmer. Ich hielt mich ein wenig im Hintergrund und ließ Leonard und Christine neben Charles hergehen, damit sie ihre Neugier befriedigen konnten. Sie wollten einfach alles über jeden noch so kleinen Gegenstand wissen. Charles merkte, dass ich Distanz hielt, tat aber so, als sei nichts.

Wir sahen mittelalterliche Schränke, Monster, die aussahen, als hätte man sie von einem Rummelplatz gestohlen, Zerrspiegel, eigentümliche Apparaturen, Wetterhähne und

Wasserspeier. In einer Ecke stand, wohl seit vielen Jahren vergessen, sogar noch ein Christbaum, an dem Trockenkürbisse hingen.

Charles zeigte uns jeden Winkel des Hauses, doch als wir im Dachstock ankamen, stellte er sich vor die Mansardentür. Er sagte, dass immer wieder Tauben hier hereingelangten, und schloss die Tür mit dem Schüssel ab.

»In der Mansarde sind nur Kisten mit Büchern, die ich mal unter irgendwelche Tischbeine schieben muss. Es lohnt sich nicht, sich staubig zu machen.«

Er log. Ich war mir sicher, dass er log.

Er warf mir kurz einen Blick zu, und ich senkte den Kopf, bevor er den Zweifel in meinem Gesicht erkennen konnte. Er schob den Schlüssel in eine Tasche seines Morgenrocks und sagte, es gebe weiter nichts Interessantes zu sehen.

Ich wusste nicht, was er uns – oder eher nur mir – verheimlichen wollte. Zuvor, als wir die Treppen hinaufgegangen waren, hatte ich nämlich gesehen, wie Charles scheinbar ganz beiläufig ein gerahmtes Bild von der Wand genommen, es umgedreht und auf ein Regalbrett gelegt hatte.

Doch ich sagte nichts.

Ich wartete, bis Christine und Leonard die Treppe hinuntergingen, dann hielt ich Charles fest. Eindringlich blickte ich ihm in die grauen Augen.

»Du hast meinen Vater gekannt, nicht wahr?«

Die Lachfalten, die sich über viele Jahre in sein Gesicht gegraben hatten, wurden schwächer wie eine Kerzenflamme unter Glas.

»Ja«, sagte er, ich habe deinen Vater gekannt.«

Ich lächelte, um ihn zum Weitersprechen zu animieren.

»Dann kannst du mir ja eine Menge erzählen. Ich habe ihn leider nicht gekannt.«

Charles lehnte sich an den Handlauf.

»Ich glaube nicht, dass das deiner Mutter gefallen würde. Nach dem Zwischenfall wollte sie mit niemandem, der deinen Vater kannte, mehr etwas zu tun haben. Wir wohnen zwar in der Nachbarschaft, aber sie hat sich nicht mehr sehen lassen, sie hat zu allen den Kontakt abgebrochen.«

Sosehr mich das Verhalten meiner Mutter auch wirklich ärgerte, vor allem weil sie nicht wollte, dass ich Charles kennenlernte – irgendwie konnte ich sie verstehen.

Ich hatte sie schon mehr als einmal dabei erwischt, wie sie sich in ihr Zimmer eingeschlossen und die ganze Nacht geweint hatte. Es war entsetzlich, die eigene Mutter weinen zu sehen.

»Ich war immer mal wieder in der Apotheke, aber sie ging mir aus dem Weg und bediente andere Kunden. Und sie wollte auf keinen Fall, dass wir beide uns treffen«, fuhr er fort. »Jetzt weiß ich nicht, was das Richtige ist ... Was ich dir erzählen soll. Lass mich darüber nachdenken. Und in der Zwischenzeit sagst du deiner Mutter nicht, dass du hier warst, okay?«

Ich nickte, und wir gingen zu meinen Freunden hinunter ins Erdgeschoss.

Wir verabschiedeten uns von Charles und versprachen, bald wiederzukommen. Er blieb in der Tür stehen und blickte uns hinterher.

Auf dem Gartenweg trafen wir Sally wieder, die mit Handschuhen und Schaufel zum Gärtnern gerüstet war. Sie stand mitten in den Iris wie ein Angler im Fluss, ihre Beine steckten bis zu den Knien in den zarten Blütenblättern. Wir verabschiedeten uns auch von ihr und bevor wir durchs Tor gingen, fragte ich sie, ob sie mir ein paar Blumen schenken würde.

Der Junge meiner Träume

An jenem Abend ging ich nicht mehr weg.

Ich blieb allein zu Hause, nachdem ich meiner Mutter gesagt hatte, sie könne ruhig mit ihren »Freundinnen« ausgehen. Das kam ihr komisch vor, weil ich sonst immer die Nase rümpfte, wenn ich eine Hupe hörte, die sie nach draußen rief, aber ich hatte mir Mühe gegeben, mich so natürlich wie möglich zu verhalten.

Kaum war sie weg, ging ich in mein Zimmer, wo ich Sallys Iris hingestellt hatte. An jenem Abend war die Atmosphäre im Haus seltsam, aber vielleicht war auch nur ich seltsam. Alles erschien mir so wenig vertraut.

Ich setzte mich an den Schreibtisch.

Neben den Blumen lag die Zeichnung mit dem geheimnisvollen Jungen. Ich hoffte, ihn leichter wiederzufinden, wenn ich ihn ansah, bevor ich einschlief. Er war der Einzige, der mir irgendeine Erklärung für diese ganzen seltsamen Vorfälle geben konnte.

Ich wusste nicht genau, was ich machen musste, und ich war mir nicht sicher, ob es klappen würde.

Ich blickte aus dem Fenster. Der Himmel überzog sich allmählich mit den Farben der Nacht. Es war fast so weit.

Ich hatte keine Ahnung, warum die Abend- und Morgendämmerung die einzige Zeit war, in der ich mich wohlfühlte. Das hatte mir noch niemand erklären können. Ärzte,

Nachschlagewerke, Internet – alle hatten die weiße Fahne gehisst. Sie hatten kapituliert, und so hatte auch ich kapituliert.

Ich hatte keine Ahnung, was diese überwältigende Schläfrigkeit hervorrief. Ich schleppte das Problem schon von klein auf mit mir herum. Monatelang war ich im Krankenhaus gewesen, wo man versucht hatte, mich zu behandeln, und meine Erinnerungen an meine Kindheit waren schrecklich. Ich konnte noch immer die Desinfektionsmittel riechen und die Spritzen in meinen Armen spüren.

Vielleicht hatte ich jetzt die geeignete Therapie gefunden. Vielleicht war diese Welt aus Asche meine Heilung – vielleicht aber auch mein Ende.

Ich atmete tief ein und steckte meine Nase in die Iris.

Ich schloss die Augen und spürte, wie der Duft in mich eindrang, wie er sich wie violetter Rauch durch meine Nase schlängelte, durch die Kehle, in die Lungen, in Schluchten, Spalten, Abgründe, quer durch Schattenflecken, lose Glut und Tintenregen.

Dann das Licht.

Ein gleißendes Licht.

Wie schon bei meinem ersten Sturz tränten mir die Augen von dem durchdringenden Weiß der Mondkuppel.

Ich schlug sie mit großer Mühe auf, sobald ich konnte. Ich wollte sichergehen, dass keine Aschemonster in der Nähe waren und mich angriffen.

Ich war allein.

Ich war in der Aschewüste. Da es hier keine Orientierungspunkte gab, konnte ich nicht wissen, ob ich wieder am selben Punkt aufgetaucht war wie bei meinem ersten Besuch. Ich war von immensen Dünen umgeben.

Wieder trug ich das lange Kleid. Diesmal zerriss ich es gleich und zog die Schuhe sofort aus.

Ich stand auf und klopfte den Staub ab. Gleich darauf

machte ich mich daran, einen gräulichen Hang zu besteigen. Ich hatte schon ganz vergessen, wie anstrengend das war. Der Boden rutschte mir unter den nackten Sohlen weg, und ich fiel bei jedem Schritt zurück.

Auf der Kuppe der Düne angekommen, hob ich den Blick.

Das Loch im Himmel war direkt über mir wie ein riesiges blindes Auge. Die Augenhöhle im Schädel eines Zyklopen. Es war Angst einflößend, als wollte es einen verschlingen.

Ich senkte wieder den Blick auf den Horizont, der eher so aussah wie das, was ich kannte. Unter mir lag die »Stadt«, eine grenzenlose Fläche mit Hochhäusern, Bauten und Verkehrsmitteln, die verstreut herausragten wie einzelne Ähren auf einem niedergebrannten Feld.

Dieses Mal war ich näher bei der Stadt.

Ich konnte sogar undeutlich erkennen, wie die Kreaturen ziellos umherstreiften, fielen, wieder aufstanden und wieder fielen. Ich schauderte. Es waren viele, aber zum Glück waren sie weit weg.

Aus dem Augenwinkel sah ich, wie sich unten links etwas Weißes bewegte. Ich kniff die Augen zusammen, um besser sehen zu können.

Er war es.

Ich war mir nicht sicher, aber dieses weiße T-Shirt ließ mich hoffen.

Der Junge sah mich nicht. Er ging auf das Wrack eines großen Kreuzfahrtschiffes zu, das vor ihm lag wie ein gestrandeter Riesenwal aus Eisen. Ich wollte nach ihm rufen, aber als ich den Mund aufriss und mit der ganzen Kraft meiner Lungen lauthals schreien wollte, erinnerte ich mich daran, dass ich seinen Namen nicht kannte.

»He«, schrie ich. »Heeee!« Aber er war zu weit weg.

Ich konnte ihn nur auf mich aufmerksam machen, indem ich zu ihm ging.

Also machte ich mich an den Abstieg, und während ich die Düne hinabrutschte, sah ich, wie der Junge durch einen Spalt in den Rumpf des Schiffes schlüpfte.

Ich war abgelenkt und fiel hin. Bis jetzt hatte ich noch gedacht, dass die Asche ganz fein sei. Nach meinem Sturz änderte ich meine Meinung.

Ich stand wieder auf, massierte die Stellen, wo ich aufgeschlagen war, und ging zu dem umgekippten Überseekreuzer.

Auf halbem Weg wurde ich Zeugin eines neuen paradoxen Phänomens dieser seltsamen Welt. In etwa fünf Metern Höhe tauchten mit einem Mal violette, lodernde Flammen auf. Ich erschrak vor dem grellen Licht und wich ein paar Schritte zurück. Ein dumpfes Grollen ging von den Flammen aus, die immer größer wurden.

Nach und nach siegte die Neugier über meine Angst.

Ich sah, dass sich zwischen den violetten Flammen etwas herausbildete. Es sah aus wie das Heck eines Passagierflugzeugs. Ja, es war wirklich ein Flugzeug. Auch die Tragflächen und der Bug tauchten auf, schwarz, verkohlt, noch immer von züngelndem Feuer umgeben. Dann vollendeten die glühenden Schlunde ihre Schöpfung und verschwanden. Das Flugzeug, das man da allein in der Luft gelassen hatte, gab der Schwerkraft nach und fiel. Es krachte auf den Boden und wirbelte eine Aschewolke auf. Ich legte mir die Hände schützend über die Augen und hielt die Luft an. Ich spürte, wie mir die Bö ins Gesicht und gegen die Arme schlug.

Als sich alles beruhigt hatte, drehte ich mich um, um das Ergebnis zu betrachten: ein verbranntes Flugzeug.

Ich lief weiter. Es kam mir komisch vor, dass mich der Wahnsinn, den ich gerade beobachtet hatte, so kaltließ, aber ich hatte es viel zu eilig, in das Schiff zu kommen.

Durch den Spalt, durch den ich den Jungen hatte gehen sehen, lugte ich ins Innere. Alles war schwarz und roch stark nach Kohle.

Wenn er hier hineingegangen war, musste es sich um einen sicheren Ort handeln, deshalb ließ ich mich von diesem Anblick nicht einschüchtern. Ich setzte einen Fuß hinein und wagte mich in die rostige Dunkelheit.

Ich tastete mich vor und verließ mich auf meine Hände. Nach wenigen Metern konnten meine Augen, die besonders empfindlich waren, die kleinen Löcher im Kiel sehen, durch die ein feiner Lichtstrahl fiel – wie goldene Saiten, die über eine fürchterliche Vergangenheit gespannt waren.

Ich merkte, dass ich an der Wand des ehemaligen Ballsaals entlangging. Dort stapelten sich Tische, Stühle und zerbrochene Spiegel, die von einer dichten Dunstschicht umgeben waren.

Ich war noch nie auf einem Kreuzfahrtschiff gewesen und hätte nie gedacht, dass ich jemals eines betreten würde. Trotz seines verfallenen Zustands wirkte es irgendwie romantisch.

Am hinteren Ende des Saals sah ich ein etwas helleres Licht.

Ich ging darauf zu und merkte, dass ich an einer Luke angelangt war. Ringsherum war der Boden geputzt – soweit man etwas Verkohltes überhaupt putzen kann.

Ich bückte mich, drückte mich durch die Öffnung und sah sofort, dass hier jemand wohnte: sicherlich der Junge, den ich suchte.

Ich beschloss, auf ihn zu warten und mich in der Zwischenzeit umzusehen, um mir ein Bild von ihm zu machen.

Wenn es ihm gelungen war, an diesem Ort zu überleben und sich einen geschützten Raum zu schaffen, dann musste er mit einer reichen Erfindungsgabe und einer beträchtlichen Anpassungsfähigkeit gesegnet sein.

Rechts von mir stand ein kleines, zerwühltes Bett, das früher einmal ein Rettungsboot gewesen war.

Auf einem Eisenschränkchen lagen ein paar Kleinigkeiten. Zerbrochene Töpfe, halb verbrannte Bücher, Holzspielzeug, Kerzen – alles völlig normale Gegenstände, die keine offensichtliche Verbindung zueinander hatten und die ich niemals auf diese Weise zur Schau gestellt hätte.

Ich begriff nicht, warum er sich die Mühe gemacht hatte, sie zu säubern und so ordentlich aufzustellen. Dann verstand ich plötzlich: Nicht die Dinge an sich waren wichtig, sondern die Tatsache, dass sie sich noch ein wenig Farbe bewahrt hatten.

Ich drehte mich um und fand meine Vermutung durch alles andere im Raum bestätigt. Es war zwar schwierig, aber man konnte dennoch Spuren verblasster Farbe auf dem ganzen Ramsch erkennen.

Das machte mich ein wenig traurig. Sicher war es nicht einfach, an einem Ort zu überleben, wo monströse Kreaturen einen verschlingen wollten und wo man nicht einmal die kleinste Erleichterung verspürte, wenn man in den Himmel blickte. An seiner Stelle wäre ich verrückt geworden. Wahrscheinlich konnte er in die Aschewelt nicht einfach so kommen und gehen wie ich.

Alles, was ich sah, ließ mich vermuten, dass er in der Falle saß.

An den Wänden hingen Bilder, zusammengestellt aus Plakatfetzen, Zeitungen und Theaterzetteln, wie Collagen, doch die Rahmen und das Glas waren kaputt.

Ich wollte mich gerade auf einen Schemel setzen, als ich Geräusche hörte. Ich sprang wieder auf. Da kam jemand.

Ich spitzte die Ohren und meinte, Wasser plätschern zu hören. Nervös trommelte ich mit den Fingern auf ein Regalbrett. Ich hoffte, der Junge würde endlich kommen. Ich hielt das Warten nicht mehr aus, und dieses Geräusch nervte mich – in meinen Ohren klang es wie Tausende Tropfen aus Hunderten schlecht zugedrehter Wasserhähne.

Ich beschloss, nachzusehen, ob ich etwas dagegen tun konnte.

Ich stieg über das Bett und ging zu der anderen Tür, die in den Korridor führte. Wie zuvor bückte ich mich und lief los. Von dem Korridor gingen eine Reihe Kabinen ab, alle ohne Tür. Da!, rief ich im Stillen aus: Aus einer Kabine kam Wasser und lief über den schiefen Boden. Es sah aber gar nicht aus wie Wasser – es war grau wie Asche.

Ich ging zu dem Rinnsal hinüber, hielt mich am Türrahmen fest und versuchte, einen Blick in die Kabine zu werfen.

Ich erstarrte. Ein paar Sekunden stand ich reglos da. Ich konnte den Blick nicht abwenden, so als hätte sich etwas in meinem Hirn aufgehängt.

Dort drin war er.

Und ich hatte ihn in einer Situation erwischt, in der er alles andere als geheimnisvoll wirkte: Er duschte.

Ich ging sofort wieder und hoffte, dass er mich nicht gesehen hatte. Ich drückte mich an die Wand. Mein Herz raste mit tausend Schlägen in der Sekunde, und ich atmete schwer.

Ich musste mich wieder beruhigen.

Mit allem hätte ich gerechnet – aber nicht damit. Ich hoffte, dass er nichts gemerkt hatte. Zum Glück hatte er mir den Rücken zugedreht.

Ich lief schnell in den Raum zurück, aus dem ich gekommen war, und setzte mich auf die Bettkante. Ich wollte nicht verlegen wirken. Ich befühlte meine Wangen, weil ich unsinnigerweise dachte, ich könne feststellen, ob sie rot waren. Der Typ schien hart im Nehmen zu sein, und ich wollte mich ihm ebenbürtig zeigen.

Klar war es schwierig, sich sein Bild aus dem Kopf zu schlagen. Es war fast schwieriger, als nicht an seine Augen zu denken.

Ich hatte gesehen, wie er sich mit der Hand durch sein dunkles Haar gefahren war, während der Wasserstrahl über seinen Nacken, seinen Rücken und noch weiter hinunter über seine Beine gelaufen war. Ich schluckte. Er hatte einen schlanken, kräftigen Körper, der von dem schimmernden Wasser auf seiner perfekten Haut noch betont worden war und darunter noch lebendiger ausgesehen hatte. Helle, mondhelle Haut, unter der sich starke, geschmeidige Muskeln abzeichneten. Er sah aus wie eine Statue.

Wenn es solche Statuen geben würde, würde ich mein ganzes Leben in Museen verbringen. Aber ich wollte mich von seinem Äußeren nicht einschüchtern und auch nicht verführen lassen. Ich musste darüberstehen.

Dann verstummte das Geräusch des Wassers.

Ich holte ganz tief Luft. Ich stellte mir vor, wie er gleich zur Tür hereinkäme.

Und, bist du immer noch nackt?, dachte ich unvermittelt. Sicherlich erwartete er keine Gäste.

Ich sah, wie sich sein Schatten durch den Korridor bewegte, und schloss automatisch die Augen. Ich hörte die Schritte näher kommen. Dann war es still.

Ich rechnete damit, dass er etwas sagte, doch er gab keinen Laut von sich. Ich wartete noch eine kleine Weile, dann beschloss ich, die Lider vorsichtig wieder zu öffnen.

Da stand er. In einem schwarzen T-Shirt und Jeans. Tausend glühende Farben durchfuhren mich. Von seinem Haar und von seinem Kinn tropfte Wasser. Er starrte mich wie versteinert an, ohne einen Muskel zu bewegen.

Sein Blick war so durchdringend, dass ich fast erschrak und auf meine Hände starrte. In einer Hand drückte er nervös ein Stück verbrannten Stoff, den er wahrscheinlich als Handtuch benutzte.

Er legte den Kopf schräg und machte ein Gesicht, als schien er zwischen Staunen und Beunruhigung zu schwanken.

Langsam öffnete er den Mund und sagte mit tiefer, warmer Stimme: »Dann warst du also doch keine Halluzination.«

Ich versuchte, ein Lächeln anzudeuten, weil ich dachte, dass ihn das vielleicht beruhigen würde, aber er fuhr sich mit den Händen über die Schläfen und sah aus, als wollte er gleich losbrüllen.

In zwei Schritten war er bei mir. Ich sprang auf. Es war unmöglich, zu verstehen, was in ihm vorging. Er packte mich an der Schulter und drückte sie fest, zu fest. Er tat mir weh. Ich stieß ihn weg und wich zurück.

»Was tust du da?«, brüllte ich ihn an.

Er trat erneut auf mich zu und packte mich am Arm, doch diesmal ließ er mir keine Möglichkeit auszuweichen.

Ich erschrak. Sein schönes Gesicht war zutiefst verstört, es traf mich wie ein elektrischer Schlag. Ich wollte mich befreien, doch er hielt mich unerbittlich umklammert. Er schubste mich nach hinten, sodass ich mit dem Rücken an den Schiffsrumpf stieß. Ich schlug mir den Kopf an und schrie laut auf. Mein Schrei vermischte sich mit dem Geräusch des vibrierenden Metalls.

Dieser Kerl war völlig verrückt und darüber hinaus auch noch gefährlich. Ich hätte es mir denken können: Er war wie eine Iris – zu schön, um nicht etwas Düsteres zu verbergen!

Ich biss fest die Zähne zusammen und machte die Augen zu. Meine Handgelenke brannten von der Umklammerung seiner Finger. Ich wartete. Ich wusste nicht, was er mir antun würde, aber bestimmt war es schmerzhaft.

»Gibt es dich wirklich?«, schrie er grob. »Gibt es dich wirklich?«

Ich brach in Tränen aus. Es war ein hysterisches Heulen – die einzige Waffe, die mir geblieben war. Ich hörte sogar auf, mich zu wehren, und spürte, wie mich die Kräfte verließen. Mir wurden die Knie weich, ich ließ den Kopf hängen.

Er stand so nah vor mir, dass meine Stirn die seine berührte.

»Ja«, sagte ich leise. »Ja …«

Mein Schluchzen wurde schwächer, bis nichts mehr aus meiner Kehle kam, und nur noch Stille herrschte.

Stille und Dunkelheit.

Der Druck an meinen Handgelenken ließ nach. Der keuchende Atem des Jungen, den ich auf meinem Gesicht spürte, wurde langsam ruhiger. Immer schwächer, immer dünner. Die Spannung, die im Raum entstanden war, verflog nach und nach.

Erst jetzt fand ich den Mut, die Augen wieder aufzuschlagen.

Die Tränen trübten meine Sicht, doch seine Augen waren so nah, dass sie aussahen wie ganze Welten. Seinen finsteren Blick zu durchdringen war, wie in einen Regenbogen einzutauchen.

Ich spürte, wie sich seine Stirn von meiner löste und er zurückwich. Er ließ meine Handgelenke los. Meine Arme, noch immer kraftlos, fielen an mir herunter.

»Du … du bist nicht von dieser Welt«, sagte er langsam.

Ich schüttelte den Kopf.

Ich hatte keine Ahnung, wie er darauf reagieren würde. Mir war nicht klar, was er von mir hören wollte.

»Dann hatte ich also recht«, sagte er leise und mit einem dünnen Lächeln. »Ich bin nicht verrückt!«

Er brach in ein irres Lachen aus und fuhr sich durchs Haar. Um seine Mundwinkel bildeten sich kleine Grübchen.

»Woher kommst du?«, fragte er und fixierte mich durchdringend.

Ich musste mich noch immer von dem Schreck erholen und konnte nicht gleich antworten.

»Woher kommst du?«, wiederholte er nun ruhiger und entschlossener.

Ich sah ihn wütend an.

»Von der Erde.«

Er ließ sich nach hinten fallen und landete auf dem Schemel, auf dem zuvor ich gesessen hatte.

»Die Erde …«, wiederholte er, als würde er dieses Wort zum ersten Mal hören.

Ich rieb mir die Handgelenke und machte einen Schritt von der Wand weg, hielt aber noch immer Abstand. Ich sah, dass er nachdenklich wurde. Er starrte auf den Boden, sein Gesicht war entspannt. Ich hätte schwören können, dass er mich absichtlich ignorierte, als wäre das alles gerade eben gar nicht passiert.

»Du könntest dich wirklich bei mir entschuldigen«, sagte ich unwirsch.

Er hob kaum den Kopf.

»Wofür?«, fragte er mit entwaffnendem Ernst.

Ich wurde zornig.

»Wofür? Du bist auf mich losgegangen und hast mich an die Wand geschubst! Und du hast den Nerv, mich auch noch zu fragen, wofür?«

Er zuckte mit den Schultern, als könne er mein Verhalten gar nicht verstehen.

»Dann entschuldige«, sagte er nur.

Ich fuhr mir mit der Zunge über die Lippen und verschränkte die Arme auf der Brust.

Er sagte nichts, er sah mich nur an.

»Wie heißt du?«, fragte ich, auch wenn mich das in diesem Moment nicht besonders interessierte. »Ich muss wissen, wie du heißt, wenn wir uns wie normale Menschen unterhalten wollen.«

Er lächelte frech, er schien meine Reaktionen zu studieren, ohne sie wirklich zu verstehen. Dann wurde er ernst.

»Nate ... Ich glaube, ich heiße Nate.«

Nate. Ein Name, der an »Nacht« erinnerte. Und ganz das Gegenteil von seinen Augen. Ich reichte ihm die Hand. Er sah sie an, ohne sich zu rühren.

»Was soll ich damit machen?«, fragte er ernst.

Ich zog sie zurück.

»Nichts ... Ich nehme an, gesellschaftliche Umgangsformen zählen hier wenig.« Argwöhnisch ging ich um ihn herum. »Tja, ich bin Thara.«

Der Junge, der nun einen Namen hatte, drehte den Kopf und folgte meinen Bewegungen mit den Augen.

»Ich bin zurückgekommen, weil ich dir danken wollte, dass du mich gerettet hast, aber nun habe ich eigentlich keine große Lust mehr dazu«, sagte ich mit zusammengebissenen Zähnen.

Nate stand vom Schemel auf. Er seufzte.

»Ich habe dir Angst eingejagt«, sagte er leise und nun nahm seine Stimme wieder ihren vertrauten, warmen Klang an. »Das wollte ich nicht.«

Er ging zu dem Schränkchen, das an der Wand stand, und suchte etwas. Ich sah, wie er ein gestreiftes Hemd daraus hervorholte und es über sein T-Shirt zog.

»Für mich ist heute ein großer Tag. Bislang habe ich geglaubt, die Welt sei eine Erfindung von mir. Und du, die du meinen Armen entglitten und verschwunden bist … Ich war überzeugt, du wärst Teil dieses Wahnsinns, den ich immer näher kommen spüre. Stattdessen ist es wahr. Du bist die erste Sicherheit, die ich seit ich weiß nicht wann habe.«

Er machte die Schranktür zu und drehte sich zu mir um. Sein Blick verfinsterte sich, als würden schwarze Wolken an ihm vorbeiziehen.

»Ich erinnere mich an nichts. In meinem Kopf wabern nur vereinzelte Bilder umher, Informationen, die ich nicht zusammenfügen kann … Ein gigantischer Albtraum.«

Ich sah, wie er mit einem Mal traurig wurde, und obwohl er vor Kurzem noch so brutal gewesen war, spürte ich fast körperlich, wie sich meine Einstellung ihm gegenüber veränderte. Ich bekam Mitleid mit ihm.

Wie alt er wohl war? Vielleicht achtzehn, aber sein Gesicht wirkte sehr viel reifer. Wahrscheinlich, weil dieser Ort Spuren in ihm hinterlassen hatte. Dieser Ort und die Einsamkeit.

Ich seufzte und versuchte nachzudenken, bevor ich weitersprach. Wäre ich an seiner Stelle gewesen und es wäre nach so langer Zeit endlich ein Mensch aufgetaucht, hätte ich ihn nicht so schlecht behandelt. Aber Einsamkeit und

Angst können jedes Wesen hart machen. Und dieses Gesicht war nicht für die Wut gemacht. Also beschloss ich, ihm zu verzeihen oder ihm zumindest eine zweite Chance zu geben.

»Wo sind wir?«, fragte ich.

Er schüttelte den Kopf. Von den schwarzen Haaren, die immer noch ein wenig nass waren, regnete es ein paar Tropfen.

»Ich weiß es nicht. Hier eben«, sagte er. »Ich nenne es den ›Ort der Asche‹.«

»Das Cinerarium ...«, dachte ich laut. »Ein Grab aus Asche.«

»›Cinerarium‹ ...«, wiederholte er. »Das gefällt mir.«

»Und wie bist du hierhergekommen?«, wollte ich wissen.

»Das weiß ich nicht«, antwortete er wieder in diesem finsteren, verführerischen Tonfall. »Meine älteste Erinnerung ... Ja, die reicht zu dem Moment zurück, in dem ich hierhergekommen bin. Ich erinnere mich nur noch an einen großen Schmerz, und dann wollten diese Kreaturen mich angreifen. Ich habe keine Ahnung, was hier vorher war.«

Er steckte eine Hand in die Tasche seiner Jeans und zog einen Gegenstand voll mit Asche daraus hervor.

»Und bist du schon lange hier?«, fragte ich weiter.

Er blies auf das Ding und polierte es mit dem Hemdsärmel. Nun erkannte ich es: ein Schlüsselanhänger in Form einer kleinen Weltkugel. Man konnte nur noch ein paar Blautöne erkennen.

»Seit Ewigkeiten. All die Asche dieser Wüste in einem Stundenglas würde nicht ausreichen, um die Zeit zu messen. Und wie bist du hierhergekommen?«, fragte er und legte das Ding auf eine Regalkonsole.

»Ich glaube, im Schlaf«, sagte ich und gestikulierte aufgeregt. »In meiner Wirklichkeit schlafe ich gerade.«

Wieder schaute er ein wenig irritiert und lachte auf diese sinnliche, freche Weise.

»Und das hier ist für dich keine Wirklichkeit? All das kommt dir nicht verflucht real vor?«

Ich runzelte die Stirn.

»Doch, leider.«

Nate seufzte und ging zu dem Boot, das ihm als Bett diente. Er setzte sich auf die Kante und fasste sich an die Schläfen.

»Und ich schlafe in Wirklichkeit nicht, nicht wahr?«, fragte er, als könne ich das wissen.

Ich hatte gehofft, dass er mir ein paar Antworten geben könnte, stattdessen warf er nur neue Fragen auf.

»Ich weiß es nicht.«

Er blickte mich an, und in seinen tausendfarbenen Augen sah ich eine trostlose Wüste wie diejenige draußen vor dem Schiff.

»Nein, ich schlafe nicht«, sagte er bestimmt.

Ich schwieg eine Weile, weil mir nichts einfiel, um das Gespräch ein wenig aufzulockern. Und so setzte ich mich zu ihm, nicht direkt neben ihn, aber nah genug, um ihm zu verstehen zu geben, dass ich nicht böse auf ihn war. Ich wusste nicht, was er für mich empfand, und das machte ein Nervenbündel aus mir. Ein Nervenbündel, bei dem jeder Nerv in eine andere Richtung zog.

»Was von der Welt hast du denn vergessen?«, fragte ich blöderweise und sah ihn durch das Haarbüschel hindurch an, das mir ins Gesicht gefallen war.

»Wenn ich dir das sagen könnte, würde das ja bedeuten, dass ich mich erinnere!«

Er hatte recht. Seine Worte waren zwar ironisch, sein Ton aber war es nicht.

»Ich wollte sagen … Du weißt rein gar nichts über dich?«, versuchte ich mich zu korrigieren.

»Nein.«

»Aber wie soll das gehen, dass du nichts weißt?«, platzte ich heraus. »Hier stehen doch Bücher.«

Nate strich mir die Haare aus dem Gesicht, um mich anzusehen, und ich wurde verlegen. Das hatte noch nie ein Junge vor ihm getan. Es war angenehm, aber auch peinlich.

»Bücher … Ich weiß nicht, was dieses Wort bedeutet.«

Ich beugte mich ein wenig vor und hob ein Buch vom Boden auf, dabei tat ich so, als würde ich nicht bemerken, wie er mich ansah.

»Das ist ein Buch«, sagte ich und gab es ihm.

Er schlug es auf, hielt es aber verkehrt herum.

»Da steht etwas geschrieben. Siehst du?«, fuhr ich fort und deutete auf die Zeilen.

»Das sind Zeichen«, sagte er, als hätten Worte keine Bedeutung für ihn.

Ich war verwundert. Bis jetzt hatte er ganz normal gesprochen, wenn auch ziemlich viel für einen Jungen seines Alters, der noch dazu eine Ewigkeit in Einsamkeit verbracht hatte. Warum verstand er denn nicht?

»Kannst du nicht lesen?«, fragte ich ihn.

Ich versuchte zu lächeln, was ich mindestens genauso schwierig fand, wie neben ihm zu sitzen. Seine Nähe machte mich schüchtern. Er zog mich an, aber seine Art, sich zu bewegen und die Stirn zu runzeln, schien mir zu signalisieren, dass ich mich lieber von ihm fernhalten sollte.

»Lesen …«, wiederholte er, ohne zu verstehen, was er da sagte.

Offensichtlich hat sein Gedächtnisverlust ihm nicht nur die Erinnerungen an die Welt, die Menschen und an seine Vergangenheit geraubt, sondern auch seine Auffassungsgabe beeinträchtigt.

Er hatte das Lesen verlernt. Für ihn hatten gedruckte Wörter jede Bedeutung verloren. Das fand ich absurd.

»Auf den Seiten stehen Dinge«, sagte ich und versuchte dabei, so ernst wie möglich zu bleiben und nichts durchblicken zu lassen, was ihn verlegen machen könnte. »Da stehen Wörter wie die, die wir gerade zueinander sagen.«

»Im Ernst?«

»Ja.«

»Kannst du mir beibringen, sie zu verstehen?«

»Ja«, antwortete ich spontan, dann erinnerte ich mich daran, dass ich jeden Augenblick aufwachen konnte. »Wenn ich Zeit habe.«

Nate erschrak über alle Maßen. Ich spürte, dass er fast zitterte.

»Warum? Musst du gehen?«

»Ich werde wohl bald aufwachen«, gab ich zu und fühlte mich schuldig.

Er stand auf und schleuderte das Buch an die Wand. Der Schrei, den er dabei ausstieß, ein nackter Wutschrei, ließ mich schaudern. Die Angst, als er mich an den Handgelenken gepackt hatte, kam zurück, und ich sah ihn wieder mit anderen Augen.

»Wenn du gewusst hast, dass du wieder gehen wirst, hättest du dir gar nicht erst die Mühe machen müssen zu kommen!«, schrie er und drehte sich zu mir um.

Ich spürte, wie meine Augen feucht wurden und meine Mundwinkel zitterten.

»Ich kann nichts dagegen tun«, flüsterte ich.

In diesem Augenblick sah ich, dass auch Nates Augen glänzten. Er schaute mich an, als wäre ich seine einzige Hoffnung gewesen. Als wäre ich seine einzige Rettung, und die war nun im Begriff zu verschwinden.

»Bring mir das Lesen bei, hilf mir, mich wieder zu erinnern, bitte!« Er flehte mich fast an.

Auch ich stand auf.

»Das werde ich«, sagte ich zuversichtlich. »Ich verspreche dir, dass ich bald wiederkomme.«

»Was heißt ›versprechen‹?«, fragte er mit seinem schönen Gesicht, das nun vor Trauer verzerrt war.

»Auch das werde ich dir beibringen.«

In diesem Moment spürte ich, wie ich in mein Inneres

gezogen wurde, als würde jemand nach meiner Seele greifen. Die Sinne schwanden mir, und kurz bevor ich das Cinerarium verließ, hörte ich Nate sagen: »Ich weiß nicht, wie lange ich mich noch wehren kann …«

Latin Lover

Als ich wieder klarsehen konnte, standen nur die Iris vor mir.

Welk.

Als hätte ein Herbststurm sie mit sich gerissen.

Ich lag mit der Stirn auf dem Schreibtisch.

Warum war ich ausgerechnet jetzt aufgewacht?

Ich stand auf und ging in die Küche. Ich sah nicht auf die Uhr, ich holte nur ein Stück alte Pizza aus dem Kühlschrank.

Ich wärmte sie in der Mikrowelle auf, und während ich auf das elektrische Piepsen wartete, machte ich Pläne für den kommenden Tag.

Ich war entschlossen, wieder zu Charles zu gehen. Er musste mir von meinem Vater erzählen, und ich musste mir frische Iris besorgen.

Noch nie war mein Leben so ausgefüllt gewesen.

An jenem Morgen, auf dem Weg zur Schule, erinnerte ich mich daran, dass ich heute Nachhilfe geben musste. Drei Schüler hatten sich auf meine Annonce gemeldet, und ich hatte den Termin auf den frühen Nachmittag gelegt. Sie waren eine Klassenstufe unter mir, und das, was ich mit ihnen durchgehen wollte, war ganz leicht.

Den ganzen Morgen über, während Trigonometrie und Kunstgeschichte, war ich in Gedanken weit weg in der Aschewelt. Ich konnte nicht aufhören, an Nate zu denken, und ich würde keine Ruhe finden, bevor ich seine Botschaft nicht verstanden hatte. Was wollte er damit sagen: »Ich weiß nicht, wie lange ich mich noch wehren kann …«?

In der Mensa aß ich nichts. Ich spielte mit meinem Apfel wie mit einem Tennisball. Leonard und Christine setzten sich zu mir, verlangten aber keine Erklärung. Christine versuchte, ein Gespräch mit mir anzufangen und sagte, sie habe eine Möglichkeit gefunden, sich an Esteban zu rächen. Nachdem sie nur ein knappes Kopfnicken geerntet hatte, sagte sie, sie würde später wieder mit mir reden, wenn ich in die Welt der Lebenden zurückgekehrt sei. Sie hatte es im Spaß gesagt und wusste gar nicht, wie recht sie damit hatte.

Mir kam es so vor, als wäre ich noch immer dort in diesem Schiff, mit Nate, der mich an den Handgelenken festhielt. Ich konnte ihn einfach nicht vergessen. Er hatte mich in einen derartigen Adrenalinrausch versetzt, dass alles andere um mich herum verschwommen war.

Ich quälte mich noch immer und sagte mir, ich hätte falsch reagiert, ich hätte ihm einen Tritt verpassen müssen, auch wenn das gegenüber einem Jungen mit offensichtlichen Persönlichkeitsstörungen ziemlich gemein gewesen wäre.

Ich war daran gewöhnt, mich selbst zu kritisieren, mir erschien grundsätzlich nie richtig, was ich tat, doch mit Nate, dem Jungen mit den Regenbogenaugen, war es anders. Er schien sich nicht an meinen Fehlern zu stören, ihm schien nur das Wesen der Dinge wichtig zu sein, so als müsse er sich selbst durch mich finden.

Ich ärgerte mich weiter bis zu dem Termin mit meinen drei Nachhilfeschülern in der Bibliothek. Sie saßen an einem runden Tisch in der Mitte des Lesesaals, umgeben von Regalen. Außer uns gab es hier nur Bücher. Ich begrüßte sie, und wir stellten uns einander vor.

Die Erste war ein Mädchen namens Stephanie. Sie wirkte träge, ihr Gesicht war ausdruckslos, und sie hatte die Ausstrahlung eines Eiswürfels. Sie hatte zwischen sich und den beiden Jungen ein paar Stühle Platz gelassen, als würde es sie anekeln, neben ihnen zu sitzen. Ich konnte sie verstehen.

Der eine Junge hieß Clive und hätte noch einem Pfund Butter eine Lektion in Sachen Schmierigkeit erteilen können. Seine Haare waren mit Gel angeklatscht und auf eine Seite gekämmt. Bei der Begrüßung gab er mir einen Handkuss und sagte: »Enchanté.«. Als ich meine Hand zurückzog, war sie vollgesabbert.

Ich wischte sie schnell ab, bevor ich mich dem anderem Jungen vorstellte: Steve.

Er und sein Sitznachbar hatten nicht das Geringste gemeinsam. Er sah aus wie ein Rugbyspieler, seine Augen waren von der Farbe des Sommers, und er lächelte wie ein Fuchs. Seine Haut war stark gebräunt.

Er zwinkerte mir zu und schob meinen Stuhl zurück, damit ich mich bequem setzen konnte. Er betonte, dass er in Latein sehr gut sei und die Nachhilfe nur dazu diene, den Stoff aufzuholen. Er hatte drei Monate lang bei irgendwelchen Spielen mitgespielt, worauf er außerordentlich stolz war.

Ich lächelte dem komischen Grüppchen zu und setzte mich, wobei ich mich um eine professionelle Haltung bemühte. Ich hatte an diesem Tag absolut keine Lust, Deklinationen zu erläutern, aber ich hatte den Job ja schließlich angenommen – und vor allem bezahlten sie mich dafür.

Wir hatten eine Stunde Zeit. Als Erstes fragte ich sie lustlos, was im Stoff gerade dran sei, und musste es mir zweimal wiederholen lassen. Ich war viel zu zerstreut, um irgendetwas Vernünftiges auf die Reihe zu bekommen.

Wir übersetzten einen einfachen Textabschnitt, aber meine Schüler merkten schnell, dass etwas nicht stimmte.

»Alles in Ordnung, Thara?«, fragte Steve und legte zärtlich seine Hand auf meinen Arm. Vielleicht wollte er flirten. Sich auf traurige Mädchen zu stürzen, funktionierte immer.

»Ja, alles in Ordnung«, sagte ich und schob seine Hand weg. »Ich bin einfach nur ein bisschen müde.«

Ich blickte auf die Uhr und sah, dass ich noch eine Dreiviertelstunde vor mir hatte. Ich hatte das Gefühl, seit einer ganzen Woche hier zu sitzen!

Ich holte die Thermoskanne aus meinem Rucksack und trank einen Schluck Kaffee. Die anderen sahen mich ganz komisch an. Ich beachtete sie nicht, sondern blinzelte, um Nates Gesicht aus meinem Kopf zu vertreiben.

Es gelang mir nicht wirklich. Noch eine Dreiviertelstunde!, sagte ich mir wieder, eine Dreiviertelstunde Phonetik, Silbentrennung und Betonungsregeln. Mein Kaffee würde nicht reichen.

Ich bemühte mich um Konzentration und setzte mich aufrecht hin. Das Wörterbuch mit all seinen winzigen Buchstaben lag vor mir wie ein Haufen Asche.

»Machen wir etwas Aufregenderes«, sagte ich leise – und eher zu mir selbst als zu den anderen.

Ich gab jedem eine Aufgabe entsprechend seinen Fähigkeiten. Dann sah ich wieder auf die Uhr. Noch eine halbe Stunde. Die Zeit schien stillzustehen, nur um mich zu quälen.

Die einzige Möglichkeit, mich von den Bildern des Cinerariums abzulenken, war, mich auf etwas anderes zu konzentrieren. Auf irgendwas. Genauso gut hätte ich auch einen Nagel in eine weiße Wand schlagen können. Vielleicht würde es mir helfen, wenn ich die drei Schüler beobachtete.

Während sie ihre Aufgaben machten, sah ich sie mir genauer an. Steve und Stephanie beugten sich über ihre Hefte, Clive hingegen saß einfach nur da und tat gar nichts.

Er sah mich an. Er hatte den Kopf auf die Handflächen gestützt und machte ein gelangweiltes Gesicht. Als ich seinem Blick begegnete, setzte er ein breites Lächeln auf, das seine Zahnspange entblößte.

Übelkeit und Ärger überkamen mich. Bei dem Geglitzer

sprang mir plötzlich auch seine Akne ins Auge, die ich bis dahin noch gar nicht bemerkt hatte.

»Bist du schon fertig?«, fragte ich ihn in der Hoffnung, dass sein stumpfsinniger Gesichtsausdruck verschwinden würde.

Clive zog seine dichten Augenbrauen hoch.

»Endlich!«, sagte er näselnd. »War aber auch Zeit, dass du es merkst. Du hast uns kein Zeitlimit gesetzt.«

Ich war genervt, beschloss aber, so tun, als wäre nichts. Er drehte sein Heft zu mir und schob es mir mit einer spitzbübischen Miene zu, die ihm überhaupt nicht stand.

Auf dem karierten Blatt fand ich weder konjugierte lateinische Verben noch Beispiele für den *ablativus absolutus*, sondern nur zwei Sätze: »Darf ich Dich etwas fragen? Schwarze Spitze oder rosa mit Blümchen?«

Ich warf ihm einen vernichtenden Blick zu. Er grinste unverschämt. Allein der Gedanke, mit ihm zu streiten, widerte mich an, und ich beschloss, die Sache diplomatisch zu lösen.

»Ich verstehe kein Wort«, sagte ich spöttisch. »Aber, wer weiß? Vielleicht gibt Herr Calinger dir ja trotzdem eine gute Note, wenn du ihn ganz nett darum bittest.«

Clive fuhr fort, mich mit einem schlüpfrigen Ausdruck im Gesicht zu fixieren, nur dass er mir dabei nicht mehr in die Augen schaute. Sein Blick war ein gutes Stück tiefer gerutscht.

»Dein Höschen«, sagte er laut, aber träge. »Ich will wissen, was du für ein Höschen trägst und welche Farbe es hat. Ist das so schwer zu kapieren?«

Stephanie und Steve hörten abrupt auf zu schreiben und starrten erst Clive an, dann mich. Sie warteten nur darauf, dass jeden Moment etwas Denkwürdiges geschah.

Zum Glück war niemand sonst in der Bibliothek. Clive hatte mich nicht schockieren können; in den letzten Tagen war meine Selbstbeherrschung gewachsen.

Ich brach unerwartet in Lachen aus, als hätte ich gerade

einen tollen Witz gehört. Ich lachte fast Tränen. Aber ich wusste nicht, ob ich über diese absurde Situation lachte oder wegen meiner zum Zerreißen gespannten Nerven. Danach fühlte ich mich jedenfalls ziemlich gut.

Stephanie sah Clive an wie ein Wissenschaftler ein Bakterium, das sich in einem Reagenzglas bewegt, dann schrieb sie weiter in ihr Heft. Steve tat es ihr gleich.

Clive setzte eine blasierte Miene auf. Er war unzufrieden mit dem Ergebnis, das er erzielt hatte, doch sein öliges Lächeln war so unauslöschlich wie eine Tätowierung.

Er streckte eine schweißige Hand nach meiner aus. Kaum hatte er sie berührt, zog ich sie zurück, als hätte ich sie versehentlich in einen Sack voller Würmer gesteckt.

»Thara«, – er ließ nicht locker – »vielleicht habe ich mich nicht klar genug ausgedrückt. Ich kann mir kein klares Bild von dir machen, wenn ich nicht weiß, was du für Wäsche trägst.«

Wahrscheinlich hätte ich mich angegriffen fühlen müssen, aber ich hatte keine Kraft dazu. Ich war vollkommen desinteressiert an allem, was um mich herum oder in der Welt vorging. Ich konnte nichts dagegen tun, ich wusste, dass Clive sich widerwärtig und inakzeptabel benahm, aber es war mir gleichgültig. Es war, als würde ich eine Sitcom im Fernsehen ansehen. Ich kam mir vor wie eine Zuschauerin, die auf einem Sofa aus Asche saß.

Als ich mich gerade doch zu einer passenden Antwort aufraffen wollte, sagte jemand an meiner Stelle: »Diese Frage musst du Esteban stellen. Er kann dir ihre Unterwäsche in allen Einzelheiten beschreiben.«

Ich musste mich nicht umdrehen, ich wusste auch so, dass Jennifer Suarez hinter mir stand. Ich hatte sie bereits am Klacken ihrer Pfennigabsätze erkannt.

»Hallo, Jennifer«, sagte ich, ohne mich umzudrehen.

Sie gab mir einen guten Grund, wieder in die Wirklichkeit zurückzukehren. Ich drehte mich um, und unsere Blicke trafen sich. Ihre Augen waren voller Hass und Wimperntusche.

Ihre beiden Freundinnen, die immer ein paar Schritte hinter ihr gingen und genauso gekleidet waren wie sie, mit der gleichen Halskette und dem gleichen Lippenstift, sahen aus wie zwei Hündchen, die schwanzwedelnd mit ihren Strasshalsbändern herumliefen. Wie ihre persönlichen Accessoires.

Sie bewegten sich im Gleichschritt mit Suarez, immer bereit, ihr gefällig zu sein und mit dem Kopf zu nicken, egal, was sie sagte.

Jennys Parfüm, das entschieden zu wuchtig war, wirkte besser als Kaffee. Sie roch wie ein wandelnder Friedhof.

»Ich wollte dir nur sagen, dass du und deine Freundin lächerlich seid. Um das mal klarzustellen: Esteban ist nur mit dir ins Bett gegangen, weil er eine Wette verloren hat. Spaß hat es ihm keinen gemacht!«

Das nahm ich persönlich. Ich war mit überhaupt niemandem im Bett gewesen, und dass man mich wegen etwas verleumdete, das ich nicht getan habe, machte mich wütender als alles andere.

»Ich war nicht mit ihm im Bett!«, schrie ich und stand auf.

»So?« Die Suarez kniff die Augen zusammen. »Warum will deine Freundin Christine Esteban dann unbedingt erpressen?«

»Was?« Für einen Moment vergaß ich ihre Anschuldigungen.

»Ja, diese Sache mit den Fotos. Sie will ihn mit getürkten Bildern erpressen. Sie sagt, sie wird sie in der Schülerzeitung abdrucken, wenn er sich nicht in aller Öffentlichkeit entschuldigt. Eine Unverschämtheit!«

Jennifer zielte gut, bevor sie ihre Giftpfeile abschoss. Ich machte einen Schritt auf sie zu und zwang sie, zurückzuweichen.

Ich spürte, wie die Wut maßlos in mir wuchs. Eine unterdrückte Wut, von der ich bis dahin gar nicht gewusst hatte, dass sie in mir steckte. Auf Esteban, auf Clive und auf das ganze Chaos, das offenbar in mein Leben eingedrungen war wie Jauche von einem Lastwagen, der auf der Autobahn umgekippt war.

In was für einen Schlamassel manövrierte sich meine beste Freundin denn nun schon wieder hinein?

Ich versuchte, mich zu beherrschen, und sprach so ruhig, wie ich konnte.

»Leute«, sagte ich zu den drei Schülern am Tisch, »für heute sind wir fertig. Ich will kein Geld. Entschuldigt mich.«

Jennifer und ich warfen uns noch einen letzten, hasserfüllten Blick zu, dann ging ich.

Ich hörte, wie sie und ihre Freundinnen hinter meinem Rücken lachten wie Äffchen. Der Zirkus ist in der Stadt!, dachte ich.

Zügig lief ich durch die Korridore. Ich musste Christine finden, sie sollte mir diese Sache mit der Erpressung erklären! Meine Lage war schon mies genug – wenn sie nun alles noch verschlimmerte, hätte ich nie Ruhe vor dem ganzen Getratsche.

Ich traf sie vor ihrem Spind. Sichtlich wütend ging ich auf sie zu, sie aber merkte nichts und lächelte mich an.

»He! Ich habe eine Neuigkeit!«, sagte sie, bevor ich sie an den Handgelenken packte und an den Spind drückte. »Hast du den Verstand verloren, Thara?«, rief sie beleidigt und wand sich aus meinem Griff.

In diesem Augenblick erschrak ich über mich selbst. Wie konnte ich Christine so behandeln, ohne mir erst ihre Version der Geschichte anzuhören?

»Entschuldige bitte«, sagte ich leise und es war mir unendlich peinlich. »Heute stehe ich irgendwie neben mir.«

»Das sehe ich«, brummte sie und schloss den Spind auf.

Sie seufzte und beschloss, die Sache zu vergessen. Ich konnte das nicht.

Mir wurde bewusst, dass dieses Verhalten nicht zu mir passte. Ich hatte mit Christine genau dasselbe getan, wie Nate mit mir. Ich schauderte.

Kurz spürte ich seine Nähe und sah mich besorgt um. Ich bekam ihn einfach nicht mehr aus dem Kopf.

War ich so besessen von ihm, dass ich sein blödes Benehmen nachahmte, nur um wieder das zu fühlen, was ich mit ihm empfunden hatte?

Wenn das so war, dann ging es mir gar nicht gut.

Christine nahm eine Mappe aus dem Spind und machte sie auf. Mit nur wenig Genugtuung zeigte sie mir ein paar Fotos.

»Die haben Leonard und ich gestern Abend gemacht. Wir wollten dir helfen, aber wie es scheint, gefällt dir unsere Idee nicht.«

Besagte Bilder waren Fotomontagen, eindeutige Fälschungen, auf denen man sah, wie Esteban einen anderen Jungen küsste. Ich lächelte.

Das würde uns keiner abnehmen. Estebans Kopf war auf ein anderes Bild geklebt wie ein ausgeschnittener Fußballspieler.

Christine war erleichtert, als sie mein Lächeln sah und fragte, ob ich mit zu ihr kommen wolle.

»Nun mach schon«, beharrte sie. »Dann kannst du mir von deinem imaginären Jungen erzählen, ohne dass uns Leonard dazwischenfunkt.«

»Nein«, sagte ich. »Ich glaube, ich gehe besser nach Hause und ruhe mich aus.«

Ich hatte gelogen.

Auf den Spuren meines Vaters

Zusammen mit allen anderen verließ ich die Schule. Ich stürzte mich ins Gedränge und boxte mich mit den Ellbogen durch. Ich hatte mir nie klargemacht, wie toll das war, um Stress abzubauen.

Ich wollte Charles besuchen und mit ihm reden. Ich wusste nicht, ob ich ihm erzählen sollte, was mit mir geschah, aber in jedem Fall hatte ich noch eine Rechnung mit ihm offen: Er hatte versprochen, mir etwas über meinen Vater zu erzählen.

Während ich zu seinem Haus ging, hörte ich eine Hupe und fuhr zusammen. Ich drehte den Kopf, genervt von dem lauten Geräusch, und sah, wie ein Auto auf mich zukam.

Am Steuer saß Charles.

»Hallo, Thara! Gehst du nach Hause?«, fragte er und beugte sich aus dem Fenster.

Froh über das zufällige Zusammentreffen lächelte ich ihm zu.

»Hallo, ich wollte eigentlich gerade zu dir.«

Er kicherte und zog die Augenbrauen hoch.

»Wenn du willst, können wir auch durch abenteuerlichere Meere segeln als durch mein Haus.«

»Okay«, sagte ich, ging um das Auto herum, stieg ein und schloss die Tür.

»Wohin fahren wir?«

Charles legte den Gang ein und fuhr lächelnd los.

Der Ort, an den mich Charles brachte, war nicht gerade das, was ich mir unter einem abenteuerlichen Meer vorstellte, aber er schien genau richtig, um zu reden.

Wir betraten eine Bar. Alles sah so aus, als wäre das Lokal seit ungefähr dreißig Jahren geschlossen und nur für uns wieder geöffnet worden. Wir waren die einzigen Gäste.

»Lass dich nicht vom Schein trügen«, sagte Charles, als er sich an den Tresen setzte. »Hier sind bedeutende Dinge geschehen. Dinge, die vor allem dich betreffen.«

Im Fernsehen, das über uns an der Wand hing, kam gerade eine schreckliche Nachricht. Charles und ich drehten gleichzeitig die Köpfe und lauschten.

Auf dem Bildschirm sah man ein Feuer, Flammen loderten über einer Schule auf. Die Rede war von einem Terroranschlag, der am Morgen von einem Geisteskranken verübt worden war.

»Zum Glück hatte er es nicht auf deine Schule abgesehen«, sagte Charles und bestellte ein Bier und eine Cola.

Man sah weinende Schüler, die von Polizisten umringt auf einem Rasen knieten.

Die Feuerwehr versuchte, das Feuer zu bezwingen. Auf dem Dach des Schulgebäudes sah man die Umrisse eines Mannes, der ungerührt dort oben stand.

Der Reporter sagte, wahrscheinlich handle es sich dabei um den Attentäter und wenn die Feuerwehr nicht rechtzeitig eingegriffen hätte, hätten die Flammen auch ihn verschlungen.

Charles schüttelte den Kopf, stand vom Tresen auf und nahm die zwei Gläser.

»Wo sind wir hier?«, fragte ich.

»An dem Ort, von dem ich dir vorher erzählt habe. Das ist nicht nur eine Bar.«

Er ging zu einer Tür, die aussah, als würde sie zur Toilette führen, und bat mich mit einem Kopfnicken, sie zu öffnen. Ein wenig verdutzt drückte ich die Klinke herunter, und wir traten ins Dunkel.

»Mach das Licht an, die Schalter sind hier rechts.«

Ich tastete mit den Fingern über die Wand, sie schien mit Stoff bezogen zu sein. Als ich die Hebel nach oben drückte, wurde der Saal fast taghell.

Ein kleiner Schrei entfuhr mir. Ganz sicher hätte ich hinter der Wand dieser unscheinbaren Bar kein altes Kino erwartet!

»Leider hat es keine Lizenz mehr. Dein Vater und ich waren oft hier«, sagte Charles seufzend und machte mir mit dem Kopf ein Zeichen, weiterzugehen.

Ich schlängelte mich zwischen den Sitzreihen hindurch und betrachtete die große Leinwand. Sie hatte viele Löcher und Stockflecken. Es gab sogar Stellen, an denen der Schimmel merkwürdige Formen bildete – wie wenn man in die Wolken blickte. Es sah fast so aus, als hätten sich die Gesichter der Schauspieler dort abgedrückt.

Die Sitze waren sauber. Der Eigentümer musste sehr an seinem Kino hängen.

»Ich halte hier alles in Ordnung, falls es dich interessiert«, sagte Charles, als hätte er meine Gedanken gehört, und wir setzten uns.

»Es ist wunderschön hier!«

»Das ist mein Versteck. Ich habe es gekauft, als es geschlossen wurde, und habe meinem Freund Gerard die Bar überlassen.«

»Dann gehört das Kino dir?«, fragte ich überrascht.

»Und dir, wenn du willst«, sagte er und überraschte mich noch mehr. »Du und deine Freunde könnt es als Treffpunkt nutzen. Ich habe mir gedacht, dass es euch gefallen würde. Der Projektor ist kaputt, aber wir können ein digitales Gerät kaufen«, fuhr er gestikulierend fort. »Mittlerweile haben die eine ganz gute Auflösung, und wegen der Lautsprecher … Wir könnten ein Konzert veranstalten! Ja, ein Schulfest!«

Ich bremste ihn in seiner Begeisterung. Ich freute mich riesig über die Überraschung, die er mir gemacht hatte, aber jetzt wollte ich endlich über meinen Vater reden.

»Danke, Charles. Das erste Fest hier wird für dich sein. Aber jetzt ...«

Charles lächelte melancholisch und fuhr an meiner Stelle fort: »... jetzt willst du etwas über deinen Vater wissen.«

Er gab mir die Cola und nahm einen Schluck von seinem Bier.

»Hier haben er und Julia sich kennengelernt.«

Fast wäre mir die Cola im Hals stecken geblieben.

»Echt? In diesem Kino?«

»Ja, genau hier in diesem Kino – und wahrscheinlich genau hier, wo wir jetzt sitzen.«

Mann! Charles verstand sich auf Überraschungen und Spezialeffekte!

»Und ich war dabei, als es passiert ist.«

»Du warst das dritte Rad am Wagen?« Ich stützte die Arme auf der Sitzlehne vor mir auf und betrachtete die Kronleuchter an der Decke.

»Nein, ich war mit einem Freund oben auf der Empore.«

Erst jetzt merkte ich, dass es hier auch einen Balkon gab.

»Was war mein Vater denn für ein Mensch?«

Charles trank noch einen Schluck Bier. »Hm, was war er für ein Mensch? Ein ... ganz besonderer.«

»Das klingt komisch, wenn du es so sagst.«

»Er hatte nicht viel Humor. Und die Frauen lagen ihm nicht gerade zu Füßen. Aber er war faszinierend.«

»Hast du Fotos von ihm?«

Er dachte nach.

»Fotos ... Nein, ich glaube nicht. Er ließ sich nicht gern fotografieren.«

Obwohl mich sehr interessierte, was Charles mir erzählte, spürte ich, dass der Schlaf mich überkam. Ich holte die Thermoskanne aus meinem Rucksack und nahm zwei Schlucke Kaffee.

»Und wie habt ihr euch kennengelernt?«

»Ein gemeinsamer Freund, ein Schriftsteller, hat uns miteinander bekannt gemacht. Wir haben uns auf Anhieb gemocht, wir waren praktisch unzertrennlich. Er war wirklich ein guter Mensch. Und so großzügig.« Charles lachte. »Ich habe dir seine Schwächen nur aufgezählt, um dir zu zeigen, wie wenige es waren.«

»Schwächen machen etwas Besonderes aus einem Menschen«, erwiderte ich.

»Das ist wahr«, stimmte er zu. »Und unsere Eigenheiten lenken unser Leben, sie ziehen uns an und stoßen uns ab.«

Bei diesen Worten kam mir wieder Nate in den Sinn, als hätte Charles meine Erinnerungen heraufbeschworen. Die Besonderheiten, die uns anziehen. Unsere Augen. Genau das hatte ich Charles fragen wollen.

»Hatte mein Vater auch violette Augen wie ich?«

Ich hoffte inständig, dass er meine Frage bejahen und mir erzählen würde, dass auch mein Vater in eine Welt aus Asche reisen konnte. Einen Augenblick lang hoffte ich es wirklich.

Es wäre eine große Erleichterung, wenn endlich jemand eine Erklärung für mich hätte. Aber leider war dieser Jemand nicht Charles.

»Nein, solche Augen hast nur du.« Er nahm meine Hand, eine väterliche Geste. »Es muss schwer gewesen sein, ohne Vater aufzuwachsen. Aber du bist stark wie ein Fels. Und diese Augen sind Edelsteine, die du dir verdient hast.«

Ich wandte den Blick ab.

»Hatte er auch ein Schlafproblem?«

»O ja!«, sagte er und nickte heftig. »Er hatte aber das gegenteilige Problem: Er litt unter einer unheilbaren Schlaflosigkeit, er schlief fast nie. Vielleicht musst nun du die Rechnung begleichen, die er mit Morpheus offen hatte.«

»Kann sein«, sagte ich und schlürfte ein wenig enttäuscht meine Cola.

Wir plauderten noch mindestens zwei Stunden über meinen Vater und über alles, was uns durch den Kopf ging. Charles und ich hatten wirklich ein besonderes Feeling füreinander. Er behandelte mich zwar so, als sei ich erst fünf Jahre alt, aber er tat es so nett und harmlos, dass ich mir nichts anmerken ließ. Irgendwann hatte ich mir fast gewünscht, dass er mein Vater wäre, und ich fragte ihn im Spaß, ob er nicht mein Ersatzvater sein wollte.

Doch daraufhin verfinsterte sich sein Gesicht ganz unerwartet. Ich wechselte schnell das Thema und fragte, was er und Ray zusammen unternommen hätten.

»Ich und Ray?« Er wirkte verträumt.

»Ja, du und mein Vater.«

»Richtig, dein Vater ...«

Ich fand, das war eine merkwürdige Antwort, aber er ließ mir keine Zeit, darüber nachzudenken.

»Er ging gern fischen. Er hatte damals ein Boot. Wir fuhren oft zum See von Gorey. Dort ist es wunderschön. Irgendwann fahren wir zusammen hin.« Dann schien er zu merken, was er gerade gesagt hatte und berichtigte sich: »Oder eher nicht ... Nein, besser nicht. Ihr Kids interessiert euch ja nicht für frische Luft und fürs Fischen. Als ich so alt war wie du, hat mir das auch nicht gefallen.«

»Ich habe nichts gegen die Natur«, antwortete ich.

Charles trank sein Bier aus und schwieg eine Weile. Dann seufzte er tief.

»Wir werden sehen ... Wir werden sehen ...«

Er wollte aufstehen, aber ich hielt ihn am Ärmel seines Jacketts fest.

»Und der Unfall? Kannst du mir sagen, was geschehen ist? Meine Mutter will absolut nicht darüber sprechen.«

Ich hatte meine Bitte ganz unbefangen hervorgebracht, schließlich hatte ich kein Trauma aus dieser Zeit davongetragen, aber ich merkte, dass Charles betroffen war. Er musste gelitten haben. Er blickte auf mich herunter. Alle Farbe war aus seinem Gesicht gewichen.

»Warum willst du das wissen? Über bestimmte Dinge spricht man besser nicht.«

Mein Kopf war ganz leer. Ich starrte ihn an, und ohne dass ich es wollte, formte mein Mund die Worte: »Weil eine Geschichte ohne Ende nicht der Mühe wert ist, erzählt zu werden. So traurig es auch sein mag, ich muss es wissen.«

Ich staunte selbst über diesen Gedanken.

Charles zwang sich zu einem dünnen Lächeln, vielleicht um zu verhindern, dass sich ein anderer Ausdruck auf sein Gesicht stahl.

»Der Unfall ...«, murmelte er. »Es ist einfach so passiert, aus heiterem Himmel. Wie alle Unfälle. Du warst gerade auf die Welt gekommen, er ging Blumen für deine Mutter kaufen, und auf dem Rückweg hat ihn ein Auto überfahren.« Er steckte die Hände in die Taschen. »Nichts Besonderes, leider ...«

Ich runzelte die Stirn.

»Aber soweit ich weiß, war er gerade auf einer Geschäftsreise.« Charles schien sich unbehaglich zu fühlen. Er räusperte sich. »Ja ... Ich erinnere mich nicht mehr so gut daran.«

»Wie denn das?« Ich war überzeugt, dass das nicht stimmte. Wie konnte er sich nicht mehr an den Tod seines besten Freundes erinnern?

»Und ... ich wollte es romantischer klingen lassen. Entschuldige.«

Er rechtfertigte sich, aber mein sechster Sinn sagte mir, dass hier etwas faul war.

Als er sah, dass ich mich nicht rührte, ging Charles durch die Sitzreihe auf die andere Seite des Saals.

Ich blieb sitzen und sah ihn an, als sei er der letzte Zuschauer einer Aufführung, die schon vor vielen Jahren zu Ende gegangen war. Es war seltsam, ihn so zu sehen, er bewegte sich, als würde das ganze Gewicht der Jahre auf ihm lasten, als würde er sich plötzlich daran erinnern, dass er nicht mehr jung war.

»Gehen wir?«, fragte er, als er an der Tür war.

Ich nahm meine Sachen und folgte ihm.

Er zog einen Schlüsselbund aus der Tasche und gab ihn mir.

»Das sind die Schlüssel für die Hintertür. Da ist ein Vorhängeschloss. Du und deine Freunde könnt kommen, wann ihr wollt. Keiner wird es erfahren – solange ihr niemandem etwas sagt. Ihr könnt auch in die Bar gehen.«

»Danke, Charles«, sagte ich und gab ihm einen Kuss auf die Wange.

Ich hoffte, dass ich ihn damit ein bisschen aufgeheitert hatte, aber draußen machte er den Mund nicht mehr auf.

Auf dem Weg nach Gorey

»Ich hab dir doch gesagt, dass wir besser mit dem Bus gefahren wären!«, sagte Leonard zu mir, während der Wagen seiner Mutter Sätze machte, als würden wir mitten durch ein Erdbeben fahren. »Ich habe erst letzte Woche den Führerschein gemacht, und das hier ist ein gottverdammter Feldweg!«

Christine beugte sich von der Rückbank vor und stellte das Radio lauter.

Ich saß vorn neben Leonard und konsultierte die Straßenkarte, um zu sehen, ob wir auf dem richtigen Weg waren. Innerhalb einer halben Stunde hatten wir uns schon viermal verfahren.

»Es gibt keinen Bus nach Gorey«, antwortete ich. »Das ist ein kleines Dorf am See, das alles in allem aus vielleicht zehn Häusern bestehen dürfte.«

Bisher waren wir immer nur auf der Autobahn aus der Stadt hinausgefahren, hier auf dem Land kamen wir uns vor wie im Ausland.

Der Tag war bewölkt und verhangen. Die Luft war schwül, der Himmel grau wie meine Gefühle. Durch das Gebläse drang die Feuchtigkeit herein, und man bekam fast keine Luft in dem Dampf.

Ich weiß nicht, wie ich Leonard dazu gebracht hatte, uns an diesen abgelegenen Ort zu bringen – jemandem schöne Augen zu machen gehörte nicht gerade zu meinen Talenten.

Es musste Christine gewesen sein, indem sie ihm die Zähne gezeigt hatte.

Wir hatten uns das Auto von Leonards Mutter ausgeliehen, ohne sie zu fragen, und wir hatten nur noch wenige Stunden Zeit, bevor sie von der Arbeit nach Hause kam.

»Sie reißt mir den Kopf ab, sag ich euch!«, rief Leo, während er so vielen Löchern wie nur irgend möglich auswich. »Wenn sie auch nur einen einzigen Dreckspritzer findet, wird sie genau Bescheid wissen und mich killen. Und dann habt ihr mich auf dem Gewissen!«

Christine hörte kurz auf, sich zum Takt der Musik zu wiegen.

»Ich hab schon so viele Ameisen zertreten, dass mir eine mehr oder weniger auch nicht den Schlaf raubt.«

Ich trank ein bisschen Kaffee aus der Thermoskanne, als ich am Straßenrand zwischen ein paar Bäumen ein Schild sah, auf dem »Gorey« stand.

»Hier lang!«, sagte ich, kurz bevor wir die Kreuzung verpassten.

Leonard riss das Steuer herum und fuhr mit dem Hinterrad voll in eine Pfütze. Eine Woge Dreckwasser schwappte über das Auto.

»Jetzt kannst du nur noch auf die Guillotine hoffen«, sagte Christine und beugte sich zwischen den Sitzen nach vorne. »Soll ganz schmerzlos sein. Und sehr effektiv.«

»Meine Mutter wird mich wohl eher erwürgen.«

»Oder sie lässt dich einfach das Auto putzen«, versuchte ich, ihn zu beruhigen.

»Und mein Zimmer! Und das wäre weitaus schlimmer, als von Löwen zerfleischt zu werden«, sagte Leo, während nach und nach die ersten Häuser in Sicht kamen.

Gorey war genauso, wie wir es uns vorgestellt hatten. Eine Straße, kaum vierhundert Meter lang, gesäumt von Holzhäuschen.

»Hier würde ich gern wohnen«, meinte Christine naserümpfend, »wenn ich ein Serienmörder wäre.«

»Können wir denn nicht in das alte Kino gehen, das Charles uns überlassen hat?«, fragte Leo, während wir an verlassenen Veranden vorbeifuhren. »Ich würde es so gerne mal sehen!«

»Wir gehen morgen«, sagte ich und sah mich um, in der Hoffnung, irgendjemanden zu sichten.

»Oder heute Nacht«, gab er verschmitzt zurück und warf Christine einen Blick zu.

Sie wich seinem Blick aus und neigte ihren Kopf zu mir.

»Halt an!«, rief ich.

Leo bremste so heftig, dass wir fast mit den Köpfen aneinandergestoßen wären.

Vorn an der kleinen Kirche am Ende der Straße, und damit auch am Ende des Dorfs, goss ein Mann Blumenrabatten.

»Wenn er noch zehn Minuten gewartet hätte, wäre es nicht mehr nötig gewesen«, meinte meine Freundin.

Der Nachmittagshimmel hatte sich tatsächlich ziemlich verdunkelt. Dicke Wolken zogen über uns zusammen und ließen den Himmel so alt erscheinen wie das Dorf.

Ich stieg aus und schlug die Wagentür zu – vielleicht ein bisschen zu heftig. Ich hörte, wie Leonard etwas zu mir sagte, aber ich ignorierte ihn. Ich lief über den schon ziemlich schlammigen Feldweg zu dem Mann am Bretterzaun vor der Kirche.

»Entschuldigen Sie!«, sagte ich.

Der Mann stellte die Gießkanne ab und drehte sich zu mir um. Er machte ein Gesicht, als hätte er seit Jahrhunderten kein menschliches Wesen mehr gesehen. Er kam auf mich zu und ließ mich nicht aus den Augen.

»Entschuldigen Sie«, sagte ich noch einmal. »Ich weiß, meine Frage wird Ihnen komisch vorkommen …« Ich nahm mein Handy und zeigte ihm das Bild, das ich am Morgen von Charles gemacht hatte. »Kennen Sie diesen Mann? Ich weiß, dass er mit meinem Vater oft hier zum Angeln war, und vielleicht haben Sie oder jemand anderes …«

Er ließ mich nicht ausreden.

»Charles!«, rief er aus. »Den habe ich schon seit Jahren nicht mehr gesehen! Er ist älter geworden, aber das Gesicht ist noch dasselbe.« Er wandte den Blick vom Display ab und sah in den Himmel.

Ein paar Tropfen fielen uns auf die Stirn.

»Natürlich kenne ich ihn«, fuhr er fort. »Aber er hat sich schon jahrelang nicht mehr blicken lassen. Er war gut mit Brooks und dessen Frau befreundet.«

»Leben die hier in Gorey?«, fragte ich.

Er schüttelte den Kopf.

»Tja, der alte Brooks ist gestorben, und Rickie, seine Frau, ist … komplett verrückt. Sie wohnt im einzigen Haus am Seeufer«, sagte er und streckte den Arm zu einer Seitenstraße hin aus. »Aber warum willst du das denn wissen?«

»Nur so … Einfach nur so.«

Der Mann lächelte seltsam. Ein wenig angewidert betrachtete ich seine vergilbten Zähne und beschloss, zum Wagen zurückzugehen.

Dieselbe Frage stellte ich mir selbst: Warum war ich nach Gorey gekommen? Und wieso spürte ich das Verlangen, auf der Stelle loszufahren und diese Rickie zu suchen?

Vielleicht, weil mich Charles Schilderungen zur Eile gedrängt hatten. Irgendetwas in seiner Geschichte passte nicht zusammen. Da wäre zum einen der Tod meines Vaters und zum anderen die Tatsache, dass meine Mutter diesen Ort auch schon mal erwähnt hatte, zumindest glaubte ich das.

Als ich die Wagentür wieder aufmachte, sprachen Christine und Leonard über den Geisteskranken, der am Morgen die Schule in Brand gesteckt hatte.

»Der ist alles andere als geisteskrank, er ist ein Genie!«, meinte Leo. »Schade, dass er zusammen mit dem Gebäude verbrannt ist. Ich hätte nichts dagegen gehabt, wenn er auch in unserer Schule vorbeigekommen wäre.«

»Leute, ich habe eine Spur«, unterbrach ich ihn im Tonfall eines routinierten Polizisten.

»Wieso? Gibt es eine Ermittlung? Oder willst du jagen gehen?«, fragte Christine bissig.

Ich zwang mich zu einem Lächeln.

»Möglicherweise.«

Ich sagte Leo, er solle den Motor anlassen und in das Sträßchen einbiegen, das der Mann mir gezeigt hatte. Es war schmal, und die Äste der Bäume schrappten an den Autoflanken entlang.

»Können wir denn nicht zu Fuß gehen?«, fragte Leo, ohne eine Antwort zu bekommen.

Zwischen den spärlichen Baumstämmen rechter Hand sahen wir den See, eine graue Wasserfläche, über der in der schwülen Luft feiner Nebel hing. Es sah so aus, als würde ein riesiges Gespenst darüberschweben.

Dann ließen wir die Bäume hinter uns, und das Sträßchen folgte dem Seeufer.

Ich kniff die Augen zusammen, um im Dunst besser sehen zu können.

Der See von Gorey war von hohen Hügeln umgeben. Kurz kam es mir so vor, als würde auf einem von ihnen ein seltsamer Bau stehen. Aber ich konnte mich auch getäuscht haben. Die Landschaft verschwamm zu sehr im Dunst, als dass man etwas anderes als Wasser hätte ausmachen können.

Da bremste Leonard ab und klopfte mir auf die Schulter. Ich drehte mich um und sah nach vorn. Der Weg endete an einem morastigen Platz. Ich begriff nicht, warum er nicht weiterfuhr, bis ich schließlich genauer hinsah.

Der ganze Weg war voller Schildkröten. Hunderte Tiere schleppten ihre schweren Panzer über die Erde.

»Wie süß!«, entfuhr es Christine, Leonard hingegen war starr vor Schreck.

»Du hast doch nicht etwa Angst vor diesen lieben Tierchen, oder?«

»Als ich klein war«, stammelte Leo, »hat mich eine gebissen.«

Wir lachten, dann stiegen ich und Christine aus. Um Leo Beine zu machen, machte meine Freundin die Autotür auf, hob eines dieser kleinen Geschöpfe vom Boden auf und hielt es ihm unter die Nase.

»Wenn du nicht kommst«, sagte sie, »gibt dir Fräulein Schildi einen Kuss!«

»Okay, okay!« Mit angewiderter Miene stieg Leo aus. Er blickte auf seine Füße, als sei er von giftigen Skorpionen umzingelt.

Wir folgten dem Weg und schlängelten uns zwischen den Schildkröten hindurch, die ins Wasser strebten oder wieder herauskamen. Auf dem Platz am Ende des Wegs sahen wir ein Haus. Wenn man es überhaupt noch so nennen konnte.

Es war ein Haufen aus morschem Holz, den selbst Biber besser aufgeschichtet hätten. Ein Teil war auf Pfählen errichtet, die in den Grund des Sees eingelassen waren, der andere lehnte sich an den Berghang und an die Bäume. Ich konnte kaum glauben, dass außer Schildkröten dort jemand wohnte.

Misstrauisch näherten wir uns, als es einen lauten Knall über unseren Köpfen tat, der Himmel hell aufriss und ein plötzlicher Regenguss über uns hereinbrach. Wir beschleunigten den Schritt – Leo hüpfte wie über ein Minenfeld – und flüchteten uns unter das Vordach.

»Mist! Meine neuen Schuhe!«, sagte Christine geziert.

»Aber du hast doch absichtlich kaputte gekauft«, bemerkte ich.

»Ja, aber …«

In diesem Moment ging die Fliegentür an der Veranda auf, und ein Hexengesicht reckte sich uns entgegen.

Wir schrien.

Die Frau lächelte breit. Mit ihrer schlampigen Erscheinung und den Haaren, die wie ein einziges Knotengewirr aussahen, sah sie sehr alt aus, wahrscheinlich älter, als sie es in Wirklichkeit war.

»Haaallo ...«, sagte sie gedehnt.

Sie sprach so langsam, wie die Schildkröten liefen.

Sie bat uns herein und warf uns ein paar Lumpen zu, mit denen wir uns abtrocknen sollten, doch kaum hatte sie uns den Rücken zugewandt, warfen wir sie unauffällig weg.

Innen war das Haus noch schlimmer als außen, wenn das überhaupt möglich war. Auch hier war alles voller Schildkröten, sie bewegten sich schwerfällig über den Boden, als wäre er mit Klebstoff überzogen.

»Sieht aus wie das Set eines Horrorfilms«, flüsterte Leo mir ins Ohr.

Die seltsame Frau fuhr sich durch ihr schwarzes Haar, wahrscheinlich dachte sie, sich damit in einen präsentablen Zustand zu bringen. Es wäre wohl nicht nett gewesen, ihr zu sagen, dass sie als Erstes mal eine Desinfektion nötig hätte.

»Sie müssen Rickie sein«, wagte ich mich vor.

»Ich dachte, man kennt mich als ›die Irre mit den Schildkröten‹«, antwortete sie und sah mich schief an. »Aber ja, so heiße ich. Und wer seid ihr?«

»Freunde von Charles«, sagte ich schnell.

Rickies Gesicht, das mager und ausgezehrt war, schien aufzuleuchten. »Oh, Charles!« Dann erlosch ihre Freude auf einen Schlag. »Was ist mit ihm passiert?«

Wir sahen einander schweigend an. Jeder wartete, dass der andere etwas tat, um die Atmosphäre aufzulockern.

Die Hausherrin ergriff die Initiative. Ihre Miene hellte sich erneut auf und sie wedelte mit den Armen.

»Ha, das müsst ihr sehen!«, sagte sie begeistert und verschwand im Flur. Wir folgten ihr, wobei wir sorgfältig auf unsere Schritte achteten. Die Dielenbretter waren voller Splitter, die nur darauf warteten, uns mit tausend verschiedenen Krankheiten anzustecken. Die Schildkröten spazierten unterdessen fröhlich umher.

»Du findest aber auch wirklich immer irgendwelche Verrückten!«, flüsterte Christine mir zu, während wir das Zimmer betraten, in dem Rickie auf uns wartete.

»Seht euch das an! Seht euch das an!«, sagte sie mit schriller Stimme und forderte uns mit dem Zeigefinger auf, näher zu kommen. Ich hatte noch nie einen Menschen gesehen, dessen Laune so schnell, von einer Sekunde auf die andere, umschlug.

Wir gingen zu einem Ding, das wohl einmal eine Anrichte gewesen war. Auf dem untersten Brett lag Stroh, und als wir uns bückten, konnten wir zwischen den Halmen leere Panzer und kleine Schildkröten erkennen, die dort auf der Suche nach Licht herumwuselten.

»Sind sie nicht herzallerliebst?«, fragte Rickie und legte sich die Hand aufs Herz. »Sie sind gerade erst auf die Welt gekommen …«

»Auf jeden Fall … herzallerliebst«, sagte Leo mit einem panischen Unterton in der Stimme.

Abrupt richtete ich mich wieder auf. Das Möbelstück verströmte einen ekelerregenden Geruch. Wenn mich die Iris in eine Welt aus Asche brachten, dann wollte ich gar nicht wissen, wohin mich dieser Gestank katapultieren konnte!

Auf einer abblätternden Tapete, die mich an eine alte Schlangenhaut erinnerte, entdeckte ich ein verblichenes Foto. Hinter dem gesprungenen Glasrahmen, der aussah wie aus Eis, posierten vier Personen. Zwei Gesichter erkannte ich sofort. Das Haus im Hintergrund schien Charles' Villa zu sein. Im Vordergrund stand Charles, sehr viel jünger als heute. Die Fliege und das Lächeln ließen keinen Zweifel.

Neben Charles stand meine Mutter Julia.

Ein infernalischer Gestank schlug mir entgegen. Ich drehte mich um. Hinter mir stand Rickie.

»Da ist er, Charles …«, sagte sie und deutete mit ihrem krummen Finger auf ihn.

Ich lächelte sie an.

»Und wer sind diese beiden?«, fragte ich und deutete auf einen Mann mit Brille und eine vierte Person, die man kaum erkennen konnte. Es war ein großer, magerer, kahler Mann. Die Feuchtigkeit hatte ihn fast ganz aus dem Bild verschwinden lassen.

»Die beiden«, sagte Rickie und legte einen Finger an die Lippen, »sind Kolor und Ray.«

»Ray? Welcher von beiden ist das?«, rief ich und ging näher an das Foto heran, als könne ich durch die Farbklümpchen hindurch besser sehen.

»Der mit der Brille«, sagte Rickie.

Ich hielt es für angebracht, meine Identität zu enthüllen: »Ich …«, sagte ich ernst und unbeholfen, »ich bin seine Tochter.«

Rickie war verdutzt. Sie musterte mich von Kopf bis Fuß, dann drehte sie sich zu meinen Freunden um und musterte auch sie. Leonard schien seine Angst vor den Schildkröten inzwischen verloren zu haben, er streichelte ein frisch geschlüpftes Tier und zog dabei komische Grimassen.

Rickie wandte sich wieder zu mir um und sah mich an.

»Aber …«, sagte sie, als würde sie an ihren eigenen Worten zweifeln, »Ray Pitbury hatte gar keine Kinder.«

Das Durcheinander in meinem Kopf erreichte ein solches Ausmaß, dass mir fast das Hirn platzte.

Auf diesem Foto da war also ein Schriftsteller abgebildet, der Ray hieß, genau wie mein Vater, der aber keine Kinder hatte. Er stand neben Charles, meiner Mutter und …

»Dieser andere …«, fragte ich und versuchte, mich an den Namen zu erinnern. »Wie hieß er doch gleich?«

Rickie lächelte.

»Kolor.«

Wir verabschiedeten uns, stiegen wieder in den Wagen und ließen dieses gottverlassene Dorf so schnell wie möglich hinter uns.

»Musstest du unbedingt dieses Ding da mitnehmen?«, fragte Christine Leo irgendwann.

»Red nicht so von Gerard!«, sagte Leo säuerlich und machte das Handschuhfach auf. »Wo ist denn mein Kleiner? Herzallerliebst bist du, herzallerliebst!«

Bevor wir das Haus der Verrückten verlassen hatten, hatte Leonard beschlossen, eine Schildkröte zu adoptieren, die nun in einem leeren Plastikbecher kauerte.

»Mir wird gleich schlecht«, sagte Christine. Dann fragte sie mich, während ich mir auf einem Zettel Notizen machte: »Und, hast du was herausgefunden?«

Ich schrieb »Ray Pitbury« auf den Zettel und steckte ihn ein.

»Möglicherweise dass mein Vater Schriftsteller war, aber keine Kinder hatte.«

»Cool«, meinte Leo, als er endlich auf eine asphaltierte Straße einbog. »Und jetzt fahren wir in eine Waschanlage, und ihr beiden helft mir, den Wagen zu putzen.«

Es hatte aufgehört zu regnen, während wir in die Stadt zurückfuhren, die Sonne lugte wieder hinter den Wolken hervor.

»Wenn du hoffst, mich mit dieser Ausrede im nassen T-Shirt zu sehen, bist du verdammt schiefgewickelt!«, knurrte Christine.

»Wenn du hoffst, dich mit dieser Ausrede davor drücken zu können, die Stoßstangen zu polieren, dann bist du verdammt schiefgewickelt!«, gab Leo schlagfertig zurück.

Eine violette Fata Morgana

Wir fuhren mit Leo zu einer Waschanlage, schafften es aber, unserer Putzpflicht zu entkommen. Christine schob eine Allergie gegen Autoputzmittel vor, und ich bekam einen Anruf von meiner Mutter, die mich bat, sofort nach Hause zu kommen und ihre Lieblingssoap aufzunehmen. Sie war beim Steuerberater und wusste nicht, ob sie rechtzeitig zurück sein würde, um sie sich anzusehen.

Ich entschuldigte mich bei Leo und sagte, wenn er einmal im Urlaub sei, würde ich seine Schildkröte hüten. Er lächelte und versuchte, uns mit Wasser zu bespritzen, während wir weggingen.

An der Kreuzung verabschiedete ich mich von Christine. Sie wollte noch kurz in den Comic-Laden, mein Heimweg führte aber in die entgegengesetzte Richtung.

Zu Hause sah ich auf die Uhr und schob eine Kassette in den Videorekorder. Ich verstand nach wie vor nicht, wieso meine Mutter unbedingt diese Antiquität benutzte. Ich hatte ihr schon mehrmals angeboten, die Serien im Internet herunterzuladen, aber ich konnte ihr einfach nicht klarmachen, dass die DVD eine große Errungenschaft der Menschheit war.

Ich drückte auf den Aufnahmeknopf und ging in mein Zimmer. Ich machte den Computer an. Ich wollte über Ray Pitbury recherchieren. Ich gab den Namen bei Google ein, bekam aber nur wenige Treffer. Was für eine Enttäuschung! Wie es schien, hatte es diesen Schriftsteller nie gegeben.

Ein wenig entmutigt checkte ich meine Mails. Ich hatte zwei bekommen, beide waren von einem gewissen *Mr. Spectre*, aber es stand nichts drin. Ich löschte sie. Die Aschewelt nahm zu viel Raum in meinem Kopf ein, um noch klar über irgendetwas anderes nachzudenken.

Solange ich unterwegs gewesen war, waren die grauen Bilder weit weg gewesen, aber nun, allein vor dem Bildschirm, drangen sie nach und nach wieder in mein Zimmer, wie Rauch, der unter einer Tür hindurchkroch.

Ich klickte wieder auf Google, kniff die Augen zusammen und tippte mit einem Finger »Aschewelt«. Dann drückte ich auf »Suchen«. Zahlreiche Seiten wurden angezeigt, aber keine schien etwas mit mir zu tun zu haben.

Also gab ich auch diesen Versuch auf und stieß meinen Stuhl mit den Füßen vom Schreibtisch weg. Er drehte sich um sich selbst.

In Bezug auf Ray Pitbury hielt ich es für das Beste, in einer Buchhandlung nachzufragen. Was das Cinerarium anging, blieben die Iris meine einzige Möglichkeit.

Ich warf einen Blick auf die Blumen, die neben mir standen und die ich tags zuvor verwendet hatte. Sie waren vertrocknet. Irgendwie welkten sie während meiner »Reisen«.

Ich wollte so schnell wie möglich wieder ins Cinerarium zurückkehren und Nate treffen. Zu zweit würden wir es vielleicht schaffen, ein paar nützliche Informationen zusammenzutragen. Außerdem wollte ich ihn wiedersehen. Ich hatte das Gefühl, wir hätten etwas nur zur Hälfte beendet. Um was es sich dabei handelte, einen Streit, oder etwas anderes, wusste ich nicht.

Ich schaute auf die Uhr und sah, dass es zu spät war, um einen offenen Blumenladen zu finden. Ich würde das Ganze wohl sein lassen müssen. Plötzlich sah ich auf dem Boden neben dem Schreibtisch eine Iris liegen.

Ich hob sie schnell auf und fühlte mich unverhofft gut. Sie musste mir am Tag zuvor hinuntergefallen sein. Sie war in einem sehr schlechten Zustand und brauchte Wasser. Ich strich über die Blütenblätter, die sich anfühlten wie nasses Papier.

Ich wusste nicht, ob es klappen würde, also roch ich an der Blume, um zu prüfen, ob sie noch ein bisschen Duft verströmte.

Diese spontane Bewegung katapultierte mich weit weg in eine andere Welt.

Als ich die Augen wieder aufschlug, roch ich noch den Duft der Iris, der mir auf der Haut kribbelte. Ich rechnete mit einem hellen Licht, doch dieses Mal empfing mich Dunkelheit. Ich war wohl innerhalb eines Gebäudes erwacht.

Ich hustete. Ruß verpestete die Luft.

Ich stand vom Boden auf und versuchte zu begreifen, wo in aller Welt ich gelandet war. Fast hätte ich das Gleichgewicht verloren. Mir pfiffen die Ohren, vielleicht war ich aus großer Höhe gefallen.

Es war nicht Nates Schiff. Das wäre mir lieber gewesen, zumindest hätten wir uns dann gleich getroffen. Die Wände, die mich umgaben, schienen aus Ziegelsteinen zu sein.

Ein Pech, dass ich nicht wählen konnte, an welcher Stelle ich auftauchte, wenn ich ins Cinerarium reiste!

Ich sah mich um. Ich erwartete fast, Nate hier sitzen und auf mich warten zu sehen. Ich wusste, dass er auf mich wartete.

In diesem Augenblick fragte ich mich, ob die Zeit hier genauso schnell verging wie in der realen Welt. Wer weiß? Vielleicht dauerte hier ein Tag hundert Jahre … Vielleicht hatte Nate mich vergessen, oder vielleicht war er tot …

Wieder hustete ich und vertrieb diese sinnlosen Gedanken.

Das einzige Licht hier drin drang durch die verbrannten

Fensterläden. In der Luft schwebte dunkler, feiner Staub: Asche wie alles andere.

Ich hatte das Gefühl, mich im Netz einer Riesenspinne zu befinden.

Nate hatte gesagt, er wisse nicht, wie lange er sich noch wehren könne. Wogegen? Ich kam nicht umhin, mich das zu fragen. Gegen wen?

Als ich erwachte, hatten mich die Aschemenschen nicht angegriffen. Vielleicht wohnte hier etwas, etwas sehr viel Bedrohlicheres, das ihnen Angst machte? Ich wollte so schnell wie möglich hier raus, hier drinnen bekam ich Gänsehaut. Unsicher machte ich ein paar Schritte.

Ich ging langsam, wobei ich darauf achtete, auch nicht das leiseste Geräusch zu machen und sah mich ständig um. Vor mir lag ein langer Korridor voller herausgefallener Türen, die auf dem Boden lagen. Ich lief hindurch und vermied es, auf den Schutt zu treten.

Am Ende sah ich eine Treppenflucht – oder was davon übrig war. Es fehlten ganze Stufen, und die Dunkelheit, die sie umhüllte, schien sie um jeden Preis verschlingen zu wollen. Ich war nur noch wenige Meter davon entfernt, als ich im oberen Stockwerk Schritte hörte. Ich schauderte.

Da kam jemand die Treppen herunter.

Ich zitterte so sehr, dass ich stehen bleiben musste und keinen klaren Gedanken mehr fassen konnte. Ruckartig wandte ich den Kopf in alle Richtungen, um eine Ecke zu finden, in die ich mich verkriechen konnte. Ich wollte schon losrennen, da tauchte auf der Treppe ein Gesicht auf.

Nate.

Es war wie ein Schlag in die Magengrube. So unverhofft, dass ich erleichtert war und es mich gleichzeitig schmerzte.

Seine wunderschönen Augen sahen in der Dunkelheit aus wie die eines ausgehungerten Katers. Sie funkelten so gefährlich, dass ich mir wehrlos vorkam. Sie waren unruhig und machtvoll. Sie blockierten meine Gedanken wie seine

Hände meinen Körper bei unserem letzten Zusammentreffen.

»Thara!« Er flüsterte fast.

Er stand reglos da. Kaum hatte er mich gesehen, war er stehen geblieben. Seine Stimme zitterte. Ich stammelte etwas, ohne genau zu wissen, was. Ich war erleichtert, dass er es war und dennoch hatte mich sein plötzliches Auftauchen zu einer Eissäule erstarren lassen. Schließlich lächelte ich leicht, um die Spannung zu lindern.

»Hallo, wie geht's?«, fragte ich und machte einen schüchternen Schritt nach vorn.

Im Dunkeln sah ich nur die tausend Farben seiner Augen, konnte aber seinen Gesichtsausdruck nicht deuten.

Er antwortete nicht, und er rührte sich nicht vom Fleck.

Irgendetwas war hier faul.

Auf einmal wurde mir klar, dass ich mir Hoffnungen für unser drittes Treffen gemacht hatte. Ich hoffte nicht auf eine Umarmung, aber doch auf irgendeine Liebenswürdigkeit. Und doch war unser beider Reaktion ganz anders, als ich es mir ausgemalt hatte.

Irgendetwas an diesem Jungen weckte in mir den Wunsch, mich umzudrehen und zu verschwinden. Irgendetwas Böses.

»Nate!«, rief ich.

Ich hob dabei leicht die Stimme. Er aber sah mich nur weiter schweigend an. Ich verstand ihn nicht.

Als wir uns das letzte Mal getroffen hatten, hatte er nicht gewollt, dass ich wieder ging. Sein Verhalten schien keinerlei Logik zu folgen. Und wenn es eine gab, dann begriff ich sie nicht.

Er stand noch immer da, ohne sich zu regen, wie ein Tier, das auf einen Angriff lauert. Kurz fürchtete ich, die Person da vor mir sei gar nicht Nate.

Genau in dem Moment, als ich mich entschied, zu ihm zu gehen, bewegte er sich kaum merklich.

Ich sah einen metallischen Glanz in seiner Hand. Er hielt einen Gegenstand. Er wirkte spitz. Ich bekam Angst, in der Falle zu sitzen wie letztes Mal auf seinem Schiff, als er mir mit wenigen Bewegungen alle Fluchtwege abgeschnitten hatte. Ich erinnerte mich an seine Hände, die mich mit Gewalt festgehalten hatten, als würde ich ihm gehören. Tatsächlich hatte mein Leben kurz vollständig in seiner Hand gelegen. Ich hatte ihn gehasst, weil er mich dazu gebracht hatte, mich so hilflos zu fühlen, und ich hatte mich selbst gehasst, weil ich nicht in der Lage gewesen war, ihn daran zu hindern.

Nun spürte ich, wie mir derselbe dumpfe Schmerz unter die Haut kroch, ähnlich wie Adrenalin, nur heißer und bitterer. Fremd. Es drückte gegen meine Adern und dröhnte mir in den Ohren.

»Nate«, sagte ich in kalter Erstarrung, »was hast du vor?«

Wieder war ich unfähig, seine Reaktionen vorauszusehen, wieder hatte ich keine Waffen, um mich ihm zu widersetzen. Und wieder war ich angesichts dieser Augen wehrlos.

Ich keuchte. Ich hatte die Gefahr selbst gesucht.

Nate trat nun ganz aus dem Schatten.

Er war bewaffnet. Er hielt ein Messer in der Hand.

Automatisch wich ich zurück. Ich hätte nicht kommen dürfen, um ihn zu suchen.

In diesem Augenblick fiel ein Lichtstrahl auf sein Gesicht, und sofort schlug meine Angst in Sorge um.

Nie im Leben hätte er mir etwas getan.

Er machte das gleiche Gesicht wie damals, als ich auf dem Schiff aufgetaucht war, nur dieses Mal blutete er. Sein Gesicht war rot gestreift, eine Maske aus Blut und Tränen.

Das Messer fiel ihm aus der Hand.

»Ich habe dich überall gesucht«, sagte er mit dünner Stimme, dann fiel er kraftlos auf die Knie.

Ich wollte zu ihm eilen und ihm aufhelfen, aber er war schon aufgestanden, bevor ich noch bei ihm war.

»Ich habe dich überall gesucht«, fuhr er mit großer Anstrengung fort. »Ich habe gehofft, dich nicht zu finden. Es ist ganz schlecht, dass du hierhergekommen bist, Thara.«

Ich fuhr mit dem Ärmel über seine blutende, bleiche Stirn, konnte aber nicht feststellen, wie tief die Wunde war.

»Was ist passiert?« Ein gespenstisches Krächzen entrang sich meiner trockenen Kehle.

Nate mied meinen Blick, er hatte den Kopf zur Seite gedreht und wollte eindeutig verhindern, dass ich ihm ins Gesicht sah.

»Es geht mir gut«, sagte er in einem Ton, der mich lähmte. Kalt und distanziert. Fast, als würde er mich bitten, ihn nicht anzufassen und mich von ihm fernzuhalten.

»Du blutest, Nate.«

Er antwortete nicht, sondern drehte sein Gesicht aus dem Licht. »Es geht mir gut«, wiederholte er. »Das ist nur ein Kratzer.«

Ich sah meinen Ärmel an. Da war kein Blut. Nur Asche.

Als ich Nate erneut anblickte, sah ich, dass auch auf seinem weißen Gesicht keine Spur mehr von Blut war. Seine Haut war wieder glatt und heil und schien nur ein bisschen mit Asche verkrustet, als hätte er sich damit gewaschen.

Wie war das möglich? Ich hatte die Wunden gesehen, ich hatte das Blut gesehen.

Ich sah ihn an, ohne zu begreifen, ohne zu wissen, was ich noch sagen sollte. Er lächelte mich an.

»Siehst du? Nur ein Kratzer.«

Ich sah ihm aufmerksam in die Augen, um in deren Farben die Wahrheit zu lesen. Doch sie sagten mir nur, dass sie geweint hatten.

Ich beruhigte mich langsam. Es ging ihm gut.

Es ging ihm gut, und er wollte mich nicht umbringen.

Das waren zwei Ausgangspunkte, die gar nicht so schlecht waren.

Er lächelte mich noch immer an, so zärtlich, so absolut im Gegensatz zu allem anderen. Ich hätte nicht geglaubt, es ihm gleichtun zu können, doch plötzlich spürte ich, wie meine Mundwinkel sich gegen meinen Willen hoben.

In diesem Moment hörte ich ein Heulen hinter mir. Mein Herz fing an zu rasen. Es war eines dieser Aschemonster, da war ich mir sicher.

»Sei still«, flüsterte Nate. »Die Grauen können dich nicht sehen. Wir dürfen nur kein Geräusch machen.«

Ich schluckte und sah aus dem Augenwinkel, wie eine schauderhafte Gestalt den Korridor entlangschritt. Sie irrte umher wie ein ruheloser Geist, wie eine Mumie ohne Binden. Wirklich furchterregend.

Da verließen mich die Kräfte, meine Knie gaben nach, und ich fiel um.

Ich schloss kurz die Augen.

Als ich sie wieder öffnete, fand ich mich auf einem Dach wieder. Gegen die unerwartete Helligkeit musste ich die Lider gleich wieder schließen.

Ich war noch im Cinerarium. Was war geschehen, und warum war ich plötzlich im Freien?

»Du bist ohnmächtig geworden«, hörte ich Nates Stimme, als hätte er meine Gedanken gelesen.

Ich suchte ihn mit zusammengekniffenen Augen gegen das grelle Licht. »Wie konnte ich denn ohnmächtig werden, wo ich in der realen Welt doch tief und fest schlafe? Also, ich meine natürlich: in meiner Welt«, verbesserte ich mich.

Nate sagte nichts.

Ich war verwirrt und hatte Kopfschmerzen.

Als ich wieder scharf sehen konnte, merkte ich, dass er sich von mir entfernte. Mit tieftraurigem Blick, der sich hinter einem Horizont verlor, den ich nicht sehen konnte, setzte er sich mit dem Rücken zu mir auf einen Dachsims.

Auch als ich aufstand, drehte er sich nicht um.

»Hast du mich hier heraufgetragen?«, fragte ich.

»Ja«, antwortete er und starrte weiter in den schwarzen Mond oder auf etwas dahinter.

Langsam und vorsichtig näherte ich mich ihm. Ich wusste nicht, wie ich mich ihm gegenüber verhalten sollte. Als ich hinter ihm stand, drehte er sich endlich um, aber nur ganz kurz, um sich zu vergewissern, dass ich nicht floh. Zumindest kam es mir so vor. Dann konzentrierte er sich wieder auf den Nicht-Mond. Sein Gesicht war ausdruckslos.

»Willst du … mir sagen, wie es dir geht?«, fragte ich schüchtern. »Was ist passiert, als ich weggegangen bin?«

Ich versuchte, so langsam wie möglich zu sprechen. Ich wusste noch immer nicht, was ihn so aufgebracht hatte. Was ihn im Inneren trieb. Ich musste sehr vorsichtig mit ihm umgehen. Irgendetwas brodelte unter seinem ruhigen Äußeren. Etwas, das jeden Moment explodieren konnte.

Er runzelte die Stirn und wurde ernst. Wenn er so ein Gesicht machte, war er atemberaubend schön.

Ich setzte mich neben ihn auf den Sims, und zusammen betrachteten wir den Nicht-Mond gefühlte Ewigkeiten. Ich hoffte, ihm auf irgendeine Weise vermitteln zu können, was ich für ihn empfand. Ich wusste selbst nicht genau, was es war, aber es fühlte sich stark an, und ich hoffte, dass meine Anwesenheit ihm ein wenig Sicherheit gab.

Ich unterdrückte den Impuls, ihm meine Gefühle ganz offen zu sagen. Ich wusste, dass es so niemals lief, zumindest nicht in meiner Welt. Wenn ich wollte, dass er sich wohlfühlte, musste ich ihm Raum geben, und zwar so viel er wollte.

Er brach das Schweigen als Erster. Es kam ganz unerwartet.

»Bring mich von hier weg, Thara«, sagte er heiter, als wisse er ganz genau, dass es Unsinn war, mich darum zu bitten.

Ich ließ meinen Blick über die endlose Wüste schweifen.

»Ich weiß nicht, ob ich das schaffe, Nate. Ich habe keine Ahnung, wie diese Welt funktioniert.«

»Ich weiß«, sagte er und in seinen Worten lag ein Hauch Enttäuschung, »aber ich muss hier weg. Ich weiß jetzt, was ›versprechen‹ bedeutet. Ich habe mich erinnert. Du hast meine Erinnerungen geweckt. Und du hast es mir versprochen.«

»Ja gut …«, sagte ich.

Ich suchte die richtigen Worte, um ihm zu verstehen zu geben, dass ich mein Bestes tun würde, dass er mir aber helfen musste, weil mein Bestes vielleicht nicht genügte.

»Warum warst du mit einer Waffe unterwegs?«

»Waffe?«

Ich hatte den Eindruck, dass er mich dieses Mal verstanden hatte, aber einen Grund suchte, mir nicht antworten zu müssen.

»Meinst du das Ding in meiner Hand?«

Ich nickte.

»Ein Grauer hat mich angegriffen. Ich musste mich verteidigen«, sagte er. »Ich habe dich gesucht. Wenn ich dich gefunden hätte, hättest du dich vielleicht auch wehren müssen …«

Es fiel mir schwer, ihm zu glauben.

»Wogegen, Nate? Die Aschemenschen können dich nicht sehen. Außerdem glaube ich kaum, dass ein kleines Messer sie aufhalten könnte. Sie sind aus Asche. In ihren Adern fließt kein Blut, sie erstehen wieder auf, ich habe es gesehen …«

Irgendetwas an meinen eigenen Worten störte mich. Aber ich hatte keine Zeit, darüber nachzudenken, denn Nate unterbrach mich: »Aber wenn sie wissen, dass du hier bist, direkt vor ihren Augen … Glaub mir, es ist besser, wenn du bewaffnet bist.«

Ich glaubte ihm nicht.

Er schien es zu merken. Er hatte in meinem zweifelnden Gesicht gelesen. Zärtlich legte er mir die Hände auf die Schultern. Sie waren warm, dennoch lief mir ein Schauer über den Rücken.

»Denk dran«, sagte er wie ein Gebet, »du hast es versprochen. Halte dein Versprechen, Thara. Dennoch bitte ich dich inständig, nicht mehr nach mir zu suchen.«

Er betonte die letzten Worte einzeln, um ihnen Nachdruck zu verleihen. Ich bekam Herzklopfen.

»Wenn du mich nicht mitnehmen kannst, darfst du nie mehr wiederkommen, Thara. Das musst du mir schwören.«

Ich zögerte.

Wie schon oft zuvor versteckten sich auch nun die richtigen Worte in dunklen Ecken. Als er merkte, dass ich nichts sagte, stieß er mich von sich und krabbelte fort wie eine Spinne.

Diese Reaktion verletzte mich zutiefst. Alle Welten, die ich kannte, fingen an, sich schwindelerregend um mich zu drehen. Sah er nur einen Rettungsanker in mir? Ich erstickte meinen Groll und beruhigte mich. Ich musste mich darauf konzentrieren, ihm zu helfen. Denn es stimmte: Ich hatte ihm ein Versprechen gegeben.

Er litt Höllenqualen – an einem Ort, der vielleicht schlimmer war als die Hölle.

Sein Gesicht machte mir Angst. Er sah aus wie jemand, der Angst hatte vor dem Unausweichlichen.

»Ich fürchte mich davor, dir wehzutun, Thara. Du bist ganz anders als ich, ich könnte eine Gefahr für dich werden.«

Etwas in seiner Stimme ließ mich aufhorchen, doch gleichzeitig fühlte ich mich besser. Es gab einen Grund, warum er mich nicht wollte. Er sorgte sich um mich.

Alles schien immer absurder zu werden. Er sagte mir, ich sei in Gefahr, er selbst sei eine Gefahr, und ich fühlte mich besser … War ich noch ganz bei Trost? Wahrscheinlich nicht.

Ich stellte ihm keine weiteren Fragen. Ich musste warten, bis er so weit war, mir von selbst alles zu erklären. Also sagte ich nur: »Seit meiner Geburt bist du der einzige Mensch, mit dem ich etwas gemeinsam habe.«

»Wie meinst du das?«, fragte er zerstreut.

»Na, alles in allem sind wir beide vollkommen daneben.«

»Was heißt das?«

»Eben das!«

Ich musste lächeln – genau das hätten Christine und Leo sagen können.

»Nichts, lassen wir das …«, sagte ich, als ich sah, dass er mich nicht verstand. »Ich bringe dich nur durcheinander.«

»Nein, das interessiert mich. Was an mir ist dir ähnlich?«

»Ich … ich habe vor dir noch nie jemanden gesehen, der so seltsame Augen hat wie ich.«

»Warum?«, fragte er. »Wie sehen normale Augen denn aus?«

Ich musste lachen. Jahrelang hatte ich ein Problem mit meinen komischen Augen gehabt, aber dank seines Gedächtnisverlusts war dies das Letzte, über das ich mir in seiner Gegenwart Sorgen machen musste.

»Nun erinnere ich mich langsam wieder«, sagte er unvermittelt. »Nachdem du hier warst, sind mir Gegenstände und Orte in den Sinn gekommen.«

»Wirklich?«, fragte ich erstaunt. Vielleicht besserte sich sein Zustand ja tatsächlich.

»Ich habe mich an das Meer erinnert«, sagte er. Dann richtete er seinen Blick wieder auf den Horizont und sprang mit einem Satz auf. Er deutete mit dem Finger auf den Mond.

»Jetzt passiert es gleich.« Ich sah, dass er aufgeregt war. »Das musst du sehen!«

Auch ich stand auf.

Sein Blick verlor sich in einer Vergangenheit, die wir zusammen suchten, und in einer Gegenwart, die er nur allzu gern teilen wollte.

Kurz dachte ich, ob ich vielleicht Angst haben musste, doch er wirkte vollkommen entspannt. Er schien sich über das zu freuen, was er mir gleich zeigen würde.

Als er merkte, dass ich mich auf ihn konzentrierte und nicht auf das, was in der Ferne geschah, fuhr er mir durchs Haar, um mir eine Strähne aus dem Gesicht zu streichen. Das wurde fast zur Gewohnheit.

Er zog seine Hand zurück. Wahrscheinlich hatte er gesehen, dass ich rot wurde. In dieser grauen Welt fiel selbst die kleinste Färbung auf wie ein Pfau unter Pinguinen.

Er näherte sich meinem Ohr mit einer Zärtlichkeit, die ich mir nie hätte vorstellen können, und flüsterte mir einen Satz zu wie ein Geheimnis, das niemand außer mir hören durfte: »Entschuldige … Ich erinnere mich gerade: Bestimmte Gesten können einen in Verlegenheit bringen. Aber es war stärker als ich.«

Ich spürte, dass ich glühte.

Ich spürte seinen Atem an meinem Hals und schloss die Augen, um dieses Gefühl andauern zu lassen. Seine Lippen hatten mich fast gestreift. Er rückte langsam von mir ab und blickte in die Ferne.

»Sieh hier«, sagte er, und mein Blick folgte seinem Finger.

Vor uns auf der weiten Aschefläche entstand etwas.

Riesige violette Flammen wanden sich, als wollten sie sich ineinander verweben. Aus dem Nichts erstanden enorme, verschwommene Strukturen. Es war toll. Vor unseren Augen formte sich ein grauer, aschiger Wald aus violettem Feuer.

»Das ist wundervoll!«, rief ich aus.

Nate deutete ein Lächeln an und senkte den Kopf, um mich anzusehen.

»Ich habe mir gedacht, dass es dir gefällt.«

Hunderte und Aberhunderte Bäume bauten sich vor uns auf, genau wie das Flugzeug, das ich beim letzten Mal gesehen hatte. Die Flammen loderten und immer wenn sie sich zurückzogen, standen da plötzlich Baumstämme und -kronen, wo vorher nichts gewesen war.

Ich lächelte ebenfalls. Das Spektakel, das sich mir bot,

war wohl das Einzige aus Nates Welt, das am ehesten an die Schönheit einer Morgen- oder Abenddämmerung heranreichte.

Wir betrachteten den Brand für eine, wie mir schien, unendlich lange Zeit. Dann wurden die Flammen weniger, sie teilten sich in kleine, immer schwächer werdende Bündel, und der grelle violette Schein, der das Firmament noch vor Kurzem überzogen hatte, verschwand. Genau so, wie die Iris welkten!, dachte ich.

Nate schwieg, er starrte auch noch auf den Wald, als das Feuer längst erloschen war. Auch ich hatte nicht den Mut, etwas zu sagen, ich hatte Angst, die Worte würden den Bann brechen und uns beide wieder in einen Kamin reißen, wo wir Asche kehren müssten.

»Es gefällt mir, wenn das passiert«, sagte Nate leise. »Diese Farbe … fast, als wäre man mittendrin.«

Er drehte sich zu mir um, und wir sahen uns an. Ich wusste, dass er nicht das Feuer meinte. Ich spürte, wie mir die Brust eng wurde vor so viel Gefühl, und ich hatte Angst, es könne von einem Augenblick auf den nächsten wieder verschwinden.

»Das war schön«, sagte ich mit zitternder Stimme.

»Ja«, sagte er, während ihm eine Strähne in die Augen fiel und sie aufleuchten ließ wie ein Polarlicht.

»Deine Augen sind violett«, flüsterte er, neigte den Kopf und hob mein Kinn an, um mich besser betrachten zu können. Wieder war er so nah.

»Ja«, sagte ich nur und kam mir dabei vor wie eine komplette Idiotin.

Vielleicht hielt er meine Verlegenheit für Ärger, denn er rückte langsam von mir ab.

»Ich weiß nicht, wie das vor sich geht, noch woher die Flammen kommen«, sagte er nach einer Weile.

»In meiner Welt ist es genau umgekehrt. Das Feuer reißt die Dinge mit sich«, gab ich zurück. »Hier scheint alles verkehrt herum zu funktionieren. Warum tauchen deiner Meinung nach diese Flammen auf?«

»Keine Ahnung. Sie kommen und basta. Dieses Gebäude zum Beispiel«, fuhr er fort und deutete mit einem Kopfnicken auf das Dach, auf dem wir standen, »ist erst heute aufgetaucht.«

Ich fuhr zusammen. Hinter Nate hatte ich eine Fahnenstange und eine verbrannte Flagge entdeckt.

Ich beugte mich über den Sims und sah hinunter.

Ich bekam Gänsehaut. Auch wenn sie auf dem Kopf stand und voller Ruß war, die Aufschrift auf der Vorderseite war noch deutlich zu erkennen: Es war der Name des Gymnasiums, das ich im Fernsehen hatte brennen sehen.

Ich richtete mich wieder auf und sah Nate an. Verwirrt begegnete er meinem Blick.

»Natürlich!«, rief ich. Und dann: »Versuch bitte zu verstehen, was ich dir jetzt sage, ich habe etwas sehr Wichtiges über diesen Ort hier herausgefunden. Das wird dir von Nutzen sein.« Meine Stimme bebte vor Aufregung. »Es wird uns beiden von Nutzen sein.« Ich ging von dem Sims weg und fuhr fort: »Ich habe dieses Gebäude in der Welt, aus der vielleicht auch du kommst, in Flammen aufgehen sehen.«

Ich gestikulierte, weil ich überzeugt war, mich damit besser verständlich machen zu können.

»Es kam in den Fernsehnachrichten.«

Ich sah, dass Nate noch verdutzter dreinschaute, und suchte nach anderen Worten.

»Ich glaube, ich habe verstanden: Alles was dort verbrennt, landet hier. Als wäre das Feuer eine Pforte zwischen dem, was existiert, und dem, was nicht existiert.« Ich wog meine Worte ab. »Was nicht *mehr* existiert.«

Nate starrte mich an.

Plötzlich wurde mir klar, was ich da soeben gesagt hatte. Wenn das stimmte, hieß das, dass Nate …

»Ich bin tot«, kam er mir zuvor. »Ich bin verbrannt.«

Ich war sicher, er würde gleich anfangen zu weinen.

»Nein!«, bremste ich ihn mit einer Bestimmtheit, die ich eigentlich gar nicht hatte. »Der Tod ist das Nichts, Nate! Hier aber scheint mir etwas zu sein ...«

Nate schien intensiv darüber nachzudenken. Ich auch. Mein Gehirn arbeitete auf Hochtouren. Ich konnte nichts mit Sicherheit behaupten, aber ich konnte gewisse Dinge ausschließen und neue Thesen entwickeln. Laut sagte ich: »Die Flammen ...« Ich überlegte. »Die Flammen, die Flammen ...«, wiederholte ich wie eine Verrückte. »Die Flammen sind eine Pforte ...« Es war halb eine Frage, halb eine Feststellung.

Ich überprüfte meine Hypothese. Sie schien plausibel zu sein.

»Gut«, sagte ich zu Nate und forderte ihn auf, sich zu setzen. Dann hockte ich mich neben ihn. »Ich denke, es ist so: Das Feuer ist ein Portal zwischen unseren beiden Welten. Das rote Feuer zerstört, das violette Feuer erschafft ... Violett wie meine Augen, violett wie die Iris.«

Ich hielt inne. Gab es da wirklich eine Verbindung? Hatten meine Augen etwas mit den Flammen gemeinsam? Konnte ich dank meiner Augenfarbe in diese andere Welt, die den Menschen unbekannt und unzugänglich war, blicken und mich dort bewegen?

»Meinst du, ich kann durch das Feuer in deine Welt gelangen?«, fragte Nate.

»Das weiß ich nicht«, antwortete ich, »aber du bist mit Sicherheit nicht tot. Das scheint mir so klar zu sein wie die Tatsache, dass wir hier beide fehl am Platz sind. Sieh mich an, Nate. Ich lebe. Trotzdem bin ich hier. Und ich bin nicht aus Asche. Genauso wenig wie du. Außerdem haben wir beide Farbe an uns, wir sind die einzigen echten Farbkleckse in dieser Welt. Bist du sicher, dass du hier noch nie jemanden wie uns gesehen hast?«

Irgendwo ganz hinten in seinen Augen nahm ich ein düsteres Flackern wahr. Ich fragte mich, ob ich etwas gesagt hatte, das ihn verstört haben könnte.

»Entschuldige«, sagte ich, ohne zu wissen, warum. »Es ist nur so, dass diese Aschemenschen ganz offensichtlich hier gelandet sind, weil sie verbrannt wurden. Vielleicht sind es verdammte Seelen oder so, aber du …«

Nate unterbrach mich mit zusammengekniffenen Augen.

»Diese Wesen waren früher Menschen«, seufzte er betrübt. »Sie kamen voller Schrecken von den Dünen, ohne zu wissen, woher sie stammten und was sie hierhergeführt hat. Genauso war es bei mir.«

»Bei mir nicht«, rutschte es mir heraus, aber ich wollte Nates Schilderung nicht unterbrechen.

»Sie haben angefangen, die Hoffnung zu verlieren, sich sterben zu lassen. Sie waren verzweifelt. Ich denke, du kannst das so langsam nachvollziehen. Dieser Ort hier macht einen innerlich fertig.«

Ich wusste nicht, ob ich es tun sollte oder nicht – meine Hand lag auf dem Sims direkt hinter seinem Rücken. Vielleicht hätte ich sie ihm auf die Schulter legen sollen, um ihn zu trösten. Aber ich war zu langsam, und er schon ein wenig von mir abgerückt.

»Das hier ist eine Welt des Todes. Eine Welt, die es gar nicht geben dürfte«, fuhr er fort. »Ich zwinge mich, mich gegen sie zu wehren. Ich will mich nicht aufsaugen lassen. Dazu lebe ich zu gern. Aber ich schaffe es nicht, Thara. Verzeih mir.«

Mir schmerzte der Magen. Das kam vor, wenn ich etwas nicht verstand.

»Ich habe immer neue Anhaltspunkte gesucht, habe Gegenstände gesammelt, die mich an etwas Bekanntes erinnern könnten, aber das Cinerarium holt sich alles. Angefangen eben bei den Erinnerungen.«

»Ich werde dir helfen«, unterbrach ich ihn. »Ich werde

dafür sorgen, dass du deine Erinnerungen wiederfindest. Eine nach der anderen. Das hat oberste Priorität …«

Ich sah, wie sich sein Gesicht verdüsterte.

»Ich muss dir etwas gestehen, Thara«, unterbrach er mich. »Als wir uns vorher getroffen haben … Ich war gar nicht von einem Grauen angegriffen worden. Ich habe mich selbst verletzt.«

Seine Stimme wurde kalt.

»Was redest du da?«, brachte ich gerade noch heraus.

»Ich bin kein menschliches Wesen mehr, Thara.«

»Was redest du?«, wiederholte ich.

»Ich bin kein menschliches Wesen mehr«, sagte er noch einmal. »Ich wollte sehen, ob aus meinen Adern noch ein Tropfen Blut kommt, aber … ich bin nur noch aus Asche.«

»Nate, ich verstehe nicht …«

Das stimmte nicht, ich verstand sehr wohl.

»Ich habe aufgehört, mich zu wehren«, sagte er nur.

»Ich verstehe nicht …« Etwas anderes konnte ich nicht sagen.

»Und genau deshalb will ich nicht, dass du hierher zurückkommst, wenn ich selbst nicht mehr hier herauskomme.«

Er schlug langsam den Blick nieder und knöpfte sein Hemd auf. Ich starrte ihn an.

Nate seufzte. Er zog das Hemd aus und ließ das verbrannte Stück Stoff auf den Boden fallen.

Darunter trug er ein weißes T-Shirt. Er packte es am Saum und zog es ganz langsam hoch.

Nach und nach entblößte er die helle Haut seines muskulösen Oberkörpers, während sein Gesicht immer finsterer wurde.

Das T-Shirt wanderte immer weiter nach oben, bis es am Nabel angekommen war und ein dunkles Adergeflecht zum Vorschein kam. Er schob es immer weiter hinauf und schließlich zog er es ganz aus.

Ich konnte sein Herz sehen.

Ich sah, wie es in seinem Brustkorb schlug wie ein brennendes Scheit in der Asche.

War das die Glut, die ihn am Leben hielt?

»Mein Gott!« Ich schlug mir die Hand vor den Mund.

Nate ließ den Arm sinken und drehte den Kopf zur Seite.

»Ich wusste es«, flüsterte er und wagte nicht, mich anzusehen. »Ich hätte nicht … Jetzt bin ich ein Monster für dich. Aber vielleicht ist es ja besser so. Dann kommst du nicht mehr hierher, und ich kann dir nichts tun.«

Ich war so geschockt von seinem Anblick, dass mir erst nach einer Weile klar wurde, was er da gesagt hatte. Ich musste irgendetwas erwidern. Denn eigentlich machte mir sein Herz gar nicht so viel Angst.

»Nate«, sagte ich zärtlich, »das stimmt nicht.«

Er wandte den Kopf kaum merklich in meine Richtung.

Und um ihm zu beweisen, dass ich absolut unbeeindruckt war von dem, was ich gesehen hatte, hob ich die Hand und streckte sie nach seiner Brust aus. Ich spürte die Hitze, die sie ausstrahlte. Ich sah, wie seine Herzschläge schneller wurden, hielt aber nicht inne. Ich näherte mich ihm, bis meine Hand genau auf seinem Herzen zum Liegen kam.

Die Wärme drang von meinem Arm bis zum Kopf hinauf. Es war ein seltsames, wundervolles Gefühl. Es war, als würde man eine ganze Nacht im Arm gehalten werden und nicht an Morgen denken.

»Ich bringe dich von hier weg«, versprach ich ihm zum zweiten Mal. »Ich lasse dich nicht sterben. Jetzt bin ich ja da.«

Nate legte seine Hand auf meine. Er sah mich an und wusste, dass ich nicht log.

»Ich werde langsam wie sie … Ich werde ein Grauer.«

Die Zuflucht

Während Nate sein Hemd wieder zuknöpfte, schlang ich die Arme um mich und dachte über unsere Gespräche nach. Um nicht von ihm abgelenkt zu werden, starrte ich in den Wald. Auch wenn der Anblick seines schlagenden Herzens ein Schock gewesen war – sein Körper war und blieb immer noch unbeschreiblich.

War das Feuer wirklich eine Pforte zwischen den beiden Welten? Und konnte Nate, während seiner qualvollen Verwandlung, tatsächlich zu einer Gefahr werden? Oder bekam er diese Anfälle als Folge seines Gedächtnisverlusts?

Seufzend zog ich die Stirn kraus. Hier an diesem verfluchten Ort wehte kein Lüftchen, und unter dem schwarzen Mond fühlte ich mich beobachtet.

»Gehen wir?«, fragte Nate irgendwann.

Ich drehte mich um, noch immer benommen.

»Wohin? Zum Schiff?«

Er lächelte, als hätte ich etwas besonders Dummes gesagt.

»Machst du Witze? Da ist gerade ein Wald aufgetaucht, lass uns nachsehen, ob wir etwas darin finden!«

»Ja, natürlich …«, sagte ich und tat so, als sei es das Selbstverständlichste der Welt.

Nate öffnete eine Tür, und wir gingen die Treppen des Gebäudes hinunter, von dem ich nun wusste, dass es eine

Schule war, aber das konnte mich nicht beruhigen. Nate ging mir auf den einsturzgefährdeten Stufen voraus und warnte mich jedes Mal, wenn etwas im Weg lag. Er sagte mir, wohin ich meine Füße setzen musste, um nicht zu stolpern, und inspizierte die Korridore, um sich zu vergewissern, dass die Grauen nicht in der Nähe waren.

Alles ging glatt, wir liefen über den Schutt und gelangten zum Ausgang. Wir stiegen die Stufen am Haupteingang hinab und blieben stehen.

»Das ist also dein Zeitvertreib?«, fragte ich, während ich die Ascheschicht von meinen Kleidern klopfte.

Ich hielt inne. In diesem Augenblick sah ich, dass ich nicht mehr das violette Kleid trug, sondern ein Alltagskleid, und zwar mein liebstes. Ich überlegte, ob ich bei meinen Reisen ins Cinerarium vielleicht immer das trug, was mir in jenem Moment am besten entsprach.

»Ich habe nichts anderes zu tun«, antwortete Nate.

»Was?«, fragte ich in Gedanken.

»Hier gibt es nichts anderes zu tun.«

»Das muss lustig sein«, sagte ich ein wenig spöttisch.

Er schien meine Ironie nicht zu bemerken und drehte sich lächelnd um.

»Zu zweit wird es toll!«

Auch ich lächelte, und wir entfernten uns von dem Gebäude in Richtung Wald. Auf dem Weg blickte ich mir immer wieder über die Schulter, um sicherzugehen, dass uns niemand folgte.

Die Schule war ohne Zweifel dieselbe, die ich in den Nachrichten hatte brennen sehen.

Ich sah ein paar Aschemenschen aus dem Portal kommen, aber sie waren zu langsam und zu weit weg, um uns zu erreichen. Es war nicht nötig, Nate zu warnen.

Schweigend durchquerten wir die Aschefläche. Ich wusste nicht, was ich sagen sollte, doch Nate schien so an die Einsamkeit gewöhnt zu sein, dass er gar nicht darauf achtete.

Plötzlich fing er an, ein Lied zu pfeifen.

Bevor ich das noch kommentieren konnte, blieb er stehen und drehte sich zu mir um.

»Was ist das? Was tue ich da?«, fragte er aufgeschreckt.

»Du pfeifst eine Melodie«, sagte ich genauso verwundert.

»Ach!« Wieder lächelte er unsicher. »Das gefällt mir!«

Wir gingen weiter. In Momenten wie diesen war er richtig witzig, und ich vergaß darüber sogar, wo wir uns befanden. Ich kannte sein Lied, es war die Melodie von *The Sound of Silence*, und so beschloss ich mitzusingen.

»*Hello darkness, my old friend*«, trällerte ich, »*I've come to talk to you again ...*«

Das Lied handelt von nächtlichen Visionen, die im Schlaf ihre Saat legten und dann in unserem Gehirn wuchsen.

Pfeifend drehte Nate sich um.

Offenbar hatte ich ihn mit meinem Singsang überglücklich gemacht. Die Grübchen an seinen Mundwinkeln tauchten wieder auf.

Auf dem ganzen Weg zum Wald sangen wir dieses und andere Lieder. Nate schien wirklich selig, und ich fühlte mich wohl. Wer hätte gedacht, dass ein paar Lieder eine solche Stimmung in mir auslösen konnten?

Ich brachte ihm den Text bei, und irgendwann tanzten wir sogar ein wenig dazu. Ich kam mir nicht mal blöd dabei vor. An diesem Ort gab es keine Regeln, und auch Nate schien keinen zu folgen.

Ich fühlte mich so frei, als könnte ich alles tun, was ich wollte.

Zwischen den ersten Baumstämmen blieben wir stehen, und als wir verstummten, herrschte eine unerwartete Stille. In einem normalen Wald hätte man Vogelgezwitscher gehört und Blätter, die im Wind rauschten. Hier aber herrschte nur Stille. Eine alles verschluckende Stille, die mich erschreckte.

An meiner Art mich umzusehen, merkte Nate, dass ich

nervös war. Ich hatte das Gefühl, dass zwischen den Bäumen etwas kauerte.

»Sei still«, sagte er und machte ein paar Schritte vorwärts, dann drehte er sich um. »Die Grauen kommen nicht, wenn etwas neu entsteht. Die violetten Flammen machen ihnen Angst.«

Ich seufzte erleichtert auf, blieb aber auf der Hut.

Ich hob den Kopf, um zwischen dem Geäst die Mondkuppel auszumachen. Kleine Aschefetzen fielen von den Ästen und rieselten auf uns herab wie Schnee.

Ich zwang mich zu einem Lächeln, um Nate zu zeigen, dass ich seine Aufmerksamkeit schätzte. Er hatte recht: In diesem verbrannten Wald gab es nichts und niemanden außer uns beiden.

Wir gingen zwischen den grauen, geborstenen Stämmen hindurch. Von einigen Wurzeln stiegen noch Rauchfäden auf, wahrscheinlich Nachwirkungen der violetten Flammen.

Nate hielt sich an den Bäumen fest, ging nach rechts und nach links, um das Terrain zu sondieren. Ich beteiligte mich nicht an seiner Erkundung, sondern beobachtete lediglich seine Bewegungen. Seine Technik war interessant anzusehen, als wisse er genau, wo er suchen musste. Fast wie ein wildes Tier.

»Komm, sieh dir das an!«, rief er irgendwann.

Ich ging zu ihm. Er kauerte neben einem dicken Stamm.

Als er sich wieder aufrichtete, hatte er einen Papierdrachen in der Hand. Man konnte noch ein paar Spuren bunter Farbe erkennen, mit denen man ihn einmal verschönert haben musste.

Er hielt ihn mir hin.

»Was ist das?«, fragte er.

»Ein Drachen. Damit haben Kinder Spaß. Sie lassen ihn steigen«, antwortete ich zerstreut.

»Was heißt ›Spaß haben‹?«

Seine Frage ließ mich aufhorchen.

»Spaß haben …«, stammelte ich und rieb mir die Hände. »Wenn man etwas tut, was einen freut, dann hat man Spaß.«

Nate lächelte, als habe er begriffen.

»Dann bist du spaßig«, sagte er und seine Augen lachten.

Die Farben in seinem Blick liebkosten mein Gesicht. Ich war sprachlos. Bestimmt wurde ich wieder rot, doch dieses Mal tat er so, als würde er es nicht bemerken. Er lachte und machte sich weiter auf die Suche.

»He!«, rief ich laut. »Lass mich hier nicht allein!«

Aus der Entfernung sah ich, wie er sich umdrehte und mir mit der Hand ein Zeichen machte, ihm zu folgen.

Ich stieg über Wurzeln und fächerte mir mit der Hand Luft zu. Die Asche rieselte noch immer von den Bäumen herunter und drang mir in Augen und Rachen.

Als ich ihn eingeholt hatte, sah ich, dass er in eine Baumkrone blickte. Auch ich hob den Kopf und staunte.

Da war ein Holzhäuschen. Ein Baumhaus, wie Kinder es als Zuflucht benutzen. Es war auf zwei großen Ästen gebaut und hatte unten eine Falltür, die man über eine Leiter erreichen konnte.

Ein Rauschen ließ mich herumfahren.

»Was war das?«, fragte ich Nate, der noch immer wie verzaubert das Baumhaus betrachtete.

Ich spähte aufmerksam zwischen den Stämmen hindurch. Nichts regte sich, vielleicht hatte ich es mir nur eingebildet. Ich wollte mich schon wieder beruhigt umdrehen, als ich eine Bewegung wahrnahm und erschrak. Wenn da wirklich nichts war, dann hatten mich nicht nur meine Ohren, sondern dieses Mal auch meine Augen getäuscht. Ich hatte einen Schatten gesehen. Etwas, das auf der Erde gekauert hatte und nun auf einen Baum gesprungen war.

»Nate!«, schrie ich.

Er drehte sich um.

»Thara, das wird ein Ast gewesen sein, der gebrochen ist. Keine Angst, hier ist nichts.«

Ich wollte ihm gern glauben.

»Gehen wir lieber ins Baumhaus«, sagte ich und lief zu ihm hinüber.

»Okay.«

Wir kletterten über die Sprossen, die an den Stamm genagelt waren.

Als Nate drin war, reichte er mir die Hand und half mir hinauf. Ich fühlte mich leicht wie eine Feder. Mir war gar nicht klar gewesen, wie stark er war.

Ich schob mich durch die Falltür und schloss sie.

Wir setzten uns auf den Boden und lehnten uns mit dem Rücken an zwei verschiedene Wände.

Nate wirkte ruhig und sah sich interessiert um.

»Hier gibt es eine Menge bunte Sachen«, sagte er und betrachtete das verbrannte Spielzeug.

Ich hoffte nur, dass kein Kind umgekommen war …

Nate hob einen Kreisel auf und begutachtete ihn, als gehörte er zu einem außerirdischen Raumschiff. Er war ganz versunken. Wer weiß, in welchen Windungen seiner Erinnerung er gerade grub?

Ratlos legte er ihn wieder auf den Boden. Ich bedeutete ihm, mir den Kreisel zu geben. Ich stellte ihn richtig hin und stieß den oberen Teil an, sodass er anfing, sich zu drehen.

Nate sah fasziniert zu, bis das kleine Ding schließlich stehen blieb.

»Das ist ein Kreisel!«, rief er.

»Ja«, sagte ich mit einer gewissen Befriedigung.

»Ich erinnere mich daran!«

Nates Feststellung, die wie ein Bergquell aus ihm herausgesprudelt war, freute uns beide mächtig. Im Grunde brauchte er mich nur, um sich selbst zu helfen.

Wir legten den Kreisel wieder dorthin, wo wir ihn gefunden hatten, als könne jemand noch etwas damit anfangen, und inspizierten die anderen Gegenstände. Bis auf ein Buch, waren es ausschließlich Spielsachen.

Nate strich mit der Hand über den Umschlag und versuchte, die Rußschicht abzuwischen. Darunter erschienen zwei Wörter: *Peter Pan.*

»Das kenne ich …«, sagte er.

Er setzte sich dicht neben mich und legte mir das Buch auf den Schoß.

»Das ist ein Märchen«, erklärte ich ihm. »Ich habe es immer unheimlich gefunden – wie übrigens alle Märchen.«

Ich versuchte das Büchlein aufzuschlagen. Es wirkte sehr zerbrechlich, die Seiten waren fast schwarz und durchscheinend, aber zu meinem großen Erstaunen zerfielen sie nicht zu Staub.

Es war, als hätte die Asche im Cinerarium die Eigenschaft, sich in etwas anderes zu verwandeln, als etwas anderes zu erscheinen. Das hatte ich schon mehrere Male erlebt. Sie konnte zu einem Hochhaus werden, einem Baum und sogar zu Wasser. Oder zu einem Menschen.

»Hast du Lust, mir ein bisschen daraus vorzulesen?«, fragte er mit hochgezogenen Augenbrauen.

Sein bunter Blick schien das ganze Baumhaus in Schwingungen zu versetzen.

»Ja, gut.« Ich schlug die erste Seite auf. »Also …«

Auf dem dunklen Papier waren die Buchstaben nicht leicht zu erkennen. Ich behalf mir, indem ich mit dem Finger unter den Zeilen entlangfuhr.

»Alle Kinder, außer einem, werden erwachsen. Sie wissen schon bald, dass sie erwachsen werden, und Wendy erfuhr es auf folgende Weise: Eines Tages, sie war zwei Jahre alt, spielte sie im Garten. Sie pflückte Blumen und rannte damit zu ihrer Mutter. Ich glaube, sie hat wohl ganz reizend ausgesehen, denn Mrs. Darling legte die Hand aufs Herz und rief aus: ›Ach, warum kannst du nur nicht immer so bleiben!‹«

Ich schaute von dem Buch auf und sah Nate an. Er kauerte an der Wand, mit den Händen auf den Knien.

»Was ist?«, fragte ich besorgt.

Er zuckte mit den Schultern.

»Nichts … Ich dachte daran, dass ich immer gleich bleibe.«

»Was willst du damit sagen?«

»Dass ich schon immer so war. Nun erinnere ich mich, dass Menschen auch älter werden.«

Daran hatte ich nicht gedacht.

»Willst du damit sagen, dass du nicht so alt bist wie ich?«

»Wie du?«, fragte er ein wenig verwirrt.

»Ich bin siebzehn. Wie alt bist du?«

Nate sah mich schweigend an. Kurz sah es so aus, als wollte er mir antworten, als hätte er die Wahrheit, wenn auch ein wenig eingerostet, in sich selbst gefunden. Dann senkte er wieder den Blick und sagte nichts. Ich begriff, dass es besser war, nicht darauf zu beharren.

»Willst du es mal versuchen?«, fragte ich und legte ihm das Buch auf den Schoß.

Mein Handrücken streifte seine Hose und ich spürte, wie sich seine Muskeln unter dem Stoff verkrampften.

»Das kann ich nicht«, sagte er und rückte von mir ab.

»Komm, versuch's, ich helfe dir.«

Er wankte, aber am Ende griffen seine Hände, ohne seinen Gedanken zu folgen, nach dem Buch. Bei der Art, wie er sich darüberbeugte, musste ich lächeln. Er sah aus, als würde er etwas Winzigkleines untersuchen, auch wenn die Buchstaben in Wirklichkeit ziemlich groß waren.

Wir schlugen irgendeine andere Seite auf.

Genau wie ich fuhr er mit dem Finger die Zeilen entlang, nur dass er die Buchstaben dabei verdeckte. Wieder musste ich lächeln, aber ich wollte ihn nicht in Verlegenheit bringen. Ich legte ihm den Finger unter die erste Zeile. Seine Hände waren glatt und warm.

»Das ist ein N«, sagte ich zu ihm, »und das ein A …«

»›Nana‹«, kam er mir zuvor.

»Genau!«, rief ich und staunte über seine schnelle Auffassungsgabe.

Im Grunde lernte er nichts Neues, er frischte nur etwas auf, das er noch in seinen Gehirnwindungen verborgen hatte.

Ich ließ ihn alle Buchstaben des Satzes wiederholen und suchte diejenigen heraus, die noch fehlten, um das Alphabet zu vervollständigen. Nate nickte zur Bestätigung immer leicht mit dem Kopf. Er konzentrierte sich sehr, und das Ergebnis verblüffte mich. Nach nur wenigen Minuten konnte er schon einen ganzen Abschnitt lesen.

Flüssig las er ein weiteres Stück und als er fertig war, atmete er so schwer, als hätte er eine übermenschliche Anstrengung unternommen, als hätte er die senkrechte Wand eines Berges erklommen.

»Unglaublich!«, stieß ich hervor.

»Das ist alles dein Verdienst«, sagte Nate leise und lächelte schwach.

Ich war fast versucht, ihn zu streicheln und ihm die Haare aus den Augen zu streichen, wie er es bei mir getan hatte. Doch ich zog es vor, mich zu beherrschen und suchte nach einer anderen Möglichkeit, ihm zu verstehen zu geben, wie froh ich war.

»Dieses Baumhaus«, sagte ich und sah an die Decke aus Balken, »könnte unsere Zuflucht sein – wie bei den Verlorenen Jungen.«

»Ja«, stimmte Nate zu. »Aber was ist eine ›Zuflucht‹, und was sind ›Verlorene Jungen‹?«

»Eine Zuflucht ist ein Versteck, in dem man sicher ist«, erklärte ich.

Nate nickte, er hatte verstanden.

»Und die Verlorenen Jungen … Bei *Peter Pan* sind das die Kinder, die aus den Kinderwagen fallen. Wenn sie nach einer Woche nicht abgeholt worden sind, werden sie auf die Insel Nimmerland geschickt.«

»Das habe ich immer noch nicht verstanden«, sagte er dieses Mal.

Verständlich. Ich durfte ihn nicht mit fiktiven Dingen durcheinanderbringen.

»Es sind eben Kinder, die verloren sind, das ist alles.«

»›Verloren‹«, wiederholte er. »Was bedeutet das?«

»Dass sie nicht mehr nach Hause finden, dass sie nicht mehr zurückkönnen.«

Nate verfiel in tiefes Schweigen. Darauf war ich nicht gefasst und ich wusste nicht, wie ich reagieren sollte. Nervös kratzte ich mich an der Wange.

»Bin ich ein Verlorener Junge?«, fragte er schließlich.

Diese neue Frage verschlug mir die Sprache vollends.

»Und ist das hier ›Nimmerland‹?«, fügte er hinzu.

Ich sah ihn an und hoffte, er würde verstehen. Ich hatte darauf keine Antwort. Möglicherweise hatte er ja sogar recht.

Aber ich sagte nur: »Nein, Nate. Vielleicht warst du verloren. Aber jetzt, da ich dich gefunden habe, bist du es nicht mehr.«

Lächelnd stand er auf.

»Danke, Wendy«, sagte er plötzlich, als würde er sich mit einem Mal an die ganze Geschichte erinnern.

Auch ich stand auf und stellte mich neben ihn. Er blickte aus dem kleinen Fenster. Der graue Wald war still und reglos. Zwischen den Bäumen gab es nun keine merkwürdigen Bewegungen mehr, nur die Asche, die langsam herabregnete.

Alle Farben der Dunkelheit

Am nächsten Tag verbrachte ich die ersten Schulstunden ohne meine Freunde. Es war der einzige Tag in der Woche, an dem wir verschiedene Kurse hatten. Nur in den letzten beiden Stunden konnte ich Christine treffen, und zwar in dem Fach, das ich am meisten verabscheute: Sport. Im Grunde hatte ich nichts gegen ein bisschen Bewegung, manchmal joggte ich sogar allein im Park, aber mich störten der Wettkampf und die Vorstellung, Teil einer Mannschaft zu sein.

Wenn wir Volleyball spielten, fühlte ich mich am Ende immer für die anderen verantwortlich und machte in meiner Aufregung alles falsch. Wenn der Ball von oben auf mich zuflog, beobachtete ich ihn entweder reglos, bis er aufschlug, oder ich versuchte, ihn zurückzuschlagen, was ungefähr so aussah, als würde ich auf eine reife Melone eindreschen.

Zu allem Überfluss hatte mich Jennifer Suarez als Opfer für ihre Schmetterbälle auserkoren.

Meine Qual wurde mit einem Pfiff des Sportlehrers beendet, meiner Meinung nach der einzig sinnige Laut, der je aus seinem Mund kam. Wir gingen in die Umkleidekabinen, und ich nutzte die Pause, um mit Christine zu reden. Wir setzten uns auf eine Bank.

Während sie ihre Schuhe aufschnürte, griff ich nach meiner Thermoskanne mit dem Kaffee. Nach dem Sport hatte ich immer ein Energiedefizit, gegen das ich dringend etwas unternehmen musste, wenn ich nicht zusammenklappen wollte. Einmal war ich in den Umkleideräumen eingeschlafen, ohne dass es jemand gemerkt hatte, und erst am Nachmittag wieder aufgewacht

»Ich habe ihn wiedergesehen«, sagte ich beiläufig.

»Wen?«, fragte Christine mit einem verächtlichen Blick auf ein paar Mädchen, die an uns vorbeigingen.

»Den Jungen aus dem Cinerarium. Er heißt Nate.«

»Ach so«, antwortete sie desinteressiert.

Ich trank einen Schluck Kaffee.

»He, ich rede mit dir!«, sagte ich ein wenig gereizt. Zumindest meine beste Freundin sollte mir glauben. »Ich weiß jetzt auch, wie ich in diese Aschewelt komme.«

»Na, dann zieh das nächste Mal zwei Tickets.« Sie stand auf und zog ihr T-Shirt aus.

Ich schüttelte den Kopf. Sie nahm mich noch immer nicht ernst.

»Es sind die Iris. Ich weiß nicht, warum, ich weiß nicht, wo sich dieser Ort befindet, aber ich weiß, dass es ihn gibt und dass ich dort war.«

Seufzend legte mir Christine eine Hand auf die Schulter. »Hör mal, Leonard steht auf X-Files, nicht ich.«

Ärgerlich stieß ich ihre Hand weg. Es passte mir nicht, für verrückt gehalten zu werden. Mir war klar, dass ich ziemlich viel von ihr verlangte, es war schwer zu glauben, was mir zugestoßen war. Aber es hätte mir schon genügt, wenn sie mir zugehört hätte, ohne mich zu verspotten. Schließlich veranstaltete ich keinen Schildkrötenzirkus und hatte Christine auch noch nie angelogen. Aus Trotz wollte ich etwas sagen, was sie ebenfalls in Verlegenheit brachte.

»Mir scheint, Leo steht nicht nur auf die Serie, sondern auch auf dich …«

»Was?«, rief sie, und auf einmal hatte ich ihre ganze Aufmerksamkeit.

»Ja, komm schon! Das sieht man doch sofort, dass ihr euch mögt.«

Genervt zog sie die Augenbrauen hoch und richtete ihre Zöpfe.

»Also bitte! Ich und diese Amöbe! Ich habe höhere Ansprüche.«

Verschwörerisch beugte ich mich zu ihr und sagte mit gedämpfter Stimme: »Jetzt komm, gib zu, dass er dir ein bisschen gefällt.«

Christine fuhr ruckartig herum.

»Ist ja schon gut, ist ja schon gut! Ich glaube dir: Du riechst an den Blumen und plumpst in eine Aschewelt, wo ein wunderschöner Junge mit bunten Augen lebt. Ich glaube alles, aber hör jetzt endlich damit auf!«

Zufrieden stand ich auf.

Ich wusste, dass sie es nicht ernst meinte, aber zumindest hatte ich meine kleine Revanche bekommen. Und früher oder später würde ich auch Beweise haben.

»Hast du Lust, nachher mit mir in die Buchhandlung zu gehen?«, fragte ich. »Ich will Bücher von diesem Ray Pitbury besorgen.«

Christine zog sich ein frisches T-Shirt an.

»Aber wir haben Leo doch versprochen, in Charles' Kino zu gehen.«

»Das machen wir ein andermal. Oder heute Abend. Komm schon!«

Sie kapitulierte. »Von mir aus«, sagte sie. »Du musst einen Vater suchen, und ich habe einen Gutschein über zwanzig Prozent Rabatt einzulösen. Auch gut.«

Während wir durch die Flure gingen, schrieb Christine eine SMS an Leo: dass wir noch etwas erledigen müssten und uns später treffen würden. An einer Ecke sah ich Clive am Spind lehnen, er bohrte in der Nase. Angewidert wandte ich den Blick ab, aber was ich dann zu sehen bekam, war auch nicht besser: Esteban, der sich mit der Suarez unterhielt. Es sah aus, als hegten die beiden eine gewisse Zuneigung füreinander. Wenn zwei »Terminators« überhaupt Zuneigung empfinden konnten.

Christine knurrte. Als die beiden uns sahen, fingen sie an zu lachen.

»Wir werden ja sehen, ob Jennifer noch lacht, wenn diese Fotos heimlich in der Schule in Umlauf gebracht werden!«, flüsterte Christine.

Kurz vor dem Ausgang trafen wir unseren Lateinlehrer Calinger, und ich versuchte nach Kräften, einem Gespräch mit ihm aus dem Weg zu gehen. Wenn er mich fragen würde, wie meine Nachhilfe gelaufen war, würde ich nicht wissen, was ich ihm antworten sollte.

Wir verließen die Schule und nahmen den Bus ins Stadtzentrum.

Die Schiebetüren der Buchhandlung öffneten sich von selbst, ganz ohne Zauberworte. Es war die größte in der Stadt. Wenn man ein Buch suchte, fand man es mit großer Wahrscheinlichkeit dort.

Wir stiegen ins Untergeschoss hinunter und gingen zur Kasse. Uns bediente ein Junge, der kaum älter war als ich und von Büchern nicht viel mehr als die Umschläge kannte.

»Ray Pitbury«, sagte ich und zeigte ihm meine Notizen. »Das schreibt man so.«

Er fuhr sich über die Stirn und gab mit der anderen Hand den Namen des Autors in den Computer ein.

Ich stellte mich auf die Zehenspitzen, um einen Blick auf den Monitor zu erhaschen, doch der Typ drehte ihn ein wenig zur Seite, um mich daran zu hindern.

»Nichts. Nicht mehr lieferbar. Aber gerade ist *Der Wilddieb der Hängegleiter* erschienen, falls es dich interessiert.«

Ich bedankte mich mit zusammengekniffenen Augen, und wir gingen. Von diesem Kerl hätte ich mir nicht mal den Weg zum Klo zeigen lassen!

Zurück auf der Straße beschlossen wir, es bei den Filialen der beiden anderen großen Ketten hier in der Gegend zu versuchen, aber auch dort waren die Bücher von diesem Ray Pitbury bis in alle Ewigkeit nicht mehr lieferbar.

Als Christine sah, wie entmutigt ich war, schlug sie vor, in der Buchhandlung unter den Arkaden nachzufragen. Das war unsere letzte Chance.

Die Buchhandlung befand sich ein Stück weiter vorne in einer Passage. Seit ich mich erinnern konnte, waren die Schaufenster immer dreckig gewesen, und dahinter hatten Bände gestanden, deren Titel man nicht lesen konnte.

Als wir die Tür öffneten, klingelte über unseren Köpfen ein Messingglöckchen. Fast gleichzeitig ahnten wir, dass ein Mann hinter der Verkaufstheke stand. Auf dem Tresen lagen so viele Bücher, dass man kaum seine Haare sehen konnte.

Der Ladeninhaber ging um die Theke herum und kam zu uns herüber. Er sah aus, als sei er fast blind, so dick waren seine Brillengläser.

»Wenn ich behilflich sein kann …«, sagte er und streckte seine knochige Hand aus.

Schnell nahm ich meinen Zettel, bevor er auf die Idee kommen konnte, nach meiner Hand zu greifen.

Der Mann schob die Brille auf seiner krummen Nase ein wenig herunter.

»Ray Pitbury …«

Er schien sich die Worte wie etwas besonders Köstliches auf der Zunge zergehen zu lassen. »Aber sicherlich. Hatten Sie an etwas Bestimmtes gedacht? Ich habe alle seine Werke.«

Erfreut sahen Christine und ich uns an.

Der Mann lief zwischen den Regalen voraus, die sich unter dem enormen Gewicht der Bücher gefährlich nach vorne neigten. Sie sahen aus, als würden sie jeden Moment auf uns herabstürzen.

Dann blieb er stehen, nahm eine Bockleiter und wollte

sie aufklappen. Mit seinen schmächtigen Armen schaffte er es nicht, und so griff Christine ein.

»Ich mach das«, sagte sie, nahm die Leiter und klappte sie mit einem Handgriff auseinander.

Der Buchhändler lächelte und entblößte dabei drei Silberzähne.

Er stellte die Leiter unter ein Regal und zeigte uns, auf welchem Brett wir nachsehen mussten.

»Dort oben stehen sie alle.«

Ich stieg die drei Sprossen hinauf und stand vor einer verstaubten Reihe Bücher. Ich wischte mit der Hand darüber, und nach und nach erschienen Titel wie *Saturianische Chroniken, 233 Grad Celsius, Aprilland* und andere. Viele andere. Pitbury schien ein sehr produktiver Autor gewesen zu sein.

Ein Titel stach mir besonders ins Auge: *Alle Farben der Dunkelheit.*

Vorsichtig nahm ich das Buch in die Hand. Der Umschlag war schwarz und golden, früher einmal musste eine Figur dort aufgeprägt gewesen sein.

Ich schlug es auf und las den Klappentext, eine Art surreale Autobiografie.

Da stand: Ray Pitburys letzter Roman, bevor er sich von der Schriftstellerei zurückgezogen hat. Die fiktive, wahre Geschichte eines Mannes, der sich mit einer seiner Romanfiguren anfreundet. Noch nie zuvor hat jemand seinen eigenen Tod so packend geschildert.

Das klang interessant, selbst wenn die wahre Geschichte fiktiv war. Vielleicht erfuhr ich in diesem Buch etwas mehr über diesen Ray Pitbury, der – entgegen Rickies Behauptung – wahrscheinlich mein Vater war.

Auch wenn er keine komischen Augen hatte, so hatte er zumindest komische Ideen.

Ich stieg mit dem alten Buch von der Leiter herab.

»Sehr gute Wahl!«, sagte der Buchhändler und rieb sich die Hände.

Christine spickte auf den Titel, und nach dem Laut zu urteilen, den sie dabei ausstieß, schien sie meine Entscheidung zu billigen.

Ich bezahlte meine Errungenschaft, und der kleine Mann packte sie zuvorkommend und sorgfältig in eine alte Zeitung ein.

Ich traute mich nicht, ihm zu sagen, dass das nicht nötig sei. Wahrscheinlich war ich die einzige Kundin in der ganzen Woche oder im ganzen Monat, und so erschien es mir nur recht und billig, ihm diese kleine Freude zu lassen.

»Entschuldigen Sie«, sagte ich, um ein wenig zu plaudern, »wissen Sie, ob Ray Pitbury noch lebt?«

Die Augen des Buchhändlers, stark vergrößert hinter den Brillengläsern, starrten mich an.

»O nein, meine Liebe, Ray Pitbury ist leider schon seit etlichen Jahren tot«, sagte er seufzend. »Schriftsteller wie ihn gibt es heute leider nicht mehr. Das Buch, das Sie ausgesucht haben, war sein letztes. Er schreibt darin über sein Leben und sogar über seinen Tod … Als hätte er es geahnt, dass der schwarze Engel auf dem Weg zu ihm war.«

Für einen kurzen Augenblick hatte ich törichterweise tatsächlich gehofft, dass der Klappentext log und ich den Autor treffen konnte.

Ich nahm das Buch und versicherte dem Mann, dass ich bald zurückkommen und weitere Bücher kaufen würde.

»Wenn er dann noch lebt …«, meinte Christine leise, als sie die Tür öffnete.

Ich bedankte mich bei ihr, dass sie mich begleitet hatte und sagte dann, dass ich nach Hause gehen und allein sein wollte.

Ich war müde, richtig müde, und außerdem hatte ich ein Buch, das ich lesen wollte. Einen Vater, über den ich lesen wollte.

»Sehen wir uns heute Abend?«, fragte sie, bevor sie sich zum Gehen wandte.

»Nein, entschuldige mich bei Leo, wir sehen uns morgen in der Schule.«

Christine zuckte mit den Schultern, aber im Grunde ihres Herzens verstand sie mich.

Sie küsste mich auf die Stirn und sagte, ich solle keinen Blödsinn machen. Ich versprach ihr, ein liebes Mädchen zu sein.

Ich ging nicht nach Hause.

Ich hatte gelogen. Mehr oder weniger. Ich wollte allein sein und lesen, das war wahr. Aber ich hatte Christine verschwiegen, dass ich dafür ins alte Kino gehen würde. Im Grunde hatte sie es herausgefordert: Ihre Skepsis gegenüber dem Cinerarium hatte mich wie ein feindseliger Wind dazu angetrieben, mein Verhalten zu ändern.

Ich machte bei einem Blumengeschäft halt und kaufte ein paar Iris. Später würde ich eine weitere Reise in die Aschewelt unternehmen. Mittlerweile dachte ich mit einer Selbstverständlichkeit darüber nach, als würde ich abends ausgehen.

An der Hintertür des Kinos holte ich die Schlüssel hervor. Es gab wenig Licht, aber ich behalf mir mit dem Display meines Handys.

Ich nahm das Vorhängeschloss ab, löste die Kette und drückte die Türklinke herunter. Dabei hoffte ich, dass ich keinen Alarm auslösen würde. Aber es war nichts zu hören außer den Kristallen des großen Lüsters, die in der Dunkelheit vibrierten.

Ich tastete mich an der Wand entlang und versuchte, mich zu erinnern, wo die Lichtschalter gewesen waren. Als ich sie fand, drückte ich die Hebel nach oben.

Auf einen Schlag erwachte das Kino wie in einem künstlichen Morgengrauen, und ich kam mir ungeheuer wichtig vor.

Ein ganzes Kino für mich allein.

Mit dem Gefühl, alle Zeit und allen Raum der Welt zu

haben, schlängelte ich mich durch die Sitzreihen hindurch in die Mitte des Saals.

Ich zählte die Sitze rechts von mir: fünfzehn.

Ich zählte die Sitze links von mir: fünfzehn.

Ich lehnte mich zurück.

Popcorn hatte ich keins, also musste ich mich mit einer halben Thermoskanne Kaffee begnügen. Ich nahm sie und stellte sie neben mich zu den Iris.

Dann nahm ich das Buch aus der Plastiktüte.

Ich packte es aus.

Ein bedeutender Augenblick.

Ich ließ die Verpackung fallen und betrachtete das schwarze Buch mit dem Goldrand.

Die Seiten waren ein wenig verklebt und eselsohrig. Ich schlug sie ganz vorsichtig auf. Ein Schauder durchfuhr mich, als hätte ich den Schlüssel einer Tür gedreht, die ich niemals hätte öffnen dürfen.

Zu der echten, wahren Geschichte führte mich Oscar Wilde mit dem Motto: Wer mehr als ein Leben lebt, muss mehr als einen Tod sterben.

Ich schluckte und blätterte um.

Vorwort: »Dies ist ein Märchen … Und wie jedes Märchen auch eine Schauergeschichte. Es spielt keine Rolle, für welches der beiden Genres man sich entscheidet; ich denke, beide kann man mit einem Schloss beginnen lassen …«

Ich vertiefte mich ins Buch.

Die Geschichte handelte von Ray, einem Schriftsteller, der jahrelang auf einem Boot gelebt hatte und zufällig am See von Gorey gelandet war.

Was für eine seltsame Vorstellung, dass ich erst gestern dort gewesen war!

Der See war voller toter Kühe, und keiner wusste, warum. Ray hatte beschlossen, dort haltzumachen, und während seines Aufenthalts erblickte er auf einer der vielen Hügelkuppen ein Schloss.

Dann hatte ich mich also nicht geirrt! Am See von Gorey gab es ein Schloss.

Er machte es ausfindig und betrat es. Es war nur noch eine alte Ruine, aber darin entdeckte er etwas sehr Merkwürdiges. Etwas sehr viel Erschreckenderes als einen Haufen Würmer. Er fand einen Vampir, ein unsterbliches Wesen.

Vampire, stand in dem Buch, waren Früchte der Angst vor dem Tod, und um ihm zu entkommen, konnten sie ihren Alterungsprozess stoppen.

Der Vampir, der in dem Schloss lebte, war ein großer, hagerer, kahler Mann mit melancholischem Blick.

Er hieß Kolor.

Ich fuhr zusammen. Mir fiel das Foto wieder ein, das ich in dem Haus am See gesehen hatte.

Dann las ich weiter.

Der Autor freundete sich eng mit dem Vampir an und überredete ihn, mit ihm in die Stadt zurückzukehren. Dort besaß er ein altes Haus, in dem er schon lange nicht mehr wohnte …

Charles' Villa!, dachte ich wie elektrisiert. Die alte Villa, die aus der Asche auferstanden war! Genauso nannte Ray sie in seinem Buch. Die Geschichte versprach, interessant zu werden.

Nach ein paar Seiten tauchte dann auch tatsächlich Charles als junger Mann auf! Ich konnte es nicht fassen, es war vollkommen verrückt. Ich musste lachen. Und dieser Vampir … Er war nicht böse, er hatte vielmehr beschlossen, gegen seine Natur auf Menschenfleisch und -blut zu verzichten. Er hatte sich auf das Schloss von Gorey zurückgezogen, um niemandem etwas anzutun. Er war rührend. Er hatte alle vergessen, und alle hatten ihn vergessen.

Nach den ersten hundert Seiten machte ich eine Pause. Die Geschichte hatte mich gepackt, aber ich wollte das Buch nicht in einem einzigen Zug auslesen. Außerdem, wie spät war es jetzt?

Ich sah auf das Display meines Handys.

Schon sieben Uhr abends. Deshalb also fühlte ich mich so fit – draußen brach die Dämmerung herein.

Meine Augen, angezogen von der Farbe der Iris, wanderten zu den Blumen. Ich lächelte. Ich hatte Lust, mit jemandem über das zu reden, was mir widerfuhr.

Luna Dark

Über mir waren Zweige.

Und von den Zweigen fiel Asche wie Blütenstaub, der nie eine Blume zum Knospen bringen würde. Ich senkte die Lider, damit mir der feine Staub nicht in die Augen drang.

Das große Loch im Himmel schien düstere Prophezeiungen zu uns herunterzuflüstern.

Ich setzte mich auf. Ausnahmsweise wusste ich, wo ich mich befand. Bislang war ich davon ausgegangen, dass es keine Regel dafür gab, wo ich auftauchte, nun aber glaubte ich langsam, dass es entweder mit dem Ort, an dem ich zuletzt gewesen war, zu tun haben musste, oder mit Nates Nähe.

Ich zog mich an den krummen Wurzeln hoch. Die Bäume vor mir sahen aus wie Tempelsäulen. Ich ging zwischen den Stämmen hindurch und blickte in die Baumkronen. Der Wald war nicht übermäßig groß, und es durfte nicht allzu schwierig sein, das Baumhaus wiederzufinden.

Irgendwann fand ich es, aber meine Aufmerksamkeit galt eher dem Papierdrachen, der am Fuß des Baumes lag. Vielleicht hatte Nate versucht, ihn steigen zu lassen.

Ich trat näher und sah, dass mein Name auf der Plane stand. Ich lächelte. Das hieß wohl, dass Nate sich nicht nur daran erinnert hatte, wie man las, sondern auch, wie man schrieb.

Energisch umfasste ich die Sprossen der Leiter und stieg zu der Falltür hinauf. Ich klopfte, um Nate nicht zu erschrecken, der sehr wahrscheinlich dort oben saß und las.

Als ich keine Antwort bekam, beschloss ich einzutreten.

Das Baumhaus war leer. Ich achtete darauf, mich nicht ganz aufzurichten, die Decke war niedrig, und ich musste mich gebückt bewegen, wenn ich mir den Kopf nicht anstoßen wollte.

Auf dem Boden lag das Buch von Peter Pan. Ich hob es auf und war gerührt, als ich sah, auf welcher Seite es aufgeschlagen war: Genau bei jenem Kapitel, in dem erzählt wird, wie ein Papierdrache Wendy das Leben rettete. Ein Satz, der mir besonders gefiel, war unterstrichen: *Sterben ist bestimmt ein furchtbar großes Abenteuer.*

Ich hatte keine Zeit, darüber nachzudenken. Hinter mir am Fenster tauchte Nate auf, genau wie Peter Pan.

»He!«, sagte er heiter. »Willst du meinen Schatten wieder annähen?«

Ich lächelte ein wenig verstimmt wegen des Schreckens, denn er mir eingejagt hatte.

»Ich versuch's mit deinen Erinnerungen.«

Nate sprang herein und nahm mir sanft das Buch aus der Hand. Er blätterte ein paar Seiten um.

»Sag nicht, dass dir das nicht irgendwie bekannt vorkommt …«

Er las: *»›Er muss angenäht werden‹, erklärte sie. … ›Was ist angenäht?‹, fragte er. ›Du bist aber furchtbar ungebildet.‹ ›Nein, bin ich nicht.‹ Aber sie genoss seine Unwissenheit.«*

Mit einer gewissen Genugtuung sah Nate mich an. Ich musste mich geschlagen geben.

»Ja, stimmt ja auch …«

Wir lachten, dann wurde er wieder ernst, er lehnte sich an die Wand und verschränkte die Arme.

»Weißt du«, sagte ich, »auch ich lese gerade ein Buch. Ich bin mir fast sicher, dass mein Vater es geschrieben hat.«

»Warum *fast*?«, fragte er.

Ich zuckte mit den Schultern.

»Ich habe ihn nie kennengelernt, er ist gestorben, als ich klein war«, antwortete ich und versuchte, nicht traurig zu werden.

Dafür verdunkelte sich Nates Miene.

»Wer weiß, wer meine Eltern waren? Wer weiß, ob ich überhaupt je welche hatte?«

Ich seufzte betrübt. Ich sagte das Einzige, was man in einer solchen Situation sagen konnte: »Ich bin mir ganz sicher, dass du welche hattest und dass sie dich geliebt haben.«

Er betrachtete mich mit einer Miene, die ich nicht entschlüsseln konnte.

»Weißt du, was ich herausgefunden habe?«, sagte er dann und machte gleich wieder ein anderes Gesicht.

»Dieser Baum ist hohl, genau wie der Baum der Verlorenen Jungen.«

»Offenbar war der Erbauer dieses Baumhauses ein echter Peter-Pan-Fan!«, meinte ich.

Ich ging zu ihm. Nate rührte sich nicht, doch seine Augen sprühten Farben. Sie waren wie eine Sonne, die nur für mich schien.

»Ich frage dich jetzt nicht, was ›Fan‹ bedeutet«, sagte er und zeigte seine Grübchen. »Allerdings gibt es da einen Abschnitt im Buch, den ich nicht richtig verstanden habe.«

»Welchen?«

Er schlug das Buch wieder auf.

Ein wenig Asche fiel von den Seiten. Er ging mit einer solchen Selbstverständlichkeit mit dem Buch um, dass ich davon ausging, dass er es mindestens zehnmal gelesen hatte.

»Der hier.« Er las vor: »*›Ganz sicher weißt du doch, was ein Kuss ist?‹, fragte sie verblüfft. ›Ich weiß es, wenn du ihn mir gegeben hast‹, erwiderte er steif, und um ihn nicht zu kränken, gab sie ihm einen Fingerhut. ›Soll ich dir jetzt mal einen Kuss geben?‹,* *fragte er, und sie erwiderte etwas geziert: ›Wenn du möchtest.‹ Sie hielt ihm sogar das Gesicht hin, aber er legte nur eine Eichel in ihre Hand.«*

Nate schlug das Buch wieder zu.

»Was hast du daran nicht verstanden?«, fragte ich und neigte misstrauisch den Kopf.

»Ein Kuss ist keine Eichel und auch kein Fingerhut, oder?«, fragte er ernst.

Ich wurde nervös.

»Machst du Witze?«

»Witze …«, wiederholte er zweifelnd.

»Okay«, sagte ich schließlich und streckte die Hände aus, »du willst wissen, was ein Kuss ist?«

Noch immer wusste ich nicht, ob er mich veräppeln wollte oder ob er es ernst meinte.

Meine Verlegenheit musste offensichtlich gewesen sein, denn ich glaubte zu bemerken, dass Nate sich amüsierte. Vielleicht aber auch nicht. Vielleicht wartete er nur auf eine Erklärung. Es war aber auch wirklich kompliziert, die richtigen Worte zu finden! Wie sollte ich ihm so mir nichts dir nichts erklären, was ein Kuss ist?

»Also, ein Kuss … ein Kuss ist, wenn zwei Personen … nun«, murmelte ich, »wenn zwei Personen, die sich mögen, ihre Lippen aufeinanderlegen und …«

»Die Lippen aufeinanderlegen?«, unterbrach mich Nate, als hätte ich etwas völlig Abwegiges gesagt.

»Ja«, fuhr ich fort und mein Herz klopfte schneller. »Sie pressen sie mit einem gewissen Druck aufeinander.«

Nate sah mich verständnislos an, wahrscheinlich fragte er sich, warum ich so aufgeregt war. Bestimmt wusste er noch nicht mal, was das Wort Liebe bedeutete.

»Ich verstehe immer noch nicht«, sagte er. »Warum sollten zwei Menschen so etwas tun?«

Ich riss die Augen auf, vielleicht damit mehr Licht auf meine Gedanken fiel.

»Na, damit sie sich wohlfühlen.«

»Ist das wie ›Spaß haben‹?«, fragte Nate in Erinnerung an den Papierdrachen.

»Nein, es ist anders.«

»Wie anders?«, fragte er und sah mir ins Gesicht.

»Anders eben …«, flüsterte ich und verlor mich in der Betrachtung seines Gesichts.

Es war so fein und sanft. So sinnlich. Jeder Zentimeter seiner hellen, glatten Haut schien mich zu bitten, sie zu berühren.

Seine Lippen bewegten sich langsam.

»Kannst du mir einen Kuss geben?«, fragte er ganz leise. »So könnte ich es verstehen …«

Er hatte mich allen Ernstes darum gebeten! Er hatte mich gebeten, ihn zu küssen.

Vor lauter Herzklopfen war ich ganz benommen. Ich wollte den Blick abwenden und nach einer Antwort suchen, aber seine Wangenknochen waren schon zu nah. Ich wusste nicht, ob ich ihn wirklich küssen wollte. Ob seine Bitte einem echten Gefühl entsprang, oder ob es nur Neugier war. So oder so wusste ich nicht, wie ich darauf reagieren sollte. Ich hatte nicht damit gerechnet, dass es so ablaufen würde. Es war zu viel. Im Grund hatte ich überhaupt nicht damit gerechnet, dass es passieren würde.

Und es passierte auch nicht.

Hinter Nate konnte ich eine Bewegung erahnen. Durch das Fensterchen sah ich eine Gestalt durch den Wald schleichen. Nate merkte, dass ich abgelenkt war, und drehte sich um.

»Was ist los, Thara?«, fragte er und spähte zwischen den Bäumen hindurch.

»Ich habe ein kleines Mädchen gesehen«, sagte ich leise.

»Das ist nicht möglich«, kicherte Nate. »Du musst dich getäuscht haben.«

»Ich schwöre dir, ich habe es genau gesehen!«, sagte ich

und die Spannung von vorher ließ mich ein wenig gereizt klingen.

Ich merkte, dass Nate mir nicht glaubte, aber er beugte sich dennoch aus dem Fenster, um mir einen Gefallen zu tun. Ich stellte mich hinter ihn und lugte ihm über die Schulter. Ich spürte, wie er zusammenfuhr.

Dort unten, unter unserer Zuflucht, lag ein kleiner Gegenstand.

Nate sah mich wortlos an. Ich zog die Augenbrauen hoch, um ihm zu zeigen, dass er mich besser ernst nehmen sollte, wenn ich etwas sagte.

Schnell stiegen wir die schmale Leiter hinunter und gingen zu dem rätselhaften Ding. Nate hob es auf und zeigte es mir. Es war ein Plüschhase.

Wieder bewegte sich etwas hinter den Bäumen. Ich sah gerade noch blondes Haar flattern und verschwinden.

»Hier gerät man von einem Märchen ins andere …«, sagte ich zu mir selbst.

Nate sprang auf.

»Nicht! So erschreckst du das Kind«, rief ich, aber er war schon losgelaufen.

Ich folgte ihm und versuchte, hinter ihm zu bleiben. Ich war nicht so geübt darin, über Wurzeln zu springen und Zweigen auszuweichen, wie er, dennoch gelang es mir, mit ihm Schritt zu halten, und das Kind im Blick zu behalten.

»Bleib stehen«, rief ich in einem möglichst liebenswürdigen Tonfall, aber das Mädchen drehte sich nicht einmal um.

Ich sah, wie es aus dem Wald und zu einer Düne rannte. Nate blieb kurz stehen, um auf mich zu warten, dann nahmen wir die Verfolgung gemeinsam wieder auf.

Die Asche spritzte an unseren Beinen hinauf, und Nates flatterndes Hemd verlor kleine schwarze Fetzen. Das Kind verschwand hinter der Düne, aber wir hatten seine Spur nicht verloren, wir mussten nur den Abdrücken der kleinen Füße in der Asche folgen, um sie wiederzufinden.

Sie war uns gegenüber im Vorteil. Wir hatten zwar mehr Kraft, aber durch ihr geringes Gewicht konnte sie über den grauen Sand flitzen, ohne einzusinken.

Auf der Dünenkuppe angelangt, lag plötzlich eine ganz neue Landschaft vor uns.

Das Kind war schon weit entfernt und lief auf einen Rummelplatz zu. Ich sah Nate an. Seine Muskeln waren vom Laufen gespannt.

»Wusstest du, dass es hier einen Rummel gibt?«, fragte ich ihn.

»Nein«, sagte er kurz angebunden, wie um mir zu bedeuten, ihn nicht unnötig aus der Puste zu bringen.

Am Fuß der Düne folgten wir der kleinen Ausreißerin, die gerade durch das Portal lief. Sie war schon zu weit weg, als dass wir hätten sehen können, wohin sie sich danach wandte. Sie konnte überall hingerannt sein.

»Wir müssen sie finden!«, sagte ich zu Nate. »Wenn die Grauen sie vor uns entdecken ... Ich will mir gar nicht vorstellen, was sie mit ihr machen.«

Er sagte nichts, aber er lief schneller.

Kurz darauf hatten wir den Eingang des Rummelplatzes erreicht.

Nate blieb abrupt stehen und streckte den Arm aus, um mich zu stoppen.

»Was ist?«, fragte ich und sah ihm in die Augen.

Er blickte argwöhnisch drein.

»Hier stimmt etwas nicht«, sagte er leise.

Ich hob langsam den Blick auf das Schild über dem Tor. Dort musste einmal LUNA PARK gestanden haben, aber nun las es sich wie ein unheimliches Pendant. Das Feuer hatte den Lack beschädigt und den Abschwung des P vernichtet, sodass nun LUNA DARK dort stand.

Ich senkte den Kopf. Hinter dem Tor waren alte Karusselle und Stände, wo man früher einmal etwas hatte gewinnen können. Die grellen Farben waren erloschen, als hätte jemand den Ort schwarz übermalt. Es war gespenstisch. In der Mitte ragte ein Riesenrad empor, das in der Hitze des Feuers in sich zusammengefallen war, und eine Achterbahn, die aussah wie eine Ansammlung riesiger, schlampig gezimmerter Kreuze.

»Wir müssen sie finden«, sagte ich noch einmal.

Er nickte zustimmend und machte die ersten Schritte durchs Tor. Drinnen schlug uns die düstere Stimmung schwer entgegen. Nate war mutig genug, sie zu ignorieren, und auch ich versuchte, mich nur auf unsere Mission zu konzentrieren.

»Mädchen!«, rief ich laut, aber ohne zu schreien. »Wir sind Freunde, komm raus!«

Die Karussellpferde sahen uns aus verkohlten Augen an, erstarrt in einem Ausdruck tiefen Schmerzes.

Ich hörte jeden Schritt auf dem Boden und hatte den Eindruck, dass uns jemand folgte, jemand, der ganz besonders darauf achtete, sich synchron mit uns zu bewegen.

Die Tore der Geisterbahn öffneten sich mit einem Knall, als hätte man sie aufgetreten, und zwei Clowns kamen heraus. Beide hatten primitive Waffen in der Hand, ähnlich wie Macheten. Ich schrie auf und versteckte mich hinter Nate, während die beiden Gestalten von dem Fahrgeschäft heruntergerannt kamen. Sie sprangen über das Geländer und landeten vor unseren Füßen.

Ihre bunten Gesichter, eines lächelnd und locker, das andere traurig und aufgelöst, starrten uns bedrohlich an. Ich wusste nicht, ob Nate vorhatte, auf sie loszugehen, aber er war angespannt und er keuchte.

Ich rechnete mit dem Schlimmsten und wollte schon die Augen schließen, da nahm einer der beiden Clowns die Maske ab.

Es war eine junge Frau.

Alle Anspannung, die sich in meinem Körper gesammelt und mich an eine unsichtbare Wand gedrückt hatte, fiel von mir ab. In einem kurzen Augenblick holte ich so tief Luft wie sonst nur in ein paar Minuten.

Auch der andere Clown zog die Maske herunter, und das vernarbte Gesicht eines Mannes um die vierzig kam zum Vorschein. Er fixierte uns mit erhobener Waffe, aber die junge Frau machte ihm ein Zeichen, sie zu senken.

Sie konnte nicht älter als zwanzig sein, ihre blonden Haare brachten einen Lichtschimmer an diesen dunklen Ort.

»Sie sehen nicht gefährlich aus, Clayton«, hörte ich sie sagen.

Der Mann senkte seinen Arm. Etwas zu schnell für meinen Geschmack. Nate musste zurückweichen, um nicht gestoßen zu werden.

»Wer seid ihr?«, fragte Nate, der reglos, fast gleichmütig dastand.

Das Mädchen seufzte und hob entschuldigend die Hand.

»Ich bin Susan, das ist Clayton. Tut mir wirklich leid, aber mit all diesen Kreaturen, die hier umherstreifen ... Wir haben gedacht, hier gäbe es keine anderen Menschen.«

»Das haben wir auch gedacht«, erwiderte ich, wobei ich Clayton nicht aus den Augen ließ. »Im Wald war ein kleines Mädchen, wir sind ihm gefolgt, weil wir dachten, es sei vielleicht in Gefahr.«

»Meine Schwester«, sagte Susan und stemmte die Hände in die Hüften. »Ich habe ihr gesagt, dass sie nicht weglaufen darf. Aber sie war überzeugt, dass jemand ihren Plüschhasen gestohlen hat.«

Dann drehte sie sich um und rief: »Penny!«

Ich sah auf meine Hände. Ich hielt das Plüschtier noch in der Hand.

»Meinst du das?«, fragte ich und hob es hoch.

Susan riss die Augen auf.

»Wo hast du das gefunden?«

»Es lag auf dem Boden.«

Sie verlangte keine weiteren Erklärungen, auch weil in diesem Moment die Kleine auftauchte, der wir gefolgt waren. Mit schüchternen Schritten und gesenktem Kopf kam sie hinter einem Fass hervor, das die Form eines Harlekins hatte.

Susan bückte sich und gab ihr einen Kuss.

»Versprich mir, dass du das nie wieder tust«, sagte sie zärtlich.

Das kleine Mädchen packte Susans Bein und umklammerte es fest.

Clayton sagte in wenig nettem Ton: »Und wer seid ihr?«

»Ich bin Nate.«

»Ich bin Thara.«

Clayton gab eine Art Grunzen von sich. »Ich habe euch nicht nach euren Namen gefragt.«

Susan sah ihn böse an.

»Sei bitte ein bisschen höflicher, Clayton.«

Der Mann spuckte auf den Boden und drehte sich um.

Susan fühlte sich verpflichtet, sich für ihn zu entschuldigen.

»Er ist ein komischer Kerl«, sagte sie, als er weg war. »Wir haben uns hier kennengelernt. Er beschützt uns.«

Ich nickte, um ihr zu zeigen, dass ich sie verstand. Gleich darauf forderte sie uns auf, ihr zum Pferdekarussell zu folgen.

Dahinter stand Clayton etwas abseits, und ich sah, dass Nate ihn im Auge behielt. Er fühlte sich nicht recht wohl.

Susan und ich setzten uns an den Rand des Karussells, während die kleine Penny auf den Rücken eines Pferdes sprang. Nate kam zu uns und lehnte sich an einen Pfosten. Er war merkwürdig still und in düsterer Stimmung.

»Wie kommt es, dass ihr hier seid, ich meine, hier in diesem Luna Dark«, fragte ich sie, während sie mit ihrer Clownsmaske herumspielte.

»Wir haben ihn zwischen den Dünen entdeckt«, sagte sie und drehte die groteske Maske in den Händen. »Ich dachte, wenn wir hierbleiben, fühlt sich Penny besser … Sie scheint sich nicht daran zu stören, dass hier alles schwarz ist. Außerdem ist es ein sicherer Ort.«

»Sicher …«, wiederholte Nate bissig und zog die Stirn kraus.

Ich warf ihm einen bösen Blick zu. Seine bunten Augen wichen meinen aus und wanderten zu Clayton. Die beiden schienen sich nicht ausstehen zu können.

»Das Einzige, das wir nach dem Unfall tun konnten«, fuhr Susan fort, »war, uns zu verbarrikadieren.«

»Unfall?«, fragte ich erstaunt. »Ihr erinnert euch, was passiert ist, bevor ihr hierhergekommen seid?«

Susan war mindestens genauso erstaunt wie ich.

»Ja. Penny und ich waren mit unseren Eltern im Auto, als ein Lastwagen in uns hineingefahren ist.«

Bei diesen Worten gefror mir das Blut in den Adern. Hieß das, dass sie tot waren? Dass das hier das Jenseits war? Das erschien mir unmöglich. Wenn es so wäre, müssten auch ihre Eltern und noch eine Menge anderer Leute hier sein.

Susan schien meine Gedanken zu lesen.

»Ich glaube nicht, dass wir tot sind …«, sagte sie leise, damit Penny sie nicht hörte. »Vielleicht sind wir in einer Art kollektivem Koma. Ich weiß auch nicht … Alles ist so absurd.«

»Und Clayton? Wie kommt er hierher?«, fragte ich.

»Er ist Bergsteiger. Er ist beim Freeclimbing abgestürzt.«

Ich betrachtete den Mann; er stand abseits und polierte seine improvisierte Waffe, die er wahrscheinlich irgendwelchen Plastikungeheuern aus der Geisterbahn gestohlen hatte.

»Ihr erinnert euch aber nicht, wie ihr hierhergekommen seid?«, fragte Susan.

Ich blickte Nate an, um zu sehen, ob er gehört hatte, was Susan gerade gesagt hatte. Hatte er, denn er antwortete: »Nein.«

Susan war verdattert.

»Bei mir ist es anderes«, sagte ich und zog ihre Aufmerksamkeit wieder auf mich. »Ich kann in diese Welt kommen und gehen, wie ich will. Wir nennen sie Cinerarium.«

Bei meinen Worten schien Clayton aufzuwachen. Ruckartig drehte er den Kopf.

»Was? Du weißt, wie man hier wegkommt?« Er schrie so laut, dass das Kind erschrak. »Dann mach, dass wir hier rauskommen! Und zwar gleich, sonst bringe ich dich um, das schwöre ich dir!«

Ich wusste, dass er es nicht ernst meinte und nur aus Angst so machohaft daherredete, aber Nate stellte sich zwischen uns. Ohne viel nachzudenken, stieß er Clayton weg.

»Wenn ich nicht dich zuerst umbringe!«, sagte er mit zusammengekniffenen Augen. Für einen kurzen Moment sah er wieder so wild und gefährlich aus wie damals mit mir auf dem Schiff.

»Beruhigt euch wieder!«, rief Susan. »Thara wird uns gleich alles erklären.«

Das Vertrauen, das sie in mich gesetzt hatte, schwand nach und nach und, während ich erzählte.

»Ich kann euch nicht mitnehmen«, sagte ich betrübt. »Ich komme nur dann hierher, wenn ich in der wirklichen Welt einschlafe. Siehst du meine violetten Augen?«

Sie verengte ihren Blick, um mich genauer anzuschauen. In einer Welt mit so vielen Absurditäten, konnte man meine Augen schon mal übersehen.

»Ich glaube, sie haben etwas mit dem Feuer zu tun, das hier auftaucht«, schloss ich.

Nachdem ich geendet hatte, verlor Clayton das Interesse an mir, er drehte sich um und beachtete uns nicht weiter. Das war mir nur recht so.

Selbst Nate hatte sich ein bisschen entspannt.

»Tja, schön für dich!«, meinte Susan und schlang die Arme um ihre Schultern. »Dann möchte ich dich aber auch um einen Gefallen bitten, wenn du das nächste Mal zurückkommst.«

Sie beschrieb mir, wie und wo der Unfall sich zugetragen hatte, und nannte mir ihren Nachnamen. Digger. Sie bat mich, ein paar Dinge in Erfahrung zu bringen, die irgendwie nützlich sein könnten, zum Beispiel, wie die Dinge in der realen Welt standen, ob es Überlebende gab, ob es ihren Eltern gut ging und so weiter.

Ich versprach es ihr. Der Unfall hatte sich nicht sehr weit von meinem Wohnort entfernt ereignet.

Ich wollte aufstehen, aber sie hielt mich fest.

»Wenn dein Freund hierbleiben könnte … Wir würden uns freuen«, sagte sie mit Blick auf Clayton, als würde auch sie ihm nicht allzu sehr trauen.

Clayton hatte es offenbar gehört und drehte sich um.

»Wenn der Hitzkopf hierbleiben will, muss er sich nach meinen Anweisungen richten.«

Allein bei dieser Äußerung war mir klar, dass Nate nicht einwilligen würde.

Tatsächlich schickte er Clayton zum Teufel und ging zum Ausgang.

Ich wollte ihm nachlaufen, aber Susan hielt mich zurück.

»Sehen wir dich wieder?«

»Ganz bestimmt«, versicherte ich ihr und gab Penny das Plüschtier.

Als ich mich wieder umdrehte, war Nate verschwunden. Ich seufzte. Wie tief war der Bau des Weißen Kaninchens denn noch?

Rauch in den Augen

»Du kannst dich bei mir bedanken«, hörte ich jemanden beleidigt sagen.

»Was?«, fragte ich gähnend und streckte meine eingeschlafenen Arme aus.

»Du kannst dich bei mir bedanken«, wiederholte Christine und half mir hoch. Mit Mühe schlug ich die Augen auf, als wären meine Wimpern verklebt.

Neben ihr stand Leonard und sah sich um wie ein Besessener. Dieser Ort war für ihn, einen Liebhaber von Trash-Filmen, das gelobte Land. Christine hingegen blickte mich sauer an, sie hatte die Arme verschränkt. Erst jetzt sah ich, dass sie Rucksäcke trugen und Licht durch die Tür hereindrang. Es konnte nicht mehr Abend sein.

Mit einem Schlag war ich hellwach.

»O mein Gott, Ogottogott«, sagte ich hektisch und blickte auf mein Handy. Es war halb eins, und auf meinem Display wurden mindestens zwanzig Anrufe in Abwesenheit angezeigt – alle von meiner Mutter. Gleich würde ich eine Panikattacke bekommen. Damit schienen Christines sadistische Neigungen befriedigt zu sein.

»Du schuldest mir einen Gefallen«, sagte sie. »Ich habe deiner Mutter gesagt, dass du bei mir geschlafen hast.«

Ich umarmte sie und dachte an die schrecklichen Konsequenzen, die sie mir damit erspart hatte.

»Danke!«, rief ich so laut, dass sie fast taub wurde.

»Das hier ist bombenmäßig!«, rief Leo mindestens ebenso laut.

Christine dämpfte unseren Enthusiasmus.

»Nein. Scheinbar ist nur eine geplatzt!«

Ich hatte noch nie zuvor so tief und lange geschlafen, vom Abend bis zum nächsten Mittag. Der Duft der Iris schien jedes Mal besser zu wirken.

Zum Glück hatte ich Christine die Adresse des Kinos gegeben, damals, als wir geplant hatten, zusammen hierherzukommen.

Ich nahm das Buch und die Blumen, die schon wieder verwelkt waren.

»Hattest du ein Rendezvous?«, fragte Christine. »Sollten nicht die Jungs die Blumen mitbringen?«

Ich lächelte lustlos und ging zur Tür. Jetzt war nicht der richtige Zeitpunkt für eine Aussprache. Das würden wir später tun. Leonard erschrak.

»Wie, wir gehen schon?«, fragte er.

»Der Letzte löscht das Licht«, gab Christine zur Antwort.

Nachdem wir das Kino verlassen hatten, machten wir uns auf den Heimweg. Meine Freunde unterhielten sich weiter, aber ich hörte nicht zu. Ich war in Gedanken und hatte keinerlei Interesse am Schulleben. Also folgte ich ihnen schweigend, während ich das Buch an meine Brust drückte.

Christine merkte, dass ich sehr nachdenklich war. Aber da sie wusste, dass alles, was sie gesagt hätte, in meinen Ohren wie eine blöde Bemerkung geklungen hätte, ließ sie mich lieber in Ruhe.

Leo merkte wie üblich gar nichts und informierte mich, ohne dass ich ihn danach gefragt hätte, über die heutigen Ereignisse in der Schule. Er sagte, ich hätte nichts verpasst und sei durch mein Schwänzen auch kein schlimmerer Mensch geworden. Ich lächelte ihm zu und hoffte, er würde es dabei bewenden lassen. Ich hatte keine Lust auf sein wirres Geschwätz, nicht heute, und wünschte, er würde baldmöglichst Leine ziehen.

Ich wollte allein mit Christine reden, und zwar ernsthaft. Vielleicht hatte ich eine Möglichkeit gefunden, die Existenz des Cinerariums zu beweisen. Sie musste mir nur die Möglichkeit geben, ihr zu erklären, was ich über Nate herausgefunden hatte.

Ich überlegte, ob ich bei dem Buch meines Vaters beginnen und das Gespräch dann in eine andere Richtung lenken sollte.

Es war wirklich merkwürdig, dass ich zeitgleich mit zwei so großen Rätseln konfrontiert war. Wäre ich ein wenig aufmerksamer gewesen, hätte ich gleich gemerkt, dass sie zusammenhingen. Aber damals war ich zu dumm gewesen, und es hatte noch ein wenig gebraucht, um meine Gedanken zu ordnen.

Wir wollten den Park gerade verlassen, da merkte Leo, dass es brenzlig roch.

Hinter den Baumwipfeln stieg dichter, schwarzer Rauch auf, der am Himmel eine Wolke bildete, die dort nicht hingehörte.

Uns war sofort klar, dass es irgendwo brannte.

Wir liefen schneller und sahen, dass der Rauch von den Häuserblöcken kam. Hinter dem Park folgten wir auf dem Gehsteig unserem finsteren Leitstern, bis Polizeiautos, eine Menschenmenge und das Feuer in unser Blickfeld rückten.

Eine weitere Schule war in Flammen aufgegangen.

Es war nicht unser Gymnasium, hätte es aber sein können.

Vor unseren Augen barsten die Fenster des zweiten Stockwerks. Wir hörten einen ohrenbetäubenden Knall, Scherben blitzten im Licht auf und flogen in alle Richtungen.

Leonard und Christine wichen vor Schreck zurück. Ich zeigte keinerlei Reaktion. Ich starrte einfach nur auf das fürchterliche Spektakel, während die Feuerwehrleute Menschen aus dem Haupteingang evakuierten.

Die Menge schrie, starke Wasserstrahle wurden auf das brennende Gebäude gerichtet.

Ich weiß nicht, was mir durch den Kopf ging, doch ich machte ein paar Schritte auf die Schule zu.

»Bleib stehen!«, rief Christine, aber ich ging über ihre Sorge hinweg, wie auch meine Füße über die zerstreuten Glassplitter auf dem Asphalt hinwegliefen.

Irgendwann stoppte mich ein Polizist. Wäre er nicht gewesen – wer weiß, bis wohin es mich getrieben hätte.

Er sagte etwas zu mir und schüttelte mich, während sich mein Blick suchend in den Flammen und dem Rauch verlor.

Ich stellte mir vor, dass Nate in diesem Moment eine ähnliche Szene sah. Dass das Gebäude, umgeben von violetten Flammen, nun im Cinerarium wieder auferstand.

Zwischen den Flammen auf dem Dach zeichnete sich eine Person ab. Ich konnte sie nicht gut sehen, da war zu viel Feuer, zu viel Ruß, aber ich wusste genau: Ich bildete mir das nicht nur ein. Die Luft flirrte in der Gluthitze. Kein Mensch wäre heil aus den Flammen herausgekommen, dennoch stand diese Gestalt ungerührt und reglos mitten auf der Brandruine. Auch die Polizisten hatten sie bemerkt und zielten mit Pistolen auf sie. Das war zwar sinnlos, aber sie waren genauso schockiert wie ich. Einer nahm ein Megafon und schrie: »Gib auf!«

Dann wiederholte er es noch einmal leiser. Es war zwecklos. Es hatte keinen Sinn weiterzumachen, es hatte keinen Sinn, einen Toten zu bedrohen.

Ja, einen Toten. Denn diese Gestalt war dieselbe, die diese andere Schule aus den Nachrichten in Brand gesteckt hatte. Sie konnte nicht überlebt haben. Es war derselbe Mann. Soweit ich mich erinnern konnte, hatte er langes Haar gehabt und einen knöchellangen, eleganten Mantel getragen, der sich im glühenden Wind bauschte.

Auch wenn sich die Bilder in der heißen Luft verzerrten, war ich mir absolut sicher, dass das, was ich da sah, real war, und entsprechend entsetzt war ich.

Die reglose Gestalt auf dem Dach mit der brennenden Hölle im Rücken hob eine Hand.

Und deutete auf mich.

Meine Freunde brachten mich nach Hause und taten so, als würden sie gar nicht bemerken, wie durcheinander ich war. Christine sagte, ich könne sie anrufen, wenn ich mit jemandem reden wolle. Sie ließ mich erst allein, als sie mich artig die Treppen hinaufgehen sah.

Meine Mutter war in der Apotheke und hatte einen Zettel auf den Tisch gelegt, auf dem sie mir mitteilte, dass ich ihr hätte Bescheid sagen müssen. Ich zerknüllte ihn und warf ihn in meinem Zimmer in den Papierkorb.

Ich schaltete den Computer an. Ich musste etwas überprüfen.

Ich hatte eine neue E-Mail bekommen, deren Icon am Rand des Bildschirms aufleuchtete. Ich öffnete sie. Wieder war sie von diesem *Mr. Spectre*. Diesmal war sie nicht leer, sondern bestand aus fünf Zeichen, die mir so vorkamen, als hätte man sie aufs Geratewohl in die Tastatur getippt. Zwei Punkte, ein Gedankenstrich, eine geschlossene Klammer und ein Gleichheitszeichen. Ich löschte sie.

Dann nahm ich mein Handy und rief Christine an.

»Komm her. Allein«, sagte ich in einem kalten, ernsten Tonfall.

Als ich die Haustür öffnete, stand sie schon davor. Vielleicht war sie gar nicht weggegangen. Sie kannte mich zu gut.

»Was gibt's?«, fragte sie und versuchte hinter den Schleier der Nervosität zu blicken, den ich wie ein Leintuch auf mir spürte.

»Ich kann dir beweisen, dass alles wahr ist.«

»Was?«, fragte sie, als hätte sie nicht begriffen.

Aber das hatte sie sehr wohl.

»Das Cinerarium. Die Aschewelt. Nate …«

Sie seufzte und versuchte die Sache ins Lächerliche zu ziehen.

»Hör mal, Thara, mir ist klar, dass du möglicherweise durcheinander bist, nachdem du den Brand gesehen hast, aber verlang bitte nicht von mir, dass ich jetzt auch noch verrückt werde.«

»Ich habe Beweise!«

Ich sah sie so eindringlich an, wie ich nur konnte.

»Wenn du mir vertraust, wenn du meine Freundin bist, dann komm mit, ohne Fragen zu stellen.«

Christine überlegte eine Weile.

Mein Verhalten schien sie ziemlich zu beunruhigen. Sie war es nicht gewöhnt, mich in einem solchen Zustand zu sehen. Wahrscheinlich war sie deshalb einverstanden. Sie hoffte wohl, dass ich mir nur einen Spaß mit ihr erlaubte und meine angeblichen Beweise mich verraten würden.

»Ach, was soll's …« Sie biss sich auf die Lippen.

Eine Viertelstunde später stiegen wir am Busbahnhof aus der U-Bahn. Die Hochbahn über uns, auf der Züge mitten ins Stadtzentrum fahren konnten, warf einen langen, dunklen Schatten.

»Wohin gehen wir?«, fragte Christine, während ich die Ampel im Blick behielt.

»In einer Stunde wirst du es wissen.«

Kurz hatte ich den Eindruck, ihre Geduld überstrapaziert zu haben. Christine sah sich nervös über die Schulter, als würde sie es ernsthaft in Betracht ziehen, abzuhauen. Doch sie tat es nicht.

Wir überquerten die Straße und kamen auf den großen Platz, an dem die Busse abfuhren. Ich ging zu den Fahrplänen. Der Bus, der mich interessierte, war die Nummer acht.

Wir setzten uns und warteten. Ich merkte, dass meine Freundin zweimal drauf und dran war, mir weitere Fragen zu stellen. Ich tat so, als merkte ich es nicht, nahm die Thermoskanne und trank einen Schluck Kaffee.

Als der Bus vor unserer Bank hielt, gingen die Türen mit einem erschöpften Schnauben auf.

»Komm, gehen wir!«, trieb ich Christine an, die immer weniger überzeugt wirkte.

Wir setzten uns in die letzte Reihe, damit wir ungestört sein konnten und alles mitbekamen, was in dem Fahrzeug geschah. Als alle Passagiere eingestiegen waren, schloss der Fahrer die Türen und wir fuhren los.

Wir blickten aus dem Fenster auf die Hochhäuser, die immer niedriger wurden, je weiter wir uns vom Stadtzentrum entfernten. Auch der Verkehr lichtete sich, und fast ohne es zu merken, fuhren wir bald auf einer Landstraße.

Erst jetzt enthüllte ich Christine unser Ziel. Nun gab es für sie kein Zurück mehr, denn unsere Haltestelle war die erste.

»Und was sollen wir in diesem Kaff?«, fragte sie genervt.

Sie meinte die Kleinstadt, in die wir fuhren.

»Penny und Susan Digger«, sagte ich und blickte geradeaus.

Ein paar Sitze weiter vorn gab ein Mann seinem Hund etwas zu fressen.

»Wer ist das?«

»Die habe ich im Cinerarium getroffen.«

Christine gab einen Laut von sich, der »na klar« heißen sollte, dann sagte sie: »Aber wenn sie in diesem … Cinerarium sind, wie können sie dann gleichzeitig woanders sein? Schlafen sie ein wie du? Seid ihr der Klub der Aschenbecher?«

Ich lächelte verbittert. Ihre Zweifel ärgerten mich noch immer, aber bald würde sie sich der Wahrheit stellen müssen.

In der Ortsmitte stiegen wir aus. Es war kein Kuhkaff wie Gorey, zumindest waren ein paar Leute auf der Straße unterwegs.

Ich besah mir die Wegweiser. Ein Pfeil wies zu der Straße, in die ich wollte.

Bevor ich aus dem Haus gegangen war, hatte ich im Internet recherchiert. Hier gab es nur ein Krankenhaus. Wenn Penny und Susan eingewiesen worden waren, dann konnten sie nur hier sein. Der Unfall, von dem sie mir erzählt hatten, war ganz in der Nähe passiert.

In wenigen Minuten hatten wir das Gebäude erreicht – ein weißer Kasten mit einem weitläufigen Park davor. Ein paar Krankenwagen parkten neben dem Eingang. Als wir uns näherten, blendete uns die Sonne, die von den makellosen Fenstern reflektiert wurde.

»Wenn du dich behandeln lassen willst, unterstütze ich dich voll und ganz«, sagte Christine, kurz bevor wir durch die Schiebetüren gingen.

Die farbige Krankenschwester an der Pforte telefonierte gerade. Als sie uns sah, beendete sie schnell das Gespräch und legte auf.

»Guten Tag«, sagte sie. »Was kann ich für euch tun?«

»Liegen Penny und Susan Digger hier?«, fragte ich.

Die Freundlichkeit, mit der sie uns empfangen hatte, verschwand aus ihrem Gesicht wie ein Serum aus einer Spritze.

»Seid ihr Freundinnen?«

Sie blickte sich um. Ich wusste nicht, was ich am besten antworten sollte und ob die Krankenschwester uns wohlgesonnen war, aber das Wissen, dass die beiden Mädchen hier waren, gab mir neuen Schwung.

»Ja«, sagte ich also.

Die Frau seufzte und legte einen Zettel auf den Tresen.

»Unterschreibt bitte hier.«

Lächelnd nahm ich den Stift, den sie mir reichte. Ich unterschrieb und schob das Blatt weiter. Christine rührte sich nicht, sie war wie versteinert. Ich warf ihr einen Blick zu, der ihr bedeuten sollte, nun bloß nicht alles zu ruinieren.

Mit leicht zitternder Hand unterschrieb sie. Ich hatte sie wohl beeindruckt.

»Ich bringe euch in das Zimmer der Mädchen«, sagte die Krankenschwester und nahm das Blatt.

Wir folgten ihr in kurzem Abstand durch die Flure.

»Das ist eine der absurdesten und unheimlichsten Geschichten …«, flüsterte Christine und starrte auf die Holzpantinen der Krankenschwester, die über das Linoleum klapperten.

»Nein, Christine, es ist lediglich die Wahrheit«, versicherte ich ihr.

Die Schwester blieb vor einer Tür stehen und drehte sich zu uns um.

»Ich darf euch eigentlich nicht da hineinlassen«, sagte sie mit gerunzelter Stirn. »Das ist nur den engsten Angehörigen gestattet, aber in Anbetracht der Umstände …«

Sie drückte die Klinke herunter und ließ uns eintreten.

Die Begeisterung über meine gute Intuition wurde von einem eisigen Wind hinweggefegt. Es schien uns den Boden unter den Füßen wegzuziehen. Der Geruch des Desinfektionsmittels weckte Kindheitserinnerungen an die schreckliche Zeit in Krankenhäusern. Vor uns lagen Susan und Penny in zwei blütenweißen Betten. Beide waren im Koma.

Neben den Betten zeichneten Geräte ihre Körperfunktionen auf. Die kleine Penny wirkte zufrieden, jemand hatte einen Plüschhasen neben sie gelegt.

Susan hingegen war in einem ernsteren Zustand: Ein Gummiröhrchen steckte in ihrem Hals, und eine Plastikpumpe ermöglichte ihr das Atmen.

Ich umschlang meine Schultern. Ihre blonden Haare, die mir im Luna Dark aufgefallen waren, wirkten hier stumpf und ungepflegt.

Die Schwester stellte sich neben mich.

»Arme Mädchen! Ihre Eltern sind bei dem Unfall gestorben. Letzte Woche hat sich hier keiner blicken lassen.«

»Verstehe«, sagte ich leise.

»Ihr seid die einzigen Besucher, außer dem Freund des älteren Mädchens.«

Auf dem Tischchen hinter dem Vorhang sah ich einen Strauß gelber Rosen.

»Werden sie es schaffen?«, fragte ich die Schwester.

Sie schien nicht antworten zu wollen und wog ihre Worte ab: »Für die Kleine wird es leichter.«

Auf der Rückfahrt sagte Christine nichts. Sie hatte die Hände vor den Mund geschlagen, als könnte sie so ihre Stummheit rechtfertigen. Ich wusste nicht, was sie am meisten beeindruckt hatte: dass die beiden Mädchen im Koma lagen oder dass ich gewusst hatte, wo ich sie finden konnte. Jedenfalls zweifelte sie jetzt nicht mehr daran, dass ich die Wahrheit sagte, und es kam ihr nicht einmal entfernt in den Sinn, dass ich das Ganze inszeniert haben könnte. Das hier war kein Scherz, und das wusste sie.

Als wir aus dem Bus stiegen, forderte ich sie auf, nach Hause zu gehen. Sie musste sich erholen, und dazu sollte sie am besten allein sein. Wenn sie Fragen hatte, musste sie sich erst darüber klar werden, welche, nur dann konnte sie auch die Antworten darauf verstehen.

Wir nahmen ein Taxi und ließen uns zu ihr fahren. Es war nicht weit vom Bahnhof entfernt, aber es war mir lieber, wenn sie nicht zu Fuß ging. Zum ersten Mal, seit ich sie kannte, sah sie fertig aus.

Auch mir ging es nicht gut. Der Anblick von Susan und Penny in diesen zwei Krankenbetten und das Wissen, dass ihre »Seelen« irgendwo im Universum schwebten, hatten mir den Rest gegeben. Zum Glück hatte ich das Buch meines Vaters, das würde mich ein bisschen ablenken.

Zu Hause war meine Mutter beim Kochen.

Sie sagte etwas, von wegen ich hätte ihr Bescheid geben müssen, aber in meinem Kopf war kein Platz für ihre Vorwürfe.

Ich ließ meine Schultasche aufs Sofa fallen und ging ins Bad.

Ich drehte das kalte Wasser auf und wusch mir das Gesicht. Im Spiegel sah ich aus wie eine Tote. Vielleicht würde mir ein bisschen Kaffee guttun. Auf der Fahrt hatte ich die Thermoskanne ausgetrunken.

Als ich vom Bad zurück in die Küche ging, merkte ich, dass etwas nicht stimmte.

Im Flur war kein Geräusch mehr zu hören, und es kam mir so vor, als würde es nach Verbranntem riechen. Aber vielleicht war das auch nur die grausame Erinnerung an das Feuer, die zurückgekommen war, um mich zu quälen.

In der Küche sah ich, dass dem nicht so war.

Meine Mutter stand reglos neben dem Herd. Sie war in Tränen aufgelöst, schmerzliche, stille Tränen, und sah mich an, als hätte ich gerade das übelste Verbrechen der Welt begangen.

»Warum, Thara?«, sagte sie mit dünner Stimme.

Sie weinte, ohne zu schluchzen.

Ich fühlte mich schuldig und peinlich berührt. So hatte ich meine Mutter schon lange nicht mehr erlebt. Es konnte sich unmöglich nur um die Nacht handeln, die ich ihres Wissens nach bei Christine verbracht hatte. Ich zermarterte mir den Kopf und überlegte, was ich angestellt haben könnte, um eine solche Bestürzung hervorzurufen, aber mir fiel nichts ein.

»Wie hast du es herausgefunden?« Sie wischte sich mit der Hand übers Gesicht, als wolle sie alle Erinnerungen auslöschen.

Neben ihr loderte eine Flamme auf. Ich blickte zum Herd. Ein Buch lag darin, fast schon zu Asche verbrannt.

Ich stürzte zum Sofa, meine Schultasche war auf den Boden gerutscht.

»Mama, ich …« Ich drehte mich wieder zu ihr um.

Aber sie hatte dem Schmerz nachgegeben, einem Schmerz, von dem ich nicht wusste, woher er kam, und sie weinte so laut, dass sie mich nicht hören konnte.

Ich sah, wie sie sich zum Tisch schleppte und aufstützte, sah, wie sie ihren roten Mantel nahm und den Schlüssel in ihrer Handtasche suchte, als würde sie in einem Grab wühlen.

Ich konnte mich nicht bewegen. Ich konnte sie kaum ansehen. Wieder sah sie mich an, diesmal als hätte sie das schlimmste Verbrechen überhaupt begangen und als hätte ich sie gerade dabei ertappt.

»Warum?«, schluchzte sie wieder.

Dann öffnete sie die Tür und ging die Treppe hinunter, ohne sie wieder zu schließen. Ich sah, wie sie Stufe für Stufe verschwand. So wie sie sich bewegte, machte es den Eindruck, dass diese Treppe nicht auf die Straße hinunterführte, sondern an einen gefährlichen, dunklen Ort, an dem sie den Rest ihres Lebens verbringen musste.

Ich stand so reglos da wie vor der brennenden Schule, als ich diese Figur auf dem Dach angestarrt hatte. Doch dieses Mal war *ich* die Gestalt in den Flammen.

Der Rauch brachte mich zum Husten und ich erinnerte mich wieder an den Roman.

Ich lief zum Herd und löschte das Feuer. Dann holte ich einen Wischlappen, machte ihn nass und warf ihn auf das, was von dem Buch noch übrig geblieben war.

Ich machte die Fenster auf. Warum hatte meine Mutter so reagiert? Was stand auf diesen Seiten so Schlimmes?

Ich nahm den Lappen vom Herd und griff vorsichtig nach dem nassen, verkohlten Roman. Aber kaum dass ich versuchte, ihn aufzuschlagen, zerfiel er in tausend schwarze Fetzen.

Ich wollte meine Gefühle gar nicht verstehen, ich spürte nur, wie sich mein Gesicht zusammenzog und ich in Tränen ausbrach. Vielleicht war dies das Einzige, in dem ich meiner Mutter ähnlich war.

Wir konnten beide gut weinen.

Die nutzlose Bibliothek

Meine Mutter kam in den nächsten Stunden nicht zurück. Vermutlich hatte sie bei einem neuen Liebhaber Zuflucht gesucht. Auch ich hatte eine Zuflucht nötig, aber meine befand sich in einer Welt aus Asche.

Ich ging in den Blumenladen und kaufte ein paar Iris, die letzten, die sie noch hatten. Gleich als ich wieder zu Hause war, legte ich sie in den Kühlschrank. Ich hatte gelesen, dass sich Blumen bei niedrigen Temperaturen länger halten. Nur zwei nahm ich mit in mein Zimmer. Inzwischen wusste ich, dass die Menge an Blumen nichts über die Zeit aussagte, die mir im Cinerarium zur Verfügung stand.

Für diese Reise hatte ich ein Experiment geplant. Ich wollte endlich wissen, wann ich wo dort auftauchte. Ich holte tief Luft und roch an den Blumen.

Ich wollte Nate wiedersehen, ich musste ihm dringend sagen, dass er im Koma lag, aber ich hielt es für korrekter, erst Susan Bescheid zu geben. Ich hätte es gern vermieden – bei dem Gedanken, ihr mitteilen zu müssen, dass ihre Eltern tot waren, zitterten meine Hände so sehr, dass ich nicht wusste, ob es mir gelänge, die Iris an mein Gesicht zu führen. Doch ich musste aufbrechen. Ich konzentrierte mich auf den Luna Dark und tauchte in die Blütenkelche ein. Der Ring der Blütenblätter zog mich in einen hellen Schlund.

Als ich die Augen wieder aufschlug, baumelte das abbröckelnde Schild über mir. Ich hatte recht gehabt: Ich selbst bestimmte, wo ich dort auftauchte.

Ich stand auf.

Hinter dem Tor sah ich in den Mondhimmel mit dem schwarzen Loch in der Mitte. Es wirkte fast, als sei es absichtlich dort. Vorsichtig trat ich ein.

Ich wollte nicht, dass Clayton irgendwelche Pfeile auf mich abfeuerte, weil er mich mit einem Grauen verwechselte.

Wie auch beim letzten Mal schwebte Stille über den Fahrgeschäften. Weit und breit war niemand zu sehen, ja man hörte nicht einmal ein Quietschen; die Ketten an den Karussellsitzen schienen aus Metall zu sein, aber ich wusste, dass dem nicht so war.

Ich ging an dem Pferdekarussell und an einem Schießstand vorbei, an dem ein paar Enten vor einem schlampig gemalten Hintergrund hingen, und blieb vor der Geisterbahn stehen. Vermutlich hatten sich die Gäste des Vergnügungsparks dort verschanzt.

Ich wollte schon über das Geländer klettern und klopfen, da hörte ich einen Pfiff und drehte mich in die andere Richtung. Ich kniff die Augen zusammen.

Ich konnte die Umrisse eines Mannes erkennen, der mir ein Zeichen machte, näher zu kommen. Es war Clayton. Er war auf das Riesenrad geklettert und saß nun in einer der höchsten Gondeln, um Wache zu halten.

Ich hatte keine Lust, mit ihm zu sprechen, auch wenn ich damit gerechnet hatte. Zum Glück blieb er, wo er war, als ich langsam näher kam, und suchte den Horizont nach verdächtigen Bewegungen ab.

Er hatte wohl begriffen, dass ich ihn nicht aus dieser erloschenen Hölle befreien konnte. Ich hatte ja nicht mal vorgehabt, ihm die guten Neuigkeiten zu überbringen. Gut insofern, als dass er nicht tot war.

Auf der untersten Gondel des Riesenrads saßen Penny und Susan. Die Kleine hockte auf dem Schoß ihrer Schwester und hielt ein Buch in der Hand, das mir nur allzu bekannt vorkam: *Peter Pan*. Ich ging zu ihnen.

Susan lächelte, als sie mich sah, las aber laut weiter. Ich blieb vor den beiden stehen und knetete mir die Hände. Susan begriff, dass ich ihr etwas sagen wollte. Ihr allein.

»Okay, Penny, lies weiter, ich muss mit Thara reden«, sagte sie, hob die Kleine von ihrem Schoß und setzte sie neben sich.

Penny hob die Hand zum Gruß, und ich winkte zurück. Sie rührte mich an. Ich verstand nicht, wie Susan in einer solchen Situation die Nerven behalten konnte und woher sie die Kraft nahm, die Kleine in Sicherheit zu wiegen an einem Ort, der wie eine Sanduhr über dem Abgrund zu schweben schien.

Sie kam zu mir, und ich dämpfte die Stimme.

»Hallo, Susan.«

Sobald die Kleine das Peter-Pan-Buch weiterlas, verschwand das heitere Lächeln aus Susans Gesicht. Also daher nahm sie die Kraft: aus der Lüge.

»Bitte, Thara«, sagte sie mit stumpfem Blick, »sag mir, ob du etwas herausgefunden hast.«

Alle meine guten Vorsätze schienen mir den Rücken zu kehren und sich davonzustehlen. Ich spürte, wie sich meine Kehle zuschnürte. Susans Anblick, wie sie hier vor mir stand, wurde von einer Susan im Krankenbett überlagert. Ich bekam das Bild des Beatmungsschlauchs, der ihr aus dem Mund hing, einfach nicht aus dem Kopf.

»Ihr liegt im Koma. Du hattest recht«, sagte ich schließlich und versuchte, mir mein Bedauern nicht anmerken zu lassen. »Aber eure Chancen stehen gut.«

Ich log. Ich konnte nicht anders. Die Stimme der Krankenschwester schwirrte mir im Kopf herum, und ihre Worte hämmerten in meinem Kopf: »Für die Kleine wird es leichter sein« … Ich versuchte zu lächeln. Alles andere konnte ich ihr nicht sagen. Womit die beiden nun zurechtkommen mussten, war schon hart genug. Vielleicht würde sie mich eines Tages dafür hassen, wenn sie wieder in ihren Körper zurückkehrte, aber bis dahin musste ich sie belügen.

»Euren Eltern geht es gut.«

Susan, die schon die ganze Zeit auf diese Antwort gewartet hatte, schien sich zu entspannen. Dieses Mal war ihr Lächeln echt.

»Dem Himmel sei Dank!«, flüsterte sie.

Aber der Himmel war eine harte, knochenfahle Kuppel.

Ich fühlte mich miserabel, weil ich so eine schwerwiegende Äußerung von mir gegeben hatte. Eine innere Stimme forderte mich auf, alles zurückzunehmen und die Wahrheit hinauszuschreien, aber mein Mund blieb fest verschlossen.

»Dein Freund hat dich auch besucht. Er hat dir einen Strauß gelbe Rosen mitgebracht«, fuhr ich fort.

Ich dachte, wenn ich diese Farce mit einer Wahrheit abschloss, würde ich mich besser fühlen.

Doch Susan sah mich verdutzt an.

»Freund?«, sagte sie überrascht. »Ich habe keinen Freund.«

Diese Nachricht verwirrte wiederum mich und ich wankte. Es schien fast, als habe Susan mir absichtlich widersprochen, um mir zu beweisen, dass auch alles andere nicht stimmte. Aber ich war mir sicher, dass die Krankenschwester einen Freund erwähnt hatte. Vielleicht hatte ja sie sich geirrt.

»Entschuldige, das muss ich wohl missverstanden haben.«

Sie zuckte mit den Achseln.

»Dann können wir jetzt wohl nichts weiter tun, als abzuwarten.«

Ich nickte. Wahrscheinlich hatte sie recht.

»Dieses Buch«, sagte ich und deutete unauffällig auf Penny, »habt ihr das von Nate?«

Susans Miene hellte sich auf.

»Ja, er ist extra zurückgekommen. Er ist echt süß. Er hat es meiner kleinen Schwester gebracht.«

Ich lächelte. Ich hatte nicht erwartet, dass Nate so etwas tun würde, und ich freute mich. Gleichzeitig aber gefiel es mir nicht, wie Susan von ihm sprach.

»Er ist ein so faszinierender Junge! Zurückhaltend, ein Einzelgänger … So einen wie ihn habe ich noch nie getroffen. Und diese Augen!«

Ich unterbrach sie.

»Ja, und wie es aussieht bin ich die Einzige, mit der er sich versteht.«

Susan kicherte.

»Okay, okay, ich habe verstanden. Keine Sorge, ich nehme ihn dir nicht weg.«

Ich fuhr zusammen.

»Was? Nein, so habe ich das doch nicht gemeint …«, stammelte ich aufgeregt, ohne zu begreifen, warum eigentlich.

»Ja, klar!«, erwiderte Susan vielsagend.

Ich wurde ein bisschen verlegen. Zwischen mir und Nate war nichts. Ich konnte mir nicht erklären, warum ich so reagiert hatte.

»Weißt du, wo er jetzt ist?«, fragte ich, um das Gespräch in andere Bahnen zu lenken.

Susan überlegte kurz.

»Er hat etwas von einer Bibliothek gesagt … Angeblich hat er dort Informationen über diesen Ort hier gefunden, weil er ja jetzt lesen kann …« Sie zuckte mit den Schultern. »Er ist eindeutig ein komischer Typ.«

Ich hatte keine Lust, Susan aufzuklären. Es gefiel mir, dass Nate und ich Geheimnisse hatten, und das sollte auch so bleiben. Ich hatte das Gefühl, dass unsere Beziehung weniger intensiv würde, wenn wir sie mit anderen teilten.

»Er ist jedenfalls in diese Richtung gegangen«, schloss Susan und zeigte auf einen Punkt hinter der Achterbahn.

Ich bedankte mich und umarmte sie.

An ihrer Stelle hätte ich mich wahrscheinlich in die klappernden Kiefer der Aschemenschen geworfen, wenn ich hier gefangen gewesen wäre. Daher wollte ich ihr zu verstehen geben, dass sie immer mit meiner Hilfe rechnen könnte.

Ich wollte mich gerade auf den Weg machen, als die kleine Penny, nachdem sie sich von mir verabschiedet hatte, etwas sagte, auf das ich mehr hätte achten sollen.

»Käpt'n Hook hat meinen Hasen gestohlen! Anscheinend hat er das Krokodil gefressen.«

Ich lächelte ihr zu und sah Susan an, weil ich dachte, dass sie mir vielleicht erklären konnte, was ihre kleine Schwester damit meinte. Aber Susan schüttelte nur den Kopf, was hieß, dass ich mir keine Gedanken darüber machen sollte.

Ich verabschiedete mich und schlug die Richtung ein, die sie mir gezeigt hatte. Ich wusste nicht, wie weit ich durch die Dünen gehen musste. Vor mir sah man Hunderte von Metern nichts, aber nach all den Erfahrungen, die ich mittlerweile an diesem Ort gesammelt hatte, war ich mir fast sicher, dass ich die Bibliothek finden würde. Wie es schien, tauchten die Dinge immer dann vor mir auf, wenn ich sie suchte, als sei dieser ganze Raum nur ein Trugbild.

Und tatsächlich erschien die Bibliothek wie eine Fata Morgana aus dem Nichts.

Sie lag versteckt in einem kleinen Tal, das vollständig von Dünen umgeben war, als sei es darin versunken. Es sah wirklich so aus, als könne die Asche jeden Moment an den Flanken hinabrutschen und alles komplett überschwemmen.

Als ich den Hang zum Haupteingang hinunterstieg, spürte ich einen Stich im Herzen.

Ich sah auf einen Blick, um welche Bibliothek es sich handelte.

»Großer Gott!«, entfuhr es mir leise, als ich die sechzehn Sphinxe sah, die den Weg säumten.

Dahinter, vor einer mindestens zwanzig Meter hohen Mauer, ragten zwei gigantische Pharao-Statuen auf dem

Thron auf, die mit gleichmütigem Blick über das Portal wachten.

Es war die Bibliothek von Alexandria.

»Das kann ich nicht glauben«, flüsterte ich.

Nach Tausenden Jahren war ich die Erste, die diesen mythischen Ort besuchen durfte. Dort lagerte das gesamte Wissen der Antike, der Hochkulturen, die mittlerweile untergegangen waren. Ich hatte die unglaubliche Möglichkeit, Quellen einzusehen, die schon lange vom Erdboden verschwunden waren.

Ich trat durch das Portal. Vor lauter Aufregung stolperte ich fast über meine eigenen Füße. Überwältigt von einer enormen Macht, ging ich an den Riesenstatuen vorbei, die das Portal flankierten.

Gleich dahinter lag ein geschlossener Innenhof, umgeben von so vielen Säulen, dass man sie gar nicht zählen konnte.

Dass dieses Wunderwerk in vergessenen Zeiten ein Raub der Flammen geworden und zerstört worden war, überstieg jede Vorstellungskraft. Das Gebäude wirkte unverrückbar wie ein Fels, auf jedem einzelnen Mauerstück konnte man Hieroglyphen erkennen.

Hysterisches Lachen begleitete meine Schritte durch die Bibliothek der Bibliotheken. Ich war so aufgeregt, dass ich mich am liebsten auf den Boden geworfen hätte. Doch während ich noch jubilierte und mich daran ergötzte, mir zu überlegen, welchen Trakt ich als Erstes besuchen sollte, traf mich etwas an der Seite.

Ich fuhr herum. Angst hatte ich nicht, denn ich hatte ein kurzes Lachen gehört.

»Nate!«, rief ich schmunzelnd, während er sich hinter einer Säule versteckte.

»Da kommt noch einer!«, schrie er, lugte wieder hervor und beschoss mich mit einem Ascheball.

Er traf mich am Schenkel.

»He!«

Nate grinste dreckig.

»Das macht man nicht in einer Bibliothek!«, sagte ich im Spaß.

Ich sah, dass er einen weiteren Ascheball formte, um mich erneut anzugreifen.

»Na gut, wenn du Krieg willst …«, sagte ich und bückte mich.

Dieses Mal warf er daneben, und ich schoss zurück.

Nate wälzte sich auf dem Boden wie auf einem Schlachtfeld.

»Bleib stehen! So kann ich dich ja nicht treffen!«

Ich lief ihm entgegen, um mich hinter einer Säule zu verstecken und ihn von hinten anzugreifen, aber als ich dort ankam, war er weg. Ein Ascheball traf mich am Rücken.

»Na komm, streng dich ein bisschen an!«, spottete er.

Ich nahm die Herausforderung an.

Wir rannten zwischen den Säulen und den antiken ägyptischen Statuen umher und bewarfen uns mit Asche, als hätte es gerade geschneit. Nate war außerordentlich gut gelaunt. Ich hatte schon seit Jahren keine Schneeballschlacht mehr gemacht und amüsierte mich prächtig dabei, ihm nachzujagen und den Schüssen auszuweichen, die er auf mich abfeuerte. Wir waren wie zwei ungehorsame Kinder, aber hier würde keiner kommen und uns sagen, dass wir aufhören sollten. Wir hielten erst inne, als wir vollkommen fertig waren, oder besser gesagt, als ich völlig fertig war, denn Nate hätte wohl noch ewig weitergemacht.

»Ergibst du dich?«, schrie er hinter einer Anubis-Statue hervor.

»Ich ergebe mich, ich ergebe mich!«, erwiderte ich mit erhobenen Händen und bekam prompt einen weiteren Ball ins Gesicht.

»Vielleicht sollten wir etwas Entspannenderes machen, mit Aschepuppen spielen, oder so …«

Nate kam frech lachend aus seiner Deckung hervor.

Genau in diesem Augenblick nahm ich den Ball, den ich hinter meinem Rücken versteckt hatte, und warf ihn auf seine Schulter.

Er blieb stehen und lächelte immer noch. Er bekam seine Grübchen um die Mundwinkel.

»Du hast mich erwischt!«, stellte er fest.

Dann beugte er sich vor und schüttelte die Asche aus seinem schwarzen Haar.

»Ich muss dir etwas zeigen«, sagte er und richtete sich wieder auf. »Ich kann diese Bücher nicht lesen, sie sind in einer Sprache geschrieben, die ich nicht kenne. Aber da gibt es ein Zimmer.«

Auch ich säuberte meine Kleider.

»Ein Zimmer?«

»Los, komm!«

Nate betrat den Säulengang und machte mir ein Zeichen, ihm zu folgen. Im Schatten der Arkaden leuchteten seine Augen wie ägyptische Skarabäen.

Er führte mich in einen enorm großen Saal. Das Licht fiel durch Schächte an der Decke und schwebte wie durch Zauberhand im Raum. Jeder noch so kleine Schritt hallte wider wie das Brüllen eines Löwen, und die Wände waren voller Regale mit Papyrusrollen und dicken Büchern.

»Unglaublich«, sagte ich und blickte mich in dieser Landschaft um. Das hier war wirklich alles andere als ein »Zimmer«.

»Lass das jetzt«, sagte Nate kurz angebunden. »Was ich dir zeigen will, ist eine Etage tiefer.«

Wir gingen zu einer schmalen Treppe, bei der ich an einen Geheimgang denken musste. Vielleicht drangen wir in einen verbotenen Bereich der Bibliothek ein.

Wir gelangten in einen engen Gang, der fast vollkommen dunkel war. Nate ging mir voraus und drehte sich immer wieder um. Dabei warf er mir bunt leuchtende Blicke zu, als wollte er sagen: »Wir sind gleich da.«

Irgendwann wurde der Gang breiter, und wir standen vor einer runden Tür.

»Was für ein Bauwerk!«, sagte ich und studierte die Form. »So etwas habe ich noch in keinem Buch gesehen.«

Nate lächelte und trat ein.

Ich folgte ihm.

In dem Raum sah ich nur einen einzigen Gegenstand. Eine Statue, die in der Mitte aufragte und von einem senkrecht herabfallenden Lichtstrahl beleuchtet wurde.

Ich spürte, wie meine Kräfte schwanden und mein Mund trocken wurde.

Die Statue stellte ein Mädchen dar, das ein Buch in der Hand hielt, aber im Unterschied zu unserer Umgebung, und im Unterschied zu allem, was man im Cinerarium finden konnte, waren die Augen der Statue violett.

Sie hatte violette Augen wie ich.

Mir war, als würde jemand mich anpusten, ich erschrak. Es war ein langsamer, sich ausdehnender Schauder, der nicht vorüberging. Er würde nie vorübergehen.

In den Haaren der Statuen erkannte ich zwei Iris, und hinter ihr an der Wand war eine große, untergehende Sonne aufgemalt.

»Ich dachte mir, dass es dir gefallen würde«, sagte Nate mit Blick auf mein Gesicht, in dem sich etwas spiegelte, das weit mehr war als Verwirrung.

Ich sagte nichts. Ich hätte gern etwas gesagt, aber ich tat es nicht. Ich ging zu der Statue, um sie aus der Nähe zu betrachten.

Erst da begriff ich, dass das Buch in ihrer Hand nicht Teil der Skulptur war. Es war echt.

Ich wollte es nehmen.

»Warte, ich helfe dir«, sagte Nate und kam zu mir.

Unsere Hände legten sich gleichzeitig auf den dicken Band und berührten sich.

Dieses Mal spürte ich keine Wärme durch Nates Haut

strömen, dieses Mal empfand ich einen so großen Schmerz, dass ich meine Hand ruckartig zurückzog und aufschrie.

»Was ist passiert?«, rief Nate erschrocken.

Ich drückte meine Hand noch immer an meine Brust.

»Lass sehen«, verlangte er.

Meine Fingerkuppen waren zu Asche geworden.

Mein Herz fing an laut zu klopfen, und Nate schien noch blasser zu werden, als er es ohnehin schon war.

Er wollte etwas tun, wollte mir helfen, aber als er mich sanft an den Handgelenken nahm, kam der Schmerz wieder, und wir konnten beide sehen, was geschah. Es war seine Berührung. Es war Nate, der mich verletzte.

Meine Haut begann rissig zu werden, sie verfärbte sich und platzte auf, als hätte ich in einen Hochofen gefasst. Ich biss die Zähne zusammen und unterdrückte einen Schrei, der in der Lage gewesen wäre, die Bibliothek über uns einstürzen zu lassen.

Nate wich entsetzt zurück.

»Es tut mir leid, Thara, ich wollte nicht …«

Aber der Schmerz war zu stark, das Brennen schien nicht aufhören zu wollen. Meine ganze Hand brannte, und von den Fingerspitzen lösten sich kleine Fetzen.

Ich krümmte mich, als ich spürte, wie der Schmerz plötzlich nachließ und meine Haut wieder Farbe bekam. Ich konnte die Finger bewegen, und kurz darauf, war alles wie vorher. Mit weit aufgerissenen Augen stand ich da, bis nur noch der Schreck geblieben war.

Ich konnte den Kopf nicht ganz drehen, aber ich schaffte es so weit, dass ich Nate in die Augen blicken konnte.

»Keine Sorge!«, sagte ich angesichts der Aufregung, in die ich ihn versetzt hatte. »Vielleicht war es das Buch.«

»Nein!«, rief er und machte ein paar Schritte rückwärts. »Das war ich! Ich hab's genau gesehen.«

Unter Schmerzen richtete ich mich wieder auf.

»Na gut. Vielleicht warst du es, aber das Buch muss

irgendetwas damit zu tun haben, sonst wäre uns das ja schon früher passiert. Nimm es!«, sagte ich und versuchte, die letzten Stiche des Schmerzes zu ignorieren.

Nate zögerte. Vielleicht fürchtete er, dass etwas noch Schlimmeres passieren könnte, aber am Ende nahm er der Statue das Buch dann doch aus der Hand.

Er schlug es auf.

Ich stellte mich neben ihn, aber Nate rückte von mir ab, um mich nicht noch einmal zu berühren. Ich tat so, als würde ich es nicht merken.

Auf der Seite, die er aufgeschlagen hatte, sah ich eine komplizierte Zeichnung. Ich konnte mich nicht genug konzentrieren, um sie zu verstehen, aber ich begriff sofort, dass es ums Cinerarium ging. Die Aschewelt war deutlich abgebildet.

Als ich sah, dass der Text auf Lateinisch geschrieben war, wurde ich gleich viel aufmerksamer.

»Nate«, sagte ich leise, »das hier kann uns vielleicht vieles erklären.«

»Kannst du das lesen?«

»Ich glaube ja.«

Ich warf einen letzten Blick auf die Statue, sie erwiderte ihn mit dem dünnen Lächeln, das sie sich durch die Zeiten hindurch bewahrt hatte. Ich schloss die Augen.

Vielleicht war es noch schmerzhafter, zurückkehren zu müssen …

Feuer, komm mit mir!

Den ganzen Morgen über betrachtete ich immer wieder meine Hand, als wäre sie nicht mehr Teil von mir. Ich hatte noch immer das Gefühl, sie könnte zerfallen, weil sie den Wind meinen Knochen vorzog.

Ich gesellte mich erst in der Mittagspause wieder zu Leonard und Christine. Während der Unterrichtsstunden hielt ich mich absichtlich zurück. Meine Freundin hätte mir sicherlich Fragen gestellt, und ich war nicht bereit, ihr darauf zu antworten.

In der Mensa setzten wir uns an den gewohnten Tisch unter der Empore.

An diesem Tag aß ich ganz normal und trank nur wenig Kaffee. Ich wollte mich in einem Zustand der Schläfrigkeit halten, um nicht nachdenken zu müssen. Das tat ich nur, wenn es mir wirklich schlecht ging. Vielleicht wäre es besser gewesen, ich wäre zu Hause geblieben.

»Thara«, sagte Christine irgendwann und stocherte in dem Hackbraten auf ihrem Teller herum. »Ich habe über das nachgedacht, was du mir gezeigt hast … Das, was gestern passiert ist. Ich habe auch mit Leo darüber gesprochen.«

Ich sah meinen Freund an. Er wirkte genauso ernst wie Christine.

»Wir glauben dir«, sagte er. »Und du sollst wissen, dass du unsere ganze Unterstützung hast.«

Bei diesem Satz schnürte sich meine Brust zusammen, und ich spürte, wie meine Augen feucht wurden. Die beiden waren wirklich die besten Freunde, die ich mir wünschen konnte.

»Danke, Leute. Die habe ich auch bitter nötig!«

Christine lächelte. Vielleicht wollte sie mir etwas sagen, vielleicht wollte sie mich etwas fragen, was ich ihr gerne beantwortet hätte, aber ein Mikrofon pfiff, und wir hielten uns die Ohren zu.

Der Lärm in der Mensa war größer als sonst.

Wir drehten uns um, um zu sehen, was da los war. Schweigen senkte sich über den Saal.

Esteban stand auf der Empore.

Er umklammerte das Mikro und blickte aufgeregt auf die Tische herunter.

Keiner wusste, was er vorhatte, aber in Anbetracht dessen, was er sonst immer so von sich gab, konnte es nichts Gutes sein.

Jennifer Suarez lächelte. Vielleicht erwartete sie eine Liebeserklärung. Ich machte mich auf das Schlimmste gefasst.

Esteban klopfte aufs Mikro, und aus den Lautsprechern neben ihm dröhnte es, dass die Gläser bebten.

»Hört ihr … mich?«, sagte er mit zitternder Stimme.

Komisch. Er war nicht gerade der Typ, der sich von einer Menschenmenge einschüchtern ließ.

Leonard machte es sich bequem, um sich an der Szene zu weiden.

»Ich muss euch etwas sagen«, fuhr Esteban fort und kratzte sich verlegen am Kopf. »Alles, was ich über Thara gesagt habe, stimmt nicht.«

Ich fuhr auf meinem Stuhl auf, als hätte ich einen Schlag von zehntausend Volt bekommen. Was zum Teufel tat er da? Die Suarez zeigte dieselbe Reaktion wie ich, aber im Gegensatz zu mir verharrte sie in einem Schockzustand.

»Es stimmt nicht, dass wir zusammen im Bett waren ...« Esteban biss sich auf die Zunge und blickte hinter sich, als würde jemand mit dem Gewehr auf ihn zielen. »Thara ist in Ordnung. Ich aber bin ein kleines ...«, er war kurz davor zu heulen »ich bin ein kleines Schweinchen mit Durchfall.«

Er schlug sich die Hände vors Gesicht. Seine Karriere als Maulheld war vorbei. Die hatte er sich gründlich versaut. Er tat mir fast leid.

Christine drehte sich zu mir um und sagte: »Hast du gesehen? Die Sache mit den Fotos hat funktioniert.«

Dann gab es donnernden Applaus. Alle Schüler, die in der Mensa versammelt waren, standen auf, klatschten und pfiffen ihn aus. Man hörte Hohnschreie. Gedemütigt verließ Esteban die Empore und verschwand.

Als wir in unsere Klassenzimmer zurückgingen, hörte ich das Dröhnen eines Motorrads, das sich entfernte. Wahrscheinlich das Motorrad, in das Christine die Herzchen geritzt hatte.

Leonard hatte Biologie im Labor im dritten Stock, uns hingegen drohte Geschichte bei Fräulein Palmer. Christine sah eindeutig erfreut aus, ich dagegen fühlte mich so, als hätte das alles nichts mit mir zu tun gehabt, als wäre nichts mehr wichtig. Esteban war meine letzte Sorge. Er war nichts im Vergleich zu der Aschewelt, mit der ich mich auseinandersetzen musste.

Als ich mich gesetzt hatte, erinnerte ich mich, dass die Palmer uns für den heutigen Tag Blut und Tränen versprochen hatte wie Winston Churchill den Engländern. Und natürlich fiel die Wahl auf mich.

Dabei war ich wirklich nicht in der Stimmung, mich abfragen zu lassen, aber es wäre kontraproduktiv gewesen, die vorigen Ereignisse als Entschuldigung heranzuziehen.

Fräulein Palmer sah mich an und klopfte mit dem Stift aufs Pult, als sei es ein Metronom.

»Also?«, sagte sie mit ihrer schneidenden Stimme. »Wollen Sie antworten oder warten Sie, bis ein neuer Bürgerkrieg ausbricht?«

Ich warf einen gleichgültigen Blick in die Klasse. Hier vor allen zu stehen, ohne ein Wort zu sagen, hätte peinlich sein müssen, aber ich empfand nichts.

Christine zog komische Grimassen, mit denen sie mir offenbar soufflieren wollte, aber nicht einmal ein Schimpanse hätte begriffen, was sie meinte.

»Wissen Sie, Fräulein Palmer«, kam es aus meinem Mund, »ich hatte in letzter Zeit Probleme ...«

»Wir alle haben Probleme«, antwortete sie mit einem entnervten Lächeln. »Morgen muss ich bei meiner Schwiegermutter zu Mittag essen, heute muss ich mit dem Hund zum Tierarzt, weil er mir ständig auf den Teppich kotzt, und gestern ist die Waschmaschine kaputtgegangen. Aber jetzt bin ich hier und spreche nicht über meine Probleme. Ich versuche nur, meine Pflicht zu tun.« Sie schlug mit dem Stift aufs Pult wie mit einem Richterhammer. »Also sehen Sie zu, dass Sie die Ihre tun, Thara.«

Ich glaube, wenn ich noch ein paar Sekunden mehr Zeit gehabt hätte, hätte ich ihr gesagt, was ich in Wirklichkeit dachte: Dass es mir egal war. Aber dazu hatte ich keine Möglichkeit mehr.

Denn genau in diesem Augenblick erschütterte ein lauter Knall die Schule.

Es hörte sich an wie eine Explosion.

Die Palmer stand erschrocken auf und forderte die Klasse auf, sitzen zu bleiben. Es gab eine kurze Aufregung, dann schaltete sich der Feueralarm ein, und sofort griff Panik um sich.

Fräulein Palmer kreischte, wir sollten geordnet die Schule verlassen, aber meine Mitschüler verhielten sich wie Vögel nach einem Schuss. Sie schrien und drängten zum Ausgang. Nach dem, was wir in den Nachrichten gesehen hatten, war die Aufregung verständlich.

Nur Christine blieb sitzen.

Als ich mich nach der Palmer umdrehte, war auch sie weg.

Ich ging zu meiner Freundin und sah, dass sie etwas in ihr Handy tippte. Sie hielt inne.

»Leonard ist im Bio-Labor«, sagte sie besorgt. »Er ist eingeschlossen und kommt nicht mehr raus.«

»Bist du sicher?«

»Ja, er hat mir eine SMS geschickt.«

Mir lief es eiskalt den Rücken hinunter. Das hier war bestimmt keine Feuerübung. Vor dem Fenster sah man schwarze Wolken.

Wir eilten aus dem Klassenzimmer.

An der Decke kräuselte sich Rauch wie ein umgekehrter Bachlauf.

»Warum setzt diese verdammte Löschanlage denn nicht ein?«, schrie Christine. »O Gott, wenn Leo etwas zustößt ...«

Wir liefen durch die Korridore, stießen die anderen Schüler zur Seite, die den Ausgang suchten wie verrückt gewordene Mäuse. Es herrschte so ein Durcheinander, dass wir Gefahr liefen, zertrampelt zu werden.

Wir nahmen uns an der Hand, denn wir durften uns auf keinen Fall verlieren. Wir gingen ins Treppenhaus, aus dem Schreie und rötliche Schimmer drangen. Der Brand breitete sich aus.

»Wir müssen da rauf!«, rief Christine.

Das Labor war im dritten Stockwerk.

Wir wollten die Treppe schon wieder hinaufrennen, da packte die Palmer Christine am Arm.

»Was macht ihr da?«

Christine stieß sie weg, aber die Palmer ließ nicht locker. Wir wollten ihr das mit Leonard erklären, aber es war zu laut. Ich erinnere mich nur noch, dass ein paar Schüler von hinten kamen und mich an eine Wand drückten. Als ich die Augen wieder aufschlug, war Christine weg. Die Palmer musste sie mitgeschleppt haben. Ich war die Einzige, die von Leo wusste, und ich musste die Treppe hinauf.

Im dritten Stock waren die Flure fast leer. Die letzten Schüler liefen schreiend an mir vorbei und eilten in die unteren Stockwerke.

Ich ging schneller und hielt mir einen Ärmel vor den Mund. Die Luft wurde immer stickiger. Durch die Fenster sah ich, dass sich Leute im Garten versammelt hatten. Es kamen ein paar Polizeiautos, aber das konnte mich nicht beruhigen.

Als ich beim Labor angelangt war, warf ich mich mit aller Kraft gegen die Tür. Sie flog auf, und ich fiel in den Raum. Ich hatte nicht damit gerechnet, dass sie offen war.

Ich stand auf und blickte in alle Richtungen. Von Leo keine Spur.

»Leo!«, schrie ich.

Keine Antwort. Ich ging zum Lehrerpult, weil ich dachte, er habe sich dahintergeflüchtet, aber auch hier war er nicht. Ich sah sonst nichts, wo er sich hätte verstecken können. Wenn er in einem Schrank gewesen wäre, hätte er mich gehört. Vielleicht hatte er entkommen können. Ich war erleichtert, aber gleich darauf wurde mir klar, dass nun ich im dritten Stock gefangen war. Die Flammen würden nicht mehr lange brauchen, bis sie mich erreicht hätten.

Kaum hatte ich den Saal verlassen, hatte ich das Gefühl, mein Schatten würde sich auflösen, sich von meinen Füßen trennen und seinen eigenen Weg gehen, während ich selbst wie erstarrt dastand und nicht einen einzigen Schritt mehr machen konnte.

Vor mir war das Inferno, und ihm voraus ging jemand, der aussah wie der Leibhaftige.

Hinten im Flur, umgeben von Feuer, tauchte die Gestalt auf.

Reglos.

Die Kraft dieses Bildes war verheerend. Hypnotisch und schrecklich.

Es war ein junger Mann.

Ich sah, wie er die Hand öffnete, einen Finger nach dem anderen. Leos Handy fiel zu Boden und zerbrach. Die Hitze war so groß, dass das Plastik zu seinen Füßen schmolz.

Er war barfuß.

Dann hob er langsam den Kopf und sah mich an.

Er hatte dicke, schwarze Lippen, schwarz waren auch seine Augen, schwarz war seine Existenz.

Um den Hals trug er einen roten Schal, den ich erst für eine offene Wunde gehalten hatte.

Er kam auf mich zu.

Er schwankte leicht und ging gebeugt. Er wirkte beinahe unschlüssig. Lange schwarze Haare mit leuchtend roten Strähnen bedeckten sein Gesicht wie Blutspritzer. Ich sah, wie sich sein schwarzer Mantel bei jedem Schritt bauschte. Das Innenfutter aus rotem Atlasstoff schien zu glühen.

Als er stehen blieb – als hätte er sich auf einmal an etwas erinnert –, trennten uns zwar noch zehn Schritte. Mir aber kam es so vor, als sei er schon bei mir.

Aus seinem Gesicht sprach der Wahnsinn. Er zog die Stirn kraus, als könne er seinen eigenen Gedanken nicht folgen. Dieser Mund, der noch nichts gesprochen hatte, dieser breite, schwarze Mund ließ mir den Atem stocken.

Sein Gesicht sah aus wie eine Maske.

Er neigte den Kopf, und sein Haar fiel auf die Seite. Er hatte ausdrucksvolle, fein geschnittene Züge, auf eine Weise faszinierend, aber dennoch ungeheuer furchterregend.

Das Feuer hinter ihm loderte übermächtig.

Er machte noch einen Schritt. Seine nackten Füße schritten über die Glut.

Ich regte mich nicht.

Ich sah, dass sein Rücken brannte. Auch er merkte es, aber er blickte mich weiter an, und klopfte die Flammen nur mit der Hand aus.

Dann sprach er.

»Thara«, zischte er. »Thara.«

Er wusste, wer ich war. Mein Herz hämmerte, als wolle es aus meinem Brustkorb springen.

»Ich würde deinen Geruch überall erkennen. Er ist genau wie seiner«, sagte das Feuerwesen. »Es war schlecht, dass du in die Asche gekommen bist. Schlecht für dich. Gut für mich.«

Ich weiß nicht, woher ich die Kraft nahm, aber wenn ich schon in Kauf nehmen musste, dass mein letztes Stündlein geschlagen hatte, wollte ich wenigstens wissen, wer er war und warum er mich töten wollte.

»Wer bist du?«, fragte ich.

Die Flammen loderten hinter seinem Rücken auf, als wären sie ein Vorhang, durch den das Böse blies.

Der Mann, der mit dem Feuer kam, machte noch einen Schritt auf mich zu, sodass ich ihn besser erkennen konnte. Deutlich sah ich seine dunklen Lippen, hinter denen sich zwei Reihen kleiner, spitzer Zähne verbargen.

»Ludkar. Das müsstest du eigentlich wissen.«

Ich lehnte mich an die Wand. Er verschränkte die Arme auf dem Rücken und legte den Kopf auf die andere Seite. Wieder fielen ihm die Haare ins Gesicht.

»Nein? Warum sollte ich?«, fragte ich leise und drückte mich an die Wand.

»Ich und dein Vater haben noch eine Rechnung offen«, sagte er hasserfüllt. »Sag ihm, ich weiß jetzt, wer du bist und wo ich dich finde.«

Was? Was hatte diese Kreatur mit meinem Vater zu tun? Was wollte sie damit andeuten?

»Mein Vater ist tot!«, schrie ich.

Ludkar blieb stehen. Ich sah, dass seine Schultern zitterten. Als würde er lachen. Ja. Er lachte wirklich.

Er hob den Kopf und runzelte die Stirn.

Sein weißes Gesicht, das nach Weihrauch roch, schob sich vor meines. Seine kohlschwarzen, weit aufgerissenen Augen besahen sich forschend mein Gesicht. Er fuhr sich mit der Zunge über die Lippen, während er auf eine Reaktion von mir lauerte, als wäre ich eine Beute, die schon verloren war.

»Klar«, zischelte er wie ein leibhaftig gewordener Albtraum. »Als könnte dein Vater sterben!«

Ich konnte mich nicht mehr beherrschen. Ich schloss die Augen und schrie.

Ich spürte, wie meine Haut gefror, und stellte mir vor, so würde es sich anfühlen, wenn man starb. Aber als ich die Augen wieder aufmachte, sah ich, dass es nur das Löschwasser war, das von der Decke regnete.

Ludkar war verschwunden, das Wasser floss durch den Flur und zeigte mir den Weg zur Treppe, über die ich mich retten konnte. Ich rannte los, ohne hinter mich zu blicken. Ich hatte Angst, das Wesen aus der Hölle könne mir folgen und mich foltern, bevor es mich endgültig erledigte.

Ich fand die Brandschutztür und riss sie auf. Die eiserne Feuertreppe dröhnte bei jedem Schritt. Ich rannte so schnell hinunter wie nur möglich, und merkte erst unten, dass ich weinte.

Mir kam ein Gedanke, der selbst die Angst ungewiss werden ließ. Ludkar war der attraktivste Todesbote, den man sich vorstellen konnte. Wenn es stimmte, dass Teufel gefallene Engel waren, dann hatten sie sich ihre Schönheit definitiv bewahrt.

Ich taumelte zu den anderen, die sich im Hof versammelt hatten. Meine Beine gehorchten mir nur schlecht, ich kam mir vor, wie an Fäden gezogen. Die Schüler hatten sich neben die Löschfahrzeuge gestellt und sahen zu, wie Wasser auf das Gebäude gespritzt wurde.

Ich drehte mich um.

Das Feuer verschlang das ganze Gymnasium.

Die Flammen züngelten aus den Fenstern, und kurz war mir, als würde ich Ludkar wie einen Seiltänzer über das Dach laufen sehen.

Dann spürte ich, wie ich fest umschlungen wurde.

Es waren Christine und Leonard.

»O Thara«, sagte meine Freundin mit Tränen in den Augen. »Wir dachten schon, du würdest es nicht schaffen …«

»Danke, dass du gekommen bist, um mich zu suchen«, sagte Leo. »Aber ich habe diese SMS nicht geschrieben.«

»Ich weiß«, sagte ich und trocknete mir das Gesicht ab.

Es war Ludkar.

»Geht's dir gut?«, fragte Christine und fuhr durch mein nasses Haar. »Zum Glück ist alles vorbei!«

Ich sah ihr mit einer solchen Entschlossenheit in die Augen, dass sie erschrak.

»Nein«, sagte ich. »Es hat gerade erst angefangen.«

Die Wahrheit

Schon seit einer Weile war mein Leben nicht mehr dasselbe, aber es braucht immer Zeit, bis man eine Veränderung bemerkt. Erst wenn man bis zum Hals drinsteckt, begreift man, dass sich alles verändert hat und nie mehr so werden wird wie früher.

Am Tag, als unsere Schule in Flammen aufging und ich Ludkar zum ersten Mal traf, wurden mir die Rätsel zu viel. Das wichtigste Puzzleteilchen schien ich selbst zu sein, deshalb fand ich, dass ich ein Recht auf ein bisschen Wahrheit hätte. Die Konsequenzen waren mir inzwischen egal, es war mir gleichgültig, wie die Dinge mit meiner Mutter, Charles, Nate oder Ludkar ausgehen würden.

Ich wollte einfach nur die Wahrheit.

Ohne mir die Mühe zu machen, mich abzutrocknen, lief ich zum Schultor.

»Wo gehst du hin?«, fragte Christine.

Ich blieb kurz stehen und drehte mich um.

»Ich will herausfinden, wer ich bin«, sagte ich. »Kommt ihr mit?«

Auf dem Weg zu Charles erzählte ich meinen Freunden, was geschehen war. Erst schienen sie an meiner Geschichte zu zweifeln, aber dann mussten sie der Tatsache ins Gesicht sehen, dass die Wahrheit selbst oft am schwersten zu glauben war.

Das Tor zur Villa stand offen. Charles' Frau Sally goss gerade die Iris. Besorgt sah sie mich an, vielleicht weil ich völlig durchnässt war, aber sie ließ mich dennoch eintreten. In der Haustür blieb ich stehen, ich hörte eine vertraute Stimme: meine Mutter.

»Macht es euch etwas aus, draußen auf mich zu warten?«, fragte ich meine Freunde. »Das hier könnte ein bisschen schwierig werden.«

Sie schnaubten, ließen mich aber allein ins Haus gehen.

Auf Zehenspitzen folgte ich den Stimmen. Lauschen war nicht gerade meine Lieblingsbeschäftigung, aber wenn ich über etwas im Unklaren gelassen wurde, das mich so direkt betraf, hatte ich wohl keine andere Möglichkeit.

Als ich durch den Flur ging, achtete ich darauf, Charles' Krimskrams nicht zu berühren. Fast hätte ich ein mechanisches Äffchen in Gang gesetzt, das in die Hände klatschte. Auf der Schwelle zum Wohnzimmer blieb ich stehen. Charles und meine Mutter steckten in einer lebhaften Diskussion.

»Wie kommst du dazu, ihr das Buch zu geben?«, schrie meine Mutter.

»Aber ich habe doch gar nichts damit zu tun!«, verteidigte sich Charles. »Ich habe wirklich keine Ahnung, wie sie da drangekommen ist.«

»Wir hatten eine Abmachung, Charles – wir hatten die Abmachung, dass wir Thara nie etwas davon erzählen!«, sagte meine Mutter mit einer Heftigkeit, wie ich sie noch nie aus ihrem Mund gehört hatte. »Siebzehn Jahre ist alles gut gegangen. Das können wir doch jetzt nicht alles zunichtemachen!«

»In diesem Alter sind Kinder nun mal neugierig, das ist normal ...«

»Charles!«, fuhr sie ihm über den Mund. »Neugier ist gut und schön, aber wir können nicht zulassen, dass das Mädchen sich sein Leben zerstört! Thara kommt sich schon komisch genug vor, auch ohne zu wissen ...« – dies war der Moment, in dem ich die ganze Wahrheit erfuhr: »... ohne zu wissen, dass ihr Vater ein verfluchter Vampir ist!«

Bei diesen Worten setzte mein Gehirn aus.

Meine Mutter hatte keinen Witz gemacht.

Dann war dieses Buch also kein erdichteter Roman. Nun wurde mir so einiges klar. Meine Augen, meine Schlafkrankheit.

Mein Arm sank an mir herunter. Ich hatte keine Kontrolle mehr über die Situation und fiel gegen die Tür.

Ohne es zu merken, stand ich plötzlich im Wohnzimmer.

Vor mir saßen Charles und meine Mutter, mindestens genauso bestürzt wie ich, und starrten mich an.

Keiner sagte ein Wort. Wir starrten uns einfach nur an.

Langsam ging ich auf sie zu und sah sie an, als wären sie zwei Fremde. Auf einmal hatte sich alles verändert. Mein ganzes Leben war eine Lüge gewesen. Und die beiden waren an dieser riesigen Lüge beteiligt.

Ich setzte mich in den freien Sessel neben dem Skelett. Das Gesicht meiner Mutter war vollkommen ausdruckslos. In Charles' Gesicht konnte ich ein wenig Regung erkennen. Ich fuhr mir über die Stirn und strich mir die nassen Haare zurück.

»Dann ...«, sagte ich mit einem Lächeln, weil ich nicht richtig wusste, wie ich es ausdrücken sollte, »... dann war mein Vater also ein ... Vampir.«

Meine Mutter wurde ohnmächtig.

Eine Viertelstunde später kam sie wieder zu sich. Wir bestanden darauf, dass sie sitzen blieb, aber sie wollte trotzdem aufstehen.

»All das hätte nie passieren dürfen«, sagte sie immer wieder, als wollte sie aus einem grauenvollen Albtraum erwachen. »All das hätte nie passieren dürfen ...«

Ich sah Charles an, aber er hielt meinem Blick nicht

stand. Er musste sich mir gegenüber schrecklich schuldig fühlen. Ich lächelte ihm zu, und das schien ihn aufzumuntern.

»Was machen wir jetzt?«, sagte meine Mutter wie zu jemandem, der nicht im Raum war.

»Keine Sorge, Mama. Ich bin gerade knapp einem Brand entkommen. Ich glaube, heute kann mich nichts mehr groß schockieren.«

Das stimmte zwar nicht, aber es war zumindest das, was sie hören wollte.

»O Thara!«, seufzte sie. »Willst du wirklich die Wahrheit wissen?«, fragte sie. »Und wenn du alles weißt – kannst du mir dann verzeihen?«

Ich ging zu ihr und legte ihr eine Hand auf die Schulter.

»Du bist meine Mutter«, sagte ich zärtlich. »Ich habe Vertrauen zu dir.«

Sie blickte mich an und lächelte, als würde sie mich zum ersten Mal sehen.

»Dann müssen wir jetzt hinaufgehen.«

Charles erhob sich aus dem Sessel und steckte die Hände in die Hosentaschen.

»Gut.«

Langsam ging er aus dem Zimmer und wartete, bis wir bei ihm waren. Wir gingen zur Treppe und stiegen schweigend hinauf. Eine Stufe nach der anderen. Und jede war ein ganzer Berg.

Ich hatte den Eindruck, das Haus sei riesengroß und dunkel geworden. Die merkwürdigen Gegenstände schienen uns anzustarren, und ich spürte nicht wie sonst die lockere, verspielte Atmosphäre der Villa.

Ich fixierte Charles' Rücken, der vorausging, und sah, wie er einen Schlüsselbund aus der Tasche zog.

Vor der Mansardentür blieben wir stehen.

Es war dieselbe Tür, vor der Christine, Leonard und ich bei unserem ersten Besuch im Haus stehen geblieben waren.

Dieselbe Tür, hinter der sich laut Charles nichts Interessantes befand.

Er steckte den Schlüssel ins Türschloss und drehte ihn dreimal um.

Eins.

Zwei.

Drei.

Der Schließmechanismus hallte durch das ganze Haus, als würde man die Pforte zu einer anderen Welt öffnen.

Charles legte die Hand auf die Klinke, und schien sie mit übermenschlicher Kraft hinunterdrücken zu müssen.

Was fast zwanzig Jahre verschlossen gewesen war, würde nun ans Licht kommen.

Die Tür ging auf.

Charles trat zur Seite und ließ mich vorbei. Hinter der Tür sah ich nur feierliches Dunkel.

»Tritt ein«, sagte er.

Kaum hatte ich einen Fuß in das Zimmer gesetzt, schien es mir, als hörte ich Dielen knarren und das Echo ferner Stimmen. Das Licht ging an.

Da war ein Zimmer. Ein Zimmer voller Kartons und mit einem schmalen Bett. Alles war ordentlich, aber es roch muffig.

Meine Mutter stellte sich neben mich. Sie hatte sich die Hand vor den Mund geschlagen.

»Ich kann nicht glauben, dass du das alles aufbewahrt hast!«, sagte sie leise zu Charles.

Er lächelte und ging an uns vorbei zu einer Kommode. Er zog eine Schublade auf und nahm ein Foto heraus. Dann drehte er sich wieder zu uns und gab es mir.

Es war das gleiche Foto, das ich am See von Gorey gesehen hatte, ein Abzug desselben Motivs, aber in sehr gutem Zustand.

Da waren Charles, Ray, der Schriftsteller, meine Mutter und … Kolor. Mein Vater.

»Also ist er es.« Ich deutete mit dem Finger auf das Gesicht hinter dem Glasrahmen.

Er war mager und sah traurig aus, schien aber glücklich zu sein, meine Mutter im Arm zu halten. Er war kahl, und er hatte schmale, blasse Hände.

»Kannst du es denn glauben?«, fragte meine Mutter mit dünner Stimme.

»Ja«, sagte ich. »Das erklärt vieles. Nicht alles, aber vieles.«

Natürlich erklärte es nicht meine Fähigkeit, ins Cinerarium zu reisen, aber ich verstand nun, warum ich immer so müde war. Ich war die Tochter eines Vampirs und einer Menschenfrau. Mein Körper musste also ein Zwischending sein. Deshalb ging es mir nur in der Dämmerung gut – in der kurzen Übergangszeit zwischen dem Leben der Nachtwesen und dem Leben der Geschöpfe des Tages.

»Lebt er noch?«, fragte ich gedehnt.

Meine Mutter umschlang ihre Hüften und senkte den Blick. Sie ging an den Wänden des kleinen Zimmers entlang und betrachtete die Gegenstände melancholisch. Sie mussten sie an viele schmerzliche Dinge erinnern.

»Wahrscheinlich.«

»Und wo ist er jetzt?«, fragte ich weiter.

Meine Mutter konnte nicht antworten.

»Vielleicht im Schloss von Gorey …«, sagte Charles und wurde sofort von dem bösen Blick meiner Mutter zum Schweigen gebracht.

Sie blieb neben der Dachluke mit dem heruntergelassenen Rollladen stehen und sah durch die kleinen Lichtspalte nach draußen.

»Ich habe ihn geliebt«, sagte sie selbstvergessen. So vergessen wie die ganze Geschichte. »Ich habe ihn wirklich geliebt. Kolor war wunderbar. Wir hatten es geschafft, ein halbwegs normales Leben zu führen. Eigentlich.« Langsam drehte sie sich um. »Damals, vor zwanzig Jahren, wohnte er hier in diesem Zimmer, in diesem Haus, zusammen mit Ray, dem Autor des Buches, das du gelesen hast. Ray war ein guter Freund, dank ihm und Charles habe ich Kolor kennengelernt.«

Sie strich über ein Möbelstück neben ihr, und ihre Finger zerfurchten den Staub wie ein Pflug die Erde.

»Kolor war ein Vampir, ja, aber er hat nie jemandem etwas angetan. Er ernährte sich nur von Tieren, und in der Zeit, als wir zusammen waren, brauchte er nicht einmal deren Blut. Meine Liebe genügte ihm.«

Ich spürte, dass ich gerührt war, aber ich schluckte meine Tränen hinunter, um die Erzählung meiner Mutter nicht zu unterbrechen und möglicherweise zu riskieren, dass sie nie wieder davon sprach.

»Alles schien bestens zu laufen, bis ich eines Tages feststellte …«, sie holte tief Luft, »dass ich … schwanger war.«

»Mit mir?«

»Mit dir.«

Sie ballte die Fäuste.

»Ich hatte schreckliche Angst. Ich sagte ihm nichts davon. Ich wusste nicht, was tun. Ich wusste nicht, ob wir ein gemeinsames Leben führen könnten.«

Eine Träne rann ihr übers Gesicht.

»Versuche, mich zu verstehen, Thara. Ich wusste nicht, was ich auf die Welt bringen würde. Ich wollte nicht, dass mein Kind leiden würde.«

Es musste ihr sehr wehtun, sich diese Erinnerungen wieder ins Gedächtnis zu rufen. Meinetwegen musste sie in einem Schmerz wühlen, den sie längst vergessen geglaubt hatte.

»Ich beschloss, mich von ihm zu trennen«, fuhr sie fort. »Ich sagte ihm, es sei zu Ende.«

Charles senkte den Kopf.

»Er war wie von Sinnen.« Meine Mutter musste jedes Gefühl unterdrücken. »Und er machte etwas ganz Fürchterliches.«

Die Atmosphäre wurde eisig.

Die äußere Welt verschwand für ein paar Sekunden.

»Er tötete Menschen. Dann verschwand er.«

In der Mansarde ging kein Lüftchen. Sogar der Staub, der im Licht schwebte, schien stillzustehen. Ich konnte nicht glauben, dass mein Vater ein Mörder gewesen sein soll. Selbst wenn es der Natur der Vampire entsprach. In Rays Buch war er ein so nettes Geschöpf, er konnte nichts Böses getan haben!

Ich hörte jemanden hinter mir schluchzen.

Ich drehte mich um und sah, wie Charles aus dem Zimmer lief und im Flur verschwand. Dann hörte ich, wie die Tür seines Schlafzimmers auf- und wieder zuging.

»Jetzt weißt du alles«, sagte meine Mutter und rieb sich die Augen.

Ich nickte.

»Aber ... hat er von mir gewusst?«

Meine Mutter schüttelte den Kopf.

»Nein. Und ich glaube, das ist auch besser so.«

Mir war nicht nach Sprechen zumute. Zum einen wollte ich nichts kommentieren, was ich nicht selbst erlebt hatte, zum anderen wollte ich meiner Mutter nicht noch mehr Sorgen machen, indem ich ihr von meinen Reisen ins Cinerarium erzählte oder von diesem Ludkar, der mich bedroht hatte. Es reichte für den Moment. Ich fragte sie nur, ob es noch etwas anderes gebe, das ich wissen müsse.

»Nein«, sagte sie. »Das ist die ganze Geschichte. Du siehst sie leibhaftig vor dir, in diesen alten Kartons, die hier herumliegen. Ich hätte sie verbrennen sollen!«

Sie ging zur Tür und blieb neben mir stehen.

»Willst du sonst noch etwas wissen?«, fragte sie, obwohl ich genau merkte, dass sie eigentlich keine Lust mehr hatte weiterzureden.

»Ludkar ...«, sagte ich leise, ohne es zu merken. Wahrscheinlich, weil ich gerade an ihn gedacht hatte.

»Wie bitte?«, fragte meine Mutter.

»Nichts, nichts.«

Wir verließen das Zimmer, schlossen die Tür und gingen die Treppe hinunter.

Der Junge meiner Albträume

Als wir Charles' Haus verließen, grüßte meine Mutter weder meine Freunde noch Sally. Sie lief über den Gartenweg, den Gartenzaun entlang und entfernte sich.

Es tat mir leid, dass ich ihr Kummer gemacht hatte, aber es war notwendig gewesen. Ich ging zu Christine und Leonard, die nun fast alles Wissenswerte übers Gärtnern gelernt hatten. Sally erklärte ihnen gerade, wie man mit Blumenzwiebeln umging, als ich sie unterbrach.

»Wir müssen gehen.«

Sally umarmte mich und flüsterte mir ins Ohr: »Du musst stark sein!«

Sie schnitt ein paar Blumen für mich. Die brauchte ich jetzt wirklich. Ich musste dringend mit Nate reden. Aber zuerst wollte ich meine Freunde auf den neuesten Stand bringen. Wir verabschiedeten uns und gingen.

Nach der ganzen Aufregung war Kaffee das Letzte, was ich jetzt brauchte, aber auf Alkohol hatte ich auch keine Lust. Ich brauchte einen ruhigen Ort, an dem wir reden konnten. Zum Glück hatte ich den Schlüssel für das alte Kino dabei. Wir beschlossen, dorthin zu gehen.

»Ich bin die Tochter eines Vampirs.«

Christine und Leonard sahen mich an, ohne mit der Wimper zu zucken.

»Thara«, sagte mein Freund, »vielleicht hast du heute ein bisschen zu viel Adrenalin abgekriegt oder …«

»Es ist die Wahrheit«, fiel ich ihm ins Wort und zog den Bilderrahmen aus meiner Tasche.

Ohne dass Charles oder meine Mutter es gemerkt hatten, hatte ich mir das Foto ausgeborgt, auf dem Kolor zu sehen war.

Nach aufmerksamer Betrachtung würde wenigstens einer der beiden zugeben müssen, dass dieses Wesen wenig Menschliches hatte.

»Interessant!«, meinte Leo und legte die Füße auf die Sitzreihe vor ihm.

Ich erzählte ihnen die ganze Geschichte, und ihre Rührung erstaunte mich.

»Tut mir leid«, versuchte Christine, mich zu trösten. »Eine Geschichte, die wahrlich schlecht ausgegangen ist.«

»Für mich ist sie alles andere als aus! Ich muss ihn um jeden Preis finden!«

»Und wo?«, fragte Leonard.

»Vielleicht auf dem Schloss von Gorey.«

»Willst du wirklich wieder dahin?«, wollte Christine wissen. »Womöglich kommt Leo dann mit einem Alligator zurück!«

»Und Thara mit einem Vampir!«, versetzte Leonard verärgert.

Ich wollte keinen Streit, ich hatte schon genug um die Ohren.

»Hört mal«, unterbrach ich sie. »Ich fahre morgen dorthin, entweder mit oder ohne euch. Ich muss Kolor finden, nicht nur meinetwegen, sondern auch weil dieser Ludkar behauptet hat, er hätte noch eine Rechnung mit ihm offen. Ich will kein Menschenleben auf dem Gewissen haben und keine weiteren Häuser in Flammen aufgehen sehen.« Ich blickte die beiden eindringlich an. »Ich weiß nicht, wie, aber all das steht miteinander in Verbindung: mein Vater, Ludkar, das Cinerarium, Nate ... Entweder finde ich die Wahrheit heraus und bringe alles in Ordnung, oder ich werde höchstwahrscheinlich sterben.«

Christine steckte ihre Hand in meine Tasche und zog die Feldflasche heraus. Sie schraubte den Deckel ab und nahm zwei Schlucke.

»Was machst du da?«, fragte ich sie.

»Wenn wir mit dir mithalten wollen, dann brauchen wir Stoff!«

Wie ein Roboter schleppte ich mich nach Hause. Ich war mir sicher, ich würde überschnappen, bevor ich noch das Schild der Apotheke sah. Die Iris baumelten in meiner Hand.

Mein Vater war ein Vampir. Nun war es raus, und es war mir nicht schwergefallen, das zu verarbeiten. Im Gegenteil, ich hätte es längst ahnen müssen. Nur wusste ich noch nicht so richtig, was Vampire eigentlich waren. Und vor allem: Was war ich? Ein Mensch? Ich hatte gewiss noch nie den Drang verspürt, Menschenblut zu trinken. Abgesehen von Jennifer Suarez' Blut, aber das war etwas anderes. Und Ludkar? War der auch ein Vampir?

Ich musste ihn aufhalten, bevor er etwas wirklich Schreckliches tun konnte! Er war mir ziemlich gestört vorgekommen.

Ich hatte noch nie etwas über die Zeit vor meiner Geburt gehört. Und heute – als hätten sich die Erinnerungen angehäuft, um zu wachsen wie ein Schimmelpilz – war die Tür aufgeflogen, und alles hatte sich über mich ergossen.

Als ich nach Hause kam, merkte ich gleich, dass meine Mutter nicht da war. Die Rollläden waren heruntergelassen, und das einzige Licht im Wohnzimmer kam aus dem Aquarium. Ich sah im Kühlschrank nach den Iris. Meine Mutter hatte sie nicht angerührt. Ich machte die Kühlschranktür wieder zu und setzte mich an den Küchentisch.

Mein Kopf war schwer wie Blei.

Ich musste die Situation klären oder ich würde zusammenbrechen.

Mein Vater war ein Vampir.

Ich war die Tochter eines Vampirs und eines Menschen. Die Iris verliehen mir die Fähigkeit, in eine Welt aus Asche zu reisen. In dieser Aschewelt landeten die Seelen von Menschen, deren Leben an einem Faden hing, wie die von Susan, Penny und Clayton.

Nate war in dieser Gleichung eine noch unbekannte Größe, aber wahrscheinlich lag auch er im Koma.

In der Aschewelt tauchte alles wieder auf, was in der Wirklichkeit verbrannt war. Ein Wesen namens Ludkar, das aussah wie ein Vampir, hatte gesagt, dass er mich im Cinerarium gesehen habe. Und dass er mich am Geruch erkannt habe, demselben Geruch wie der meines Vaters.

Bis hierhin war alles klar.

Aber ich hatte Ludkar in der wirklichen Welt gesehen, er hatte meine Schule in Brand gesteckt. Wie war es möglich, dass er sich sowohl im Cinerarium als auch in der Wirklichkeit befand? Vielleicht konnte auch er im Schlaf reisen, so wie ich.

Seufzend legte ich die Stirn auf den Tisch.

Er hatte eine Rechnung mit meinem Vater offen und hatte mich bedroht. Wahrscheinlich konnte er Kolor nicht finden und dachte, dass ich wüsste, wo er war.

Ich musste eine Erklärung von ihm verlangen. Auch wenn er verschroben und alles andere als liebenswürdig war, schien er doch genau zu wissen, was er tat. Er hatte Leos Handy gestohlen und Christine die SMS geschickt. Es verstörte mich, dass er auch über meine Handlungen informiert schien, sei es hier oder im Cinerarium. Und wenn es ihm so wichtig gewesen war, mich zu finden, warum hatte er mich nicht schon früher gesucht?

Ich legte eine Wange auf den Tisch, die Iris standen vor mir.

»Also gut!«, sagte ich und atmete den violetten Duft ein.

Ich dachte an unsere Zuflucht.

Und fand mich unter dem Baumhaus wieder.

»Nate!«, rief ich, als ich aufstand.

Der Wald war beruhigend still, der graue Schnee rieselte langsam herab. Für mich war er ein Ort der Ruhe geworden. Ich fühlte mich beschützt, dennoch war ich noch immer besorgt. Als ich mich an der Leiter festhielt und hinaufsteigen wollte, erinnerte ich mich an das, was beim letzten Mal passiert war: Nate hatte mich berührt, und meine Hand war zu Asche verbrannt. Auch mit ihm gab es nun keine Unbeschwertheit mehr. Bei der kleinsten Berührung würde der Schmerz mein Fleisch durchfahren, und das Cinerarium würde es in Besitz nehmen.

Dieser Ort war eine Erfindung, um verrückt zu werden. Es wunderte mich nicht, dass der Großteil derer, die hier landeten, sich fast umgehend in Graue verwandelte. Als ich die Falltür aufmachte und ins Baumhaus krabbelte, war Nate nirgends zu sehen. Ich dachte, er sei vielleicht in dem hohlen Baum, aber als ich nachsah, war da nur ein dunkles Loch.

Dafür lag die alte Handschrift, die wir in der Bibliothek von Alexandria gefunden hatten, auf einem kleinen Schemel. Nate hatte sie hierhergebracht, damit wir sie aufmerksam studieren konnten. Ich wollte sie mit ihm zusammen durchblättern, aber die Lage war zu ernst, als dass ich mir erlauben konnte, auf ihn zu warten. Ich nahm das Buch und staunte, wie leicht es sich anfühlte. Trotz seines Umfangs wog die Asche, aus der es bestand, fast nichts.

Ich setzte mich damit in eine Ecke. Vielleicht würde Nate in wenigen Minuten kommen; ich wusste, dass er sich beeilen würde, denn dies hier war *unser* Ort.

Ich seufzte und versuchte, nicht traurig zu werden. Ich spürte, wie sich meine Stirn zusammenzog und sich kräuseln wollte – in diesem Moment hätte ich gerne umarmt werden wollen, ich wollte Nate neben mir spüren. Aber selbst wenn er hier bei mir gewesen wäre, eine Umarmung wäre nicht mehr möglich gewesen. Sie hätte den Tod bedeutet.

Das Buch. Ich musste mich auf das Buch konzentrieren.

Ich strich mit der Hand über den Umschlag. Der Titel war in fremdartigen Hieroglyphen geschrieben.

Ich schlug die Seite mit der Illustration auf. Dieses Mal würde ich sie genau studieren.

Die Zeichnung zeigte drei Kreise oder Kugeln, die übereinandergestellt und miteinander verbunden waren wie eine Sanduhr.

Der oberste Kreis stellte die wirkliche Welt dar. Man sah eine Pyramide und davor eine liegende Person, wahrscheinlich im Koma.

Der zweite war das Cinerarium. Die Aschewelt.

Ein interessantes Detail war der Strahl, der vom Kopf der Person im oberen Kreis ins Cinerarium mit dem schwarzen Mond fiel.

Der dritte Kreis war ganz schwarz, und nur die Asche aus dem Cinerarium tropfte durch eine Öffnung hinein.

Vielleicht sollte er den Tod darstellen, das absolute Nichts.

Ich begann zu lesen, das heißt die lateinischen Erläuterungen zu übersetzen. Zum Glück war die Sprachebene sehr einfach, und die Erläuterungen waren klar voneinander abgesetzt. Da stand:

»Die Große Aschewüste ist eine Mittelwelt zwischen der Welt der Lebenden und der Welt der Toten.«

Das hatte ich inzwischen begriffen. Ich las weiter:

»In die Große Aschewüste fallen die Seelen der Menschen, deren Körper in der Welt der Lebenden noch lebendig ist.«

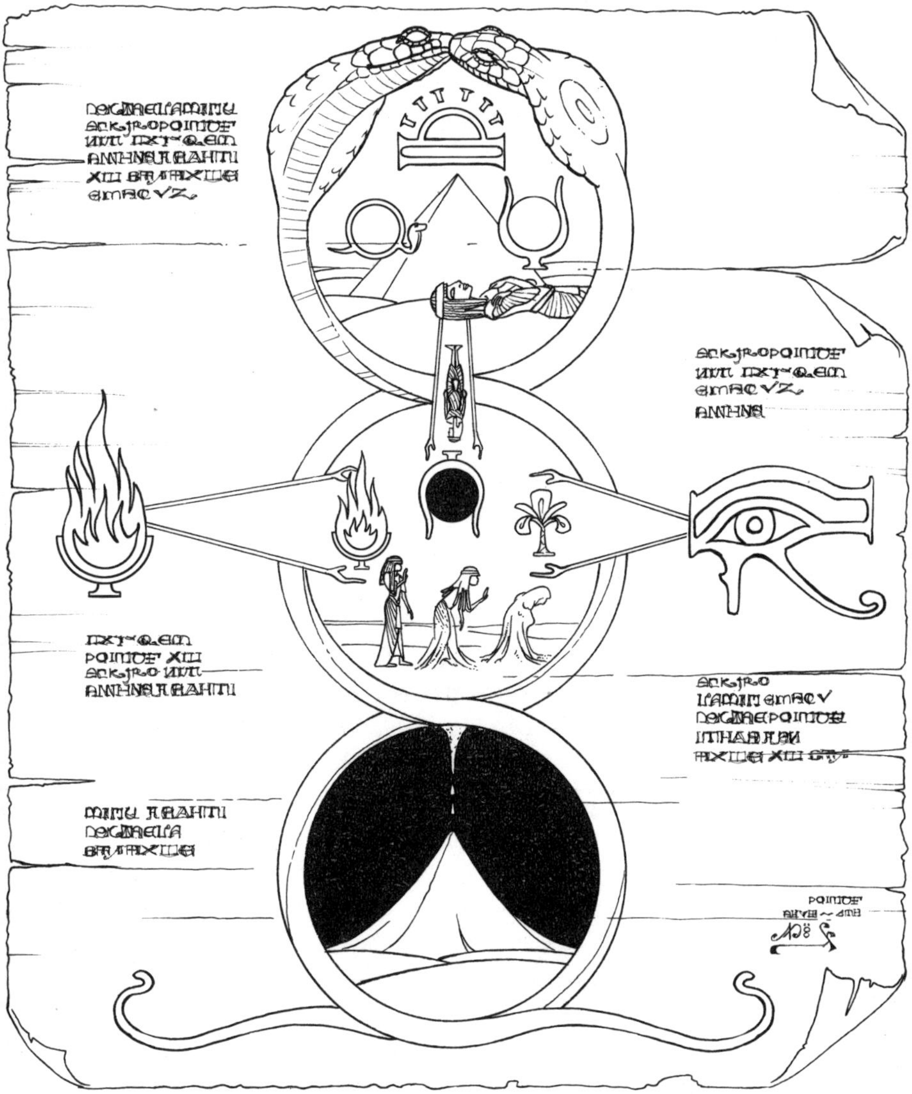

Das waren eindeutig Menschen im Koma.

»Die Seelen treten durch einen dunklen Tunnel in die Große Aschewüste ein, an dessen Ende ein helles Licht strahlt. Sind die Seelen in der Großen Aschewüste angekommen, wird ihnen der Ausgang des Tunnels als ein schwarzer Mond erscheinen.«

Ich bekam Gänsehaut. Na klar! Der Tunnel und das Licht! Viele Menschen, die wieder aus dem Koma erwacht waren, berichteten davon, wie sie gedacht hatten, ins Paradies zu kommen. In Wirklichkeit war das Licht, das sie gesehen hatten, das Licht des Cinerariums. Spontan richtete ich mich auf, weil ich mich fragte, ob es möglich war, den Tunnel auch in der entgegengesetzten Richtung zu durchlaufen.

Der folgende Abschnitt gab mir die Antwort:

»Eine Seele bleibt so lange in der Großen Aschewüste gefangen, wie der Körper in der Welt lebt. Stirbt der Körper, wird die Seele von der Asche verschlungen und versinkt im Nichts, in der Welt der Toten, aus der es kein Zurück mehr gibt. Kommt der Körper aber wieder zu Kräften, fliegt die Seele auf und gleitet durch den schwarzen Mond an ihren früheren Platz zurück.«

Das zu lesen war eine wahre Erleichterung. Also gab es noch Hoffnung für alle! Aber diese Grauen, die Aschemenschen – von denen war noch nicht die Rede gewesen.

»Wenn eine Seele zu lange in der Großen Aschewüste gefangen bleibt und nicht tüchtig ist, ergreift die Große Aschewüste Besitz von ihr. Die Seele verwandelt sich in eine Kreatur aus Staub und verliert ihr Wesen. Kehrt eine Staubseele in den Körper zurück, kennen wir das als Wahnsinn.«

Ein leises Lachen entfuhr mir. Das Handbuch des erfahrenen Reisenden im Cinerarium erwies sich als wirklich nützlich.

Ich besah mir noch einmal die Illustration, und dieses Mal fiel mir auf, dass es neben dem Tunnel, der den Geist des Menschen mit dem schwarzen Mond verband, noch zwei weitere Verbindungen gab.

Die erste bestand zwischen einem roten und einem violetten Feuer. Die zweite zwischen einem violetten Auge und einer Blume von derselben Farbe, ähnlich einer Iris. Bei beiden handelte es sich augenscheinlich um zwei separate Zugänge zum Cinerarium.

Ich suchte den Begleittext zu den Darstellungen.

»Was in der Welt der Lebenden verbrennt, setzt sich in der Großen Aschewüste wieder zusammen. Der Weg führt durch die Flammen. Das rote Feuer zerstört die Dinge, das violette Feuer erschafft sie wieder.
Das ist die zweite Pforte zwischen den beiden Welten, denn die Wesen können nicht ins Jenseits gelangen. Da sie keine Seele haben, haben sie auch keinen Zugang zur Welt der Toten.«

Nun kam der interessante Teil, der mich direkt betraf:

»Die dritte Pforte ist allein Dämmerwesen vorbehalten, Geschöpfen mit violetten Augen. Diese Seiten wurden von einem der Ihren verfasst.«

Ich sah, wie das Blatt anfing zu zittern. Mir wurden die Arme schwach, meine Hände konnten das Buch nicht mehr halten.

Dämmerwesen.

War ich ein Dämmerwesen? Waren wir die Frucht von Menschen und Vampiren? Halbwesen?

Fiebrig las ich weiter. Ich konnte mich fast nicht auf die Schrift konzentrieren.

»Dämmerwesen können ihre Seele von ihrem Körper lösen, wenn sie an lilafarbenen Iris riechen. Genau wie das Feuer und die Blumen bestehen ihre Augen aus derselben Substanz.«

Der Abschnitt ging noch weiter, aber ich musste abbrechen. Ich war zu aufgeregt, um richtig übersetzen zu können und würde später fortfahren. Ein ganzes Kapitel war einzig und allein den Dämmerwesen gewidmet.

Ich atmete tief durch.

Bevor ich die Konzentration ganz verlor, wollte ich noch eine letzte Information. Ich wollte wissen, warum ich zu Asche wurde, wenn Nate mich berührte.

Schnell blätterte ich weiter, ohne darauf zu achten, ob ich die Seiten beschädigte, bis ich eine Illustration fand, wo genau die Situation dargestellt war, die ich mit Nate erlebt hatte: Eine Person berührte eine andere und verwandelte sie in einen Grauen.

Darunter stand:

»Gefühle sind in der Großen Aschewüste ein Quell des Bösen. Man sollte für einen dort Gefangenen nichts empfinden. Die Berührung eines Liebenden kommt einem Blitzschlag gleich. Wenn die Seelen Gefühle hegen, verlieren sie Kraft und der Prozess der Verwandlung in Staubwesen wird beschleunigt.«

Das Buch glitt mir aus der Hand und schlug neben meinen Füßen mit einem dumpfen Knall auf den Boden.

Nate liebte mich, das war es, was das Buch mir sagen wollte.

Ich wehrte mich nicht mehr dagegen, dass meine müden Augen zufielen.

Im Dunkel meiner Gedanken nahm ich einen bitteren Geschmack wahr. Ich drückte die Hände an meine Brust. Ich fühlte mich klein und fror. Zitternd schlang ich die Arme um meine Beine, mein Herz schlug langsam und gleichmäßig, aber mit einer unmäßigen Wucht. Ich dachte, es würde platzen. Das Buch hatte recht. Auch ich hatte mich in Nate verliebt. Ich hegte tiefe und unbeschreibliche Gefühle für ihn, die im Verborgenen geblieben waren wie ein Riese im Gebirge. Jeder Moment, den wir zusammen verbracht hatten, war intensiv und unvergesslich gewesen. Und ich spürte, dass noch unendlich viele solcher Momente kommen würden. Nates Anwesenheit erfüllte mich mit Freude und Aufregung. Jedes Mal wenn wir uns berührt hatten, hatte ich den Eindruck gehabt, er würde mich in den Arm nehmen und mich weit wegbringen, in das große Geheimnis, das in den Farben seiner Augen verschlossen war. Ich liebte ihn wirklich. Ich hatte das Gefühl, alle Zeit der Welt mit ihm verbringen zu können, ohne je aufzuhören, ihn zu begehren. Ich hatte dieses Gefühl nicht als Liebe identifizieren können, weil ich nie zuvor etwas so Intensives empfunden hatte. Ich fühlte mich so wohl mit ihm wie mit einem Freund, gleichzeitig aber fühlte ich mich beschützt, einzigartig, wertvoll. Und dieses Lächeln, das er mir schenkte, sprach eine deutliche Sprache. Es sagte: »Ich liebe dich.« Warum hatte ich es nicht hören können?

Nun konnte ich die Tränen wirklich nicht mehr zurückhalten. Ich spürte, wie meine Augen feucht wurden und ein Kloß in meinem Hals saß. Ich heulte leise, es war ein kaum hörbares Klagen. Das war also die erbarmungslose Rechnung, die diese Welt uns präsentierte: Eine Liebe, die nicht gelebt werden konnte. Diese Welt hatte uns versprochen, etwas entstehen zu lassen, nur um es uns dann wieder zu rauben.

Aber ich hätte es wissen müssen. Ich hätte es gleich wissen müssen. In der Asche keimten keine Blumen.

Ein Geräusch ließ mich zusammenzucken, es kam von der Leiter. Ich hob den Kopf.

Das musste Nate sein. Augenblicklich schlug ich das Buch zu und versuchte, meine Tränen wegzuwischen.

Ich machte mir etwas vor, wenn ich glaubte, er würde nicht merken, wie sehr ich litt. Ich zog die Nase hoch, stand auf, dabei versuchte ich, einigermaßen Haltung zu wahren. Ich wollte nicht, dass er mich so sah. Wahrscheinlich würde ich beim Anblick seines zauberhaften Gesichts auf der Stelle in Tränen ausbrechen und ich wusste nicht, ob ich es schaffen würde, ihn nicht zu umarmen.

Langsam ging die Falltür auf.

In Erwartung seiner tausendfarbigen Augen hielt ich die Luft an.

Aber da kam kein schillernder Blick.

Da kamen lange schwarze Haare mit feuerroten Strähnen.

Er hatte mich kalt erwischt. Ich war so damit beschäftigt gewesen, meine Gefühle unter Kontrolle zu halten, dass ich auf Ludkars Erscheinen nicht vorbereitet war.

Ich riss die Augen auf, als erst die blasse Stirn, dann sein wilder Blick auftauchten. Der große dunkle Mund lächelte dünn.

»Haaaallo«, sagte er und dehnte das A wie in einem seltsamen Singsang.

Dann sprang er mit einem Satz herein. Sein schwarzer Mantel flatterte auf. Die Bretter knarrten unter seinen nackten Füßen.

Er neigte den Kopf.

»Hast du jemanden erwartet?«, fragte er in gespielt harmlosem Tonfall.

Ich wich zurück. Hinter mir fühlte ich die Wand des Baumhauses.

Ich war in der Falle. Ein Vögelchen, das mit einer Kobra in einer Schachtel eingesperrt war.

»Bleib stehen! Bitte, tu mir nichts«, flehte ich ihn an und schnappte nach Luft.

Sein schwarzer Blick, der über mich wanderte, ohne sich auf etwas Bestimmtes zu heften, schien Grenzen abzustecken, die ich nicht mehr würde übertreten können.

»Sehe ich denn aufgeregt aus?«, fragte er und hob die Arme.

Dieses Verhalten wirkte wie ein Vorspiel auf etwas Schrecklicheres – wie die schlechte Nachricht, die auf die gute folgt.

»Ich muss mit dir sprechen«, sagte ich, um aufzuhalten, was mir nunmehr unaufhaltsam schien.

Ludkar fuhr mit dem Daumen durch seine Haare und leckte sich die Lippen.

»Genau deshalb bin ich gekommen. Um zu reden.« Er zog die Augenbrauen hoch und besah sich die Decke des Baumhauses mit wirrer Miene. »Kein Feuer. Keine Flammen diesmal. Es gibt jetzt also keinen Grund, Angst zu haben.«

Meine Angst schlug in Unschlüssigkeit um. Mein Gespür sagte mir, ich müsse auf der Hut sein, aber Ludkar machte nicht den Eindruck, als wollte er auf mich losgehen. Dies hier schien sein ganz normaler Umgangston zu sein. Er war seltsam. Ganz entschieden seltsam und grotesk.

»Ach so? Gab es denn vorher einen Grund dazu?«, fragte ich.

»Aber natürlich!« Er heftete seinen Blick auf einen vagen Punkt, vielleicht auf meine Schultern.

»Welchen?«

Dann sah er mich an. Es war, als würde er aus einem Zustand der Verwirrung in vollkommene – dunkle – Klarheit geraten.

»Hast du mit deinem Vater gesprochen?«, fragte er mit gedämpfter Stimme.

Ich seufzte.

»Hör zu, ob du's glaubst oder nicht: Als wir uns getroffen haben, wusste ich noch nicht, wer mein Vater ist. Und vor allem wusste ich nicht, dass ich einen Vampir zum Vater habe.«

»Ich glaube dir«, gab er barsch zurück. »Ich merke es, wenn Leute lügen. Sie verströmen einen widerlichen Geruch.« Er kräuselte die Nase und kniff die Augen zusammen. »Du aber duftest!«

»Bleib weg von mir, bitte!«, sagte ich, als ich sah, dass er sich auf mich zubewegte.

Er drehte den Kopf auf die andere Seite und legte ihn übertrieben schräg. Er war immer noch gebeugt.

»Hast du noch immer Angst?«

»Du gehörst sicherlich nicht zu den Menschen, mit denen ich gern einen Spaziergang machen würde«, gab ich zurück.

»Du beleidigst mich!«, sagte er, meinte es aber nicht wirklich so.

Er schien zu scherzen, aber sein Ton blieb weiterhin ernst und bekam stellenweise eine etwas unnatürliche Färbung.

»Es hätte Opfer geben können. Daran solltest du denken, bevor du eine Schule anzündest.«

Ludkar verzog seine dicken Lippen.

»Ich habe doch Vorsichtsmaßnahmen ergriffen. Das war alles nur Theater. Bist du denn nicht zufrieden? Für eine Weile musst du die Schulbank nicht mehr drücken.«

»Komm zum Punkt«, forderte ich ihn auf.

»Es gibt keinen Punkt mehr«, sagte er gereizt. »Mich interessiert dein Vater, du aber kennst ihn nicht.« Er drehte sich um. »Leb wohl!«

Er wollte schon durch die Falltür springen und verschwinden, da ließ mich etwas in meinem Inneren sagen: »Bleib!«

Er tat so, als hätte ich ihn gerufen, drehte aber nur den Kopf. Er hatte ein vollkommenes Profil.

»Also weißt du, entscheide dich mal! Erst soll ich abhauen, dann soll ich hierbleiben?«

»Ich habe nur noch ein paar Fragen an dich«, rechtfertigte ich mich.

Er drehte sich ganz zu mir um und runzelte übertrieben die Stirn.

»Wie schön! Ein Quiz! Das liebe ich!«

Er schien wirklich am Rande des Wahnsinns. Oder der Grausamkeit.

»Sehr witzig!«, sagte ich ein wenig selbstsicherer.

»Ja, ich habe einen ausgesprochenen Sinn für Humor«, fügte er hinzu, und sein Gesicht wurde wieder so ausdruckslos wie die Maske eines Höllenkarnevals.

»Bist auch du ein Vampir?«, fragte ich mit fester Stimme.

Ludkar zog seinen roten Schal gerade, den er wie eine Krawatte um den Hals gebunden hatte.

»Sieht man das denn nicht? Soll ich mir ein Schild umhängen?«

»Ich sehe nicht so oft Vampire.«

»Und wenn, dann sind sie nicht so schön wie ich.«

Er kicherte kalt.

»Ich würde eher das Adjektiv ›verrückt‹ benutzen«, gab ich zurück.

Aber er hatte recht. So grauenerregend er auch aussah und so unmöglich er sich auch verhielt – sein Gesicht war hinreißend. Und die Weste, die er trug, unterstrich noch sein markantes Äußeres.

»Warum hast du die beiden Schulen angezündet?«, fragte ich und hörte auf, mich auf unwesentliche Details zu konzentrieren.

»Um dich zu finden«, sagte er, als sei das vollkommen klar.

»Hättest du nicht jemanden nach meiner Telefonnummer fragen können?«

Ich fand es irgendwie passend, mich an diesem Punkt schlagfertig zu geben.

»Ich wollte dich erschrecken«, sagte er, ohne den Witz zu begreifen.

Er war seltsam. Tat er nur so oder war er wirklich verrückt?

»Na, das hast du ja geschafft!«

»Ich bitte um Vergebung«, sagte er mit einer Verbeugung.

Ich ließ mich nicht beirren und verschränkte die Arme vor der Brust.

»Um Vergebung bitten kannst du die Schulen.«

Er richtete sich wieder auf und gestikulierte wild in der Gegend herum.

»Du musst verstehen, ich suche deinen Vater schon so lange. Ich musste sichergehen.« Er tippte sich an die Schläfe. »Ich dachte, dass du dich in deiner Angst an ihn wenden würdest. Dann wäre er aus der Versenkung gekommen.«

»Das hätte auch geklappt, wenn ich ihn kennen würde.«

Ludkar ließ seine Arme nach unten fallen.

»Ja, wahrscheinlich«, sagte er und machte ein übertrieben konzentriertes Gesicht. »Weißt du … ich habe dich verfolgt, ich habe dich beobachtet. Sowohl dort im … wie nennst du es gleich? – Cinerarium …?«

»Ja.«

»… als auch in der wirklichen Welt. Du bist ein tolles Mädchen. Du gefällst mir.«

»Für Komplimente ist es ein wenig zu spät.«

Ihm stand kurz der Mund offen, und ich sah seine Zähne. Sie waren klein und spitz.

»Hat es dich nicht amüsiert, was ich mit diesem Jungen gemacht habe? Wie heißt er noch mal? Esteban?«

Mein Blick löste sich von seinem Mund, und ich sah ihn an. »Du warst das?«, fragte ich lachend.

»Ja, ich habe ihm gesagt, dass ich ihm den Kopf abreißen würde«, sagte Ludkar und musste über seine eigenen Worte lachen.

»Sehr nett! Und warum?«

»Mir haben die Gerüchte nicht gefallen, die er über dich in Umlauf gesetzt hat. Ein Mädchen muss die Freiheit haben, ins Bett zu gehen, mit wem es will, ohne als Nutte hingestellt zu werden«, gab er zurück.

»Ich war nicht mit ihm im Bett!«, schrie ich, als müsse ich das unbedingt klarstellen.

»Ach nein?« Ludkar runzelte die Stirn. »Für mich macht das keinen Unterschied.«

»Für mich aber!«

Er drehte den Kopf nach rechts, und seine rötlichen Strähnen fielen auf die Seite.

»Jedenfalls konnte ich ihn als Ablenkungsmanöver nutzen, um deinem Freund das Handy wegzunehmen«, sagte er und leckte sich über die Lippen. Das schien ein nervöser Tick von ihm zu sein.

»Du bist echt teuflisch, weißt du das?«, scherzte ich.

Ludkar zuckte mit den Achseln.

»Man tut, was man kann.«

»Aber warum hast du erst jetzt nach mir gesucht? Warum nicht schon früher?«

»Bevor du ins Cinerarium kamst, wusste ich nicht, dass Kolor eine Tochter hat«, sagte er und besah sich das Häuschen.

Ich verstand nicht, warum er sich auf einmal für die Architektur des Baumhauses zu interessieren schien, aber wahrscheinlich wusste er das selbst nicht.

»Du hast mich zwar in der realen Welt gesehen, aber ich bin hier gefangen«, fuhr Ludkar fort. »Ich kann in deine Welt reisen, aber immer nur kurz.«

»Dann … dann bist du im Koma, und mein Vater ist schuld daran?«

»Im Koma?«, rief er ungestüm aus. »Nein. Wir Vampire können nicht ins Koma fallen. Aber wenn unser Körper unter Bedingungen leben muss, in denen er sich nicht regenerieren kann, landet unsere Seele hier und wartet darauf, zurückkehren zu können.«

Er bekam einen wilden Blick.

»Dein Vater hat wohl eine Möglichkeit gefunden, mich daran zu hindern …«

So langsam begann ich fast, mich wohlzufühlen.

»Und warum sollte er das tun?«

»Ich habe keine Lust, dir die ganze Geschichte zu erzählen«, sagte Ludkar brüsk und wedelte mit der Hand, wie um eine lästige Fliege zu verscheuchen. »Du bist mir keine Hilfe mehr.«

Er ging zu dem kleinen Fenster und stieg auf den Rahmen.

Er hatte keine Angst, dass die Holzsplitter ihn verletzen könnten.

»Ein schönes Leben noch!«, sagte er und sprang.

»He!«, rief ich.

Aber er war schon weg.

»Du schuldest mir noch ein paar Erklärungen!«, schrie ich durchs Fenster. »Wie stellst du es an, in die Wirklichkeit zu reisen?«

Ich blickte nach unten.

Keine Spur mehr von ihm.

»Ludkar! Auch ich suche meinen Vater!«

Die Schlösser

Durch die heruntergelassenen Autofenster wehte ein frischer Wind herein. Leonard, Christine und ich waren auf dem Weg nach Gorey.

Auf der Fahrt dachte ich daran, was passiert war und wie es nun weitergehen würde.

Zwei Punkte waren klar: Ludkar war inzwischen alles Mögliche für mich, aber sicherlich keine Gefahr mehr.

Den Großteil der Zeit nutzte ich, um ein psychologisches Profil von ihm zu erstellen. Er war ein interessantes Objekt, das die besten Kriminologen jahrelang studieren könnten.

Es war ihm egal, was er tat und wie er sich verhielt, nach menschlichen Maßstäben war er ein Anarchist. Er bewegte sich völlig frei und ließ sich von nichts und niemandem aufhalten. Er wollte die Leute aufschrecken und verwirren, um immer im Vorteil zu sein. Er kannte die Spielregeln und verstand es, sie aufs Beste für sich zu nutzen. Es gefiel ihm weißes, unbeschriebenes Blatt zu sein, so weiß wie sein Gesicht, auf dem von einem Moment auf den anderen jedweder Ausdruck erscheinen konnte.

Das Cinerarium, ursprünglich ein Ort der Verheerung und Einsamkeit, bevölkerte sich immer mehr. Vor ein paar Wochen noch hatte ich nicht einmal an die Existenz der Seele geglaubt und nun war ich gezwungen, mich mit Wesen abzugeben, die in keinem Buch erklärt wurden.

Unter dem Sitz zu meinen Füßen lagen die zwei Iris, die ich im Kühlschrank aufbewahrt hatte.

Wenn wir meinen Vater nicht in dem Schloss finden sollten, würde ich mit Nate reden. Am Morgen hatte ich dazu keine Gelegenheit gehabt. Mir wurde klar, dass ich nicht einfach nach Gutdünken ins Cinerarium reisen konnte, vorher musste immer eine gewisse Zeit vergehen.

Ich wollte Nate von Ludkar erzählen, ihn fragen, ob er ihn kannte, und ihm sagen, was ich in der alten ägyptischen Handschrift gelesen hatte. Ich seufzte. Vielleicht würde ich ihm doch nicht alles sagen. Ich wusste nicht, mit welchen Worten ich ihm erklären sollte, dass wir einander unserer Gefühle wegen nicht berühren durften. Ich konnte ihm nicht sagen, dass wir uns liebten. Aber das würde ich mir dann überlegen, wenn es so weit war.

Auf der Fahrt waren wir alle sehr nachdenklich. Ich hatte meine Freunde auf den neuesten Stand gebracht, und nun versuchten sie, Ordnung in diese Informationsflut zu bringen. Ich konnte mir nur schwer vorstellen, welche Mühe es ihnen bereitete, alles zu verarbeiten, was ich selbst erlebt hatte. Wir waren so angespannt, dass wir nicht einmal merkten, dass wir vergessen hatten, das Radio einzuschalten. Leonard schien fast schon ein ernsthafter Mensch geworden zu sein.

Ohne die Augen von der Straße abzuwenden, fragte er: »Also, Thara, dann bedroht dich dieser Ludkar nun nicht mehr?«

»Nein, es war alles nur ein Bluff, um mir Angst zu machen. Ich glaube, er hat das Interesse an mir verloren.«

»Hast du ihm gesagt, dass wir deinen Vater suchen?«, fragte Christine.

»Ich wollte es, aber er ist verschwunden, bevor ich dazu kam.«

»Schade eigentlich«, hörte ich Christine sagen.

»Was?«

»Dass er es war, der Esteban den Kopf gewaschen hat.«

Leo drehte sich um und lächelte ihr zu.

»Ach komm, die Sache mit den Fotos war auch nicht schlecht!«

Dann sah er mich an.

»Wie alt ist dieser Vampir deiner Meinung nach?«

»Ich weiß nicht.« Ich zuckte mit den Schultern. »Dreißig Jahre vielleicht oder tausend … Er ist ganz blass, fast weiß. Aber sehr attraktiv, auch wenn er ziemlich ausgeprägte Gesichtszüge hat, fast wie gemeißelt.«

»Und du glaubst, er kommt aus dem Cinerarium?«, fragte Leo.

»Ja, das sagt er jedenfalls. Er hat mich angeblich an meinem Geruch erkannt, als ich dort war.«

Dann kommt man aus diesem Cinerarium also wieder raus«, brummte Christine und richtete ihre Zöpfe. »Hast du das Nate schon gesagt?«

»Das will ich tun, sobald wir im Schloss sind.«

Wir brauchten eine halbe Stunde über Land, dann tauchte das Ortsschild auf.

Wir beschlossen, den Wagen an der Tankstelle abzustellen. Da war kein Mensch, und alles wirkte so, als sei es schon lange verlassen.

Wir stiegen aus, überquerten die Hauptstraße und gingen bis ganz vor zu der kleinen Kirche.

»Und wohin jetzt?«, fragte Christine. »Wo soll denn dieses Schloss sein?«

Ich sagte nichts und ging an der Kirche vorbei. Leonard folgte mir schulterzuckend. Gleich dahinter lag der See. Wir liefen zum Wasser. Die Oberfläche breitete sich vor uns aus wie ein blaues Tischtuch. Bei schönem Wetter war es hier gleich vollkommen anders.

Ich setzte die Sonnenbrille ab und suchte nach einem Dach zwischen den Hügeln.

Leo sammelte ein paar Kieselsteine und ließ sie übers Wasser hüpfen.

»Dort drüben!«, rief Christine und zeigte auf einen Punkt im Wald. Knapp über den Baumwipfeln ragte ein Türmchen hervor.

Wir machten uns am Ufer entlang auf den Weg und brachen drei Stöcke von einer Wurzel ab, die an den Kieselstrand gespült worden war. Sie könnten uns später auf dem Weg noch nützlich sein. Der Hang, den wir erklimmen mussten, wirkte nicht gerade leicht begehbar.

Bevor wir uns unterhalb des Schlosses an den Aufstieg machten, sahen wir am Ufer einen kleinen Holzsteg, der fast ganz vom Wasser überspült war. Aber da war kein Boot festgemacht, da hingen nur Algen.

Wir kletterten den Hang hinauf, der von welkem Laub bedeckt war. Das kam mir komisch vor, es wirkte alles so herbstlich. Der Anblick der erloschenen Farben und der Geruch von Humus vermischten sich zu einem einzigartigen Sinneseindruck.

Zwischen den Bäumen hindurch bahnten wir uns einen Weg, indem wir uns an rissigen Baumstämmen und an unseren Stöcken festhielten.

Leo suchte nach einem bequemeren Aufstieg, ich aber sagte ihm, selbst wenn es einen geben würde, wäre es nicht der unsere.

Wenn wir den Kopf hoben, sahen wir dürre Äste, die ineinander verwoben waren wie die Fäden eines riesigen schwarzen Spinnennetzes. Keiner gab es zu, aber alle drei hatten wir doch etwas Angst. Genervt verscheuchte Christine ein paar Insekten, während ich auf der Suche nach Fußspuren ständig von rechts nach links blickte.

Dann tauchte es vor uns auf. Fast unerwartet. Als sei es gerade erst aus der Erde gesprossen. Wie ein steinernes Schiff.

»Mann!« Leo hob den Kopf und stellte sich neben mich.

Vor uns lag das Schloss.

Oder, besser gesagt, das, was davon noch übrig war.

Der große Bau aus schwarzem Stein ragte imposant in

die Höhe. Überall lagen Statuen, eingestürzte Mauern, Dachziegel und Säulen herum.

»Sieht so aus, als sei es vor vielen Jahren abgebrannt«, sagte Christine. »Das Feuer scheint uns zu verfolgen. Was für ein Scheißort!«

»Ja … Das Feuer scheint uns wirklich zu verfolgen«, wiederholte ich.

»Und du meinst, hier lebt dein Vater?«, fragte Leo.

»Hier hat er gelebt, bevor er meine Mutter kennengelernt hat. Das hat Charles gesagt, und ich habe es in *Alle Farben der Dunkelheit* gelesen. Vielleicht ist er hierher zurückgekehrt, nachdem meine Mutter ihn verlassen hatte und er verrückt geworden ist.«

»Meinst du, er ist gefährlich?«, fragte Leo weiter.

»Besser, ich gehe allein rein.«, erwiderte ich.

Christine stemmte die Hände in die Hüften.

»He! Du kannst uns nicht um Hilfe bitten und uns dann hier draußen stehen lassen!«

Ich lächelte sie an.

»Also gut.«

Wir gingen zu dem, was einmal das Portal gewesen sein musste, inzwischen stand es nur noch zur Hälfte.

Kaum hatten wir es passiert, überkam uns ein unheimliches Gefühl. Die Schatten schienen uns die Geschichte des Schlosses in kleinen, kaum wahrnehmbaren Details zuzuflüstern. Kalte Schauder krochen uns an den Beinen hinauf, als würden große Nadeln aus dem Boden ragen und uns pieken.

Auch im Inneren war von der ursprünglichen Pracht wenig erhalten. Fast überall war das Dach eingefallen, und durch die großen Löcher sah man den Himmel. Bündel von Lichtstrahlen fielen senkrecht herab, sie schienen die Säulen zu ersetzen, die zertrümmert auf dem Boden lagen, und zeichneten einen Weg auf den abgewetzten Marmorboden. Wir folgten ihm.

In der finsteren Stille, die uns umgab, hallten Leos Worte wider und dämpften unfreiwillig die Spannung: »Ich mach mir gleich in die Hose!«

Ich blieb stehen und drehte mich um.

»Vielleicht sollten wir uns trennen.«

»Soll das ein Witz sein?«, rief er etwas zu laut.

Der Schall löste ein paar Steine von der Decke, die neben uns aufschlugen.

Christine warf ihm einen vernichtenden Blick zu.

»Ist ja schon gut: Besser wir trennen uns«, sagte er mit zusammengebissenen Zähnen und fuhr leiser fort: »Also, im Horrorfilm ist es immer so: Die Helden trennen sich, und das Monster macht einen nach dem anderen fertig.«

»Darf ich dich daran erinnern, dass du gerade vom Vater deiner Freundin sprichst?«, flüsterte Christine und nahm ihn am Arm. »Thara, wir treffen uns wieder hier, wenn wir fertig sind.«

Ich war einverstanden und wartete, bis sie hinter den Säulen verschwanden. Dann drehte ich mich um.

Hinter mir befand sich eine große gelb-violette Glastür.

Ich musste an Nate denken. Vielleicht war es doch besser, gleich mit ihm zu sprechen. Außerdem hatte ich beim Betreten des Schlosses das Gefühl gehabt, dass es unbewohnt war und ich meinen Vater hier nicht finden würde. Wenn Kolor genau wie Ludkar ein Vampir war, hätte er mich mit Sicherheit gerochen und wäre gekommen.

Also näherte ich mich den Iris und dachte an Nate. So konnte ich sicher sein, in seiner Nähe aufzutauchen. Ich betrachtete die Blumen, sie waren wunderschön. Wie sie mich in einen solchen Albtraum hatten hineinziehen können, war mir immer noch ein Rätsel.

Der Duft drang durch meine Schläfen.

Ich stürzte in mich selbst hinein.

Langsam schlug ich die Augen auf.

Ich war im Schloss.

Es war dasselbe Schloss, auch wenn es anders aussah: Alles, was in der realen Welt gefehlt hatte, war hier vorhanden. Christine hatte recht gehabt – es war abgebrannt.

Ich sah mich um. Der Bodenbelag, den es in der wirklichen Welt noch gegeben hatte, war durch den üblichen grauen Sand ersetzt worden, die Asche. Die Decke war nicht durchlöchert, sondern vollständig erhalten. Es gab Treppen, Balken, Möbel – alles, was in der realen Welt in Flammen aufgegangen war.

Es war, als hätte man zwei Stücke desselben Puzzles vor sich. Und wenn man die Teile, die es im Cinerarium gab, mit denen in der realen Welt zusammenfügte, bekam man ein perfektes Schloss.

Ich machte mich auf die Suche nach Nate. Er musste in der Nähe sein, denn bevor ich eingeschlafen war, hatte ich an ihn gedacht.

Hinter den Mauern sah man Dünen und Gebäude. Ich ging zum Portal und wollte draußen nach ihm suchen, als ich plötzlich ein Rauschen hörte und mich umwandte. Es klang wie eine Buchseite, die umgeblättert wurde.

Und da saß er auf der Treppe.

Er hob langsam den Kopf, und seine tausendfarbigen Augen lächelten mich an.

»Nate!« Mit schleppenden Schritten ging ich durch die Asche auf ihn zu. »Was machst du hier?«

Als ich bei ihm war, sah ich, dass er das Buch *Alle Farben der Dunkelheit* in Händen hielt.

Ich riss die Augen auf. »Wie …? Woher hast du das?«, fragte ich. Er konnte es unmöglich gefunden haben, als meine Mutter es verbrannt hatte. Es hätte überall wieder aufgetaucht sein können.

»Es ist mir praktisch in die Hände gefallen«, sagte er achselzuckend. »Ich schwöre dir, die Flammen sind direkt vor mir aufgelodert, als ich aus dem Luna Dark gekommen bin.«

Ich sagte nichts. Bislang hatte ich immer gedacht, es sei purer Zufall, wie und wo die Objekte im Cinerarium auftauchten. Aber wahrscheinlich lag es an mir – ich war dabei gewesen, als das Buch verbrannt war. Ich konnte nicht ausschließen, dass meine Anwesenheit einen Einfluss auf den Weg des Buches gehabt hatte. Ich hatte mir damals fest gewünscht, es nicht zu verlieren, und vielleicht hatte sich mein Wunsch genauso auf den Gegenstand übertragen wie sonst immer auf die Orte.

Immerhin war Nate die einzige Person, die das Buch hatte retten können.

Doch von alldem sagte ich nichts, sondern lächelte nur.

»So ein Zufall!«, flüsterte ich.

»Setz dich«, sagte er und legte eine Hand auf die Treppenstufe.

Ich blieb stehen und betrachtete seine schlanken Finger. Mit einem kurzen Schauder fiel mir ein, was ich in der alten Handschrift gelesen hatte. Und was ich für ihn empfand. Mich neben ihn zu setzen würde bedeuten, eine Münze an einen Magneten zu halten. Doch noch wollte ich nicht mit ihm darüber sprechen, also tat ich, wie er mir geheißen. Nicht sehr nah, damit wir uns nicht versehentlich berührten. Auch er rückte unauffällig ein Stück ab. Es war schrecklich, genau das Gegenteil dessen machen zu müssen, was wir empfanden. Fürs Erste begnügte ich mich mit seinem Duft. Er roch gut, obwohl alles um uns herum verbrannt war.

»Weißt du«, sagte er und holte mich aus meinen Gedanken, »ich habe das Gefühl, dass ich dieses Buch kenne, als hätte ich es schon einmal gelesen.«

»Echt?«

Das war ein weiterer beachtlicher Zufall.

»Ja, ich erinnere mich an die Personen darin.«

Nate lächelte mich an und wieder bekam er diese kleinen Grübchen, die mich schon beim ersten Mal sofort bezaubert hatten.

»Dieser Vampir ist richtig sympathisch.«

»Es ist mein Vater«, sagte ich und zog, angesteckt von seinem Lächeln, ebenfalls die Mundwinkel nach oben.

»Dein Vater?«, fragte er ein wenig verblüfft. »Dein Vater ist der Vampir aus diesem Buch? Ich dachte, es sei eine erfundene Geschichte.«

»Ich habe es auch erst gestern herausgefunden. Ich hatte geglaubt, er sei gestorben, als ich klein war. Nie im Leben wäre mir in den Sinn gekommen, dass er ein Vampir ist.«

Meine Worte schienen Nate nicht besonders zu beeindrucken. Aber er war es ja auch gewöhnt, mit tausendmal schrecklicheren Kreaturen zu leben.

»Wusstest du, dass dies hier das Schloss aus dem Buch ist?«, fragte ich ihn.

»Wirklich?«, sagte er leise und blätterte darin herum. »Ich bin gekommen, weil ich die Illustrationen gesehen habe und es mir ähnlich vorkam. Aber ich hätte nicht gedacht, dass es tatsächlich genau dasselbe ist.«

Seine sanfte, warme Stimme verursachte mir Unbehagen. Ihm so nah zu sein war schlimmer als tausend Meilen Distanz.

»Tja. Bizarr!«, sagte ich zerstreut.

Ich musste mich ablenken, wenn ich der Versuchung widerstehen wollte, ihn am Ellbogen zu berühren. Ich sah, wie er seine Hände bewegte, und biss mir auf die Lippen. Ich hatte mir schon gedacht, dass unsere gegenseitige Anziehung schwer zu kontrollieren wäre, aber ich hatte ja keine Ahnung gehabt, wie sehr. Es war geradezu nervenaufreibend, dagegen anzukämpfen.

»Ich war in unserem Versteck«, sagte ich schließlich.

Er hörte auf, in dem Buch zu blättern.

»Tut mir leid, ich war die ganze Zeit hier, um zu lesen.«

»Ist doch egal«, sagte ich und strich mir über die Hose. Meine Hände fühlten sich feucht und warm an.

»Hast du das Buch aus der Bibliothek gefunden? Ich habe es für dich dortgelassen.«

»Was? Ach ja, das Buch … Ich hab's gefunden.«

»Und stand etwas Interessantes drin?«

»Es war alles hochinteressant.«

Ich erzählte ihm, was ich übersetzt hatte. Mit einem Stock malte ich die Illustration in die Asche und erläuterte sie währenddessen. Während ich kleine Furchen zog, erklärte ich ihm, dass das Cinerarium eine Welt zwischen Leben und Tod war. Nate beugte sich vor und verschränkte die Arme auf den Knien. Als ich ihm sagte, wie man hierhergelangte, unterbrach er mich. Instinktiv wollte er nach meiner Hand greifen, aber als er meine Haut berührte, zog er sie schnell wieder zurück. Mir wurde eiskalt.

»Dann glaubst du wirklich, dass ich im Koma liege?«

»Ich bin mir absolut sicher«, bestätigte ich mit gedämpfter Stimme. Dabei wünschte ich mir, er würde mich anfassen, auch wenn ich wusste, wie weh es mir tun würde.

»Ich war in dem Krankenhaus, wo Penny und Susan liegen.« Ich sah ihn an und wartete auf eine Reaktion, aber vielleicht hatte er nicht verstanden, was ein Krankenhaus war. »Ich habe gesehen, dass du der Kleinen *Peter Pan* geschenkt hast«, sagte ich schließlich.

Nates Gesicht verdunkelte sich. Vielleicht hatte er doch verstanden oder er dachte nach.

»Ich wollte mich vergewissern, dass es ihnen gut geht.«

Ich nickte zustimmend.

»Dennoch gibt es keine andere Erklärung dafür, dass du hier bist«.

»Und warum erinnern sie sich an das, was passiert ist, und ich nicht?«

Er drehte leicht den Kopf zu mir.

»Ich weiß es nicht.« Diese Frage traf mich gänzlich unvorbereitet. »Aber wenn du mir irgendeinen Hinweis auf deine Vergangenheit geben könnest, könnte ich recherchieren und vielleicht herausfinden, wie es dir in der wirklichen Welt geht.«

Nate schaute zu Boden, und langsam erloschen die Farben seines Blicks.

»Tut mir leid. Hinter diesen Augen steht nur Leere.«

»Das kann ich nicht glauben!«

Wir schwiegen eine Weile. Ich hoffte schon, er würde es gut sein lassen, als seine Lippen genau die Frage formten, vor der ich mich gefürchtet hatte: »Hast du herausgefunden, was beim letzten Mal passiert ist?«

Ich schluckte.

»Was?« Ich war dumm, wenn ich geglaubt hatte, ich könnte der Antwort entgehen.

»Thara, du hättest dich fast in einen Grauen verwandelt.«

Kneifen würde nun auch nichts mehr bringen.

»Ach, das meinst du …« Ich kratzte mich nervös am Hals. »Also ehrlich gesagt … ja.«

Ich zerbrach mir den Kopf nach klugen Worten, mit denen ich es ihm erklären konnte. Seltsamerweise erschienen mir meine Gefühle, auch wenn sie von ihm erwidert wurden, nackt und roh. Wenn ich sie einfach so hinausposaunte, würde ich vielleicht ihren Gehalt zerstören.

»War es das Buch?«, fragte er, als ich nicht weitersprach.

»Nein«, sagte ich leise. »Wir waren es.«

»Ich?«

Ich schlug die Augen nieder.

»Nein, wir.«

Mein Hals fühlte sich an, als habe er Mühe, meinen Kopf weiter zu tragen. Meine Schläfen pochten. Meine Sinne schienen mich in genau dieser Sekunde zu verlassen, doch nichts geschah. Ich verharrte in der Schwebe wie eine Nadel, die zusticht, aber nicht ins Fleisch dringt.

»Was jetzt?«, fragte Nate. Er schlug *Alle Farben der Dunkelheit* zu und legte das Buch zwischen uns.

Ich holte tief Luft und suchte nach Worten, die mir aus meiner Verlegenheit heraushelfen würden. Auch wenn das Wort »Verlegenheit« unter diesen Umständen wohl fehl am Platz war.

»Es ist …«, stotterte ich, »… es hat etwas mit … Gefühlen zu tun.«

»Mit unserer Freundschaft?«, fragte Nate gleich.

Dieser Begriff drückte mir die letzte Luft aus den Lungen. Freundschaft. Nate hatte »Freundschaft« gesagt. Was bedeutete das? Meinte er damit etwas anderes? Oder hatte er eine unüberwindliche Grenze zwischen uns gezogen? Aber nein, unmöglich. Im Buch stand, wer liebte, würde … War ich es? War nur ich diejenige, die liebte? Nein, auch er liebte mich, ich war mir sicher. Er wusste nur nicht, wie er es ausdrücken sollte. Das war die Antwort.

Traurig sagte ich: »Ja, unsere Freundschaft …«

Nate merkte, dass etwas nicht stimmte. Ich ließ noch immer den Kopf hängen und sah, wie er seine Hand ganz leicht anhob, als wollte er mir über den Rücken streicheln. Ich hob den Kopf, aber nicht weit genug, um ihm ins Gesicht zu sehen.

Dann hörte ich ihn sagen: »Du bist der einzige Mensch, den ich in all den Jahren getroffen habe. Und du bist so nett zu mir. Mir geht es gut mit dir. Ich habe das Gefühl, dass die Wunde in meinem Herzen ein wenig vernarbt ist, seit ich dich kenne.« Er hielt inne, um zu sehen, wie ich reagierte. »Es ist wirklich schrecklich, dass ich dich nicht mehr umarmen kann.«

Diese kleine Aufmerksamkeit hätte sich normalerweise positiv auf meinen Seelenzustand auswirken sollen, aber es war nicht genug, um mich erleichtert lächeln zu lassen. Ich drehte den Kopf und sagte zärtlich: »Ich mag dich auch.«

Er blickte mich aus zwei bunten, leicht zusammengekniffenen Spalten an.

Langsam stand ich auf, ich konnte nicht länger neben ihm sein.

Nate blieb sitzen, sein Gesicht war unbeweglich. Er schien traurig, doch er bewahrte Ruhe. Dafür hasste und beneidete ich ihn gleichermaßen.

»Ich habe etwas Wichtiges herausgefunden.« Ich schlang die Arme um mich und versuchte, nicht weiter nachzudenken. »Ich weiß jetzt, wie man aus dem Cinerarium herauskommen kann, auch wenn man nicht in seinen Körper zurückkehrt.«

»Hast du das in dem Buch aus der Bibliothek gelesen?«, fragte er und streckte ein Bein aus.

Mit dem Fuß radierte er die Zeichnung weg und machte daraus ein Aschehäufchen.

»Nein. Ich habe in meiner Welt jemanden getroffen. Einen Vampir, er kommt eigentlich von hier.« Ich verlor mich in der Betrachtung der schwarzen, baufälligen Decke des Schlosses. »Er heißt Ludkar.«

Bei diesem Namen hörte ich, wie Nate aufsprang.

»Halte dich von ihm fern!«

Ich fuhr herum.

Nates Gesicht war hart und angespannt.

»Kennst du ihn?« Ich war verwundert über seinen heftigen Ton und die Tatsache, dass er diesen Namen zuvor nie erwähnt hatte.

»Halte dich von ihm fern!«, wiederholte er nur.

»Okay«, sagte ich leise. »Aber reg dich doch nicht auf!«

»Er ist gefährlich«, fuhr Nate fort und machte einen Schritt auf mich zu, wobei er Gefahr lief, mich zu berühren. »Die Grauen laufen davon, wenn sie ihn sehen.«

»Klar!« Ich zog eine Augenbraue hinauf. »Er ist ja auch ein Vampir. Und ein bisschen verrückt.«

Immerhin hatte Ludkar meine und zwei andere Schulen

in Brand gesteckt. Aber es erschien mir dennoch merkwürdig, dass Nate auf die Erwähnung seines Namens so heftig reagierte.

»Hat er dir etwas angetan?«, fragte ich.

Nate schien sich in sich zurückzuziehen. Seine Lippen zitterten, als würde er selbst nicht richtig begreifen, was er da sagte.

»Nein …, nein, eigentlich nicht«, stammelte er.

»Aber?«, fragte ich und wartete auf eine zufriedenstellendere Erklärung, die jedoch nicht kam. »Bestimmt weiß er mehr über diesen Ort als wir, wir müssen ihn bitten, dir hier herauszuhelfen.«

Bevor Nate noch etwas erwidern konnte, drang ein starker Geruch nach Weihrauch ins Schloss. Die Asche bildete kleine Wirbel an unseren Füßen, und wir drehten uns zum Portal um.

Auf der Schwelle stand Ludkar der Vampir.

»Das könnte ich tun«, antwortete er auf meine Bitte, die ich noch gar nicht richtig ausgesprochen hatte.

Ich sah, dass Nate die Fäuste ballte.

»Ich will nichts von dir!«, sagte er, entschlossen, Ludkar zu verjagen.

Mir gefiel nicht, wie Ludkar hier aufgetaucht war und uns unterbrochen hatte, aber auch Nates Verhalten fand ich unangebracht. Was Wunderlichkeit anging, nahmen sich die beiden wahrlich nichts, auch wenn sie verschiedene Absichten verfolgten.

»Dann bekommst du auch nichts«, sagte Ludkar ernst und wandte sich an mich: »Wenn allerdings Thara meine Hilfe will …«

Seine schwarzen Augen schienen mich zu berühren. Sein Blick war so durchdringend, dass ich ihn fast körperlich spürte. Ich hätte nicht gedacht, ihn nach unserer letzten Begegnung noch einmal wiederzusehen, doch ein Teil von mir war eigenartigerweise froh, dass er zurückgekommen war.

Auf irgendeine Weise schien er mich nett zu finden, denn offensichtlich war er ins Schloss gekommen, weil er nach mir gesucht hatte. Er hatte ja nicht wissen können, dass auch ich versuchte, Kolor ausfindig zu machen.

»Wie ich sehe, versteht ihr euch gut«, bemerkte Nate mit verschränkten Armen.

Ich wollte nicht glauben, dass er eifersüchtig war, auch wenn es ganz danach aussah. Als Ludkar zu ihm sagte: »Stimmt, das denke ich auch«, schien Nate vor Wut zu kochen.

Der Vampir war nicht blöd, obwohl er alles tat, um so zu wirken. An der Art, wie er seine schwarzen Lippen zu einem kaum wahrnehmbaren Lächeln verzog, merkte ich, dass er sich Nates Eifersucht bewusst war. Er hatte wohl beschlossen, sich einen Spaß daraus zu machen.

Da ich nicht wollte, dass die Atmosphäre noch angespannter wurde, versuchte ich Nate zu beruhigen ohne Ludkar dabei zu beleidigen.

»Beim letzten Mal hast du dich nicht mal verabschiedet, als du gegangen bist.«

Ludkar machte ein paar Schritte ins Schloss, seine nackten Füße sanken in die Asche ein. Er lief mit gebeugtem Rücken und geneigtem Kopf.

»Ich hatte zu tun«, sagte er in scherzhaftem Ton.

»Hättest du noch eine Minute gewartet«, sagte ich, während er sich die roten Strähnen aus dem Gesicht strich, »hätte ich dir sagen können, dass auch ich auf der Suche nach Kolor bin.«

Ludkar blieb stehen, er applaudierte leise und tat so, als sei er begeistert.

»Schön zu wissen, dass wir gemeinsame Interessen haben.« Er zog die Augenbrauen hoch, um dem letzten Teil seines Satzes Nachdruck zu verleihen. »Dann können wir ja etwas zusammen machen.«

Nate war so angespannt, dass ich mich zu ihm umdrehte,

bevor er noch etwas sagen konnte. Seine Augen nahmen einen erhitzten, aggressiven Glanz an. Fühlte er sich bedroht oder fürchtete er, Ludkar könne uns gefährlich werden?

»Thara, das ist ein böser Typ!«, sagte er wütend, merkte jedoch selbst, dass er dafür keine stichhaltigen Argumente hatte.

»Ha, vernünftig wie immer!«, sagte Ludkar, ohne ihm wirklich Beachtung zu schenken. »Nur weil ich ein Vampir bin. Das nennt man Diskriminierung.«

»Wenn Thara nicht gesteigerten Wert darauf legt, sich mit einem Mörder anzufreunden«, fuhr Nate mit finsterstem Blick fort, »sehe ich nicht, was sie mit einem wie dir gemeinsam haben könnte.«

Ludkar drehte den Kopf auf die andere Seite und ließ die Haare baumeln.

»Eine gewagte Behauptung!« Er näherte sich mir, sprach aber weiter mit Nate. »Wusstest du, dass ihr Vater ein Vampir ist? Thara hat mehr mit meiner Wenigkeit gemeinsam als mit dir. Und meiner Meinung nach ist der Böse derjenige, der einen anderen gefangen hält, und nicht der Gefangene.«

Damit meinte er eindeutig meinen Vater. Ich fühlte mich in der Tat ein wenig verantwortlich für seine Situation und wusste es zu schätzen, dass er mir gegenüber keinen Groll hegte.

»Er wird seine Gründe haben, warum er dich gefangen hält«, sagte Nate mit Nachdruck.

Ludkars schwarzer Mantel flatterte, als würde der Vampir gleich das Gleichgewicht verlieren.

»Sicherlich«, gab er zurück, während mir der starke Weihrauchgeruch in die Nase stieg. »Seine Grausamkeit.« Er blickte zur Decke. »Entschuldige, Thara, aber ich nenne die Dinge gern beim Namen.«

Ich hatte den Eindruck, dass wir nichts erreichten, wenn wir so weitermachten. Ludkar und Nate hätten sich noch endlos Gemeinheiten an den Kopf werfen können.

Dabei hatten sie gar keinen Grund, sich zu hassen.

Höchstens mich, aber das erschien mir einfach lächerlich.

»Hört zu«, sagte ich und hob jäh die Hand. »Ich will euch beiden helfen.« Ich sah Ludkar an, der sich gedankenverloren die nächste Stichelei zu überlegen schien. »Ich werde meinen Vater in der wirklichen Welt suchen und dir sagen, wo er ist, und du verrätst mir, wie man aus dem Cinerarium herauskommt.«

Ich beobachtete Nate und dachte, er würde mir zustimmen. Meiner Ansicht nach hatte ich das einzig Richtige gesagt.

Doch Ludkar hob den Finger und schwenkte ihn wie ein Metronom hin und her.

»Nein. Nein. Nein. So läuft das nicht.« Er sah Nate an, ließ sich aber nicht anmerken, dass er ihn herausforderte. »Ich werde es dir sagen, wenn ich deinen Vater gefunden habe. Es ist mein Körper.«

»Vergiss es, Thara«, sagte Nate scharf. »Ich bleibe lieber hier, als dem hier etwas schuldig zu sein.«

Ich seufzte. Ich hatte es wirklich satt, Zeit und Kraft damit zu vergeuden, die beiden in Schach zu halten. Hätte Nate den Mund gehalten, wären wir nun nicht an diesem Punkt angelangt. Ich warf ihm einen bösen Blick zu. Ich wollte ihm doch nur helfen! Und Ludkar war unser Ass im Ärmel.

Der Vampir bekam wieder diesen beunruhigenden, verdutzten Blick, wie immer, wenn er zu einem Angriff überging.

»Ich verstehe nicht …«, zischte er und verzog sein schönes Gesicht. »Du müsstest mich eigentlich mögen – schließlich durchleiden wir dieselben Qualen und haben denselben Henker.«

Das war's. Da war der Pfeil. Ich spürte, wie er in mich eindrang und jeden Teil meines Körpers durchschlug.

»Denselben Henker?«, fragte ich und machte einen Schritt auf ihn zu.

Was wollte er damit sagen?

»Dein Vater hat diesen Jungen getötet«, sagte Ludkar mit der größten Selbstverständlichkeit.

Nates Hass schien kurz zu verfliegen, als er versuchte zu verstehen.

»Getötet?«, fragte er.

»Nate liegt im Koma, er kann nicht tot sein«, sagte ich, um Ludkar zu beweisen, dass wir wussten, wie die Dinge in dieser Welt funktionierten.

Ludkar schien sich über meine Bemerkung zu freuen.

»Du bist ein kluges Mädchen«, sagte er und blieb eine Weile ohne ersichtlichen Grund auf einem Bein stehen wie eine Ballerina ohne Schuhe. »Das stimmt in gewisser Weise. Aber Nate ist ein Fall für sich.« Er balancierte mit ausgestreckten Armen. »Er war das Opfer eines Vampirs. Wenn einer von uns einen Menschen tötet, kommt dessen Seele ins Cinerarium, weil er in Wirklichkeit in uns weiterlebt. Sein Blut zirkuliert weiter. Für immer.« Er blieb in einer seltsamen Haltung stehen, die kein Mensch je einnehmen könnte. »Und der Beweis: Er erinnert sich an nichts.«

Nate und ich schwiegen eine Weile.

»Stimmt, aber ...«, fiel er dem Vampir schließlich ins Wort.

Doch Ludkar, der das Gespräch unbedingt bestimmen wollte, fuhr fort: »Und zwar weil sein Geist, in dem seine Seele wohnt, für immer zerstört ist.« Er stellte sich wieder mit beiden Beinen auf den Boden, beugte sich vor und sah mich an. »Nate ist begraben, Futter für die Würmer.«

Ludkars Kopf fuhr ruckartig herum wie bei einem Tier, das besser sehen will, was es vor sich hat. Ich war so durcheinander, dass ich nicht wusste, was ich noch erwidern sollte. Was er gesagt hatte, klang stimmig. Es war plausibel und schockierend. Das hieß, dass es für Nate keine Hoffnung mehr gab. Er könnte nie mehr von hier weggehen. Und früher oder später würde er ein Aschemensch werden. Als mich schon Panik überkommen wollte, erinnerte ich mich daran, dass Ludkar das Cinerarium auch ohne seinen realen Körper verlassen konnte.

Ich wollte ihn danach fragen, aber Nates Blick war hart und aus seinem Gesicht sprach mehr als nur Kummer. Ein Schimmer drang unter seinem T-Shirt hervor. Sein Herz brannte.

»Dein Vater …«, flüsterte er mit leerem Blick, »… dein Vater hat mich getötet?« Er bewegte die Lippen, aber kein Ton kam heraus. Dann sagte er: »Deshalb … deshalb habe ich mich also an ihn erinnert, als ich das Buch gelesen habe?«

Nate wollte Antworten, die ich ihm nicht geben konnte. Auch für mich war das eine entsetzliche Nachricht. Eine Nachricht, auf die ich nur allzu gerne verzichtet hätte.

»Das kann nicht sein!«, fuhr ich Ludkar an, um Nate zu zeigen, dass ich ihm nicht glaubte. »Mein Vater ist ein sanftes Wesen.«

Der Vampir kniff die Augen zusammen und leckte sich die Lippen.

»Das war er, bevor er verrückt geworden ist.« Er genoss unsere Anspannung sichtlich. »Ich bin Zeuge. Ich war dabei, als er ihn umgebracht hat.«

Nate hob den Kopf mit einem Ruck.

»Was ist damals passiert?«, fragte er, gierig, einen Teil seiner Vergangenheit nachvollziehen zu können, auch wenn es sich dabei um seinen Tod handelte.

Ludkar sah ihn gleichgültig an.

»Du hast gesagt, dass du nichts von mir willst. Also bekommst du auch nichts.«

Ludkar übertrieb es eindeutig. So seltsam er auch war, er durfte Nate nicht quälen. Nach einer derart schwerwiegenden Anschuldigung musste er ihm die ganze Wahrheit sagen.

»Dann erzähl's mir, und das war's dann.«

Ich hoffte, mich klar ausgedrückt zu haben: Schluss mit lustig. Doch nicht für Ludkar.

»Ich kann nicht gut Witze erzählen.« Er legte sein Gesicht in Falten, die beinahe sadistisch anmuteten.

»Und wenn wir beide allein sind?«, beharrte ich.

»Wenn wir beide allein sind, könnten wir etwas anderes machen«, sagte Ludkar verschlagen.

Es gefiel ihm wirklich, andere in Schwierigkeiten zu bringen. Ich wollte ihn schon böse anfahren und wäre wohl auch auf ihn losgegangen, da schrie Nate: »Gut! Ich lass euch jetzt allein!«

Ich fuhr herum. Auch mein Herz brannte vor Kummer. Nate schlich zum Portal wie ein geprügelter, wütender Hund. Er wirkte so frustriert und hilflos, dass ich herausplatzte: »Nate, du begreifst die Lage nicht!«

Nate blieb stehen und wirbelte einen Hauch Asche auf. Langsam drehte er sich um. Sein sonst so vielfarbiger Blick war fast schwärzer als der von Ludkar. »Du bist diejenige, die nicht mehr weiß, was sie sagt!«, schrie er.

Warum, zum Teufel, verhielt er sich so? Wenn er den Mund gehalten hätte, hätte ich jede Menge nützlicher Informationen erfragen können.

Ich riss die Augen auf – Ludkar konnte mein Gesicht nicht sehen –, um Nate zu zeigen, dass ich bluffte. Ich dachte, er würde meine Absicht verstehen: Wir mussten Ludkars Provokationen über uns ergehen lassen, wenn wir etwas aus ihm herausbekommen wollten.

Doch Nate schien überzeugt, dass ich ihn sich selbst überlassen hatte.

»Viel Spaß noch bei deinen Spielchen!«, rief er mit kalter Stimme.

Mit einem Tritt gegen ein Stück Holz verließ er das Schloss.

Ich spürte, wie mir die Brust eng wurde, und drehte mich entschlossen zu Ludkar um. Der Vampir blickte ungerührt drein, aber er wusste sehr gut, was er getan hatte.

»Spielst du gern Bridge?«, fragte er mich.

Ich schickte ihn zum Teufel.

Eine vergessene Wahrheit

Als ich wieder aufwachte, waren all die schrecklichen Gefühle, die ich im Cinerarium verspürt hatte, noch da. Ich setzte mich auf. Nein, es konnte nicht wahr sein! Ludkar hatte gelogen. Nate konnte nicht wirklich tot sein. Das durfte nicht sein!

Doch die Zweifel waren so beharrlich, dass ich mich nicht vom Gegenteil überzeugen konnte, auch wenn ich es noch so sehr versuchte. Und außerdem: Wie kam es, dass Nate Kolor kannte? Ich würde Charles dazu befragen müssen, sobald ich zurück wäre.

Dann wurden meine Unsicherheit und der brennende Wunsch, die Wahrheit zu erfahren, von einem neuen, genauso fürchterlichen Gedanken verdrängt: Wenn mein Vater, wie Ludkar sagte, zu einer Bestie geworden war und Nate getötet hatte, konnte er noch immer eine Gefahr sein. Vielleicht hatte ich mich geirrt, und Kolor lebte doch noch im Schloss. In diesem Fall wären meine Freunde in größter Gefahr.

Mein Körper war kalt geworden, nachdem ich so lange auf dem Boden gelegen war, und als ich aufstand, fröstelte mich noch mehr.

Ich wollte nach Christine und Leonard rufen, als ich sie schon auf mich zukommen sah. Gelassen plaudernd liefen sie zwischen den Säulen hindurch. Sie sahen nicht so aus, als wären sie einem blutrünstigen Vampir begegnet.

»Gut geschlafen?«, fragte Leo, als er mein mitgenommenes Gesicht und die welken Iris auf dem Boden sah.

»Nein, überhaupt nicht«, sagte ich und rieb mir die Augen. »Ich habe Nate und Ludkar getroffen.«

Christine kam auf mich zu, um mich zu stützen. Mir war noch immer schwindlig.

»Angeblich … hat mein Vater Nate getötet.«

»Aber hast du nicht gesagt, dass ins Cinerarium nur …?«, fragte Leo zu Recht.

»Ich weiß, was ich gesagt habe!«, sagte ich eine Spur zu schroff und war nun richtig wach.

Meine Freunde sahen mich erwartungsvoll an.

»Ich weiß nicht, ob es stimmt, dass Nate tot ist und mein Vater ihn umgebracht hat«, lenkte ich ein. »Vielleicht liegt er auch nur im Koma wie Penny und Susan. Aber Ludkar hat etwas gesagt, das wahr sein könnte: Wenn ein Vampir einen Menschen tötet, bleibt dessen Blut für immer in seinem Körper. Da also ein Teil des Ermordeten weiterhin in der Wirklichkeit bleibt, kommt dessen Seele ins Cinerarium. Okay?«

»Ein bisschen verdreht …«, meinte Christine.

»Und Nate hat keine Erinnerungen mehr, weil sein Geist zerstört wurde.«

»Das klingt wirklich plausibel.« Leo rieb sich das Kinn.

Ich brauchte noch Zeit, um all diese Informationen zu verarbeiten – ich würde später darüber nachdenken.

»Habt ihr etwas entdeckt?«, fragte ich, um das Thema zu wechseln.

Christine nickte.

»Keine Spur von deinem Vater, aber …«

Sie führten mich durch lange Gänge und eine schmale Wendeltreppe hinunter, die in die Erde geschlagen worden war.

Wir kamen in eine Art Verlies oder eher in einen Weinkeller, woraus ich schloss, dass dieses Gebäude nicht älter als dreihundert Jahre sein konnte.

Wir gingen durch fast vollständige Dunkelheit, bis Leo schließlich eine Tür aufmachte.

»Schau mal«, sagte er, ging an die rechte Wand und kniete sich hin.

Auf dem Boden stand eine Eisenschatulle. Sie sah ziemlich neu aus oder zumindest nicht älter als das Schloss.

»Komm«, forderte Leo mich auf.

Ich kniete mich neben ihn und las, was auf dem Deckel stand: *Kolor*.

Ich nahm die Schatulle und stand wieder auf. Sie war sehr viel schwerer, als ich gedacht hatte.

»Was glaubst du, ist da drin?«, fragte Christine.

»Keine Ahnung. Habt ihr versucht sie aufzumachen?«

»Sie ist verschlossen.«

Da sie ganz aus Eisen war, konnte man sie nicht öffnen.

»Habt ihr nachgesehen, ob es irgendwo einen Schlüssel gibt?«, fragte ich.

»Die Mäuse sagten: ›Nein‹«, erwiderte Christine ironisch.

»Hm, wir werden das Ding schon irgendwie aufkriegen.«

Wir verließen das Schloss, die geheimnisvolle Schatulle nahmen wir mit. Für mich und Christine war der Rückweg kein Problem. Leo, der sich angeboten hatte, die Schatulle zu tragen, hatte es schwerer. Beim Abstieg stolperte und purzelte er mehrere Male den Hang hinab.

Am Auto angekommen, warf ich einen letzten Blick auf die Hügel, die den See säumten. Von hier aus konnte man das Schloss nicht mehr sehen, aber ich stellte mir vor, wie mein Vater mich von dem höchsten Turm aus beobachtete. Was für Sonnenuntergänge und Monde er von dort oben wohl schon betrachtet hatte?

Wir stiegen ein und verließen Gorey.

Die Rätsel wurden immer undurchdringlicher, und die Antworten darauf schienen an einem anderen Ort zu liegen.

In der Stadt setzte Leo erst Christine ab, dann fuhr er mich nach Hause. Es wurde Abend, und trotz des ereignisreichen Tages war ich voller Energie. Ich verabschiedete mich von Leo und ging mit der Schatulle unterm Arm die Treppen hinauf. Zuvor lauschte ich, ob meine Mutter zu Hause war. Ich wollte nicht, dass sie beim Anblick der Schatulle ähnlich reagierte wie auf das Buch. Zum Glück war die Wohnung leer.

In meinem Zimmer stellte ich die Schatulle auf den Schreibtisch und betrachtete sie aufmerksam. Es gab keine Möglichkeit, sie aufzubekommen. Selbst mit einem Schweißgerät wäre es schwierig gewesen, ganz zu schweigen von der Gefahr, den Inhalt dabei zu verbrennen. Ich beschloss, sie im Schrank unter meinen Pullovern zu verstecken. Dort steckte meine Mutter ihre Nase nie hinein. Es war mir gelungen, sie irgendwann davon zu überzeugen, dass alles Wichtige unter dem Bett versteckt war. Für den Moment war meine Schatulle in Sicherheit und ich auch. Ich hatte weder eine Ahnung, was darin war, noch, warum man sie im Schloss zurückgelassen hatte, aber es musste wichtig sein. Der Wunsch, meinen Vater sofort zu finden, wurde noch stärker. Ich wollte es auch für Nate tun. Ich musste ihm unbedingt beweisen, dass Ludkar gelogen hatte. Ich musste es ihm – und vor allem mir selbst – beweisen.

Im Moment wusste ich noch nicht so recht, wie ich weitermachen sollte. Das Schloss hatte Früchte gebracht, aber sie mussten erst reifen. Die andere Quelle, aus der ich schöpfen konnte, waren die Kartons in Charles' Mansarde.

Ich wartete, bis meine Mutter von der Arbeit kam. Ich hatte Abendessen gemacht, damit sie sich besser fühlte. Ich war nicht sicher, ob sie begriffen hatte, dass ich ihr nichts anlastete.

Als sie kam, aßen wir zusammen im Wohnzimmer. Ich hatte Musik aufgelegt, damit das Schweigen uns nicht erdrückte. Es war eine getragene Melodie, die ihr gefiel. Während sie langsam das Hühnchen aß, das ich zubereitet hatte, fing sie an zu schluchzen. Klirrend fiel ihr das Besteck aus der Hand, und sie brach in Tränen aus. Ich ging zu ihr und nahm sie in den Arm. Sie war verstört. Ich konnte mich nur beherrschen, weil ich in Gedanken woanders war.

Ohne ein Wort stand sie auf und ging in ihr Zimmer. Ich seufzte. Vielleicht hätte ich sie trösten sollen, aber mir war nicht danach.

Ich schaltete die Musik aus, trank eine Tasse Kaffee und machte mich fertig, um aus dem Haus zu gehen. Ich sagte meiner Mutter nichts, und sie merkte auch nichts. Ich ging, ohne Lärm zu machen.

Auf dem Gehweg sah ich auf die Uhr. Es war zehn. Unwahrscheinlich, dass ein Mann wie Charles um diese Zeit schon schlief. Also ging ich zu seiner Villa.

Als ich klingelte, öffnete mir Sally. Sie schaute gerade fern und freute sich sehr, mich zu sehen.

»Wie geht's dir?«, fragte sie und bot mir einen Platz an.

»Gut … glaube ich.«

»Willst du Kaffee?«

Ich sagte ja, und wir gingen in die Küche. Ich sah mich um.

»Und Charles?«

Sally hielt inne, während sie mir den Kaffee eingoss.

»Er ist ausgegangen«, sagte sie heiter.

»Ich habe mich gefragt, ob ich wohl einen Blick in die Kartons oben werfen könnte.«

»Aber sicher, meine Liebe«, sagte Sally lächelnd, während sie sich umdrehte und die Tassen mit dem heißen Kaffee auf den Tisch stellte. »Charles hat mir alles erzählt.«

Kurz wurde sie ernst, dann lächelte sie wieder.

»Ich möchte mehr über meinen Vater erfahren. Hast du ihn gekannt?«

»O ja!«, sagte sie, ohne sich zu setzen. »Ja. Aber jetzt entschuldige mich, ich will den Film zu Ende schauen.« Sie ging und ließ mich allein.

Sie war wirklich eine merkwürdige Frau. Ich zuckte mit den Achseln und schlürfte meinen Kaffee. Na ja, sie war Charles' Frau, also musste sie ja zwangsläufig etwas seltsam sein …

Ich trank aus und ging zur Treppe. An der Wand suchte ich nach dem Lichtschalter des oberen Stockwerks, konnte ihn aber nicht finden. Ich wollte Sally nicht noch einmal stören, also beschloss ich, im Dunkeln hinaufzugehen. Ich meinte, den Weg gut zu kennen. Oben wollte ich mich an der Wand entlangtasten, aber da stand so viel Zeug herum, dass ich dabei bestimmt etwas umgeworfen hätte.

Endlich hatte ich die richtige Türklinke erwischt.

Ich drückte sie herunter. Den Lichtschalter fand ich dieses Mal sofort.

Doch dann sah ich, dass ich fälschlicherweise in Charles' und Sallys Schlafzimmer gelandet war. Gerade wollte ich es wieder verlassen, als mein Blick auf ein Nachtkästchen fiel.

Die Knie wurden mir weich.

Ich musste mich festhalten, um nicht zu fallen.

Was ich in diesem Augenblick empfand, war größer als das Grauen, das mich bei meinem ersten Zusammentreffen mit Ludkar gepackt hatte.

Auf dem Nachttisch stand ein Foto, und auf dem Foto war nicht mein Vater – nein. Da waren Charles, Sally …

Und da war Nate.

Ja, Nate.

Zwischen Charles und Sally stand Nate.

Ich eilte ins Erdgeschoss und lief durch den Flur ins Wohnzimmer.

Ich überraschte Sally, die weinend vor dem Fernseher saß.

Auf dem Bildschirm lief kein Film, sondern eine Kassette mit Familienszenen: Sally, ihr Mann und Nate im Urlaub am See von Gorey.

Sie grillten.

Meine Mutter und Kolor lagen auf Liegestühlen in der Sonne und winkten in die Kamera.

In diesem Moment fiel mir nicht auf, dass mein Vater mit einer Sonnenbrille auf der Nase in der Sonne schmorte, ich sah nur Nate.

Sally drehte sich zu mir um.

»Verstehst du jetzt, warum wir das alles vergessen wollten?«

»Wo ist Charles?«, fragte ich mit zitternder Stimme.

»Am Grab unseres Sohnes. Wie jeden Abend.«

Ich nahm ein Taxi.

Das Friedhofstor stand offen, ich sah Charles' Wagen, der direkt davor geparkt war. Ich hatte noch nie Angst vor Friedhöfen gehabt, die Toten schreckten mich normalerweise nicht, aber an diesem Abend war es anders.

Allein der Gedanke, einen Grabstein mit Nates Namen zu finden, verursachte mir Panik.

Ich schlang die Arme um mich und ging zwischen den Gräbern hindurch, aber ich fror innerlich. Ich spürte das Gras unter meinen Füßen und hörte Ludkars Lachen im Geäst. Der Vampir hatte recht gehabt, seine schreckliche Andeutung war wahr: Mein Vater hatte Nate getötet.

Nate war tot.

Leise sagte ich diese Worte immer wieder vor mich hin und hoffte, dass sie sich früher oder später als falsch erweisen würden. Ich versuchte, mich auf die Motorengeräusche in der Ferne zu konzentrieren, doch ich schaffte es nicht. Wie sollte ich denn jetzt weiterleben? Mein Vater hatte den Jungen getötet, den ich liebte. Vielleicht hatte meine Mutter gut daran getan, ihn wegzuschicken. Vielleicht hätte ich nie nach ihm suchen sollen.

Ein schwaches Licht hinter einer Kapelle riss mich aus meinen Gedanken. Leise ging ich darauf zu.

Da stand Charles mit gefalteten Händen.

Ich wusste nicht, was tun – sollte ich vortreten oder lieber warten, bis er fertig gebetet hatte (oder was auch immer er da tat)? Er bemerkte mich.

»Komm ruhig, Thara«, sagte er.

Ich ging vorsichtig zu ihm, den Blick auf den Stein geheftet, der aus dem Boden ragte. Grabsteine waren eine grausame Erinnerung an diejenigen, die man einmal geliebt hatte.

Als ich neben Charles stand, legte ich den Arm um ihn.

»Es tut mir leid …«

Charles lächelte.

»War es …«, flüsterte ich mit Mühe, »mein Vater?«

Er schwieg, dann drehte er den Kopf zu mir. Er lächelte traurig.

»Ich weiß es nicht. Ich war nicht dabei, als es passiert ist.«

Ich sah ihn an.

»Alle glauben, dass er es war. Sally, meine Mutter …«, sagte ich leise.

»Ich will es nicht glauben«, sagte Charles, und seine Augen leuchteten heller als sonst. Der Schein der Kerzen auf dem Grab spiegelte sich darin.

»Dann bist du nicht böse auf ihn?«

»Ich mochte ihn.« Er nahm ein Taschentuch aus der Jackentasche und wischte sich übers Gesicht. »Du hättest Nate kennenlernen sollen. Er war in deinem Alter, als er von uns gegangen ist. Ihr hättet euch bestimmt gerngehabt.«

Ich betrachtete das Foto auf dem Grabstein.

»Genau darüber wollte ich mit dir sprechen.«

»Worüber?«, fragte er.

»Ich …« Sorgfältig wog ich meine Worte ab, doch es war nicht einfach, sie auszusprechen: »Ich … ich kenne ihn.«

Charles starrte mich an, als hätte er nicht verstanden, was ich gerade gesagt hatte.

»Wenn das ein Scherz sein soll, finde ich ihn reichlich geschmacklos.«

Ich packte ihn an den Schultern und drehte ihn brüsk zu mir.

»Das ist kein Scherz, Charles. Ganz bestimmt nicht!«

An meinem Blick sah er, dass ich ihn nicht auf den Arm nahm und dass meine Augen eine Geschichte zu erzählen hatten. Eine Geschichte, die er, gerade er, schwerlich würde glauben können.

Ich wollte ihm keine falschen Hoffnungen machen, aber er musste es erfahren. Er musste vom Cinerarium erfahren, von Nate, von Ludkar.

Charles setzte sich schwer auf die Erde. Ich tat es ihm gleich.

»Also gut, Thara, ich höre.«

Und ich erzählte.

In dieser Frühlingsnacht saß ich auf Nates Grab und erzählte Charles alles, was passiert war.

Immerland

Charles und ich redeten lange miteinander, bis ein Windstoß die Kerzen auf Nates Grab ausblies.

Ich wollte ihm alles so klar und deutlich schildern wie möglich, auch wenn in meinem Kopf nur wenig Klarheit herrschte. Als ich geendet hatte, bot er an, mich nach Hause zu fahren.

Auf der Fahrt versuchte ich mir vorzustellen, was in seinem Kopf vorging. Ich hatte ihm gesagt, dass sein Sohn – der Sohn, den er seit fast zwanzig Jahren tot glaubte – noch lebte. Auf irgendeine seltsame Weise an irgendeinem Ort.

Er bremste vor der Apotheke. Das grüne Licht des Kreuzes ließ sein Gesicht aufscheinen und wieder verschwinden, sodass ich den Eindruck hatte, in einem Augenblick mit ihm zusammen zu sein und im nächsten allein.

»Ich glaube dir«, sagte er schließlich. »Nachdem wir, deine Mutter und ich, dich so lange angelogen haben, ist es das Mindeste, was ich tun kann.«

»Danke, Charles«, sagte ich und legte ihm eine Hand auf die Schulter.

Dass ich einem Erwachsenen alles erzählen konnte, ohne für verrückt gehalten zu werden, hatte mir ein wenig Sicherheit geschenkt.

»Aber sag Julia nichts davon«, seufzte er. »Es ist besser,

wenn wir ihr nicht noch mehr Sorgen bereiten. Das ist jetzt unser Geheimnis.«

Ich nickte. Ich hatte ihm gerade das gleiche vorschlagen wollen.

»Aber dieser Ludkar«, fuhr er mit zusammengekniffenen Augen fort, »will er dir noch immer etwas antun?«

»Bestimmt nicht. Ich werde ihn im Gegenteil bitten, mir zu helfen, meinen Vater zu finden.«

Charles hob die Hand, um mich zu bremsen.

»Vorsicht! Der Vampir ist gefährlich.«

»Dann kennst du ihn?«

Charles schüttelte den Kopf.

»Nein. Aber dein Vater hat ihn einmal erwähnt. Als sie noch in Europa gelebt hatten, waren sie Freunde gewesen. Ich erinnere mich nur, dass er ihn als ein grauenvolles Wesen geschildert hat.« Charles sah mich zweifelnd an. »Aber wenn er aus dem Cinerarium herauskann, warum schafft Nate es dann nicht?«

Ich zuckte mit den Schultern.

»Das wird mir Ludkar erst verraten, wenn ich seinen Körper und meinen Vater gefunden habe.«

Charles schien über meine Schilderungen nachzugrübeln.

»Alles, was in dieser Welt verbrennt, landet in der anderen …«, wiederholte er leise.

»Ja.«

Dann hielt er inne und sah mich an, als wollte er mich um etwas bitten.

»Wenn du dort bist, Thara, sag ihm, dass sein Vater ihn liebt und ihn nie vergessen hat. Sag ihm, dass ich auf ihn warte. Sag ihm, dass er dir vertrauen kann.«

Ich küsste ihn auf die Wange, aber er schien es gar nicht zu bemerken.

»Wir sehen uns morgen im alten Kino«, sagte ich und machte die Tür auf.

»Bring die Schatulle mit«, mahnte er mich, als ich ausstieg.

»Und bring du ein paar Iris mit.«

Ich schlug die Tür zu und winkte ihm nach, während er sich entfernte. Er tat mir leid. Einen so heiteren Mann in solch einem Zustand zu sehen, konnte einen auf den Gedanken bringen, dass es in der Welt keine Hoffnung mehr gab. Ich suchte in meiner Handtasche nach dem Schlüssel und schloss die Haustür auf. Ich ging hinauf in unsere Wohnung. Alles war noch genauso, wie ich es verlassen hatte.

Ich lauschte an der Tür meiner Mutter, um zu hören, ob sie noch wach war. Sie schlief. Besser so.

Ich ging in mein Zimmer und zog mich aus. Ich hatte das Gefühl, meine Kleider seien von all den schrecklichen Gefühlen durchtränkt, die ich den ganzen Tag über mich hatte ergehen lassen müssen. Ausziehen reichte da nicht, ich wollte auch duschen.

Als ich mit geschlossenen Augen unter dem Wasserstrahl stand und meine Haare nach hinten strich, kam mir eine Idee, mit der ich meine Hypothese über das Cinerarium nachprüfen und Nate gleichzeitig um Verzeihung bitten konnte. Ich wollte ihm einen Brief schreiben und mich vergewissern, dass er sich den Vorfall im Schloss nicht zu sehr zu Herzen genommen hatte.

Der Anblick seines Grabs hatte mich ziemlich mitgenommen. Ich war zu barsch zu ihm gewesen.

Außerdem würde ich herausfinden, ob ich es tatsächlich willentlich beeinflussen konnte, wo die Dinge, die durchs Feuer gingen, im Cinerarium wieder auftauchten.

Ich stieg aus der Dusche, zog mir meinen Bademantel an und ging wieder in mein Zimmer, ohne mir die Haare zu trocknen. Ich setzte mich an den Schreibtisch und beobachtete die Tropfen, die auf die Platte fielen.

Ich nahm ein weißes Blatt und den Füllfederhalter, den Christine mir zum Geburtstag geschenkt hatte. Ich fand ihn passend für das, was ich vorhatte. Ich tunkte die Feder in die Tinte und machte mich an die erste Zeile.

Ich schrieb:

Lieber Nate,
ich schreibe Dir aus der Welt, die Du verlassen hast und die mir – wie Deine Welt – nun wie ein Gefängnis ohne Gitter vorkommt.
Normalerweise verschicken Schiffbrüchige ihre Nachrichten in einer leeren Flasche, die sie ins Meer werfen, ich hingegen vertraue mich dem Feuer an in der Hoffnung, dass Du meine Post im Aschemeer findest.
Ich habe sehr unter dem gelitten, was bei unserem letzten Treffen vorgefallen ist. Du musst mir glauben, mein Herz brennt mindestens so sehr wie Deines. Ich glaube, Du hast mein Verhalten falsch verstanden. Ich war schroff zu Dir, weil es mir missfallen hat, wie voreingenommen Du Ludkar gegenüber warst, vor allem aber weil ich dachte, er würde uns nützliche Informationen verraten, wenn wir ihm seinen Willen ließen. An Deiner Reaktion habe ich gesehen, dass ich mich getäuscht habe.
Verzeih mir bitte. Ich mag Dich zu sehr, um Dich zu verletzen. In diesem Moment würde ich Dich gern im Arm halten und die ganze Nacht und alle Nächte, die noch kommen, neben Dir verbringen. Ich will Dir in die Augen sehen und Dir Deine Geschichte erzählen, die aus tausend Farben besteht, den Farben Deiner wundervollen Seele. Aber nun sitze ich hier vor einem Blatt Papier, das mir nichts verheißt und das schweigt, wenn ich es nicht mit Tinte beschrifte.
Heute habe ich etwas herausgefunden, was es Dir hoffentlich möglich macht, mir zu verzeihen. Ich weiß jetzt, wer Dein Vater ist. Scheinbar bin ich mittlerweile eine Expertin in Sachen Väter. Er heißt Charles Addams und wohnt in meiner Nachbarschaft. Er war ein Freund von Kolor und schickt Dir eine Nachricht:

Er sagt, dass er Dich liebt und immer an Dich denkt, jeden einzelnen Tag. Dass fast zwanzig Jahre seit Deinem Tod vergangen sind, und dass Du mir vertrauen sollst. Es war Schicksal, dass wir uns begegnet sind.
In dieser Welt ist Dein Körper zwar tot, aber dass Du lesen kannst, heißt, dass Du weiterlebst. Dein Vater wartet so sehr auf Dich wie auch ich.
Wir wollen, dass Du zurückkommst, Nate. Wenn nötig, werde ich die Grenze des Todes überschreiten.
Versprich mir, dass Du an mich denkst.
Ich denke an Dich,

Thara

Irgendwann. Irgendwo.

Ein kleiner Tropfen fiel auf das Blatt.

Ich hatte gar nicht gemerkt, dass ich weinte.

Ich las noch einmal durch, was ich geschrieben hatte, und stand dann langsam auf.

Ich öffnete das Fenster. Draußen erleuchtete das Apothekenkreuz die Nacht mit seinem grünlichen Schein.

Ich holte Streichhölzer aus der Küche und kniete mich ans Fensterbrett. Ich riss ein Streichholz am Rand der Schachtel an, und die Flamme entzündete sich mit einem schwachen Funken.

Ich schloss die Augen und betete, meine Nachricht würde zu Nate gelangen. Dann hielt ich das Streichholz an den Brief, der gleich darauf Feuer fing.

Die Flammen verschlangen das Papier wie hungrige Insekten, die sich über ein Laubblatt hermachten. Im nächsten Moment war alles grau und zerfiel in winzige Teilchen.

Ein Windstoß riss mir die Fetzen aus der Hand, und ich sah sie aus dem Fenster flattern. Sie sahen aus wie eine Sternschnuppe, die in die entgegengesetzte Richtung fiel. Sie flog zum Himmel – mit wer weiß welch unbekanntem Ziel.

Während dic Stadt schlief, wurde mir bewusst, dass auch ich einer ihrer Bewohner war. Ein bisschen Ruhe – sollte ich je dazu kommen – würde mir die schwere Last nehmen, die mich niederdrückte.

Aschestürme

Ich war so müde, dass ich weder Träume noch Albträume hatte. Letztere erwarteten mich eher in der realen Welt.

Als ich aufwachte, rief ich als Erstes meine beiden Freunde an und erzählte ihnen von Nate und Charles. Ich sagte ihnen, wir müssten uns so bald als möglich im alten Kino treffen und versuchen, die Schatulle zu öffnen.

Ich zog mich an, trank den Kaffee aus, der vom Vorabend noch übrig war, und nahm die Eisenschatulle an mich.

Als ich das Haus verließ, merkte ich, dass meine Mutter noch schlief. Als ich am Treffpunkt ankam, waren schon alle da.

Christine und Leonard unterhielten sich mit Charles, sie sahen aus wie zwei lechzende Hunde.

»Das ist doch absurd!«, sagte Christine, als sie auf mich zukam.

»Absurd sind auch meine Augen«, gab ich zurück und ging zu Charles. »Hast du die Iris mitgebracht?«

Er nickte.

»Und was ist mit dieser Schatulle?«, fragte Leo.

»Hast du sie schon mal gesehen?«, fragte ich Charles.

Charles nahm sie in die Hand und inspizierte sie von allen Seiten.

»Nein, noch nie. Gehen wir rein.«

Wir setzten uns in die erste Reihe. Charles legte die Schatulle auf seinen Schoß und inspizierte sie, während Leo den Iris-Strauß an sich nahm.

»Ich habe gestern Abend einen Brief an Nate geschrieben«, sagte ich.

Charles hob den Kopf, er wirkte benommen. Wahrscheinlich hatte er die ganze Nacht nicht geschlafen.

»Und an welche Adresse hast du ihn geschickt?«, fragte Christine lächelnd.

»Ich habe ihn verbrannt. Ich hoffe nur, dass Nate ihn gefunden hat. Dafür hat er einen sechsten Sinn!«

Wieder richteten wir unsere Aufmerksamkeit auf die Schatulle.

»Sieht ganz danach aus, als könnten wir ohne Schlüssel nichts ausrichten«, meinte Charles. »Sie ist handgemacht; alles ist geschweißt. Es wäre sinnlos, sie aufbrechen zu wollen. Wenn wir mit Feuer arbeiten, riskierten wir, den Inhalt zu verbrennen.«

Genau das gleiche hatte ich auch gedacht.

»Nun, während ihr versucht, sie aufzubekommen, mache ich eine Reise ins Cinerarium. Hoffentlich reagiert Nate gut darauf!«, sagte ich, als Leonard mir die Iris gab.

Charles lächelte. »Gib ihm einen Kuss von mir.«

»Das werde ich!«

Ich hatte es wirklich vor. Ich wollte ihn küssen, so wie der Duft der Iris mein Gesicht küsste und mich ins Cinerarium schickte.

Asche.

Nichts als Asche.

Ich lag auf den Dünen.

Ich setzte mich auf.

Vor mir lag das große Schiff, in dem Nate wohnte. Vor Antritt meiner Reise hatte ich an diesen Ort gedacht. Ich dachte, nach unserem Streit hätte Nate vielleicht Zuflucht in einer vertrauten Umgebung gesucht.

Ich stand auf und ging zu dem Spalt, durch den ich über den Kiel steigen konnte. Drinnen rief ich: »Nate!«

Keine Antwort. Ich ging an der Bordseite entlang zum Eingang seines Zimmers und klopfte an das verbrannte Blech. Nichts. Ich beschloss, hineinzugehen. Ich war überzeugt, dass er absichtlich nicht reagierte, und stellte mir vor, ihn auf dem Bett sitzend vorzufinden, das er aus einem Rettungsboot gemacht hatte. Aber das Zimmer war leer. Ich lauschte auf Geräusche. Er schien wirklich nicht hier zu sein. Vielleicht war das ein gutes Zeichen, vielleicht wartete er in unserer Zuflucht auf mich.

Ich wollte schon wieder gehen, da sah ich auf dem kleinen Schreibtisch meinen Brief. Er hatte ihn gefunden. Meine Hypothese, wie Dinge ins Cinerarium gelangten, hatte sich also bestätigt.

Ich verspürte eine leichte Genugtuung. Doch als ich sah, in welchem Zustand der Brief war, sank meine gute Laune ins Bodenlose und vermischte sich mit der Asche.

Der Brief war zerrissen.

Ärger, dessen Ursprung ich nicht kannte, überkam mich, tief und intensiv. Ich sah mich auf dem Schreibtisch um – er war leer. Alles, was vorher einmal dort gestanden hatte, lag nun auf dem Boden, als hätte es jemand in einem Wutanfall hinuntergefegt.

Ich hatte gedacht, die Missverständnisse mit meinem Brief beseitigen zu können, aber offensichtlich hatte ich mich geirrt. Nate war nicht so reif und nett, wie ich geglaubt hatte. Ich spürte, wie sich meine Kehle zusammenzog. Ich hatte das Gefühl, der Riss liefe nicht durch das Papier, sondern auch durch mich selbst, als hätte man mich an den Armen zwischen zwei wild gewordene Pferde gespannt, die in verschiedene Richtungen zogen.

Was war denn das für eine Reaktion? Eine Entschuldigung musste man doch annehmen! Außerdem gab es beileibe nicht viel, wofür ich um Verzeihung hätte bitten müssen.

In diesem Moment wünschte ich mir sehnsüchtig, das Cinerarium zu verlassen und nie mehr wiederzukommen. Es lohnte wirklich nicht die Mühe, für einen wie Nate seine Zeit zu vergeuden und sein Leben zu riskieren. Ich schloss die Augen und nutzte meine Rage, um mich zu konzentrieren. Vor Wut knurrend kniff ich die Augen zusammen und ballte die Fäuste, aber es gelang mir nicht, zu verschwinden. Als ich die Augen wieder aufschlug, war ich noch immer im Cinerarium. Ich würde warten müssen, bis die Iris über meine Abreise entschieden.

Mit schweren Schritten ging ich rückwärts an der Bordseite des Schiffes entlang bis zu dem Spalt im Kiel.

Kaum war ich draußen, ließ ich meiner Wut freien Lauf, als hätten die Schiffswände sie bis dahin unter Kontrolle gehalten. Ich blieb stehen und brüllte. Ich brüllte so laut, dass man mich wahrscheinlich bis zu den Grenzen des Cinerariums hörte.

Ich hielt meinen Blick starr auf den aschigen Sand gerichtet und schnappte nach Luft. Wenn ich Nate das nächste Mal traf, würde ich nicht mehr so nett sein. Und ich würde auch keine Angst mehr haben, ihn zu berühren. Sollte ich je etwas für ihn empfunden haben, so waren diese Gefühle nun genauso begraben wie sein Körper.

Ich wusste nicht, was tun. Die einzige Alternative dazu, einfach stehen zu bleiben, war zu laufen, also lief ich.

Ziellos rannte ich in eine Richtung, nur weg von diesem Ort. Ich schlang die Arme um mich und durchquerte die Wüste. Ich würde nur noch eine Weile warten müssen, dann wäre ich wieder zurück im alten Kino. Ich wusste nicht, was ich Charles erzählen würde – wahrscheinlich nichts. Ich könnte ihm sagen, dass es dieses Mal nicht geklappt hätte, dass ich einfach nur eingeschlafen wäre. Aber ich hatte jetzt wirklich keine Lust, darüber nachzudenken. Während ich durch die Dünen lief, wollte ich mich einfach nur abreagieren.

Ich erinnere mich nicht, wie viel Zeit vergangen war;

vielleicht nur ein paar Minuten, vielleicht eine Stunde, jedenfalls zog ganz plötzlich ein Sturm auf.

Eine Bö traf mich im Rücken.

In der Wüste erhob sich ein starker Wind. Die Asche wurde an den Dünen aufgewirbelt wie davonfliegende Insekten.

Ich kniff die Augen gegen den Staub zusammen und musste mir den Ärmel vor den Mund halten, um überhaupt noch atmen zu können.

Der fahle Mondschein, der immer über dem Cinerarium schwebte, wurde allmählich ausgelöscht, verdunkelt von riesigen Wolken, die durch die tosende Luft jagten. Alles war voller wirbelndem, feinem Staub. Nie zuvor hatte ich ein so machtvolles Schauspiel erlebt.

Auf der Suche nach einem geschützten Ort drehte ich mich um mich selbst. Der Sturm schlug mir entgegen, und ich musste mich ducken, um nicht das Gleichgewicht zu verlieren.

Erst dann begriff ich, woher der ganze Tumult rührte. In der Ferne war deutlich eine Art Tornado zu erkennen, der sich direkt über dem Luna Dark gebildet hatte.

Meine Gedanken waren schneller als meine Beine. Penny! Susan! Ich richtete mich wieder auf und schleppte mich in Richtung der Windhose. Ich kam nur äußerst mühsam vorwärts, und je weiter ich ging, desto kraftvoller hielt mich der Wind zurück. Die Asche wurde immer dichter und schien mich zu verschlingen. Es kam mir vor, als würde ich von Millionen kleiner Fliegen angegriffen. Auch der Krach war ohrenbetäubend. Das Getöse pflanzte sich fort und durchfuhr die Wüste in allen Richtungen.

Ich riss mich zusammen und rannte. Gierig tasteten meine Füße über den Grund. Ich musste die Augen schließen und blind weiterlaufen. Erst nach ein paar Minuten, als ich in der Nähe des ehemaligen Rummelplatzes war, machte ich sie wieder auf.

Der Tornado war nur noch etwa hundert Meter von mir entfernt. Es war beeindruckend, ihn so nah von unten zu sehen – eine schwarze Säule, die ausscherend um sich selbst rotierte. Ein Titan der Zerstörung.

Ich staunte, als die Windstärke nachließ, kaum dass ich das Tor passiert hatte. Eigentlich hatte ich damit gerechnet, mich festhalten zu müssen, um nicht in den Sog zu geraten, aber stattdessen konnte ich fast ganz normal gehen.

Ich sah Susan und Penny, die sich hinter einem Kiosk versteckten. Susan kniete und drückte die Kleine fest an sich. Clayton war nicht bei ihnen.

Ich riss die Augen auf – Clayton stand im Auge des Tornados! Mittendrin! Ich sah ihn hinter einer Wand aus Asche, wo er schreiend mit den Armen wedelte. Sein Mund stand offen, seine Kehle war angespannt, aber der Lärm war zu groß, um ihn zu hören.

In diesem Moment sprang er. Seine Füße lösten sich vom Boden, und ich sah, wie er in den Strudel hineingezogen wurde. Er hob sich in die Lüfte, als würde das Gesetz der Schwerkraft nicht für ihn gelten. Er flog immer weiter hinauf und war immer schwerer zu erkennen. Meine Verwunderung wurde noch größer. Aus dieser Perspektive konnte ich sogar sehen, wo der Tornado endete: im schwarzen Mond.

Das war es also! Clayton kehrte zurück, wie ich es in der alten Handschrift gelesen hatte. Er durchlief den Tunnel in der entgegengesetzten Richtung und kehrte in seinen Körper zurück.

Mit einem dunklen Blitz wurde er von dem großen Loch verschluckt, und der Tornado war mit einem Schlag vorüber. Die Asche spritzte ein letztes Mal auf, der Wind legte sich.

Die Luft wurde ruhig und feiner dunkler Schnee begann sich über das Cinerarium zu legen. Allmählich kehrte der Schimmer des Mondes zurück und beschien die Dünen mit seinem fahlen Schein, am Ende trat auch wieder Stille ein.

Von dem großen Tornado blieb keine Spur, es sei denn ein paar winzige Partikel, die kurz darauf auf den Boden zurückfielen.

»Thara!«, hörte ich jemanden rufen.

Immer noch benommen und mit pfeifenden Ohren drehte ich mich zu Susan um.

Sie und die Kleine waren ängstlich aus ihrem Versteck gekrochen.

»Ist es vorbei?«, fragte sie mich.

»Ja.« Ich versuchte ihnen ein wenig Standfestigkeit zu demonstrieren. »Ja, es ist vorbei.«

Susan stand auf, und ich ging ihr entgegen.

»Was … was, zum Teufel, ist passiert? Wo ist Clayton?«, fragte sie, ihr Blick war angsterfüllt.

»Ihm ist nichts Schlimmes zugestoßen«, beruhigte ich sie. »Er ist in seinen Körper zurückgekehrt.«

Susan seufzte erleichtert auf.

»Gott sei Dank! Ich dachte schon, dass … Ich weiß nicht, was ich gedacht habe.«

Ich lächelte und strich der Kleinen übers Haar. Sie drückte das Häschen an ihre Brust. Ihre Augen waren gerötet von der Asche und den Tränen, die nun versiegt waren.

»Das geschieht auch mit euch, wenn ihr zurückkehrt. Es ist nicht schlimm«, sagte ich zu Penny und wischte ihr eine Träne von der Wange.

Die Kleine klammerte sich an das Bein ihrer Schwester und hörte uns weiter zu.

»Aber …«, Susan blickte sich besorgt um, »wer beschützt uns denn jetzt? Ich will hier nicht allein mit der Kleinen sein. Meinst du …«, fragte sie hoffnungsvoll, »meinst du denn, Nate würde hier bei uns bleiben, nachdem Clayton nun weg ist?«

Ich zuckte zusammen. Darüber hatte ich noch gar nicht nachgedacht. Ich wäre gern selbst bei ihnen geblieben, aber ich wusste, dass das nicht ging. Also wäre es wohl am besten, wenn Nate sie beschützte. Andererseits wusste ich nicht, ob es klug war, ihm die Verantwortung für die beiden Mädchen zu übertragen, nachdem er sich so unreif verhalten hatte.

»Ich werde ihn fragen«, sagte ich automatisch. Ich wollte nicht, dass sie sich noch verlorener fühlten, als sie es ohnehin schon waren. »Versucht euch in der Zwischenzeit in Sicherheit zu bringen.«

»Kannst du ihn nicht gleich fragen?«, beharrte Susan.

»Ich weiß nicht, wo er ist.«

Wenn sie noch weiter insistiert hätte, hätte ich ihr erzählen müssen, was geschehen war, und das wollte ich nicht.

»Aber woher weißt du, dass man durch den schwarzen Mond hindurch in seinen Körper zurückkehrt? Hast du das schon mal gesehen?«, riss sie mich aus meinen Zweifeln.

»Nein, ich habe es in einem Buch gelesen, das ich hier gefunden habe«, sagte ich.

Ich hätte ihr gern noch mehr erzählt, um ihr zumindest das Gefühl zu geben, dass sie nicht ganz verloren war, und um die Situation ein wenig unter Kontrolle zu halten, doch genau in diesem Moment hörten wir hinter uns einen heiseren, verzweifelten Schrei.

Wir drehten uns um und sahen die schreckliche Szene, die sich uns darbot. Eine Aschekreatur hatte ihren makabren Auftritt. Sie stieg aus dem Inneren eines Karussellpferdes heraus. Mit der einen Hälfte ihres verkohlten Körpers drehte und wand sie sich, um auch ihre Beine herauszuziehen. Sie entstand aus der Asche des Karussells. Es war wahrlich ein schauerlicher Anblick.

»O mein Gott! Nein, nicht jetzt!«, stotterte Susan.

Die kleine Penny klammerte sich noch fester an Susans Bein und fing an zu weinen.

Ich sah zu, wie der Graue sich gegen das Karussellpferd stemmte, als sei er dort eingezwängt. Schließlich hievte er sich aus der aschigen Materie, aus der das Pferd bestand, und fiel auf den Boden. Mit lahmen Beinen kroch er vorwärts, und erst als er sich von dem Karussell heruntergeschleppt hatte, versuchte er aufzustehen.

Wieder hörten wir ein lautes Krächzen, und blickten zum Dach des Karussells. Dort oben wiederholte sich eine ähnliche Szene. Zwei weitere Kreaturen erhoben sich wie Tote aus ihren Gräbern.

Wir wichen zurück. Automatisch stellte ich mich vor die Mädchen. Ich wusste, dass ich nichts tun konnte, aber ich fühlte mich verpflichtet, es wenigstens zu versuchen.

Die Grauen purzelten von dem schrägen Dach des Karussells herunter und fielen wie staubige Teppiche auf die Erde.

Wir dachten an Flucht, doch nun sprossen die Kreaturen auch hinter uns aus dem Boden, und es wurden immer mehr. Ein paar schleppten sich hinter dem Schießstand hervor und hielten sich am Tresen fest, andere kamen aus der Wand der Geisterbahn.

»Was sollen wir jetzt tun, Thara?«, schrie Susan.

Ich wusste es nicht, aber ich wollte ihr eine Antwort geben.

»Zur Achterbahn!«, rief ich.

Wir rannten zu der großen verbrannten Konstruktion. Ich hatte vor, dort hinaufzuklettern, denn als ich beim ersten Mal auf den Eisenbahnwaggon gesprungen war, hatten die Grauen mir nicht folgen können.

Penny konnte vor lauter Angst nicht laufen, und Susan musste sie tragen. Während wir rannten, sahen wir, dass die Grauen die Arme ausstreckten und uns den Weg abschneiden wollten. Wir mussten im Zickzack flüchten, damit sie uns nicht schnappten, und so wurde der Weg beträchtlich länger.

Als wir schließlich unten an der Achterbahn ankamen, wurde mir klar, dass meine Idee völlig unsinnig gewesen war. Es gab keine Möglichkeit, dort hinaufzuklettern. Die Balken waren viel zu weit oben und die Gleise zum Großteil zerstört.

»Und jetzt?«, fragte mich Susan verzweifelt.

Wir sahen uns um. Der Luna Dark war voller Grauer.

Mit klappernden Kiefern bewegten sie sich zwischen den Fahrgeschäften hindurch. Das verbrannte Fleisch fiel ihnen von den Knochen, und sie schienen die klare Absicht zu hegen, uns zu verschlingen.

Auf einmal hörte ich ein vertrautes Lachen.

Mit weit aufgerissenen Augen drehte ich mich um. Ich ließ meinen Blick am Gerüst hinaufwandern, das aussah wie eine Ansammlung von Kreuzen. Und da sah ich ihn.

Dort oben war Ludkar. Er beobachtete uns. Er stand auf einem wackligen Balken wie ein Rabe auf einem Ast.

Ich sah, wie er die Arme auf dem Rücken verschränkte und sich nach vorn fallen ließ.

Er fiel völlig unkontrolliert, sein schwarzer Mantel flatterte hinter ihm her. Er traf mit dem Gesicht auf dem Boden auf. Wie ein Fels war er eingeschlagen und blieb eine Weile so liegen. Ich blickte auf seine nackten Füße, die er schließlich in die Asche grub, um sich aufzurichten.

Susan sah mich fassungslos an.

Lustlos rappelte sich der Vampir auf und klopfte sich den Staub vom Rücken, dann drehte er sich zu mir um. Sein weißes Gesicht war vollkommen ausdruckslos und doch wirkte es vorwurfsvoll.

Er ging zu einem Aschemenschen und legte ihm die Hand auf den Kopf. Kraftvoll packte er zu und zertrümmerte ihm den Schädel.

Ich war entsetzt.

Die Aschemonster standen einfach so da und ließen sich nacheinander die Köpfe abreißen. Nur wenige versuchten zu fliehen, doch ohne Erfolg. Der Vampir schnappte sich einen nach dem anderen und ließ ihnen in aller Ruhe die gleiche Behandlung angedeihen. Nur zwei verschonte er, die sich, im Sand einsinkend, entfernten.

Nachdem Ludkar sein Massaker beendet hatte, rieb er sich die Hände.

»Lästig wie die Fliegen!«, sagte er.

Ich kniff die Augen zusammen.

»Du hast uns geholfen …«, flüsterte ich.

»Nein.« Er leckte sich die dunklen Lippen. »Das ist mein Hobby.«

Er lächelte dünn, dann wurde er wieder ernst, drehte sich um und lief mit schräg gelegtem Kopf davon. Sein Mantel bauschte sich bei jedem Schritt.

Susan packte mich an der Schulter.

»Wer zum Teufel ist das?«

»Lass gut sein«, sagte ich.

»Und jetzt geht er wieder?«

»Lass gut sein«, sagte ich noch einmal und schwieg. Dann sagte ich: »Ich muss mit ihm sprechen.«

Susan nickte.

»Geh schon. Bedanke dich für uns bei ihm.«

Ich lächelte schwach.

»Sucht euch ein Versteck. Die Grauen können nicht in die Höhe klettern.«

Wir umarmten uns, und ich versprach ihr, baldmöglichst zurückzukommen. Trotz der Spannungen zwischen uns, würde ich Nate bitten, nach ihnen zu sehen.

Ich gab der Kleinen einen Kuss und ging zum Ausgang des Vergnügungsparks. Als ich ans Tor kam, war Ludkar schon weit entfernt.

»He!«, rief ich, aber er blieb nicht stehen. »Wo gehst du hin?«

Ich beschleunigte meinen Schritt, bis ich ihn fast eingeholt hatte. Er lief schnell, und sosehr ich mich auch bemühte, ich konnte sein Gesicht nicht sehen.

Ich blieb immer ein Stück hinter ihm, sodass ich den Eindruck hatte, mit seinen langen schwarzen Haaren zu reden.

»Danke, dass du uns geholfen hast! Du hättest bleiben können.«

»Kinder verursachen mir Unbehagen. Man weiß nie, was sie als Nächstes tun.«

Ich lachte auf. Er schien von sich selbst zu sprechen.

Meiner Ansicht nach hatte er das absichtlich gesagt.

»Und wenn die Kreaturen zurückkommen?«, fragte ich.

»Das wird nicht passieren. Wenn sie wissen, dass das mein Terrain ist, bleiben sie weg.«

Diese Nachricht beruhigte mich. Ludkar ging ein bisschen langsamer.

»Warum sind sie so plötzlich aufgetaucht?«

»Anscheinend ist jemand in seinen Körper zurückgekehrt«, sagte er. »Ich habe den Tornado gesehen. So etwas zieht die Aschemenschen an wie Motten das Licht.«

Er verstummte jäh, als hätte er keine Lust mehr weiterzureden. Er drehte den Kopf zu mir, die Haare fielen ihm ins Gesicht. Vielleicht ärgerte er sich, dass er uns geholfen hatte. Ich hatte ihn noch nie so unwirsch gesehen.

Wir gingen lange durch die Dünen, bis wir ein großes violettes Feuer sahen. Auf dem Gipfel angelangt, erkannten wir, was es war.

Aus einem Kamin kamen Flammen.

Darunter stand eine ganze Fabrik – eine Konstruktion aus Rohren, Stegen und verbrannten Eisenteilen. Genau genommen handelte es sich um eine Raffinerie, wie mir Ludkar erklärte, während wir uns dem Bau näherten. Eine Anlage, in der Erdöl verarbeitet wurde, war in Flammen aufgegangen und hier wiederauferstanden. Das violette Feuer loderte aus dem Kamin, weil die Raffinerie in der realen Welt noch in Betrieb war.

Wir stiegen von der Düne zu dem komplexen Industriebau hinab. Ludkar ging zu einem Steg und mit einem gewaltigen Satz von mindestens drei Metern sprang er auf ein Rohr. Ich musste die Treppe nehmen.

Ich folgte ihm über den Außengang, bis er schließlich stehen blieb und beschloss, mir wieder Beachtung zu schenken.

»Ich wohne hier«, sagte er und fixierte mich mit seinen dunklen Augen, die in seinem weißen Gesicht genauso aussahen wie der nicht existente Mond über uns. Zwei schwarze Löcher, die alles verschlangen, was sie ansahen. Zwei Abgründe.

Ludkar machte einen Schritt auf mich zu. Ich verspürte eine seltsame Erregung, aber ich hatte keine Angst.

»Ich habe dich nicht eingeladen«, sagte er.

»Dann hättest du mich vorher aufhalten sollen.«

Er lächelte dünn, drehte sich auf dem Absatz um und lief weiter. Seine Schritte hallten auf dem Eisensteg, auch wenn er keine Schuhe trug. Ich folgte ihm und beobachtete seinen merkwürdigen Gang.

»Du bist ein kluges Mädchen«, sagte er. Ich wusste nicht, ob das ein Kompliment sein sollte oder ob er sich über mich lustig machte.

»Du hast versprochen, mir zu sagen, was damals mit Nate passiert ist, wenn wir allein wären.«

Ludkar antwortete nicht, er stieg eine Leiter in einen Lagerraum hinunter.

Die Halle war groß und dunkel. In den Ecken standen vom Feuer verstümmelte Maschinen, die aussahen wie tote Riesenspinnen. Ludkar ging mitten hindurch, und wenn ihm eine Maschine im Weg war, schob er sie einfach weg wie einen Stuhl. Er hatte eine unglaubliche Kraft.

Ganz hinten standen ein Bettgestell und ein paar Metallfässer.

Ludkar nahm seinen Mantel ab und ließ ihn auf den Boden gleiten. Er trug ein langes schwarzes Seidenhemd, unter dem sich sein starker, muskulöser Körper abzeichnete.

»Dann … wohnst du also hier«, sagte ich, als er seinen Schal auszog.

Er hielt kurz in der Bewegung inne.

»Sollen wir Konversation machen?«

»Wenn du willst.«

»Ich habe nichts anderes vor«, sagte er freudlos.

Ich ging zu einem Fass und setzte mich darauf.

»Willst du etwas über meine schwierige Kindheit wissen?«, fragte er ironisch.

Ich lächelte genauso ironisch zurück.

»Wie du zum Vampir wurdest? War es ein Fluch?«, wagte ich mich vor.

Er hob die Augenbrauen und runzelte die Stirn.

»Ein Fluch!« Er brach in wildes Lachen aus und schüttelte sich. »Glaubst du wirklich an dieses Märchen? Wir Vampire – und auch dieser Scheißort – haben nichts Fantastisches oder Esoterisches an uns! Willst du ein bisschen Unterricht?«, fragte er mit rollenden Augen.

Ich wartete, bis er sich wieder beruhigt hatte.

»Ich habe nichts anderes vor«, erwiderte ich dann.

»Wenn du dich umsiehst …«, flüsterte er und begann, um mich herumzugehen. »Wenn die Menschen doch sehen könnten!« Er warf den Kopf nach hinten. »Es ist so offensichtlich, dass die Wirklichkeit aus verschiedenen Schichten besteht …«

Er kam zu mir und strich leicht über meinen Hals. Ich saß reglos da, starr. Ich war mir nicht sicher, ob ich mich ärgern und von ihm abrücken sollte.

»… Schichten«, flüsterte er provozierend. »Wie deine Haut … Aber das sind physikalische Begrifflichkeiten.« Er sah mich mit irrem Blick an. »Quantenmechanik. Das erkläre ich dir jetzt nicht.«

Erneut fiel er in einen Zustand geistesgestörter Ruhe.

»Ich verstehe nicht …«, sagte ich leise, um zu sondieren, woher seine Laune rührte.

Ludkar packte eine Kette, die von der Decke hing, und zog daran. Ich sah, wie die Haken aus dem Putz sprangen und zusammen mit einem Schwall Mauerbrocken zu Boden fielen.

»Alles künstlich! Alles hohl!«, schwadronierte er wie ein Verrückter. Dann sah er, was er angerichtet hatte. »Ach, ich wollte sowieso umziehen.«

Er drehte sich zu mir um und sah mich durchdringend an. Ich zwang mich, ruhig zu bleiben. Staubwolken wirbelten durch die Halle.

»Es ist Nebel, verstehst du? Die Materie ist nichts als Nebel. Und was wir Seele nennen, ist nur ein Teil davon …« Er hielt inne und runzelte die Stirn. Die Geste wirkte wie ein stiller Refrain.

»Aber interessiert dich das wirklich?«

Ich zuckte mit den Schultern.

»In Naturwissenschaften war ich noch nie ein Genie … Erzähl mir lieber von dir.«

»Na toll!«, seufzte Ludkar und setzte sich auf das Bettgestell. »Jetzt habe ich hier auch noch eine Psychiaterin!«

»Vampir-Psychoanalyse«, sagte ich mit einem gezwungenen Lächeln.

Ludkar leckte sich über die schwarzen Lippen.

»Von dem ganzen Zeug, das man sich über uns erzählt, stimmt eigentlich nur, dass wir Blut oder lebendes Fleisch brauchen, um unsere Körper zu regenerieren.« Er faltete die Hände und streckte dabei die Daumen aus. »Ich war mal ein Mensch. Ich hatte Angst vor dem Tod. Kaum zu glauben, was? Riesige Angst. Solche Angst, dass ich das Leben nicht genießen konnte. Und das hat mich zu dem gemacht, was ich bin.«

Ich stieg von dem Fass.

»Ich werde es schon noch verstehen …«, murmelte ich.

»So ist es«, sagte er, während ich mich dem Bettgestell näherte. »Durch die Angst habe ich mich verändert, mein

Körper hat sich verändert.« Er holte tief Luft. »Ich fürchtete mich so sehr davor, die Welt zu verlassen, dass meine Zellen darauf reagiert haben. Sie haben den Alterungsprozess gestoppt und mir erlaubt, auf der Welt zu bleiben. Wir alle können Vampire werden. Man muss nur Todesangst haben. Es gibt keinen Fluch – außer dem Leben selbst.«

Ich beobachtete, wie sich sein großer Mund leicht öffnete, während er sprach, und sich seine kleinen spitzen Zähne zeigten.

»Und deine Zähne …«, sagte ich, während ich mich ihm in kleinen Schritten näherte.

»Damit sich unser Körper regeneriert, müssen wir Blut saugen oder lebendiges Fleisch essen. Unser Körper verändert sich durch das, was wir essen, er wird zu dem, was wir essen.« Er setzte eine verdrossene Miene auf. »Anfangs, als ich gemerkt habe, dass ich ein Vampir geworden war, habe ich mich nur von Tieren ernährt, es wäre mir nie in den Sinn gekommen, einen Menschen zu essen. Doch dadurch wurde mein Körper dem eines Tieres immer ähnlicher, bis ich mich nicht mehr unter Kontrolle hatte, und so …«

»… und so hast du Menschen getötet«, sagte ich und setzte mich neben ihn.

»Genauso war es. Ich habe ziemlich viele Menschen getötet und deren Blut getrunken, dann wurde ich wieder ich selbst. Als mir klar wurde, was ich getan hatte, wäre ich fast übergeschnappt.«

»Ein wenig ist es dir ja gelungen.«

Ludkar überhörte meine Bemerkung.

»Es war ein Teufelskreis, verstehst du? Wenn ich Tiere aß, wurde ich zum Tier und tötete Menschen, und als ich ihr Blut trank, wurde ich wieder zu einem Menschen, und alles fing von vorn an.«

»Das ist traurig«, sagte ich leise.

Ich begann zu verstehen, warum er sich so seltsam verhielt.

»Von diesem Tag an tötete ich nur noch Menschen, die es verdient hatten«, fuhr Ludkar fort, »oder solche, die entweder todkrank oder uralt waren. Ich bin ein Monster«, sagte er kühl.

»Du bist, wer du bist«, beruhigte ich ihn und legte meine Hand auf seine Hände.

Sie waren eisig. Er zog sie nicht weg.

Nun gefiel mir noch weniger, wie Nate ihn behandelt hatte.

Ludkar war nicht böse. Ja, klar, er führte sich auf wie ein Psychopath, aber im Lichte dessen, wozu sein Körper ihn zwang, konnte ich ihn verstehen.

»Gibt es viele Vampire auf der Welt?«, fragte ich.

»Ich glaube nicht. Ich kenne nur deinen Vater. Und Aracmill.«

»Meinen Vater.« Dem zweiten Namen schenkte ich keine Beachtung. »Wie war das denn damals mit ihm und dir?«

Ludkar sah mir in die Augen. Man konnte sich wirklich in seinem Blick verlieren. Aus der Nähe betrachtet, ohne das Feuer, das ihn umgab, war er schön und duftete nach Weihrauch. Sein Mund war nicht mehr ganz so Furcht einflößend, sondern fleischig und sinnlich.

»Wir waren Freunde, als wir noch in Europa lebten. Eines Tages beschloss er einfach so, wegzugehen. Ich weiß nicht, warum er mich alleingelassen hat.« Er ließ den Kopf hängen, und seine langen schwarzen Haare fielen ihm wie sooft ins Gesicht. »Jahrelang habe ich ihn gesucht, ich bin seinem Geruch gefolgt und habe ihn irgendwann in einem alten Schloss gefunden. Ich wollte mit ihm reden, aber er war außer sich wie ein wildes Tier. Auf dem Boden lag die Leiche dieses Jungen. Nate. Dein Vater ging auf mich los, wahrscheinlich ohne mich zu erkennen, und riss mich in Stücke.« Er seufzte tief.

Ich lächelte, obwohl ich ziemlich bekümmert war. Mein Vater schien im Lauf seiner Existenz nur Leid verursacht zu haben. Unter dem Vorwand, von sich selbst zu erzählen, hatte Ludkar mir verraten, was mit Nate passiert war. Er hatte Wort gehalten. So intelligent, wie er war, war ihm das bestimmt nicht zufällig rausgerutscht.

»Ich verstehe jetzt, wieso du so reagiert hast, als du seinen Geruch wahrgenommen hast. Also, meinen Geruch …« Ich wandte den Blick ab.

»Deine Augen«, sagte Ludkar und strich mir über die Wangen, ohne dass ich es spürte. »Deine violetten Augen.«

Mein Gesicht wurde kalt, gleichzeitig aber fühlte ich Wärme an meinem Hals. Es war angenehm. Wir blickten uns wieder an.

»Sie bestehen aus demselben Stoff wie das Leben. Wie die Blumen.« Er strich mir mit den Fingern über die Lippen. »Ich habe noch nie ein Dämmerwesen kennengelernt. Im Gegensatz zu uns Vampiren hast du die Kraft des Lebens in dir. Du kannst hinter die Grenzen des Todes blicken, ohne Angst zu haben. Und dank dieser Gabe kommst du ins Cinerarium, wie ich durch das Feuer in die reale Welt komme.«

Ein Schauer durchfuhr mich wie ein Sturm am nächtlichen Himmel.

»Du gehst durchs Feuer?«, fragte ich.

Ich war so schockiert, dass ich gar nicht merkte, wie sanft er geworden war.

»Ja, durch die Flammen des Kamins. Aber es klappt nur beinahe. Der Körper, der in der wirklichen Welt auftaucht, ist nur ein Schein, er ist aus Asche.«

»Aber ich«, sagte ich, ohne vor ihm zurückzuweichen, »habe deinen Körper noch gar nicht gefunden. Warum hast du mir trotzdem verraten, wie du zwischen den Welten hin und her reist?«

Ludkar neigte den Kopf, es war eine zärtliche Geste.

»Vielleicht ist es besser, wenn du deinen Vater nicht suchst. Er könnte gefährlich sein«, sagte er mit einer menschlicheren Stimme. »Als ich dich das erste Mal sah, war ich – wie soll ich sagen? – verzaubert. Ich bin jahrhundertealt, aber ich habe noch nie eine Frau wie dich getroffen. Und im Schloss war ich … eifersüchtig auf Nate. Ich habe niemanden.«

»Ich bin dir nicht böse«, sagte ich freundlich.

Wahrscheinlich hatte er mehr als alle anderen, mehr noch als Nate, unter dem Schrecken und der Einsamkeit dieser Welt gelitten.

Ludkar rührte sich eine Weile lang nicht, dann nahm er meinen Kopf in die Hände und küsste mich. Einfach so.

Ich riss die Augen auf. Mir blieb die Luft weg. Das hatte ich nun wirklich nicht erwartet! Ich hörte einen lauten Knall und spürte, wie sein kaltes Gesicht mich wie ein Winterwind mit sich riss. Ich erwiderte seinen Kuss nicht, aber ich hatte auch keine Zeit, ihn daran zu hindern. Er war alles andere als unangenehm. Ich spürte seine spitzen Zähne nicht, ich spürte nur seine Arme, die mich sanft drückten, und schmeckte ein würziges Aroma.

Ich hielt die Luft an. Als er zurückwich, sah er in mein noch immer erstarrtes Gesicht.

»Entschuldige«, sagte er leise.

»Schon gut.«

Doch die Unruhe, die er in mir ausgelöst hatte, wurde immer größer. Langsam stand ich von dem Bettgestell auf.

»Ich … ich muss jetzt gehen«, sagte ich, als ich wieder Luft bekam.

Instinkt

Mit Mühe schlug ich die Augen auf. Was gerade im Cinerarium passiert war, hatte mich zutiefst verstört.

Ich war nicht mehr im alten Kino, sondern in Charles' Wagen. Meine Freunde mussten mich getragen und auf den Rücksitz gelegt haben, während ich noch geschlafen hatte.

Ich massierte mir den Hals und blickte mich um. Ich war allein, der Wagen stand in der Auffahrt vor Charles' Villa. Ich stieg aus und ging am Haus vorbei zur Garage. Das Tor war offen. Drinnen standen, zwischen allen möglichen Gerätschaften und Werkzeugen, Leo, Christine und Charles an einer Werkbank. Charles musste ein leidenschaftlicher Bastler sein. Sogar ein Motorrad lehnte unter einer Plastikplane an der Wand.

Christine drehte sich um. »Ha, da ist ja unser Dornröschen aus dem Iris-Wald!«

Ich trat zu ihnen an die Werkbank und sah, dass Charles die Schatulle in eine Schraubzwinge geklemmt hatte.

»Vielleicht sind wir bald so weit«, sagte er und steckte ein paar Eisenstäbe in das Schloss.

Er hantierte eine Weile damit herum, während wir ihn aufgeregt beobachteten.

»Gleich sind wir so weit«, sagte er wieder.

Dann hörten wir ein Klacken.

Er hatte das Schloss aufbekommen!

Wir beugten uns vor, um zu sehen, was unter dem Deckel verborgen war, doch als wir ihn anheben wollten, klemmte er.

»Verdammter Mist!«, rief Charles und ließ die Eisenstäbe fallen.

»Hast du es jetzt noch schlimmer gemacht?«, fragte Leo und erntete einen wütenden Blick von Christine.

Charles ließ sich schlapp auf einen Hocker vor der Werkbank fallen.

»Tut mir leid, Leute. Wir müssen noch warten.« Dann sah er mich an. »Und? Hast du mit Nate gesprochen?«

Ich schluckte. Ich wusste nicht, was ich antworten sollte. Die Wahrheit konnte ich ihm auf keinen Fall sagen, also ließ ich mir etwas einigermaßen Glaubwürdiges einfallen.

»Ja«, sagte ich, »ich soll dich von ihm grüßen. Er hat dich auch lieb.«

Charles lächelte freudig.

»Und er hat gesagt«, fuhr ich fort, »dass er sich nicht daran erinnert, wie er gestorben ist, nur dass Kolor ihn nicht getötet hat.«

Das war die größte Lüge, die je aus meinem Mund gekommen war, aber ich dachte, dass es Charles guttun würde.

»Ich wusste es!«, rief er und stand wieder auf. »Und hat er herausgefunden, wie er zu uns zurückkehren kann?«

»Wir arbeiten noch daran«, sagte ich verlegen.

»Wunderbar! Das wird herrlich werden! Ich kann es gar nicht erwarten, ihm zu zeigen, wie gut ich sein Motorrad all die Jahre über in Schuss gehalten habe!«

Er nahm die Plane und zog sie mit einer ausladenden Bewegung herunter.

»Wow!«, machte Leo, als er die Maschine sah.

Sie war wirklich schön. Schwarz mit bunten Reflexen. Wie für Nate gemacht.

In diesem Augenblick spürte ich Ludkars Lippen auf meinem Mund. Ich spürte, wie sich meine Kehle zusammenzog.

Während wir uns unterhalten hatten und meine Aufmerksamkeit der Schatulle gegolten hatte, war alles gut gegangen, ich war abgelenkt gewesen. Aber jetzt …

»Kann ich nach oben gehen, Charles? Ich würde mir gern die Kartons ansehen.«

»Klar, du kennst ja den Weg.«

Meine Freunde blieben bei Charles und probierten neue Techniken aus, um die Schatulle zu öffnen. Ein Glück, denn alles, was ich wollte, war allein sein und in Ruhe nachdenken.

Durch die Küche ging ich ins Obergeschoss und musste mich am Geländer festhalten. Ich war nicht bloß verstört, ich fühlte mich auch schuldig und feige. Was, zum Teufel, war da passiert?

Dieses Mal fand ich die Mansardentür ohne Probleme und trat ein. Als Erstes öffnete ich die Fensterläden an der Dachluke und ließ ein wenig Licht und Luft herein. Das hatte der Raum – und vor allem ich – dringend nötig.

Ich griff mir einen Karton und setzte mich damit auf den Boden. Ich öffnete ihn nicht sofort. Das war im Moment nicht wichtig. Bevor ich andere Dinge verstand, musste ich erst mich selbst verstehen.

Ludkar hatte mich geküsst. Das war eine Tatsache, die sich nicht mehr ändern ließ. Doch was bedeutete dieser Kuss? Er war richtig, alle Küsse waren richtig, aber er kam von der falschen Person.

Wie hatte ich mich nach den tiefen Gefühlen, die ich für Nate empfunden hatte, von Ludkar küssen lassen können? Ausgerechnet von ihm, der zugab, ein Mörder zu sein! War es Mitleid gewesen, oder bestand zwischen uns eine Anziehungskraft, die ich zuvor nicht wahrgenommen hatte?

Ich ertrug es nicht, mit dem Rücken zur Wand zu stehen. Andere zu beherrschen war unmöglich, aber zumindest musste ich mich selbst beherrschen können. Was mir zugestoßen war, was mir noch immer zustieß, war sehr verwirrend: Ich war nicht mehr in der Lage, meine Gefühle in Schach zu halten.

Es tat weh, an Nate zu denken. Als ich meinen zerrissenen Brief gesehen hatte, hatte ich Angst bekommen. Angst, diesen Schmerz nicht zu ertragen. Also hatte ich mir vorgemacht, wütend zu sein. Ich hatte etwas zugelassen, von dem ich schon jetzt wusste, dass ich es bereuen würde. Ich hatte Ludkar erlaubt, eine Grenze so weit zu übertreten, dass an dem Schmerz gerührt wurde, der sich darunter verbarg. Und der Schmerz war tatsächlich gekommen. Jetzt.

Ich hatte die Beherrschung verloren, wie Nate im Schloss. Er hatte die Lawine losgetreten und ich hatte mich davon erfassen lassen. Ich biss mir auf die Lippen. Ich war traurig und wehmütig. Ich bereute es, Nate nicht gesagt zu haben, was die wahre Ursache für meine Verwandlung in Asche war. Hätte er es gewusst – hätte er gewusst, dass ich ihn liebte –, dann hätte er vielleicht nicht so reagiert.

Ich ballte die Fäuste. Ludkar war genau dann aufgetaucht, als meine Enttäuschung am größten gewesen war. Darüber hinaus hatte er mich gerettet und sich mir geöffnet, indem er mir viel über sich und mich erzählt hatte.

Aber es war doch sonnenklar, oder monddunkel wie im Cinerarium, dass sich zwischen ihm und mir niemals etwas entwickeln könnte.

Ludkar hatte sich vor langer Zeit freiwillig in die Einsamkeit begeben. Er wäre für immer allein gewesen, gefangen in einem Albtraum. Ich hätte ihm helfen können, wenn ich meinen Vater und seinen Körper gefunden hätte. Und dann hätten wir uns Lebewohl gesagt.

Ich hätte mein Leben gelebt und er seine Ewigkeit.

Er tat mir leid. Ich fand ihn attraktiv, aber er war nicht mein Traum. Nate war mein Seelenverwandter. Und jetzt versuchte er zu verschwinden, wie er bereits aus der realen Welt verschwunden war. Was sollte ich tun? Ich wusste es nicht. Ich war doch nur ein kleines Mädchen, das mit Dingen konfrontiert war, die ihm über den Kopf wuchsen. Die Ereignisse hatten meine Geschichte bis zu diesem Punkt vorangetrieben. Nun verlangten sie, dass ich die Dinge selbst in die Hand nahm.

In diesem Moment klopfte es an die offene Tür. Ich drehte mich um. Christine.

»Willst du mir erzählen, was wirklich passiert ist?«, fragte sie und trat ein.

»Woher weißt du, dass etwas passiert ist?«, fragte ich leise.

»Was wäre ich für eine beste Freundin, wenn ich nicht merken würde, wenn du in Schwierigkeiten bist?«

Ich lächelte und forderte sie auf, sich neben mich auf den Boden zu setzen. Sie bevorzugte einen Stuhl.

Ich erzählte ihr, was sich im Cinerarium ereignet hatte. Nates Verhalten und Ludkars Kuss. Sie lachte mich nicht aus, sie klagte mich nicht an, und das wusste ich sehr zu schätzen. Ich brauchte jemanden, dem ich mich anvertrauen konnte, ohne verurteilt zu werden. »Thara, ich glaube nicht an ›Irrtümer‹. Was wir tun, hat Konsequenzen, so ist es eben.«

Sie log nicht, um mir die bittere Pille zu versüßen. Wahrscheinlich hatte sie mir angesehen, dass ich mich wieder so weit gefasst hatte, um damit klarzukommen.

»Ich dachte, als Erstes würdest du mich fragen, wie es war, einen Vampir zu küssen«, sagte ich und zwang mich zu einem Lachen.

»Das will ich gar nicht so genau wissen.«

Christine stand auf. Sie beschloss, dass es doch nicht so wichtig war, ob ihre Hose staubig wurde, und setzte sich neben mich.

»Eines will ich aber doch wissen.« Sie zwinkerte mir zu. »Wenn man aus Angst vor dem Tod Vampir wird und wenn man selbst zum Tier wird, weil man Tiere isst … Hast du Ludkar gefragt, ob man dann zum Werwolf wird, wenn man Hundefutter zu sich nimmt?«

Ich gab ihr einen Klaps auf den Hinterkopf.

»Was für eine blöde Frage, die Leo hätte stellen müssen!«

»Aber Leo ist nicht hier. Ich musste einspringen.«

»Ihr wirkt immer mehr wie ein altes Ehepaar, das seit mindestens zwanzig Jahren verheiratet ist«, sagte ich und bereitete mich auf einen Faustschlag vor.

Stattdessen sagte Christine: »Tja …«

Dann empfanden sie also wirklich etwas füreinander.

»Was soll ich deiner Meinung nach tun?«, fragte ich.

»Das ist so, als würdest du mich bitten, dein Leben zu leben. Du musst dich selbst fragen und das Offensichtliche tun: dir eine Antwort geben.«

Das klang vielleicht ironisch, aber ihre Stimme und ihr Gesichtsausdruck waren es nicht.

»Es tröstet mich, dass meine Freunde immer wissen, wie sie meine Probleme lösen können«, gab ich im selben Tonfall und mit demselben Blick zurück.

»Willst du wissen, was ich machen würde? Ich würde reden. Und dabei möglichst die Wahrheit sagen. Normalerweise macht das die Dinge nicht schlimmer«, sagte sie und richtete ihre Zöpfe.

»Das ist aber keine sehr ›normale‹ Situation. Reden … Mit wem denn zuerst? Mit Nate oder mit Ludkar?«

»Versuch für den Anfang, mit dir selbst zu reden. Frag dich, was du für Nate empfindest, und unterdrücke jede Furcht, bevor du dir die Antwort gibst.«

»Christine, ich hab dir doch schon gesagt, was ich für Nate empfinde. Das Buch hat es mir verraten: Ich werde zu Asche, wenn ich ihn berühre.«

»Lässt du dir etwa von einem Buch vorschreiben, was du für eine Person empfindest?«

Christine hatte recht. Genau das war der Grund, weshalb ich Nate nicht gesagt hatte, was im Cinerarium passierte, wenn zwei Menschen sich liebten. Es war nicht die Angst gewesen, mich zu erklären. Es war die Angst gewesen, aus einem zu Asche verbrannten und vergessenen Buch ›Ich liebe dich‹ auf Latein vorlesen zu müssen. Ich wollte es ihm in meiner eigenen Sprache sagen. Ihm, einem Jungen, der vielleicht teilweise aus Asche bestand, den ich aber nie vergessen würde. Er musste selbst herausfinden, dass er in mich verliebt war. Diese unangenehme Situation wollte ich ihm nicht ersparen. Er sollte es mir sagen und mir dabei in die Augen blicken. Ich wollte diesen Moment nicht verpassen und dem Cinerarium schenken.

Ein starker Schmerz durchfuhr mich. Ich hatte ihn verraten.

»Christine, ich habe etwas Schreckliches getan.«

Sie lächelte. »Du liebst ihn also. Das hast du dir nun selbst beantwortet. Das war der erste Schritt. Nun solltest du auch mit Ludkar reden.«

Ich seufzte und versuchte, meine Nervosität zu verdrängen. Sie hatte recht.

Den Nachmittag über blieb ich mit Christine und Leonard bei Charles. Zusammen wühlten wir in den Kartons, fanden aber nichts Interessantes, nichts, was uns auch nur annähernd auf die Spur meines Vaters hätte führen können. Da waren nur ein paar alte Fotos und Krimskrams, der sich im Lauf der Jahre angesammelt hatte. Kein Hinweis auf seinen Verbleib.

Zur Abendessenszeit verabschiedeten wir uns voneinander und verabredeten uns für den nächsten Tag. Irgendwie mussten wir ja herausfinden, wo mein Vater war.

Ich kam nach Hause, bevor die Dämmerung die Stadt orangerot färbte. Am Eingang drehte ich mich noch einmal um und betrachtete den Himmel. Früher hatte mir das immer sehr gutgetan, nun aber hätte ich seine Färbung fast nicht gemerkt.

Meine Mutter saß vor dem Fernseher, als ich die Tür öffnete. Sie war ungewöhnlich fröhlich, aber ich fragte nicht nach. Ich begrüßte sie nur und ging in mein Zimmer. Schön für sie, wenn es ihr gutging. Oder vielleicht tat sie auch nur so.

Ich legte mich aufs Bett und starrte eine Weile auf die Iris, die ich an die Decke gemalt hatte. Ich musste zu Nate und ihm die Wahrheit sagen. Ich liebte ihn und spürte, dass auch er mich liebte. Wir würden uns gegenseitig verzeihen. Und dann würde ich ihn überreden, durchs Feuer zu gehen.

Ich hatte keinen Hunger und aß nichts zu Abend. Die Iris hatten mich mit ihrem Duft gesättigt. Wie Bienen nährten sich meine Augen mit ihrem Nektar.

Unbemerkt holte ich die Blumen aus dem Kühlschrank. Zurück in meinem Zimmer steckte ich langsam meine Nase hinein. Ich wollte ihr Geheimnis aufdecken. Ludkar hatte gesagt, dass sich Vampire vom Tod nährten und ich mich vom Leben. Dass ich dank dieser Gabe in die Fast-Welt, ins Cinerarium, reisen konnte.

Ob das die Wahrheit war? Aber der Schlaf verdrängte meine Gedanken.

Das Getöse der Stille

Die Stille im Cinerarium war so endlos wie das Grau. Auf der anderen Seite angekommen, regte sich kein Lüftchen.

Bevor ich eingeschlafen war, hatte ich an Ludkar gedacht. Wenn er sich Hoffnungen gemacht hatte, wäre es das Beste, sie im Keim zu ersticken. Ich stand auf. Als Erstes sah ich die violette Flamme, die aus seinem Kamin kam.

Ich hatte keine Ahnung, wie Vampire so etwas aufnahmen, aber Ludkar musste in seinen vielen Jahrhunderten Schlimmeres erlebt haben, als die unbedeutende Zurückweisung eines Mädchens. Zumindest hoffte ich das. Und eigentlich war ich doch nur für ein paar Tage in seinem Leben aufgetaucht. Das würde keine Konsequenzen haben. Nein, keine.

Schritt für Schritt näherte ich mich dem Gebäudekomplex der Raffinerie. In meiner Vorstellung wurden die Rohre zu einem Netz, in dem ich hängen bleiben würde wie eine Fliege. Dann hob ich den Blick und sah Ludkar.

Er stand reglos da und sah mich an. Ich konnte seinen Gesichtsausdruck nicht deuten. Aus der Ferne war sein Gesicht eine lächelnde Maske. Ich erkannte seinen Schal und das rote Futter seines Mantels. Er rührte sich nicht. Vielleicht wartete er darauf, dass ich zu ihm stieß.

Also bahnte ich mir einen Weg zwischen den ineinander verwobenen Rohren hindurch zu der Treppe, die mich zu ihm führen würde. Ich war aufgeregter als gedacht. Und wenn er mich noch einmal küssen wollte, was dann?

Als ich den Kamin hinaufkletterte, verlor sich die Raffinerie immer mehr aus dem Blick, und ich konnte die graue Wüste sehen, die sich vor mir erstreckte, so weit das Auge reichte. Ich schluckte. Ich wusste nicht, wie viele Schritte mich noch von Ludkar trennten. Ich hob den Kopf und sah die violette Flamme über mir, aber ich hatte keine Ahnung, in welcher Höhe sie brannte. Diese Wendeltreppe blieb immer gleich – ich schien überhaupt nicht voranzukommen.

Dann, als ich am wenigsten damit gerechnet hätte, tauchte plötzlich Ludkar hinter einer Biegung auf.

Er stand genauso da, wie ich ihn von unten gesehen hatte, den Kopf geneigt, die langen, rötlichen Strähnen senkrecht im Gesicht, sodass sie die Hälfte seines Mundes verdeckten.

»Schön, dich wiederzusehen!«, sagte er.

Ich sagte nichts. Er schien etwas in der Luft zu wittern.

»Irgendwas stimmt hier nicht!«, zischte er.

Ich machte noch einen Schritt auf ihn zu.

»Ich muss mit dir sprechen«, sagte ich, konnte aber seinem Blick nicht standhalten.

»Ich auch mit dir«, gab er zurück und strich mir durchs Haar.

Offenbar merkte er, dass ich kühl blieb, denn er zog seine Hand langsam zurück.

Ludkar …«, hob ich an, »… was zwischen uns war … ich glaube, das war ein Fehler.«

Er faltete die Hände und drehte seinen Oberkörper zu mir.

»Ein Fehler?«, wiederholte er verblüfft. »Ich hatte den Eindruck, dass es dir viel zu sehr gefallen hat, um ein Fehler zu sein.«

Er nahm mich in die Arme.

»Es ist aber so.« Ich wollte ihn ansehen, aber auch dieses Mal schaffte ich es nicht. »Ich liebe Nate. Ich musste es dir sagen.«

»Also bin ich auch für dich ein Monster«, sagte er und blickte verstört drein.

»Nein, Ludkar, du bist ganz bestimmt kein Monster«, beruhigte ich ihn und legte ihm eine Hand auf den Arm. »Bitte verzeih mir!«

Er regte sich nicht. Genau wie ein Toter.

»Thara, es war doch nur ein Kuss.«

»Ich weiß«, sagte ich beschämt.

»Ich bin weder wütend noch enttäuscht«, sagte er kalt. »Ich habe schlimmeres Leid erlebt, grauenvolles Leid, das du dir nicht einmal im Entferntesten vorstellen kannst. Den Kuss eines Mädchens, so herrlich und süß er auch gewesen sein mag, kann ich locker wegstecken!«

Er lächelte dünn.

Ich erwiderte sein Lächeln.

»Danke, Ludkar. Ich hatte gehofft, dass du mich verstehen würdest. Du hast meine Wut auf Nate geküsst, nicht mich. Aber das habe ich zu spät begriffen.«

»Genau über Nate wollte ich mit dir reden«, unterbrach er mich. »Ich habe ihn gesehen.«

Ich schreckte auf.

»Aber du hast ihm doch nicht gesagt, was zwischen uns vorgefallen ist, oder?«

Er schüttelte den Kopf, seine Haare flogen hin und her.

»Nein, ich habe ihm nichts erzählt. Aber er, er hat mir etwas gesagt.«

»Was denn?«

»Es wird dir wehtun, Thara«, warnte er mich.

Ein kalter Schauer lief mir über den Rücken.

»Er hat gesagt, dass er deinem Vater nicht verzeihen kann, was er ihm angetan hat. Und dass er dir nicht verzeihen kann, dass du dich für mich eingesetzt hast.« Wieder strich er mir durchs Haar, und dieses Mal ließ ich es wie gelähmt zu. »Es tut mir leid, Thara, aber er hat gesagt, dass er dich nicht mehr wiedersehen will.«

Ich hob meine violetten Augen und sah Ludkar ins Gesicht. Seine Augen waren so schwarz wie alle Nächte eines ganzen Jahres zusammen. Das hatte Nate gesagt? Mir wurden die Knie weich. Der Vampir merkte es und stützte mich.

»Thara, jetzt weißt du, wie sehr so etwas schmerzt!«

Er stieg auf das Treppengeländer und blickte mich an. Zum ersten Mal sah ich Rührung in seinem weißen Gesicht.

Dann ließ er sich sanft nach vorn fallen, und das Letzte, was ich von ihm sah, war das rote Futter seines flatternden Mantels. Ich beugte mich vor, aber als ich nach unten blickte, war er nicht mehr da.

Ich lehnte mich an die Eisenwand. Das konnte nicht wahr sein. Nate konnte unmöglich gesagt haben, dass er mich nicht mehr wiedersehen wolle! Es war doch nichts so Schlimmes passiert. Ludkar musste es erfunden haben, um mir wehzutun. Aber diese Lüge war ihm nicht gut gelungen. Normalerweise war er besser darin, mit den Gefühlen der Menschen zu spielen.

Vielleicht war er verbitterter, als ich glaubte. Er hatte so sehr betont, dass er Schlimmes durchgemacht hatte. Ich würde noch einmal mit ihm reden und ihn zur Vernunft bringen müssen. Ludkar war viel zu verrückt, um ihn in einem Zustand der Unruhe alleinzulassen. Er könnte tragisch reagieren.

Ich stieg die Treppe hinunter und suchte in dem Dschungel aus Rohren nach dem Eingang zu den Hallen der Raffinerie.

Es war schwer, sich zu orientieren, aber schließlich erkannte ich den Steg, über den wir beim ersten Mal gegangen waren. Ich folgte ihm und fand die Treppe zu der Halle, in der Ludkar wohnte.

Ich ging hinunter und lief vorsichtig zwischen den großen, toten Maschinen hindurch. Hinter den letzten stand das Bettgestell, doch der Vampir war nicht da.

Ich dachte kurz, er hätte mich vielleicht gerochen und sei

geflüchtet, aber vielleicht wollte er auch nur auf den Dünen spazieren gehen, um nachzudenken und Abstand zu gewinnen.

Ich setzte mich auf das Bettgestell und beschloss, auf ihn zu warten. Ich hoffte nur, dass ich nicht wie üblich plötzlich wach werden würde. Die psychoanalytische Sitzung mit dem Vampir hatte länger gedauert als vorgesehen.

Plötzlich hörte ich ein Knistern in der Stille.

Ludkar!, dachte ich. Aber er war es nicht, und mit Sicherheit war es auch keine Maus. Ich stand auf, um nachzusehen. Ich folgte dem Geräusch bis hinter die riesigen Zahnräder einer schwarzen Maschine und war für einen Moment wie gelähmt.

Es war, als würde sich mein Körper vollkommen leeren. Nur meine Haut blieb übrig, wie kristallisiert.

Vor mir saß Nate – geknebelt und an ein Fass gefesselt mit langen, gräulichen Wunden am Körper. Seine Augen waren weit aufgerissen und flackerten. Sein Herz schlug hell leuchtend unter seinem T-Shirt.

Als ich wieder zu mir kam, lief ich zu ihm und nahm ihm den Knebel aus dem Mund.

»O mein Gott, Nate!«, schrie ich. Meine Augen schmerzten schon, bevor ich zu weinen anfing.

Mit einem Ruck befreite er sich von dem Stoff.

»O mein Gott!«, wiederholte er. »Du dumme Gans! Ich hatte dich gewarnt!«, schrie er mich an. »Aber du bist drauf hereingefallen!«

Ein nervöses Lachen schüttelte ihn.

»Nate!« Mein Gesicht war verzerrt, Tränen rannen mir über die Wangen.

»Mach mich los! Worauf wartest du noch?«

Beschämt rannte ich hinter das Fass und schnitt mit einem scharfen Gegenstand die Knoten des Seils durch. Währenddessen redete Nate unaufhörlich.

»Wie war es denn, ein Monster zu küssen, hä? Oder was

habt ihr sonst gemacht, einen Fingerhut getauscht? Hat es dir gefallen? Tja, weißt du, als du weg warst, hat er sich einen großen Spaß daraus gemacht, mich zu foltern!«

Mein Herz schlug zum Zerbersten. Nate hatte alles gesehen! Er hatte gesehen, wie Ludkar mich geküsst hatte. Dieser Schuft!

Ich hatte Nate nicht auf dem Schiff gefunden, weil Ludkar ihn schon gefangen genommen hatte. Mein schöner Junge mit den Regenbogenaugen hatte meinen Brief gefunden, aber er hatte nicht auf mich warten können! Mein Gott, was hatte ich nur getan? Und was hatte er mit ansehen müssen?

Ich machte Nate los und half ihm auf die Beine.

»Nate, ich konnte doch nicht wissen, dass ...«

Er riss sich los und stieß mich weg, sodass ich fast hingefallen wäre. Ludkar musste ihm Schreckliches angetan haben. Nates Körper war gezeichnet von der Folter. Durch das zerrissene T-Shirt sah ich Schnitte. Große Schnitte, aus denen Asche rieselte.

»Ja, klar, Thara!«, brüllte er. »Klar! Du hast keine Sekunde verloren und dich mit dem erstbesten Psychopathen eingelassen, der dir über den Weg gelaufen ist!«

»Aber nein, Nate!«

»Ich hab alles gesehen! Verarsch mich nicht noch mehr, als du es bereits getan hast! Findest du nicht, es reicht?«

Ich wollte ihm übers Gesicht streichen, aber er drehte sich weg.

»Was hat er mit dir gemacht?«

»Das willst du nicht wissen«, sagte er kühl. »Und was interessiert es dich überhaupt? Ich bin dir doch gar nicht wichtig!«

Erst da merkte ich, dass ich ihn berührt hatte. Ich hatte ihn berührt, und nichts war geschehen. Ich hatte mich nicht in Asche verwandelt. Der Schmerz in mir war zwar genauso groß, aber meine Hände waren nicht zu schwarzem Staub zerfallen. Das konnte nur eins bedeuten:

Nate liebte mich nicht mehr.

Er hatte aufgehört mich zu lieben.

Zitternd streckte ich die Arme nach ihm aus. In mir ging alles entzwei. Ganze Städte wurden zerstört.

Ich warf mich in seine Arme und drückte ihn, so fest ich konnte. Ich umarmte ihn und ließ ihn nicht mehr los.

»Aber ich liebe dich, Nate! Deshalb bin ich zu Asche geworden!«

Ich sagte ihm, was ich für ihn empfand. Ihm und mir selbst. Worte, die aus meinem tiefsten Inneren kamen. Wahr und klar wie Tautropfen, wie Tränen der Morgenröte. Nate schwieg. Kalt. Er wandte kaum den Kopf.

»Du musst erst noch lernen, was Liebe bedeutet.«

Seine Brust loderte auf. Sein Herz brannte wie ein Vulkankrater. Seine Haut wurde grau. Auch seine Augen verloren schlagartig alle Farbe. Ich lockerte meinen Griff.

»Nein, Nate, ich habe dir dieses Wort beigebracht!«, flüsterte ich. »Ich liebe dich wirklich. Und du liebst mich auch.«

»Und?«, sagte er mit trübem Blick. »Wer liebt, wird ein Grauer! Warum also wirst du jetzt nicht zu einem Aschehäufchen?«

Ich schluchzte so sehr, dass ich meinte, den Verstand zu verlieren. Plötzlich erklang ein Fingerschnalzen, und wir fuhren herum.

Ludkar saß auf einer Maschine und beobachtete uns.

»So läuft das nicht«, sagte er und neigte den Kopf in einer Weise, die nun nichts Melancholisches mehr hatte.

Sein Mund schien wie für ein Grinsen geschaffen und um über das Leid anderer zu lachen.

»Wie konntest du!«, schrie ich so laut, dass es mir die Brust zerriss.

Ich dachte, ich könnte in meinem ganzen Leben nie wieder sprechen.

Ludkar stand auf.

»Dachtest du im Ernst, ein kleines Mädchen wie du würde

mich interessieren?«, fragte er und faltete die Hände. »Komm schon, du bist doch nur ein Appetithäppchen! Es war sehr viel lustiger, euch gegeneinander auszuspielen. Am Ende musste ich gar nicht viel tun.«

Er hielt kurz inne.

»Gut, lassen wir mal beiseite, dass ich der kleinen Penny das Häschen weggenommen habe, damit ihr euch kennenlernt, und dass ich so getan habe, als würde ich sie retten, und abgesehen von meinem außergewöhnlichen Vortrag und den schrecklichen Qualen, die ich deinem schönen Nate zugefügt habe …«

Käpt'n Hook – ihn hatte Penny gemeint!

Mit einem Satz sprang er von der Maschine und schlug auf dem Boden auf wie ein Stein. Wir wichen ein Stück zurück. Er rappelte sich auf und fixierte uns schwankend.

»Am Ende habe ich euch nur gezeigt, wer ihr wirklich seid: Monster. Wie ich.« Er machte einen Schritt. »Thara ist meinem unleugbaren Charme ganz ohne Weiteres erlegen, und du, Nate, du hast einfach so ein so leichtlebiges Mädchen fallen lassen.« Er lachte heiser. »Und sag die Wahrheit: Es hat dir doch gefallen, wie ich dir diese Haken durch den Körper getrieben habe!«

Nate und ich sagten nichts. Wir wollten diesem Irren nicht noch mehr Genugtuung verschaffen. Allein die Erinnerung an seinen Kuss ekelte mich an. Dass ich ihn berührt hatte, verursachte mir eine schreckliche Übelkeit.

»Schade!«, fuhr Ludkar fort. »Ich hatte gehofft, dich mit meinen Methoden dazu zu bringen, deine Suche zu intensivieren. Aber wie es scheint, muss ich erst jemanden umbringen, um dich zur Eile anzutreiben.«

Ich brannte vor Wut.

Ludkar merkte es nicht und fuhr fort: »Wenn man mit dem Feuer spielt, kann man sich leicht verbrennen. Aber wer verbrennt sich zuerst? Mit Nate kann ich nichts mehr anfangen, er langweilt mich auf Dauer. Aber mit deiner

Mutter, mit Charles, Christine oder Leonard … Mit denen könnte man wahrlich ein ganzes Feuerwerk veranstalten.«

Er lachte. Er lachte wie der Teufel, der er war.

Dann wurde er wieder ernst. Beunruhigend ernst. Seine schwarzen Augen drangen durch die Dunkelheit der Halle.

»Finde deinen Vater. Finde meinen Körper!«

Ich wollte ihm zeigen, dass auch ich wild werden konnte.

»Ja. Ich werde meinen Vater finden. Und ich werde deinen Körper finden.« Ich ging einen Schritt auf ihn zu. »Und wenn ich deinen Körper gefunden habe, werde ich ihn zerstören!«

Ludkar riss den Mund auf.

Ein grässlicher Anblick.

Er war riesig. Gespickt mit Hunderten spitzer Zähne wie bei einem Hai. Wie bei einem Tiefseefisch.

»Wenn du das Spielchen so spielen willst«, er beugte sich vor, »dann spielen wir es so.«

Doch als er auf mich losgehen wollte, wich der Duft der Iris aus all meinen Sinnen.

Echte Sorge

Schreiend erwachte ich.

Die Morgendämmerung war bereits heraufgezogen.

Ich war nicht sicher. Niemand war mehr in Sicherheit. Wir waren es nie gewesen. Mein Gott! Ich musste sofort Christine, Leonard, Charles und meine Mutter warnen. Wobei: Ihr konnte ich das alles nicht erzählen.

Ich musste schnell nachdenken und handeln.

Ich stand auf und nahm mein Handy. Ich wählte Charles' Nummer. Als er antwortete, sagte ich nur »Wir müssen meine Mutter entführen.«

Wir trafen uns direkt vor der Apotheke. Ich hatte ihn gebeten, mit dem Wagen zu kommen. Ich war aufgeregt, sehr aufgeregt, ich hatte an diesem Morgen nicht einmal Kaffee trinken müssen.

Als ich Charles erzählt hatte, was Ludkar vorhatte, legte er mir eine Hand auf die Schulter.

»Keine Sorge, Thara. Geh in die Apotheke und hol deine Mutter. Sag ihr, ich muss ihr etwas Wichtiges mitteilen. Erfinde von mir aus irgendwas, Hauptsache, sie kommt da raus.«

Ich nickte und ging in die Apotheke.

Meine Mutter bediente gerade eine ältere Dame. Sie hielt inne. Sie war noch immer seelisch angegriffen und folgte mir, ohne dass ich ihr etwas erklären musste. Ich sagte: »Kannst du kurz kommen?«

Draußen grüßte sie Charles kurz angebunden.

»Hallo, Julia«, sagte er. »Du musst mit mir kommen.«

»Aber mein Geschäft!«, flüsterte sie.

»Darum kümmere ich mich«, beruhigte ich sie und öffnete ihr die Wagentür.

Anders als sonst stellte meine Mutter keine weiteren Fragen. Sie wollte gar nicht wissen, was los war. Sie setzte sich in den Wagen und wartete, bis ich die Tür zuschlug.

Sie sagte nur: »Wir sehen uns später, Schatz.«

Charles machte mir ein Zeichen, das heißen sollte: Ich rufe dich an. Ich verabschiedete mich von den beiden.

Als ich dem Wagen nachblickte, spürte ich einen dunklen Schatten, der sich über meine Gedanken legte und nicht mehr weichen wollte. Meine Mutter durfte auf keinen Fall in diese Angelegenheit verstrickt werden. Ich hatte keine Ahnung, wohin Charles sie bringen würde, wichtig war nur, dass es weit weg war. Weit weg von der Stadt und jedem anderen Ort, den Ludkar auf seinem Weg durch das Feuer erreichen konnte.

In der Apotheke würden die beiden Angestellten alles bestens regeln. Nun musste ich noch Christine und Leonard in Sicherheit bringen. Ich wusste, dass sie nicht damit einverstanden wären, die Stadt zu verlassen, und dass ihre Eltern es nicht erlauben würden, aber ich musste es versuchen.

Ich simste ihnen, sofort ins alte Kino zu kommen. Ich sagte, es sei dringend, die Sache müsse sofort geklärt werden.

Keiner der beiden wohnte besonders weit weg, und ich ging davon aus, dass sie es in weniger als einer halben Stunde schafften. Ich eilte durch den Park und konzentrierte mich auf die Hinweise, die ich hatte, um meinen Vater zu finden. Nichts. Ich hatte nichts. Verstaubte Kartons und eine Schlossruine.

Dennoch hatte ich das Gefühl, dass die Lösung nah war.

Wahrscheinlich lag sie in der Eisenschatulle, die wir nicht öffnen konnten.

Als ich zwischen den Bäumen hindurchging, blieb ich vor der Kirche zu meiner Rechten stehen. Auf den Stufen pickten Tauben nach Krumen, und ein Bärtiger bettelte um Münzen. Ich sah zu dem Turm und in den blauen Himmel hinauf.

Bitte, lieber Gott!, dachte ich. Wenn es Dich gibt und wenn Du nicht allzu beschäftigt bist, hilf mir! Der Tag ist zu schön, als dass etwas so Schreckliches passieren dürfte. Beschütze mich vor dem Bösen!

Die Glocken schlugen elf Mal. Es war nicht die beste Antwort, die ich erwarten konnte, aber da ich die Letzte in der Schlange war, musste ich mich wohl erst hinten anstellen, bis meine Gebete vielleicht erhört werden würden.

Ich warf dem Bärtigen einen letzten Blick zu, wühlte in meinen Taschen und fand ein bisschen Kleingeld für ihn.

Dann rannte ich weiter und verließ den Park.

Das alte Kino war nur zwei Häuserblocks entfernt. Als ich auf die Hintertür zuging, hörte ich meinen Namen. Ich drehte mich um – Christine und Leonard kamen über die Straße auf mich zu.

»Na, was gibt's denn so Eiliges?«, wollte Christine wissen, als sie bei mir war.

Ich nahm den Schlüssel und schloss das Vorhängeschloss auf.

»Wir sind in großer Gefahr«, flüsterte ich mit zitternden Händen. »Wir müssen vorsichtig sein.«

Ich drückte die Tür auf, und wir betraten den großen, dunklen Saal. Ich suchte nach dem Lichtschalter und drückte ihn nach oben, aber als das Licht anging, zischte der große Lüster an der Decke, flackerte kurz auf und ging dann aus.

»Verdammt!«, schrie ich.

»Immer mit der Ruhe!«, meinte Leo, als die Notlichter angingen.

Die kleinen schwachen Lampen an der Wand erhellten den Raum nur mäßig. Es war gespenstisch. Man sah gerade genug, um zu begreifen, wo man stand. Hätten Christine und Leonard nicht gesprochen, ich hätte sie nicht auseinanderhalten können.

»Also?«, sagte Christine und ließ sich auf einen Sitz fallen. »Sagst du uns jetzt, was das Problem ist? Was ist die große Bedrohung, die über unseren Köpfen hängt?«

»Ludkar!«, sagte ich noch immer im Stehen.

»Hat er es dir übel genommen, dass du ihn sitzen gelassen hast?«, wollte Leo wissen.

»He, he!«, rief ich. »Woher weißt du denn das?«

Christine streckte die Hand hoch.

»Meine Schuld.«

Ich schüttelte den Kopf. Jetzt war nicht die Zeit für Dummheiten.

»Hört zu! Ludkar hat mich angelogen. Er ist ein Monster. Ein Wesen, das nichts Menschliches an sich hat. Er hat mich benutzt!«

»Ohne dich auszuziehen?«, feixte Leo.

Ich war so angespannt, dass ich ihn am liebsten geohrfeigt hätte.

»Leonard! Jetzt hör mir zu, wenn du nicht gefoltert werden willst wie Nate. Mit Haken, die man dir durch den Körper treibt!«

Endlich hielt mein Freund den Mund. Mir war es wirklich ernst.

»Er hat versucht mich zu verführen, nur um Nate und mich zu quälen. Um uns auseinanderzubringen. Er dachte, das würde mich anspornen, meinen Vater und vor allem seinen Körper zu finden.«

»Sorry Thara«, sagte Leo. »Aber das musst du mir genauer erklären.«

Ich holte tief Luft.

»Ludkars Seele ist im Cinerarium gefangen, weil mein Vater auf irgendeine Weise verhindert, dass sie in seinen Körper zurückkehrt. Und ich soll nun meinen Vater finden, damit er Ludkar befreit.«

»Habe ich das richtig verstanden, dass du ihm jetzt nicht mehr helfen willst?«, fragte Leo.

»Selbstverständlich will ich das nicht! Er ist ein Mörder!«, schrie ich. »Aber wir müssen seinen Körper finden und ihn zerstören.« Ich fasste mir an die Stirn. »Ansonsten wird er uns alle töten. Er wird durch das Feuer kommen und ... uns alle umbringen.«

Christine nahm einen Kaugummi und wickelte ihn aus.

»Gut. Typen, die Mädchen benutzen, konnte ich noch nie ausstehen.«

In diesem Moment fuhr mir ein starker Weihrauchgeruch in die Nase, den nur ich kannte. Ich zitterte. Nein, er konnte unmöglich hier sein, hier war kein Feuer!

Langsam drehte ich mich um und blickte in den dunklen Saal.

Ich hörte Applaus.

Leonard und Christine sprangen auf.

»Was zum Teufel ist das?«, fragte Leo mit zitternder Stimme.

Ludkars gebeugte, dunkle Gestalt wankte auf uns zu. Er lachte leise. Leise und Angst einflößend.

»Dieses Mal habe ich das Spektakel ja wirklich verpasst«, zischte er und ließ sein weißes Gesicht in der Dunkelheit aufblitzen. »Ich dachte, der Film sei besser als das hier.«

»Nein«, flüsterte ich und stellte mich vor meine Freunde. »Du kannst nicht hier sein ... Du kommst doch durchs Feuer ...«

»Ja«, sagte er und leckte sich über seine spitzen Zähne. »Ich komme mit dem Feuer. Und das Feuer kommt mit mir.« Er machte einen weiteren Schritt auf uns zu, seine roten Strähnen hingen ihm in die Stirn. »Aber zu eurem Pech kann ich durch die Flammen der Raffinerie, wo ich wohne, zu euch kommen. Ich kann deinem Geruch leicht folgen, Thara, nachdem ich nun weiß, wo du bist.«

»Thara«, sagte Christine hinter mir, »das gefällt mir nicht, das gefällt mir ganz und gar nicht.«

»Verschwindet, schnell!«, sagte ich mit eisiger Stimme.

Leonard und Christine gingen ein paar Schritte rückwärts und eilten hinaus.

»Abhauen wird euch nichts nützen«, sagte Ludkar und folgte ihnen mit seinen schwarzen Augen.

»Lass meine Freunde in Ruhe!«, schrie ich.

Er lachte und zeigte mir wieder einmal, wie groß, wie furchterregend und gierig sein Mund war.

»Das ist wirklich ein langweiliger Film«, sagte er und riss die Augen in seiner weißen Maske weit auf. »Da fehlen ein paar Spezialeffekte!«

Ich begriff, dass gleich etwas wirklich Verheerendes passieren würde. Neben Ludkars Füßen stand ein Benzinkanister.

Gerade noch rechtzeitig lief ich weg. Ich riss die Tür auf, hastete auf die Straße hinaus und wäre fast überfahren worden. Ein Auto bremste ein paar Zentimeter vor mir ab. Ich stützte mich auf der Motorhaube ab, drehte den Kopf und sah, wie das Kino rot anschwoll.

Mit einem schrecklichen Grollen schossen Feuerpilze aus den Fenstern und aus der Tür.

Von Grauen gepackt lief ich rückwärts. Weitere Autos bremsten, um mich nicht anzufahren, während das Feuer in dem Gebäude wütete. Ein Teil des Daches wurde von den Flammen erfasst und stürzte ein.

Als ich auf der anderen Straßenseite angekommen war, umringt von einer Menschenmenge, die entweder die Flucht ergriff oder reglos stehen blieb, um die Katastrophe zu begaffen, sah ich Ludkar aus dem Kino herauskommen.

Barfuß lief er mir nichts, dir nichts durchs Feuer und über die Splitter und blickte mich lächelnd an. Ein erschütternder Anblick. Sein schwarzes Grinsen, sein roter Schal, der zusammen mit seinen Haaren im Wind flatterte, verursachten mir Unbehagen. Er war unerbittlich. Nichts hätte ihn aufhalten können.

Ich versuchte, mich so schnell wie möglich von dem Schock zu erholen, und sah, dass Leonard und Christine mich zu sich winkten. Ich folgte ihnen und blickte dabei immer wieder hinter mich.

Ich wusste nicht, wo Ludkar war, ich sah nur Feuer und schwarzen Rauch.

»Komm endlich!«, riefen meine Freunde.

Als ich bei ihnen war, bemerkte Leo meinen Schrecken und vor allem wie unangenehm mir das alles ihretwegen war. Ich hatte sie nicht in diesen Albtraum mit hineinziehen wollen.

Leo ergriff die Initiative. »Los, in den Park!«, sagte er, und wir rannten zu den Bäumen.

»Und was sollen wir im Park?«, ächzte Christine atemlos.

»Wir verstecken uns.«

»Tolle Idee!« Sogar jetzt, im Angesicht des Feuers, gelang es Christine noch, sarkastisch zu sein. Wir rannten durch das Tor des Parks und blickten uns suchend um.

»Die Kirche!«, sagte Christine und deutete auf den Bau. »Vampire können doch nicht in Kirchen gehen, oder?«, fragte sie und drehte sich nach mir um.

»Ich weiß es nicht …« Mein Blick verriet, dass ich vollkommen am Ende war.

Wir rannten zu der Kirche. Ludkar war weit und breit nirgends zu sehen. Vielleicht hatten wir Erfolg.

Wir kamen zu der Treppe mit den Tauben und dem Bärtigen, dem ich vorher ein bisschen Kleingeld gegeben hatte. Er sah, wie wir an ihm vorbeirannten, und ich hoffte, dass nun der Moment käme, in dem ich für meine gute Tat belohnt wurde. Wir betraten die Kirche und blieben stehen. Drinnen war es dunkel und still.

»Hoffentlich sind wir hier in Sicherheit«, sagte Leo und schnappte nach Luft.

»Seht doch!« Ich deutete auf den Altar. »Da ist ein Priester, wir können ihn um Hilfe bitten.«

Wir liefen durch den Gang und versuchten, unsere Aufregung zu dämpfen und nicht allzu viel Lärm zu machen. In der Kirche roch es nach Weihrauch, aber das machte mir keine Angst. Weihrauchgeruch in einer Kirche war normal. Dennoch konnte ich nicht umhin, nervös die brennenden Kerzen im Kirchenschiff anzublicken.

Am Altar wandte sich Leo an den Priester.

»Pater! Sie müssen uns helfen!«

Da drehte sich der Geistliche um.

Er hatte ein weißes Gesicht, große schwarze Augen und einen Furcht einflößenden Mund, aus dem Blut tropfte.

»Wie kann ich helfen?«, fragte Ludkar lächelnd.

Leonard, Christine und ich wichen zurück.

»Nein!«, ächzte ich und war kurz davor, in Tränen auszubrechen.

Ludkar sah uns an, er fuhr sich mit der Zunge über seine spitzen Zähne und leckte sich ein bisschen von dem roten Blut ab, das sein Gesicht befleckte. Es war widerlich. Schlimmer als alles, was ich je gesehen oder mir vorgestellt hatte.

Hinter ihm lag der echte Priester – verstümmelt in einer Blutlache.

Plötzlich verwandelten sich die Flammen der Kerzen in meterhohe, glühende und leuchtende Wirbel. Das ganze Kirchenschiff wurde taghell erleuchtet, und Ludkar sah in dem gelb-roten Glanz der Sünde und der Verderbnis aus wie der leibhaftige Teufel.

Wir rannten zum Portal, während seine Schritte hinter uns widerhallten. Christine stieß einen Schrei aus, der zusammen mit ihr durch die Tür drang. Auf der Treppe saß noch immer der Bärtige und sah zu, wie wir hinunterrannten.

»Schnell weg!«, rief ich ihm zu, aber Ludkar war schon am Portal, und der Mann merkte nichts.

Mit den Füßen zog Ludkar zwei lange, purpurrote Streifen hinter sich her.

Nun wussten wir nicht mehr, wohin wir uns flüchten sollten. Offenbar gab es keinen sicheren Ort, Ludkar würde uns überall einholen.

Wir standen am Fuß der Treppe und sahen ihn auf uns zukommen. Kaum war er eine Stufe hinuntergegangen, flatterte sein Mantel im Wind und entblößte das rote Futter. In diesem Moment drang dichter schwarzer Rauch aus der Kirche.

Der Vampir sah gierig und verstörend aus. Voller Genugtuung fixierte er uns. Er war ein Mörder, und wir waren seine nächsten Opfer.

Als er bei dem Bärtigen ankam, sprang der arme Mann erschrocken auf. Der Vampir drehte sich kaum nach ihm um, und ich musste mich zwingen, nicht hinzusehen.

Ich hörte nur, wie Leo brüllte, wie der bärtige Mann in Todesangst schrie und seine Knochen brachen.

Als ich die Augen wieder aufschlug, stand ich vor einem grauenvollen Bild. Ein Teil des Mannes lag verstreut auf der Treppe, die andere Hälfte war an die Mauer geschleudert worden.

Christine war kurz davor, sich zu erbrechen. Ich konnte nur starren und hassen. Hassen und starren. Nach diesem ungerechten Blutbad kam Ludkar in aller Ruhe die Treppen herunter. Er ging gebeugt und wankend, aus seinem Mund und von seinen Haaren troff die dunkelrote Flüssigkeit, die bis vor Kurzem noch der Lebenssaft dieses armen Mannes gewesen war.

»Christine«, sagte Leo und sah meine Freundin an, »ich liebe dich!«

Sie zeigte keine Reaktion.

Wir wichen weiter zurück. Ein Passant sah, was geschehen war, ließ die Leine seines Hundes los und ergriff panisch die Flucht. Das Tier knurrte und bellte Ludkar an. Doch ein Blick des Vampirs genügte, um es winselnd in die Flucht zu schlagen, als hätte man es getreten.

Wir stolperten über den niedrigen Zaun, der den Weg vom Rasen trennte, und standen auf dem Gras.

Ludkar lief noch immer hinter uns her, und je näher er uns kam, desto weiter sperrte er seinen teuflischen Rachen auf. Vor unseren Augen verwandelte er sich in eine blutige Bestie.

Als auch er auf den Rasen gelangte, verkohlte das Gras um seine Füße herum.

»Wer von beiden ist dir lieber?«, fragte er, und deutete erst auf Leonard, dann auf Christine, während er mich nicht aus den Augen ließ.

Normalerweise hätte ich nie bei seinen perversen Spielchen mitgemacht, aber ich musste seinem Blick standhalten. Von seinem ausgestreckten Arm fielen Ascheteilchen. Sofort erinnerte ich mich an das, was er mir anvertraut hatte, bevor er mich geküsst hatte: Er konnte nicht lange in der realen Welt bleiben, er befand sich in einem Scheinkörper.

Er löste sich auf. Ich müsste ihn nur noch ein paar Minuten hinhalten.

»Ludkar!«, sagte ich und sah in die befremdliche Schwärze seiner Augen. »Warum nicht wir alle drei?«

Christine packte meine Tasche, aber ich schob ihre Hand weg.

»Weil ich dich noch brauche«, zischte Ludkar, »du musst meinen Körper finden.«

»So, so!«, sagte ich lächelnd. »Wie ich sehe, macht er dir gerade ziemliche Probleme.«

Er tat so, als hätte er es überhört.

Kurz darauf schaltete sich aus purem Glück die Bewässerungsanlage ein. Aus dem Gras spritzten dünne Wasserstrahlen auf. Ludkar wich zurück, aber die feinen Tröpfchen hatten sich schon in der Luft verteilt und fielen auf seinen provisorischen Aschekörper.

»Nein!«, rief er, als bestände der feine Dunst aus Säure.

Die Wirkung war unübersehbar: In wenigen Sekunden zerfiel er, zog sich zusammen und plumpste auf den Boden wie ein Erguss aus schwarzem Schlamm.

Lediglich eine dunkle Pfütze blieb von ihm übrig. Wir begriffen erst nach einer Weile, dass die Gefahr vorüber war. Wir hatten es geschafft, wir lebten noch. Und noch dazu hatten wir Ludkars wunden Punkt entdeckt. Deshalb also war er damals so plötzlich aus der Schule verschwunden: weil sich mit dem Feueralarm die Sprinkleranlage eingeschaltet hatte.

»Wie wenn man eine Zigarette unter dem Wasserhahn ausmacht«, sagte Leo und holte tief Luft.

»Die größte und beschissenste Zigarette der Welt!«, fügte Christine hinzu, bevor sie sich zu Leonard umdrehte. »Ich hoffe, das war ein Witz, als du gesagt hast, du würdest mich lieben.«

»Christine«, sagte er mit geschlossenen Augen, während er Wassertropfen auf sein Gesicht regnen ließ. »Das habe ich nur gesagt, weil ich gehofft hatte, dass der Vampir Mitleid mit uns bekommt.«

Sie würden sich nie eingestehen, dass sie sich mochten. Aber es war auch okay so. Zumindest würde ihre Beziehung nie langweilig. Nicht wie meine, die an einem toten Punkt angekommen zu sein schien – am Ende des Stegs über einer tiefen Schlucht.

Nate … Wie ich so auf dem Rasen lag und die Regenbogen betrachtete, die das Wasser in die Luft zeichnete, musste ich an ihn denken. Sie waren wie seine Augen, und ich hatte fast das Gefühl, dass er uns in irgendeiner Weise vor Ludkar gerettet hatte.

Die Schreckensbilder, die wir gerade eben gesehen hatten, holten uns schnell wieder ein. Die Freude über unser Überleben schwand, als sich die Bewässerungsanlage wieder ausschaltete.

Wir blickten einander an. Unsere Kleider waren mit Blutspritzern übersät, und das Wasser hatte sie zu rosa Flecken verdünnt. Was dem Mann auf der Kirchentreppe zugestoßen war, hätte auch uns passieren können.

Ich spürte, wie mein Gesicht zuckte, und sah meine Freunde an.

»Es tut mir so leid!«, flüsterte ich unter zwei gleich großen Tränen – eine für Leo, eine für Christine –, die mir die Spuren von Ludkars Gewalttat vom Gesicht wischten.

Meine Freunde, die echte Sorge um mich hatten, kamen zu mir und umarmten mich.

»Ich mag euch so sehr«, sagte ich leise.

Ihre Arme waren das Einzige, an das ich mich klammern konnte. Die Albträume drangen nun in die Stadt herein. Riesige, schwarze Wolken, die bald eine Sintflut über unser jetziges Leben hereinbrechen lassen sollten.

Dämmerwesen

Wir hatten gesehen, wie zwei Menschen grausam und ungerecht getötet worden waren. Wir konnten und wollten das nicht vergessen, aber um erschüttert zu sein, blieb uns keine Zeit.

Wir verließen den Park, bevor die Polizei kam. Ich wollte Charles anrufen und ihm erzählen, was vorgefallen war, und ihn fragen, wie es meiner Mutter ging.

Nach mehreren Versuchen ging er endlich ans Telefon, und ich übermittelte ihm die schrecklichen Neuigkeiten. Er sagte, ich solle Ruhe bewahren und in der Villa auf ihn warten. Wenn alles so laufen würde, wie geplant, würde er meine Mutter an einen sicheren Ort bringen und am Abend wieder zurück sein. Auch Sally hatte er schon gebeten, abzureisen, also würde ich das Haus leer vorfinden. Er sagte mir, wo er den Schlüssel versteckt hatte, und wir verabschiedeten uns voneinander.

Zum Glück hatten Christine und Leo die ganze Zeit über die Nerven behalten, aber ich wollte trotzdem nicht, dass sie mitkämen.

»Leute«, sagte ich und blieb stehen, »ihr könnt nicht mitkommen. Es ist zu gefährlich. Ludkar kennt meinen Geruch, er kann mich problemlos wiederfinden. Ihr müsst euch von mir fernhalten, wenn ihr wollt, dass so etwas wie heute nicht noch einmal passiert.«

»Wir sollen dich also mit einem Irren allein lassen, der dich verfolgt?«, sagte Christine mit großen Augen.

»Ich werde einen Eimer Wasser mitnehmen«, versicherte ich ihr.

»Eine Bazooka wäre besser«, meinte Leo.

»Nein, wirklich«, beharrte ich. »Ich gehe allein zur Villa und warte auf Charles. In der Zwischenzeit könnt ihr im Internet nach Informationen über die Raffinerie suchen. Wir müssen herausfinden, was das für ein Betrieb ist und wo er sich befindet. Wenn wir das Feuer im Kamin löschen, halten wir Ludkar zwar nicht ganz auf, aber wir können ihm das Leben zumindest schwerer machen.«

»Du willst in einen Betrieb eindringen, das Sicherheitssystem außer Kraft setzen und einen Kamin löschen?«, fragte Leonard, als sei ich übergeschnappt.

»Ja.« Mittlerweile kam mir gar nichts mehr absurd vor. »Bist du denn nicht ein Zauberer am Computer?«

»Doch«, erwiderte er.

Christine schüttelte zwar den Kopf, aber auch sie wusste sehr gut, dass dies die einzige Möglichkeit war, um Zeit zu gewinnen.

Wir trennten uns, nachdem wir ausgemacht hatten, dass sie mich anrufen würden, wenn sie etwas über die Raffinerie herausgefunden hätten. Ich umarmte sie fest. Durch die Angst, die beiden zu verlieren, war mir klar geworden, wie wichtig mir ihre Freundschaft und ihre unschätzbare Unterstützung waren.

Ich sah, wie sie in einen Bus stiegen, und erst als sie aus meinem Blick verschwunden waren, ließ ich meinem Kummer freien Lauf. Ich schlang die Arme um mich und machte mich auf den Weg nach Hause. Meine Schuldgefühle wucherten in mir wie ein Tumor. Wie ein Krebs, der seine Scheren um meine Kehle legte und zudrückte.

Bevor ich zur Villa ging, musste ich mich vergewissern, dass auch Susan und Penny in Sicherheit waren. Zuhause warteten im Kühlschrank noch die Iris auf mich. Ludkar konnte vermutlich nicht gleich wieder in die reale Welt zurückkehren, wie auch ich immer erst nach einiger Zeit wieder ins Cinerarium reisen konnte. Doch auch dort würde er Opfer finden. Er würde keine Skrupel haben, seinen Wahnsinn an einem kleinen Mädchen und dessen Schwester auszutoben. Vielleicht kannte Nate einen Ort, wo er sie verstecken konnte.

Mit tropfenden Kleidern kam ich bei der Apotheke an und stieg die Treppen hinauf. Ich wäre fast ausgerutscht, konnte mich aber gerade noch am Geländer festhalten. Meine Sinne waren vernebelt, doch ich versuchte mit aller Kraft, wach zu bleiben. In meinem Zimmer zog ich ein frisches T-Shirt an und warf das alte in den Müll. Die Flecken des Todes würden sich ohnehin nie mehr herauswaschen lassen. Ich ging in die Küche und holte die letzten Iris. Im Wohnzimmer setzte ich mich in den Sessel neben dem Aquarium. Sollte Ludkar mich überraschen wollen, würde er mich nicht unvorbereitet vorfinden.

Ich sah die Blumen nicht einmal an. Ich dachte an Susan und Penny. Und stürzte.

Als ich im Cinerarium zu mir kam, war die Luft stickiger als sonst. Ich dachte, ich wäre im Luna Dark erwacht, stattdessen aber befand ich mich in einem geschlossenen, engen Raum. Erst als ich aufstand, wusste ich, wo ich war. Vor mir stand die Statue mit den violetten Augen. Ich war im unterirdischen Gewölbe der Bibliothek von Alexandria.

»Thara!«, rief jemand hinter mir. »Was ist passiert?«

Ich drehte mich um.

Susan und Penny kauerten auf einem Steinaltar, Penny weinte.

Ich sah mich um. Dieses Mal war meine Reise heftiger gewesen als sonst. Ich hatte den Duft der Iris zu stark eingeatmet.

»Was macht ihr hier?«, fragte ich Susan, als sie auf mich zukam.

»Nate hat uns hierhergebracht«, sagte sie mit verängstigtem Blick. »Aber er wollte mir nicht sagen, warum ... Er hat gesagt, dazu wäre keine Zeit. Er hat mir Angst gemacht.«

Sie stand mit leicht angehobenen Armen da, während ich mich umschaute. Nate hatte sehr vorausschauend gehandelt. Das war der beste Ort von allen. Der Vampir konnte sie hier nicht riechen.

»Ludkar kann euch nichts tun.«

Susan verstand nicht.

»Ludkar? Aber er hat uns doch gerettet.«

Ich blickte sie finster an.

»Leben retten ist das Letzte, was dieses Monster tut!«

Das Mädchen fasste sich an die Stirn und schüttelte den Kopf.

»Also jetzt verstehe ich gar nichts mehr!«, sagte sie fast so, als wolle sie keine weiteren Erklärungen mehr hören.

Meine Augen suchten noch immer die Dunkelheit ab. Warum war Nate nicht hier bei den Mädchen?

»Wo ist Nate?«

»Er hat gesagt, er müsse etwas holen ... aus einem Häuschen auf einem Baum.«

Ich hörte Schritte im Korridor. Es war dunkel, ich konnte nichts sehen, aber da war kein Weihrauchgeruch.

Nates Augen tauchten aus dem Dunkel auf. Im Vergleich zum letzten Mal hatten sie wieder ein wenig Farbe bekommen. Er blickte auf den Boden und schien meine Anwesenheit noch gar nicht bemerkt zu haben. Er trug das Buch unterm Arm, das wir vor nicht allzu langer Zeit hier gefunden hatten.

»Wenn Thara kommt, dann kann sie in diesem Buch ...«, rief er Susan zu.

»Thara ist schon da«, sagte das Mädchen leise.

Erst da hob er den Kopf und blickte mich an. Ich sah, wie von seinem Herzen ein heller Lichtschlag ausging.

Ich kam mir vor wie von einer Welle überspült. Dieser Schlag schien mein Herz stillstehen zu lassen.

Nate schwieg mit ausdruckslosem Gesicht. Dann senkte er den Blick und ging zu Susan und Penny.

»Ich hätte nicht erwartet, dass du schon so bald wiederkommst.«

Susan sah mich verdutzt an. Offenbar wollte Nate mir etwas sagen, doch er versteckte sich hinter ihr.

»Ich wollte nachsehen, ob es ihnen gut geht«, sagte ich und sah Susan dabei an.

Nate kniete sich hin und zog ein Spielzeug aus der Tasche, das er im Baumhaus geholt hatte. Er gab es der Kleinen.

»Es geht ihnen gut«, sagte er, als Penny ihm einen Kuss gab. »Ich habe mich um sie gekümmert.«

Ich schlang die Arme um mich und strich mir über die Ärmel, als würde ich frieren. Mir war unbehaglich zumute, ich fühlte mich quasi nackt.

»Und … wie geht es dir?«, fragte ich schüchtern.

Nate stand auf.

»Besser.«

»Alles in Ordnung?«

Er drehte sich zu mir um und blickte mich streng an.

»Ich habe gesagt, es geht mir besser.«

Susan spürte, dass die Atmosphäre schwer und drückend wurde, und das nicht nur wegen der Asche. Sie nahm das Kind an der Hand und ging in eine Ecke hinter der Statue.

Ich kniff die Augen zusammen. Wenn ich Nate noch länger angesehen hätte, wäre ich zu ihm gegangen und hätte ihn umarmt. Ich wollte seine Wärme spüren, musste ihn berühren, aber so wie er auf mich reagierte, kam ich mir vor wie auf einer Hängebrücke über einem Abgrund.

»Ludkar …«, hob ich an.

Nate fiel mir ins Wort: »Ich hatte gehofft, diesen Namen nie mehr aus deinem Mund zu hören.«

Meine Schuldgefühle durchtrennten die letzten Seile der Brücke.

»Was er dir angetan hat, ist abscheulich«, flüsterte ich mit gesenktem Kopf.

Ich sah, wie Nate einen Schritt auf mich zu machte.

»Nicht das, was er mir angetan hat«, sagte er langsam und mit weicher Stimme, »nicht das, was er mir angetan hat, hat mir am meisten wehgetan.«

Ich merkte, dass sich etwas veränderte. Ich fühlte eine kaum wahrnehmbare Vibration auf meiner Haut. Nate schien kurz davor, mir zu verzeihen.

»Dieser Kuss war Teil des Schwindels.«

Nate sagte nichts, aber als ich ihn wieder ansah, hatten sich diese kleinen Grübchen in seinem Gesicht gebildet.

»Dein Brief war sehr schön«, sagte er.

Ich musste unweigerlich lächeln.

Er drehte sich um und setzte sich auf den Sockel der Statue.

»Komm her«, sagte er ruhig.

Ich ging zu ihm und setzte mich neben ihn. Nicht zu nah, aber dieses Mal nicht aus Angst zu verbrennen. Ich hielt es für besser, die Distanz nicht zu schnell zu verringern.

»Ich habe mir das Buch angesehen«, flüsterte er und schlug es auf seinem Schoß auf.

Er glitt mit der Hand über das alte Papier.

»Es ist sehr interessant.«

Ich nickte und strich mir die Haare hinters Ohr. Ich wusste nicht, worauf er hinauswollte. Ob er überhaupt auf etwas hinauswollte.

»Weißt du«, murmelte er mit warmer Stimme, »ich habe eine Illustration gefunden …«

»Die der drei Welten?«, fragte ich und biss mir sogleich auf die Lippe.

Dies war nicht der Moment, um ihn zu unterbrechen.

»Nein, die hier.«

Vorsichtig blätterte er die großen Seiten um. Fast war mir, als würde er mit der Hand durch mein Haar fahren. Tausende Schriftzeichen, seltsame Figuren und Bilder einer untergegangenen Kultur zogen wie ein Blitz an meinen Augen vorbei – genauso schnell wie die Zeit, die ein einzelner Mensch in der Geschichte des Universums einnahm. Mir wurde klar, wie kleinlich und sinnlos unser Verhalten gewesen war. Unser aller Verhalten. Wir hatten so wenig Zeit, und es war kompletter Irrsinn, sie mit Hass zu füllen.

Nates Hände blätterten zu einer anderen Seite, die ich gut kannte. Ich schauderte.

Es war die Zeichnung zweier Menschen, die sich küssten. Über ihnen stand der schwarze Mond. Auf der gegenüberliegenden Seite war dieselbe Szene dargestellt, aber die beiden Liebenden waren zu Asche zerfallen. Nate blickte mich zärtlich an. Seine Lippen verzogen sich zu einem Lächeln.

»Ich habe kein Buch gebraucht, um zu wissen, dass ich dich liebe.«

Das waren die Worte, von denen ich geträumt hatte. Es war alles, was ich mir wünschen konnte. Ich war gerührt von so viel Klarheit und von seinem Strahlen. Nate sah mich an, als sei ich eine untergehende Sonne. Sein Blick war wie eine sehnsüchtige, leidenschaftliche Brise.

Ohne es zu merken, hob ich eine Hand. Sein Blick glitt über meinen Arm und blieb darauf haften. Ich spürte, dass die Missstimmigkeiten zwischen uns für immer beseitigt waren.

Über unsere verzauberten Augen würde nie wieder ein Schatten fallen.

Ungeduldig und vorsichtig zugleich, näherte ich meine Hand seinem Gesicht. Die Wärme seiner Wangenknochen brannte an meinen Fingerkuppen. Nate sah mich durchdringend an, während ich gegen meine tiefsten Bedürfnisse ankämpfte. Ich berührte ihn nicht, aber ich kam ihm sehr nahe. Kleine Stromschläge durchfuhren meine Finger, und ich sah, wie sich seine Haut an den Stellen, denen ich mich näherte, schuppte und schwarz wurde. Bei mir war es dasselbe, aber so, ohne dass wir uns wirklich berührten, war es ein süßer Schmerz. Ein Schauder, in dem sich unsere Liebe vereinte.

Dann hob Nate die Hand zu meinem Hals. Ich neigte den Kopf nach hinten, um meine Haut zu entblößen und ihm zu zeigen, dass ich ihm gehörte. Er drehte leicht die Hand und strich mit dem Handrücken über die Mulde unter meinem Kinn.

Ich schloss die Augen vor Erregung. Seine Berührung war wie ein warmer Bach. Sie war so leicht und doch so intensiv. Ich öffnete leicht den Mund, und Nate strich über meine Lippen. Es war wie ein Kuss seiner Seele, ein Gedicht, das mich dort berührte, wo ich es wirklich fühlen konnte.

Ich wollte der Versuchung schon nachgeben und ihn richtig berühren, meinen Händen freien Lauf lassen und seinen wunderbaren Körper erkunden, als Nate seine Hände zurückzog.

Unsere Gefühle flüchteten sich wieder in unsere Herzen.

Als ich die Augen aufschlug, lächelte er noch immer, aber sein Blick fiel wieder auf die Buchseite.

»Ich liebe dich wirklich, Nate«, sagte ich, während mein Atem regelmäßiger wurde.

Er sprang auf. Es musste auch für ihn schwierig gewesen sein, sich zu bremsen.

»Hier!«, sagte er in einem Tonfall, der mich ablenken sollte. »Ich habe eine Stelle gefunden, in der es um dich geht.«

Vielleicht hatte er recht, vielleicht war es besser, aufzuhören, bevor wir uns Schmerzen zufügten.

Ich zwang mich, die Seite anzusehen, die er aufgeschlagen hatte.

»Es geht um Dämmerwesen«, sagte ich, als ich die Kapitelüberschrift übersetzt hatte.

»Ja, so weit war ich auch schon. Sie haben violette Augen wie du.«

Er sah mich kurz an, als wollte er mich noch einmal streicheln. Beide taten wir so, als hätten wir es nicht bemerkt.

»Ich bin ein Dämmerwesen«, sagte ich.

»Hast du Lust, den Text mit mir zu lesen?«

Ich lächelte, so locker ich konnte, und nahm ihm das Buch aus der Hand. Unsere Finger berührten sich fast.

In der Mitte der Seite war eine Art Grafik abgebildet.

Sie war in drei Spalten eingeteilt. Links oben stand eine Sonne, rechts oben der Mond. Ich konzentrierte mich auf das Symbol in der Mitte, das so aussah wie die Morgen- oder Abenddämmerung.

Unter den drei Darstellungen waren wieder drei Reihen

mit anderen Symbolen, offenbar Entsprechungen der oberen. Ich versuchte, den Text neben den einzelnen Zeichnungen zu übersetzen. In der ersten Reihe sah man einen Mann, ein violettes Auge und ein Monster.

»Menschen. Vampire. Tagwesen und Nachtwesen. Beide bewohnen die Welt der Lebenden, Letztere aber leben vom Tod.«

Mit einigen Schwierigkeiten übersetzte ich weiter:

»Dämmerwesen sind die Frucht einer Vereinigung von Tagwesen und Nachtwesen. Diese empfindlichen Geschöpfe ertragen Sonnenstrahlen und Mondschein nicht sehr gut. Nur in der kurzen Zeit des Sonnenaufgangs und Sonnenuntergangs finden sie zur Ruhe. Ansonsten ist ihr Leben vom Schlaf geprägt.«

Das stimmte.

»Lies weiter!«, forderte Nate mich auf.

»Dämmerwesen haben eine auffallende, violette Augenfarbe, die sie von anderen unterscheidet. Sie können hinter die Grenzen dieser Welt blicken und in die Große Aschewüste reisen, die Welt aus Asche, die in der Mitte existiert.«

Ich besah mir die dritte Reihe: Eine Pyramide symbolisierte die reale Welt, ein Kreis die Düne des Nichts und eine umgedrehte Pyramide die Nicht-Welt, den Tod.

Ich dachte nach. Die Entsprechungen waren klar.

Ich sah Nate an. Auch er war in Gedanken. Ich las die Erläuterung für die mittlere Reihe, in der eine Art Katze, eine Blume und ein Kristall zu sehen waren.

»Dämmerwesen reisen in die Große Aschewüste, wenn sie den Duft der Iris, ihrer Lieblingsblume, einatmen. Wie ihre Augen sind diese Blütenblätter mit der Substanz getränkt, die aus dem violetten Feuer entsteht. Dieses gilt wie der schwarze Mond als eine Pforte zwischen der Welt und der Großen Aschewüste.«

Ich sah genauer hin. Das erklärte wirklich vieles.

»Blumen wie auch Dämmerwesen stehen in der Mitte zwischen Lebenden und Nicht-Lebenden. Blumen leben, aber sie haben keine Seele.«

Beim letzten Satz blieb mir buchstäblich der Mund offen stehen.

»Im Unterschied zu ihrem Erzeuger, einem Nachtwesen, ernähren sich Dämmerwesen nicht von lebendem Fleisch. Sie nähren sich vom Blut der Pflanzen. Deswegen nennt man sie auch Blumen-Vampire.«

»Blumen-Vampire«, wiederholte ich leise.

Nate schlug das Buch zu. Das Kapitel war zu Ende.

»Könnte ich wie Ludkar werden?«, fragte ich ihn mit einem Anflug von Sorge.

»Ich dachte, du würdest diesen Namen nie wieder erwähnen.«

Er hatte einen Scherz machen wollen, doch meine Unruhe wuchs.

»Ich meine es ernst, Nate.«

»Thara, im Buch steht, dass ihr euch von Blumen ernährt. Hättest du Schuldgefühle, weil du eine Rose isst?«

Er hatte recht. Das war ein dummer Gedanke. Außerdem ernährte ich mich wie alle anderen Menschen, ich hatte noch nie das Bedürfnis verspürt, eine Margerite oder eine Lilie zu essen.

»Du hast recht. Es ist nur … Ich habe heute so schreckliche Dinge erlebt.«

»Alles wird gut, du wirst sehen«, versuchte er mich zu trösten.

Ich drückte meine Hände, die auf meinen Knien ruhten, und stellte mir vor, es wären die von Nate.

»Nate«, ich sah ihn durchdringend an. »Willst du versuchen, durchs Feuer zu gehen?«

Er schien überrascht.

»Ich kann es versuchen. Aber ich muss warten, bis irgendwo Flammen auftauchen … Und außerdem kann ich wohl kaum entscheiden, wo ich in der Welt erscheine.«

»Vielleicht kann ich dir sagen, wie das geht«, flüsterte ich.

Phönix

Charles hatte mir gesagt, wo er einen Schlüsselbund für Notfälle versteckt hatte, und so suchte ich bei der Villa in dem Blumentopf rechts vom Tor.

Ich lief über den schmalen Weg und musste drei Schlüssel ausprobieren, bis ich endlich den richtigen für die Haustür fand. Ich war müde und aufgeregt. Nate hatte gesagt, dass er mich liebte, aber für eine Romanze war unsere Lage denkbar schlecht: Nichts als Blut und Verheerung.

Ich sah auf die Uhr. Es war noch früh, Charles würde erst in zwei Stunden zurückkommen, und vorher würde der Abend hereinbrechen. Ich ging in die Küche, um Kaffee zu kochen.

Ich suchte in den Schränken nach etwas Pulver, fand aber nur Kekse und eine große Auswahl an Teesorten. Ich runzelte die Stirn und erinnerte mich an eine Passage aus dem Buch: Dämmerwesen nährten sich von Blumen, hatte da gestanden. Ich würde keine Iris aus dem Garten essen, aber ich könnte ausprobieren, wie Kräutertee auf mich wirkte.

Ich roch an den Packungen: Rosen-, Jasmin- und Lavendelduft stiegen mir in die Nase. Zuerst wusste ich nicht, was ich aussuchen sollte, aber als ich die Aufschrift »Iris- und Veilchentee« las, war alles klar.

Ich brachte Wasser zum Kochen und fragte mich, ob ich das Richtige tat. Wenn ich ins Cinerarium reisen konnte, wenn ich nur an den Iris roch, was würde dann erst passieren, wenn ich einen Absud aus ihren Blättern trank?

Das Pfeifen des Kessels erinnerte mich daran, dass ich die Herdplatte ausmachen musste. Ich goss das heiße Wasser in eine Tasse und gab einen Beutel der Mischung hinzu, die nach Sehnsucht duftete. Ich setzte mich an den Tisch und starrte in die Dampfschwaden, die durch die Luft waberten wie ein eingebildetes Spinngewebe. Langsam färbte sich das Wasser, es wurde dunkler, genau wie meine Gedanken, die sich verdüsterten.

Ich nahm den Teebeutel heraus, führte die Tasse zum Mund und trank ein wenig von der Flüssigkeit.

Ich riss die Augen auf, fast hätte ich mich verschluckt. Noch nie hatte ich so etwas Gutes getrunken, so etwas außergewöhnlich Gutes! Ich nahm einen zweiten Schluck. Eine Geschmacksexplosion. Es war unglaublich. Ich spürte, wie das Aroma meinen ganzen Körper durchdrang und mir Kraft gab. Meine Schläfrigkeit war wie weggeblasen.

Ich war wach. Ich fühlte mich kraftvoll und so gut wie selbst in der Morgen- oder Abenddämmerung nicht.

Dankbar und zugleich argwöhnisch blickte ich in den Tee. Das konnte nicht normal sein. Ich hatte noch nie gehört, dass Kräutertee eine solche Wirkung haben sollte. Ich trank weiter und spürte die Kraft bei jedem Schluck. Bei meinem nächsten Zusammentreffen mit Ludkar wäre ich ihm vielleicht gewachsen …

Ich wollte gleich ausprobieren, ob ich wirklich die Kräfte eines Vampirs hatte. Ich kam mir zwar blöd dabei vor, doch ich hob den Arm und ließ meine Hand kräftig auf den Tisch knallen, um ihn entzweizuschlagen. Ich tat mir dabei weh und hielt gleich die Hand unters kalte Wasser.

Auch wenn der Kräutertee keine Auswirkungen auf meine körperlichen Fähigkeiten hatte, wusste ich jetzt wenigstens, wie ich meine Müdigkeit vertreiben und paradoxerweise ein ganz normaler Mensch werden konnte.

Nun war der Moment gekommen, an Nate zu denken. Ich hatte ihm versprochen, eine Möglichkeit zu finden, ihn durchs Feuer zu lotsen, damit er nicht an irgendeinem zufälligen Ort der Welt auftauchte, und ich wusste nun, wie ich das anstellen könnte.

Ich lieh mir die Sense, die neben Charles' Schreibtisch stand. Ich würde zwar Sallys Garten verwüsten, aber ich wusste, dass meine Idee die richtige war.

Ich ging die Treppen hinunter und achtete darauf, nicht zu stolpern.

Im Garten machte ich mich daran, im orangeroten Licht der Dämmerung die Iris zu mähen.

Als ich fertig war, hob ich sie vorsichtig auf, wobei ich darauf achtete, ihren Duft nicht einzuatmen, und legte sie in einen Korb, den ich in der Küche gefunden hatte.

Ich brachte sie ins Wohnzimmer und machte das Fenster weit auf, damit ihr Duft nicht zu intensiv wurde. Dann ging ich in die Garage.

Ich suchte Holz und etwas, mit dem ich ein Feuer machen konnte. Neben Nates Motorrad sah ich einen Benzinkanister und dachte, damit würde es gut gehen. Ich trug den Kanister und die Holzscheite ins Wohnzimmer und vergewisserte mich, dass alles bereitstand.

Es fehlte nur noch der volle Wassereimer für den Fall, dass Ludkar einen Angriff startete. Ich holte ihn und überlegte, wie ich nun vorgehen wollte.

Ich hatte vorgehabt, im Kamin Feuer zu machen und es so lange wie möglich am Brennen zu halten. In regelmäßigen Abständen würde ich eine Blume ins Feuer werfen und dabei an Nate denken. Sollte ich die Dinge im Cinerarium wirklich dort auftauchen lassen können, wo ich wollte, würde er die Pforte des violetten Feuers finden und hindurchgehen können.

Ich legte die Scheite in den Kamin und goss ein wenig Benzin darauf. Dann zerknüllte ich Zeitungspapier und zündete das Feuer an.

In wenigen Augenblicken hatten die Flammen das Holz erfasst, aber ich brauchte ein paar Versuche, bis sie richtig brannten. Ich hätte nie gedacht, wie schwierig es ist, ein Kaminfeuer anzuzünden!

Schließlich gelang es mir, und ich setzte mich aufs Sofa. Ich zog die Schuhe aus und kauerte mich an eine Armlehne. Durch die Vorhänge, die sich an den offenen Fenstern bauschten, blickte ich nach draußen. Es war inzwischen dunkel geworden, und die kühle Luft machte die Hitze erträglich, die der Kamin verströmte.

Neben mir lagen die Blumen. Ich griff mir ungefähr zehn Stück und warf sie ins Feuer. Ich hoffte wirklich, Nate würde sie finden und Charles rechtzeitig nach Hause kommen, sodass sich die beiden treffen konnten.

Ein paar Minuten lang warf ich weitere Blumen ins Feuer. Mir taten die Augen weh, weil ich so lange hineingestarrt hatte, immer in der Hoffnung, endlich eine Gestalt auftauchen zu sehen.

Es funktionierte nicht. Ich wollte schon wieder aufstehen und das Feuer löschen, als ich zwischen den Flammen einen Schatten sah.

Die Asche um die Holzscheite herum begann aufzufliegen und sich in der Mitte zwischen den züngelnden Flammen zusammenzuklumpen. Dort entstand etwas.

Zuerst eine Hand, dann ein Körper und schließlich ein Gesicht.

»Nate!«, schrie ich.

Er kroch durchs Feuer aus dem Kamin. Er war in der Welt angekommen.

»Nate!«, sagte ich wieder und beugte mich vor.

Ich wusste nicht, ob ich ihn berühren konnte. Ich hatte Angst, dass er sich wie im Cinerarium einfach auflösen würde.

Er kniete auf dem Boden, die Haare fielen ihm ins Gesicht und er zitterte. Er hustete und spuckte Ruß. Es musste eine traumatische Erfahrung sein, durch das violette Feuer zu gehen. In der Luft schwebte noch ein wenig Asche, die sich allmählich auf ihn herniedersenkte und seinen Körper vervollständigte. Ein Körper, der echt zu sein schien, von dem ich aber wusste, dass er nur aus Staub bestand.

Ich hörte, wie er tief atmete. Ganz langsam rappelte er sich auf.

Ich tat es ihm gleich. Auch ich stand auf und sah ihn an, während er den Kopf hob.

Er sagte kein Wort.

Die tausend Farben seiner Augen waren verschwunden, sie waren grau, ohne Abstufungen. Und traurig. Tieftraurig.

Er stand einfach da und sah mich an wie ein orientierungsloses Tier. Dann drehte er den Kopf und betrachtete das Zimmer.

»Das hier«, flüsterte er, »das hier kenne ich.«

Ich schluckte.

»Es ist dein Haus. Hier hast du früher gewohnt.«

»Mein Haus ... Ja, ich erinnere mich.«

Er machte einen Schritt nach rechts.

»Hier war ein kleiner Tisch«, sagte er und hob ganz leicht den Arm. »Und hier ... hier auf diesem Regal standen Trophäen, die ich bei Sportwettkämpfen gewonnen hatte.«

Lächelnd ging ich zu ihm.

»Wir haben es geschafft!«, sagte ich leise.

Er ließ den Arm wieder sinken und drehte sich zu mir um. Seine weichen Lippen bewegten sich kaum.

»Danke.«

Lippen, die ich nie zuvor so sehr hatte küssen wollen.

»Und kommen sie zurück, die Erinnerungen?«, fragte ich, während ich ihn beobachtete.

Er trat zu mir und nahm meine Hand ohne Angst, zu verbrennen. Ich schauderte kurz. Aber nichts geschah. Es war wunderbar zärtlich und beruhigend. Seine Haut fühlte sich nicht so echt an wie im Cinerarium, aber seine Berührung sehr wohl.

»Ja, sie kommen zurück.«

Ich lächelte ihn an.

Ich schloss die Augen und legte ihm die andere Hand an den Hals. Er rührte sich nicht und ließ zu, dass ich meinen Kopf gegen seine Brust lehnte. Darin schlug kein Herz, aber ich glaubte fast, das Geräusch seiner brennenden Seele zu hören.

»Bleib hier bei mir«, sagte ich leise.

»Ich kann nicht«, erwiderte er betrübt. »Wenn das Feuer erlischt, muss ich wieder gehen.«

Ich runzelte die Stirn.

»Ludkar hat versucht, mich zu töten. Ich hatte es dir nicht sagen wollen«, gestand ich und klammerte mich an sein T-Shirt.

»Ich weiß. Seine Wutschreie erschüttern selbst die Wüste.«

»Er wird zurückkommen, und ich weiß nicht, wie ich ihn aufhalten soll.«

Nate sagte nichts, seine Hand glitt von meinem Rücken herab.

Ich löste mich von seiner Brust, um ihm ins Gesicht zu sehen. Er starrte auf etwas.

»Das da«, sagte er unsicher, »das da habe ich gemacht.«

Ich drehte mich um. Sein Blick war auf die Schatulle gerichtet, die Eisenschatulle, die wir im Schloss gefunden hatten. Charles hatte sie auf dem Wohnzimmertisch stehen lassen.

»Das hast du gemacht?«, rief ich aus.

»Ja. Ich habe in einer Werkstatt gearbeitet und Motorräder repariert. Ich habe das gemacht. Aber ich weiß nicht mehr, wozu.«

»Wir haben sie im Schloss gefunden, wo mein Vater gewohnt hat«, verriet ich ihm.

»Genau. Ich hatte es für Kolor gemacht.«

»Dann erinnerst du dich!«

»Vage … Ja, jetzt erinnere ich mich an ihn. Wir waren Freunde. Ich erinnere mich auch an meinen Vater. Und an meine Mutter … Aber warum hat er mich getötet?«

Er redete traumverloren, als würde er versuchen, mit einem einzigen Pinselstrich ein riesiges Bild zu malen, das Gemälde seines Lebens.

Er war ganz anders als der Nate, den ich vor Kurzem noch im Cinerarium gesehen hatte. Er wirkte wie eine farblose Kopie wie ein Geist.

»Nate«, sagte ich mit gedämpfter Stimme, um ihn in die Wirklichkeit zurückzuholen, »was ist da drin? Es könnte sehr wichtig sein.«

»Ich weiß es nicht.«

»Aber weißt du, wie man sie aufbekommt? Weißt du, wo der Schlüssel dazu ist?«

Nate sah mich mit zusammengekniffenen Augen an.

»Ja. Es gibt einen Zweitschlüssel an meinem Motorradschlüsselbund.«

Ich riss die Augen auf. Das war zu absurd! Nate hatte diese Schatulle für Kolor gemacht, und nach all der Mühe, die wir uns gemacht hatten, um sie zu öffnen, stellte sich nun heraus, dass der Schlüssel immer in Reichweite gewesen war.

Ein heftiger Schmerz in der Brust ließ Nate aufschreien, er beugte sich vor.

»Nate!«

Ich legte einen Arm um ihn und führte ihn zum Sofa, damit er sich setzen konnte.

»Was ist?«, fragte ich besorgt, während ich ihm die Haare aus dem Gesicht strich.

»Ich spüre, dass ich gleich verschwinde …«

»Nein!«, flüsterte ich.

»Ich bin zum Schloss gegangen, um sie ihm zu bringen, und da bin ich gestorben … Au!«

»Was?« Ich war so voller Sorge, dass ich mich nicht konzentrieren konnte.

»Die Schatulle. Ich wollte sie Kolor bringen. Dann bin ich gestorben. Zur Hälfte gestorben.«

Mit Mühe hob er den Kopf und sah mich an. In seinem Blick lag Liebe. Die gleiche Liebe, die gleiche unbändige Zuneigung wie in meinen Augen.

»Ich weiß nicht, ob dein Vater mich umgebracht hat ...«

»War Ludkar dabei, als du Kolor getroffen hast?«, fragte ich schnell.

»Ich erinnere mich nicht«, erwiderte Nate schwach. »Aber das ist jetzt auch nicht mehr wichtig. Was vor zwanzig Jahren passiert ist, ist nicht mehr von Bedeutung, man kann es nicht mehr ändern. Wichtig ist, dass es keine weiteren Toten gibt. Dass diese Blutlinie ein für alle Mal unterbrochen wird.«

Mit letzter Kraft hob er die Hand und legte sie auf meinen Mund. Seine warmen Finger liebkosten meine Haut. Es war der Moment, den ich mir so sehnsüchtig herbeigewünscht hatte. Unvollkommen, wie alle wichtigen Momente.

Unsere Gesichter näherten sich einander fast unmerklich. Ich ließ zu, dass er mich an sich zog.

Gleich würde ich diese wundervollen, sinnlichen Lippen küssen.

Mein Herz klopfte.

Es schlug für mich und es schlug für ihn, für Nate, der kein Herz mehr hatte.

Unsere Lippen waren nur noch wenige Zentimeter voneinander entfernt.

Ich zitterte. Mein Rücken kribbelte vor Aufregung, ich hätte fast geweint.

Wie Blüten öffneten sich unsere Münder. Ich konnte seinen keuchenden Atem spüren.

Ich würde einen grauen Engel küssen.

Unsere Lippen berührten sich kaum.

Genau in diesem Moment wehte ein kalter, erbarmungsloser Windstoß durch das Fenster und zerstörte den Traum.

Die letzten Flammen, die auf den Holzstümpfen im Kamin tanzten, erstarben wie Trugbilder.

Und aus meinen Armen, vor meinen Augen, flog Nate mit einem herzzerreißenden Schmerzensschrei davon.

Mitgerissen von der Bö entfernte sich sein Blick immer weiter und verschwand schließlich ganz. Mein Junge kehrte zurück und wurde wieder zu einem Aschehauch.

Schreiend streckte ich die Arme nach ihm aus, um ihn aufzuhalten.

Aber dem Staub konnte man nichts entgegensetzen. Nate wurde zu einer kleinen, grauen und unberührbaren Wolke, die durchs Zimmer schwebte.

Als der Wind nachließ, fiel sie langsam zu Boden.

Für eine Weile hatte ich durch die Tränen hindurch, die meinen Blick trübten, das Gefühl, dass ich es war, die sich auflöste. Dass mein Fleisch unter Qualen verbrannte.

Ich kauerte mich aufs Sofa, umschlang meine Beine und weinte. Ich weinte wie nie zuvor.

So blieb ich sitzen, ohne zu spüren, dass der Schmerz nachließ.

Ich saß noch immer so da, als Charles kam und mich in den Arm nahm.

Kannibale

Charles würde nie erfahren, wie sehr mir seine Umarmung in diesem Moment geholfen hatte. Er würde nie erfahren, wie nah ich mich ihm gefühlt hatte, denn es war eine väterliche Umarmung gewesen.

»Julia ist in Sicherheit«, sagte er sanft, weil er wohl dachte, meine Tränen flossen aus Sorge um sie.

Und zum Teil war es auch so.

»Ich habe sie zu ihrer Schwester gebracht. Dort bleibt sie, bis sich alles wieder beruhigt hat«, fuhr er fort. »Und Sally ist in einer Pension außerhalb der Stadt. Du musst dir also keine Sorgen machen.«

»Ludkar hat versucht, uns zu töten«, flüsterte ich. »Dieser Typ ist ein Monster! Er hat vor unseren Augen zwei Menschen umgebracht.«

Charles strich mir über den Kopf.

»Ich werde auch dich weit wegbringen.«

»Nein! Wir müssen meinen Vater finden und Ludkars Körper zerstören, sonst hört es nie auf«, sagte ich und rückte von Charles ab. Ich wischte mir das Gesicht ab und versuchte zu lächeln.

Ich sagte ihm nicht, dass Nate durchs Feuer gekommen war, sonst hätte er gewollt, dass ich ihn noch einmal zurückholte. Aber nach den Qualen, die Nate auf seinem Weg durchs Feuer ausgestanden hatte, wollte ich das lieber vermeiden. Ich sagte ihm nur, dass ich im Cinerarium mit Nate gesprochen hätte.

»Und was hat er gesagt?«, fragte er aufgeregt.

»Die Schatulle. Ich habe ihm von der Schatulle erzählt, die wir im Schloss gefunden haben, und er hat gesagt, er habe sie selbst gemacht.«

»Was? Im Ernst?«, rief er.

»Er hatte sie für meinen Vater gemacht und wollte sie ihm gerade übergeben, als er gestorben ist.«

»Na klar«, sagte Charles und legte einen Finger an die Lippe. »Er hat immer sein Motorrad repariert. Er war der Einzige, der geschickt genug war, so eine Schatulle anzufertigen.«

»Und ich weiß jetzt auch, wo der Schlüssel ist.«

Kaum hatte ich Charles über Nates Motorradschlüssel informiert, liefen wir auch schon in die Garage. Charles nahm die Plane ab, die das Motorrad bedeckte, und zog einen Schlüsselbund von der Lenkstange. Er inspizierte ihn aufmerksam. Einer der Schlüssel war von Hand gemacht.

»Da ist er!« Er zog ihn ab und musste unweigerlich lachen. »Ich bin sicher, das wird einiges erklären!«

Mit dem Schlüssel an Charles' ausgestrecktem Arm eilten wir zurück ins Wohnzimmer.

Wir setzten uns an den Tisch, auf dem die Schatulle stand, und holten tief Luft. Ich wartete darauf, dass Charles den Schlüssel ins Schloss steckte, aber er drehte sich zu mir und gab ihn mir.

»Ich denke, du solltest das machen.«

Der Schlüssel war kalt und schwer, als könne man mit ihm das Tor zu einer anderen Welt öffnen.

Ich betrachtete den Spalt in der Schatulle, steckte ihn hinein und spürte, dass er perfekt passte.

Mit der anderen Hand hielt ich den rostigen Deckel fest, auf dem der Name meines Vaters deutlich zu lesen war, und drehte schließlich den Schlüssel. Das Schloss quietschte wie ein Eisenmund, den nach Öl dürstete. Ich drehte den Schlüssel dreimal, und beim dritten Mal sprang der Deckel auf.

Er hob sich einen Millimeter und ließ einen schmalen, dunklen Spalt erkennen.

Charles beobachtete mich, ich beobachtete die Schatulle.

Ich schob meine Finger in den Spalt und zog mit aller Kraft. Die Scharniere klemmten, und ich hatte den Eindruck, als würde ich mit einem Alligator aus Stahl kämpfen.

Vor lauter Anstrengung schrie ich, als sich der Deckel endlich löste.

Die Schatulle war offen.

In ihrem Inneren kamen keine Geheimwaffen, keine magischen Talismane oder dämonische Geister zum Vorschein, wie Leo gemutmaßt hatte, sondern nur Erinnerungen.

Die schönsten Erinnerungen, an die ein Mensch denken konnte, wenn er wissen wollte, was sein Leben gewesen war.

Ganz vorsichtig nahm ich die Sachen aus der Schatulle und legte sie auf den Tisch.

Nach dem düsteren Grollen des Deckels war weder mir noch Charles nach reden zumute.

Die Gegenstände, die ich vor uns ausgebreitet hatte, sahen sehr zerbrechlich aus. Die Zeit und die Dunkelheit hatten sie brüchig werden lassen.

Da war ein kleines Plüschtier, ein Kätzchen, dem ein Auge fehlte, ein Ring, in den der Name meiner Mutter eingraviert war, eine Christbaumkugel sowie ein paar Briefumschläge und Fotografien.

»Das da«, sagte Charles und nahm das Stofftier wehmütig in die Hand, »hat Julia vor vielen Jahren auf dem Rummel beim Dosenwerfen gewonnen, da hatten sie und dein Vater sich gerade erst kennengelernt … Sie hat es Kolor geschenkt … Wie traurig! Hier sind diese ganzen Sachen also gelandet.«

Ich sah zu, wie er das Kätzchen streichelte, und fragte:

»Glaubst du, dass Nate die Schatulle gemacht hat, um sie ins Schloss zu bringen?«

»Ja. Nate und dein Vater waren gute Freunde. Nachdem Julia und Kolor sich getrennt hatten und Kolor abgehauen ist, wollte Nate wohl all die Dinge, die Kolor lieb und teuer waren, in der Schatulle sammeln und sie ihm ins Schloss bringen. Und weil er nicht wusste, ob er ihn auch wirklich dort finden würde, hat er eine Schatulle gefertigt, die der Zeit standhalten würde.«

»Damit mein Vater sie finden würde, sofern er eines Tages zurückkehren sollte«, ergänzte ich.

»Ich glaube, so war es, ja ...«

»Und als Nate ins Schloss kam, um die Schatulle dort zu hinterlassen, wurde er getötet.«

Charles seufzte.

Wir sahen uns jeden Brief und jedes Foto ganz genau an.

Nach allem, was ich dort lesen konnte, wurde mir klar, wie mein Vater gewesen sein musste: Sensibel und sanft, genau wie Ray ihn in seinem Roman beschrieben hatte. Ich hielt ihn nicht für fähig, Nate getötet zu haben.

Irgendwann packte Charles mich am Arm und gab mir ein Blatt Papier.

»Lies das!«, rief er.

Der Brief war an meine Mutter gerichtet. Eine Liebeserklärung. Es ging darin um einen Ort, an dem sie zwei Tage verbracht hatten: *Moon's Cave*. Mondgrotte.

Mein Vater sprach davon, dass dies die beiden schönsten Tage in all seiner Ewigkeit gewesen seien. Und dass er, wenn er sich einen Ort aussuchen könnte, an dem er für immer bleiben wollte, ganz sicher diesen wählen würde. Denn dort hatte Julia ihm zum ersten Mal gesagt, dass sie ihn liebte.

Dort hatte sie ihm versprochen, für immer bei ihm zu bleiben.

Ich war gerührt. Das Wissen, wie die Beziehung geendet hatte, hinterließ einen bitteren Geschmack in meinem Mund.

Und der Gedanke, dass ich eines Tages mit Nate das gleiche erleben könnte, erschreckte mich.

»Er ist dort!«, sagte ich mit Bestimmtheit.

Charles nickte.

»Dann lass uns fahren.«

Wir standen auf. Da merkte ich, dass ich etwas vergessen hatte.

»Ich nehme ein paar Iris und ein bisschen Kräutertee mit, wenn es dir nichts ausmacht.«

Charles sah mich verdutzt an.

»Ich habe herausgefunden, dass ich ein Blumen-Vampir bin«, erklärte ich ihm.

Zehn Minuten später saßen wir im Auto und fuhren durch die Stadt. Eine Straßenkarte, die ich nicht lesen konnte, flatterte in meiner Hand, während Leonard mir übers Handy sagte, dass er etwas über die Raffinerie herausgefunden hatte.

»Nein, das ist nicht mehr nötig, Leo, ich glaube, ich weiß jetzt, wo mein Vater ist.«

»Dann kommen wir mit!«, hörte ich Christine im Hintergrund so laut schreien, dass ich das Handy von meinem Ohr weghalten musste.

»Das ist zu gefährlich!«, sagte ich entschlossen.

Als sie sich weiter beschwerten, hatte ich keine andere Wahl, als einen Netzausfall vorzutäuschen.

»Was? Ich höre euch nicht. Was habt ihr gesagt?«

Und ich legte auf.

»Sitzt die Fliege richtig?«, fragte Charles.

»Bitte?«

Ich drehte mich zur Seite und sah, dass er sich vor dem Rückspiegel eine Fliege um den Hals band.

»Nach der langen Zeit, die Kolor und ich uns nicht mehr gesehen haben, möchte ich gut aussehen.«

Ich lächelte. Ich wusste seine Mühe, mich in Sicherheit zu wiegen oder zumindest abzulenken, sehr zu schätzen.

»Wenn ich dieses Ding hier richtig gelesen habe«, sagte ich und drehte die Karte, »müssen wir ungefähr vierhundert Kilometer nach Osten fahren.«

Charles warf einen prüfenden Blick auf den Plan und bestätigte meine Vermutung.

Als er wieder auf die Straße blickte, war seine Gelassenheit wie weggeblasen. Mit quietschenden Reifen bremste er ab, als wäre der Wagen ein Tiger, der seinen Lauf stoppen wollte und seine Krallen in den Asphalt schlug.

Ich wurde nach vorn geschleudert, und der Sicherheitsgurt schnitt mir heftig in die Brust.

Auch andere Autos hielten abrupt an, und ich hörte den einen und den anderen Aufprall.

Als ich wieder zu mir kam, blickte ich in dieselbe Richtung wie Charles.

Wir waren in der Nähe des Hauptbahnhofs, hundert Meter vor uns verlief die Brücke der Hochbahn.

»Raus aus dem Wagen!«, schrie Charles und löste mit einer einzigen Handbewegung seinen und meinen Gurt.

Ich hatte noch nicht begriffen, was los war, als ich bei einem düsteren Grollen den Kopf hob.

Ein Güterzug entgleiste.

Ich sah, wie er die steinerne Begrenzung durchbrach und in einem Funkenmeer in die Tiefe stürzte. Die Schreie der Menschen hallten durch die Luft, bevor er noch auf dem Boden auftraf. Es war ein Tankzug, der Kraftstoff transportierte.

Ich konnte mich nicht rühren.

Charles warf sich genau in dem Moment auf mich, als der Zug in die Bahnhofsmauer krachte.

Sie fiel in sich zusammen wie ein Kartenhaus.

Die Waggons folgten der Lok und rissen einen großen Teil der Hochbahnbrücke mit sich. Stromleitungen stürzten zusammen mit Gleisen und Säulen herab.

Die großen Tankbehälter prallten auf die Erde, ließen Autos in die Luft schnellen und schliffen über den Asphalt.

Einige Passanten wurden zermalmt. Vom Grauen gepackt wandte ich den Blick ab.

Gerade als die Sirene des Bahnhofs zu schrillen begann, gab es eine Explosion.

Der hintere Teil des Zuges war noch im freien Fall begriffen, als ein aufgeschlitzter Tankwaggon mit Strom in Berührung kam.

Es gab einen ohrenbetäubender Knall und einen gleißenden Blitz.

Eine Hitzewoge fegte über die Szenerie hinweg.

Schreiend hielt ich mir die Ohren zu, während ich durchs Wagenfenster sah, wie brennende Autos durch die Luft wirbelten.

Hoch wie die Wolkenkratzer um uns herum schossen Feuerpilze in den Himmel. Die Fenster der Hochhäuser barsten und ließen einen Guss scharfer Glasscherben herabregnen. Es war ein Höllenkarneval.

Auch die Windschutzscheibe unseres Wagens splitterte, und wir spürten etwas, das sich wie ein auf die Erde gestürzter Asteroid anfühlte, der uns mit aller Macht entgegenschlug.

Dann verhallte der Lärm, und man hörte nur noch Schreie.

Als wir dachten, es wäre vorbei, richteten wir uns in den Sitzen auf.

Ein apokalyptisches Szenario bot sich uns dar.

Eine Feuerwalze, die alles und jeden verschlang.

»O nein!« Langsam begriff ich, was passiert war. »Bloß weg hier!«, flüsterte ich Charles zu, der genauso bestürzt war wie ich.

»Das geht nicht«, sagte er und sah sich um. »Wir stecken zwischen den anderen Autos fest.«

Ich drehte mich auch um und sah, wie Hunderte Menschen aus ihren Fahrzeugen sprangen und in entgegengesetzter Richtung davonliefen.

Wir versuchten, die Türen zu öffnen, aber sie waren blockiert. Wir mussten durch die kaputte Windschutzscheibe auf die Motorhaube klettern.

»Thara!« Charles sah mich besorgt an.

Ein paar Splitter steckten in meinen Armen, doch ich empfand keinen Schmerz bei ihrem Anblick.

Ich zog sie heraus, als wir auf der Kühlerhaube standen.

Zahlreiche Polizisten liefen zwischen den Autos hindurch und eilten den Verletzten zu Hilfe.

»Seien Sie vorsichtig! Es ist der Brandstifter von der Schule!«, hörte ich einen Polizeibeamten schreien.

»Ludkar!«, sagte ich im Brustton der Überzeugung und machte mich auf das Schlimmste gefasst.

In diesem Moment sahen wir ihn hinter dem Vorhang aus Flammen auftauchen, der die Bühne seines grauenvollen Spektakels umrahmte.

Er lief mit dem Feuer, und das Feuer lief mit ihm.

Noch war er ein schwarzer Schatten, der in dem gelben Licht waberte, aber sein heiseres Lachen übertönte die gellenden Sirenen der Rettungsfahrzeuge.

Die Polizisten suchten hinter den Autos Deckung und zielten mit ihren Waffen auf ihn.

Ich wusste, dass es nichts nützen würde.

Er wollte mich.

Mit einem einzigen Schritt trat er aus dem Feuer. Seine nackten Füße ließen eine Öllache erzittern.

Sein schwarzer Mantel, sein Schal und seine schwarzen Haare flatterten unheimlich im Wind und ließen den Geruch von Tod und verbranntem Fleisch durch die Luft wehen.

Er ging immer weiter, und ich wusste, dass er mich ansah.

Mit seinem verzerrten, weißen Gesicht blickte er mich an wie ein verrückter Clown.

»Stehen bleiben, oder wir eröffnen das Feuer!«, schrie ein Polizist durchs Megafon.

Ludkar konnte nur lachen.

Ihm zu sagen, dass man das Feuer eröffnen würde, war wirklich ein Witz.

Er ignorierte die Polizisten und kam weiter auf uns zu. Charles wollte mich wegziehen, aber ich rührte mich nicht von der Stelle.

»Bist du übergeschnappt?«, fragte er.

»Er würde uns verfolgen und uns sofort einholen. Er will mich. Du musst verschwinden und zu meinem Vater gehen!«

Doch dieses Mal rührte sich Charles nicht.

Eine Salve Kugeln pfiff durch die Luft und traf Ludkar.

Durch den Aufprall wich der Vampir ein paar Schritte zurück.

Die Polizisten hörten auf zu feuern.

Kurz schien es, als würde er nach hinten kippen, aber als sein schwarzes Haar den Boden berührte, stand er mit einer Bewegung, die nichts Menschliches hatte, wieder auf.

Schlagartig verstummten die Polizisten. Ihnen wurde langsam klar, dass das, womit sie es hier zu tun hatten, nicht zu bekämpfen war.

»Ich habe Wasser in meiner Tasche«, sagte ich zu Charles. Wenn ich es schaffe, ihn in meine Nähe zu locken, schicke ich ihn dorthin zurück, wo er hergekommen ist!«

Plötzlich änderte Ludkar die Richtung.

Er kam nun nicht mehr auf mich zu, sondern ging zu dem Polizisten mit dem Megafon. Der arme Mann wusste nicht, was tun. Vor Grauen trübte sich sein Blick. Das Monster hatte es auf ihn abgesehen.

»Keine Bewegung oder …«, sagte er schwach ins Megafon.

Ein anderer Beamter stellte sich in einem Anfall von Wahnsinn und Mut neben Ludkar und hielt ihm eine Pistole an den Kopf.

Ludkar drehte sich zu ihm um und lächelte ihn an. Dann riss er ihm den Arm ab.

Brüllend fiel der Polizist zu Boden.

Ludkar hob die Pistole auf, ging zu dem Mann mit dem Megafon und erschoss ihn.

Nur das Knistern der Flammen war zu hören. Die anderen Polizisten zitterten. Die Pflicht gebot ihnen zu bleiben, doch die Angst befahl ihnen zu fliehen.

Ludkar drehte das Megafon, um zu sehen, wie es funktionierte, dann durchschnitt ein schriller Ton die flammende Nacht wie ein Rasiermesser.

»Thara!«, zischte er an mich gewandt durch das Gerät. »Ich habe wenigstens einen Applaus verdient.« Er lachte leise, aber das Megafon ließ selbst das leiseste Rauschen auf geradezu unheimliche Weise dröhnen.

Ich beschloss, ihm den Gefallen zu tun.

Unter den bestürzten Blicken von Charles und der Polizei fing ich an zu klatschen.

Ludkar senkte das Megafon und kam drohend auf mich zu.

Ich wollte schon die Wasserflasche aus der Tasche ziehen, als Charles sich mit ausgebreiteten Armen vor mich stellte.

»Tu ihr nichts! Wir sagen dir, wo Kolor ist.«

Nein! Was hatte er getan! Ludkar durfte nicht erfahren, dass wir wussten, wo mein Vater war!

Der Vampir lächelte, er hob die Pistole und schoss Charles im Laufen eine Kugel ins Bein.

Ich hörte, wie sein Knochen brach. Sein Schrei fuhr mir durch Mark und Bein.

»Neeein!«, schrie ich und versuchte, Charles zu stützen.

Aber er fiel nach vorn, ich konnte ihn nicht halten.

Er rollte von der Kühlerhaube und fiel vor den Wagen.

Ich war außer mir.

Ich wollte vom Wagen heruntersteigen und ihm zu Hilfe kommen, aber Ludkar zielte auf Charles' Kopf, lud durch und befahl mir, keinen Schritt weiterzugehen.

»Wenn du nicht wissen willst, wie das Gehirn deines Freundes aussieht, dann wirf die Wasserflasche in deiner Tasche hierher und beweg dich nicht«, sagte er und zeigte seine spitzen Zähne.

Charles litt vor meinen Augen Todesqualen, und ich konnte nichts machen. Ich konnte nichts tun! Ich zitterte, und meine Nerven waren zum Zerreißen gespannt.

Ich sah, wie er eine Hand nach mir ausstreckte. Er bekam kaum Luft.

»Du Bastard!«, schrie ich Ludkar an und warf ihm die Flasche zu, während er sich neben Charles hockte.

Das Monster sah mich an.

»Kannst du verstehen, was er sagt? Ich verstehe es nämlich nicht.« Er nahm Charles' Kopf in die Hände und zerkratzte ihm wütend die Wangen. »Sprich deutlicher! Deutlicher!«

»Bastard! Lass ihn!«, rief ich weinend.

Ludkar riss seinen Mund auf, der ganze Welten verschlingen konnte.

»Wo ist dein Vater!«, schrie er so laut, dass die Nacht erbebte. »Sag's mir, oder ich reiße sein Gesicht in Stücke!«

Schluchzend biss ich mir auf die Lippen, ich hatte keine andere Wahl.

»In *Moon's Cave*. Lass ihn jetzt! Lass ihn, ich bitte dich!« Ich spürte, wie mein Blut in den Augen pulsierte, wie meine Zunge gegen die Kehle drückte und sich mein gesamter Mageninhalt zu einem riesigen Knoten zusammenkrampfte.

O Gott! Das würde ich nie mehr vergessen!

»Danke«, sagte Ludkar und hielt Charles das Megafon vor den Mund. »Willst du dich auch noch mal bei ihr bedanken?«

Und dann – aus reiner Boshaftigkeit, aus Blutdurst und Hunger nach lebendem Fleisch – zeigte sich Ludkar so, wie er in Wahrheit war.

Ein Kannibale.

Noch immer hielt er Charles das Megafon vor den Mund, schlug seine Zähne in dessen Brustkorb und tat das, was eine unersättliche Bestie tat.

Ich war völlig am Ende. Ich kann gar nicht beschreiben, wie sehr.

Ich fiel nach hinten und schnitt mir die Hand an der zerbrochenen Windschutzscheibe auf. Die Kühlerhaube verbarg das ganze Grauen vor meinen Augen, aber der schreckliche Schmerz, der mich durchfuhr, war tausendmal schlimmer.

Ludkar massakrierte den gütigsten Menschen, den ich je kennengelernt hatte. Er riss den Körper meines Freundes Charles, meines Fast-Vaters Charles, in Stücke.

Ich spürte seinen Schmerz millionenfach verstärkt.

Seine gellenden Schreie, verzerrt durch das Megafon, zerrissen mir Ohren und Gehirn.

Und ich konnte nichts gegen diese Grausamkeit ausrichten. Was für ein Gräuel! Ich konnte nichts mehr tun.

Charles starb.

Er wurde getötet und Stück für Stück verschlungen, seine unmenschlichen Schmerzensschreie hallten zwischen den Häusern hindurch und drangen bis hinter die Grenzen der Welt. Hinter die Grenzen alles Erträglichen.

Das Grauen ließ die Mauern beben, es blendete die Polizisten, es ließ die Flammen erstarren.

Allmählich verrückte mein Blick und trat aus der Zeit. Alles wurde langsam und begann zu schweben. Die Laute, die Bilder, meine Gedanken.

Ein Lidschlag dauerte eine Nacht, eine Nacht viele Stunden, und als ich die Augen wieder aufschlug, sah ich Charles' Fliege auf den blutgetränkten Asphalt fallen.

Ich hörte einen Knall.

Für einen Augenblick tauchte aus diesem Meer aus Flammen und Schreien das riesige, entstellte Gesicht Ludkars auf. Er sah mich an und lachte. Und beim Lachen troff sein messerscharfer Mund vor Blut.

Ich weinte. Ich schrie. Ich wollte so laut schreien wie nur möglich, um das ohrenbetäubende Lamento meines Freundes zu übertönen, aber ich schaffte es nicht.

Ich zerkratzte mir absichtlich die Wangen. Ich war kurz davor, verrückt zu werden, als Nate hinter Ludkar aus den Flammen trat.

Ein Motorrad fuhr in vollem Tempo durch das Feuer auf uns zu.

Mit einem Schlag kam ich wieder zu mir.

Ich nutzte Ludkars Ablenkung, sprang vom Wagen und rannte.

Es war Nate, es war wirklich Nate. Er war zurückgekommen, um mich vor dieser Bestie zu retten. Er war Ludkar durch das Feuer gefolgt und auf ein liegen gelassenes Motorrad gesprungen, das von der Explosion mitgerissen worden war.

Schlingernd hielt er neben mir und reichte mir die Hand.

»Spring auf!«

Ich hielt mich an ihm fest und sprang auf den Sitz hinter ihm.

»Halt dich gut fest!«, sagte er, gab zweimal Gas und fuhr los.

Wir brausten davon.

Ich war noch nie auf so einem Motorrad gesessen.

Wie bei einem Hürdenlauf flitzten wir zwischen den Autos hindurch, während ich hinter uns Ludkars wütenden Schrei hörte.

Erst jetzt überließ ich mich meinen Tränen und klammerte mich fest an Nates Oberkörper.

»Er hat deinen Vater getötet ... Er hat Charles getötet!«

Vielleicht hatte Nate mich nicht verstanden oder ich seine Antwort nicht gehört, jedenfalls nahm ich keine Reaktion wahr.

»Er hat Charles getötet!«, schrie ich noch einmal.

»Dann werden wir ihn im Cinerarium wiedersehen.«

Dieses Mal hatte ich ihn deutlich gehört, so deutlich wie den Knall zu meiner Rechten.

Ich drehte mich um und hinter meinem Tränenschleier sah ich Ludkar, der wie eine Spinne von Wagen zu Wagen hüpfte.

Er vollführte enorme Sprünge und sank dabei schwer in das Blech ein. Jedes Mal, wenn er in ein Autodach einbrach, wurde die Alarmanlage ausgelöst, und in kurzer Zeit erklang ein ohrenbetäubender Lärm.

»Schneller, Nate!«

Er beschleunigte, und schließlich ließen wir den Stau hinter uns.

Als wir eine gerade Straße vor uns hatten, konnte er Gas geben. Ich blickte nach hinten. Nun hatte selbst Ludkar Mühe, mit uns mitzuhalten.

»Los, los!«, trieb ich Nate weiter an, aber ich merkte, dass etwas nicht stimmte.

»Ich kann nicht mehr … nicht mehr lange …«

»Was?!«

Ich hatte nicht die leiseste Idee, wie man so ein Ding fuhr.

Ich sah Nates Arme – Asche fiel von ihnen herab.

»Nein!«

Ich zog das Handy aus der Tasche und versuchte, mit einer Hand Christines Nummer zu wählen. Wir waren sowieso zu ihrem Haus unterwegs.

Es läutete. Sie nahm ab.

»Was ist los, Thara? Hast du Land gesichtet?«, fragte sie mich sarkastisch.

Ich schrie.

»Geh sofort raus auf den Hof und dreh das Wasser auf!«

Das Handy fiel mir aus der Hand, und ich betete, dass sie das Ganze nicht für einen Scherz hielt.

»Nach rechts!«, sagte ich im letzten Moment zu Nate.

Das Motorrad kam bei der hohen Geschwindigkeit ins

Schlingern, und wir brauchten ein paar Sekunden, bis wir unser Gleichgewicht wiedergefunden hatten.

»Ich schaff's nicht mehr …«

Von seinen Schultern fiel Asche, ich atmete sie ein.

»Los, wir sind gleich da!«

Doch in diesem Moment zerfiel Nate zu Staub, der mir in die Augen drang. Ich war allein auf dem Motorrad.

»O nein!«, schrie ich und versuchte, die Lenkstange zu packen. Das Motorrad war groß und schwer. Ich konnte die Maschine kaum gerade halten.

Ich ließ den Gashebel los und fuhr schreiend im Zickzack. Autos überholten mich hupend.

Dann sah ich Christines Haus und fuhr direkt darauf zu.

Meine Freundin war mit Leo im Hof. Sie hielt den Wasserschlauch in der Hand, und aus ihren Augen sprach das Grauen.

Wie eine verirrte Kugel schoss ich auf sie zu und durchbrach den Zaun. Die Räder kamen auf dem Gras ins Rutschen, und ich konnte mich gerade noch vom Sattel rollen, bevor das Geschoss an der Hausmauer zerschellte.

Leo half mir auf.

Kaum stand ich, stürzte ich zum Wasserhahn und drehte ihn ganz auf.

Christine spürte, wie der Schlauch in ihrer Hand vibrierte, und begann, wie ein durchgedrehter Hydrant in alle Richtungen Wasser zu spritzen.

»Da ist er! Auf dem Dach!«, schrie ich und deutete auf Ludkar.

Mit weit aufgerissenem Maul und ausgebreiteten Armen stürzte sich der Vampir auf uns. Der Wasserstrahl traf ihn mit voller Wucht, und Ludkar verteilte sich über den Garten wie ein Tintenklecks.

Asche zu Asche

Charles.

Ich konnte noch immer nicht glauben, was ich gesehen hatte. Nein, es konnte nicht wirklich passiert sein! Es konnte einfach nicht sein, dass ich ihn von diesem Tag an nie mehr wiedersehen, nie mehr mit ihm sprechen, ihn nie mehr umarmen würde.

Es durfte nicht sein.

Nicht Charles. Er hatte so viel Leben in sich und hätte es niemals zugelassen, dass Ludkar ihn tötete.

Als ich zusammen mit Leonard und Christine im Auto saß und zusah, wie die Stadt sich in der Nacht entfernte wie ein Schwarm Sternschnuppen, fielen mir Nates Worte wieder ein: »Dann werden wir ihn im Cinerarium wiedersehen.«

Hoffentlich hatte er recht. Aber in meinem tiefsten Inneren spürte ich, dass es nicht so war. Er konnte nicht im Cinerarium sein. Wäre er von einem Vampir getötet worden, dann ja, dann wäre sein Blut in dessen Adern geflossen und seine Seele hätte sich nicht ganz von der Erde entfernt. Aber Charles hatte kein echter Vampir getötet, sondern ein Körper aus Asche. Und das konnte nur bedeuten, dass Charles tot war.

Er war im Nichts und konnte nie mehr zurückkehren.

Eine Träne kullerte über meine Wange.

Die Nachricht von Charles' Tod, die ich meinen Freunden kurz zuvor überbracht hatte, machte alle unsäglich traurig.

Wir fühlten uns verloren, als würden wir ohne Führer durch ein Minenfeld laufen.

Christine war gleich wieder ins Haus gegangen, hatte die Autoschlüssel genommen, ohne ihre Mutter zu fragen, und sie Leo zugeworfen. Er hatte sich ans Steuer gesetzt und den Motor angelassen. Christine und ich hatten uns auf den Rücksitz gesetzt und uns in den den Armen gehalten.

Ich hatte die Landkarte nicht mehr gehabt, aber Leo fand den Weg auch so: Er musste nur den Namen der Grotte wissen, gab *Moon's Cave* in das Navigationsgerät ein, und danach mussten wir uns um nichts mehr kümmern.

Wir hatten uns auf den Weg gemacht. Und nun fuhren wir auf einer schwarzen, unbekannten Landstraße durch die Nacht. Einzig die weißen und gelben Striche, die diesen Albtraum begrenzten, kamen mir bekannt vor.

Als Leo hörte, dass Christine und ich aufgehört hatten zu weinen, drehte er sich zu uns um und fragte: »Thara, willst du wirklich nicht wissen, was ich über die Raffinerie herausgefunden habe?«

Ich trocknete mir die Augen, sagte aber nichts.

Ein Lastwagen fuhr auf der linken Spur an uns vorbei.

Leo berichtete: »Sie liegt genau an dieser Straße, keine zwei Kilometer von hier. Vor zwei Jahren ist sie abgebrannt und wurde wiederaufgebaut …«

Ich beugte mich zwischen den beiden Vordersitzen nach vorne.

»Leo, ich will, dass dieser Bastard für alles bezahlt, was er uns angetan hat!«, flüsterte ich ihm leise ins Ohr. »Wenn du die Raffinerie siehst, halt an.«

Die Feuer aus dem Kamin tauchten kaum eine Minute später in der Dunkelheit auf. Mir war, als würde ich in den Flammen dämonische Fratzen kommen und gehen sehen. Ich glaubte sogar, Gelächter zu hören und Charles' Schreie.

Leo fuhr langsamer.

Auf der einen Straßenseite war die Umzäunung der Raffinerie, auf unserer Seite gab es eine Tankstelle und ein Lokal. Leo parkte auf dem Platz davor.

»Also, was machen wir?«

»Feuer lässt sich mit Feuer bekämpfen«, sagte ich wütend.

»Gut.« Leo öffnete die Wagentür. »Wartet hier auf mich.«

Wir stiegen alle drei aus, aber Leo ging mit einem Rucksack weiter zu den Toiletten.

Christine und ich betrachteten die Straßenlaternen, um die Wolken kleiner Fliegen wirbelten.

»Bist du sicher, dass du es tun willst?«, fragte sie.

Ich sah sie ernst an. Wegen ihrer Tränen war ihre Schminke im Gesicht verlaufen.

»Ja, Christine. Wenn wir es jetzt nicht tun, werden wir nie frei davon sein.«

In diesem Augenblick kam Leo zurück. Sein Rucksack schien auf einmal Tonnen zu wiegen.

»Was ist da drin?«, wollte Christine wissen.

Er machte ihr ein Zeichen, still zu sein, und wir überquerten die Straße.

Wir gingen am Zaun entlang und folgten einer Biegung. Als wir eine dunkle Ecke erreichten, wo man uns nicht sehen konnte, öffnete Leo den Rucksack.

Er hatte einen Feuerlöscher aus der Toilette geklaut, und eine Zange, die uns nun sehr nützlich sein würde.

»Was machen wir wegen der Überwachungskamera?«, fragte ich.

»Keine Ahnung. Wir müssen eben aufpassen.«

Mit der Zange schnitt er ein Loch in den Maschendrahtzaun.

Wir krabbelten vorsichtig hindurch. Die Erde drang in die Wunden an meiner Hand, aber darauf achtete ich nicht.

Ich kannte als Einzige die Anlage, und meine Freunde warteten darauf, dass ich ihnen den Weg wies.

»Also«, flüsterte ich, »wir müssen das Lager mit den Rohölfässern finden.«

Gebückt schlichen wir durch das Gewirr aus Rohren. Es war schon schwierig genug, sich im Cinerarium zu orientieren, aber hier in der Dunkelheit war es noch schwieriger. Wie Katzen auf einem Hausdach bahnten wir uns einen Weg durch den Metalldschungel.

Ein Nachtwächter machte seinen Kontrollgang und hätte uns fast entdeckt. Wir konnten uns gerade noch hinter ein paar Tanks verstecken, bevor das Licht seiner Taschenlampe die Stelle nach der Ursache für die merkwürdigen Geräusche absuchte.

Während er langsam weiterging, erblickte ich im Lagerbereich die aufeinandergestapelten Fässer.

»Da sind sie!«

»Aber, Thara, da sind Leute!«, sagte Christine.

»Sie werden genauso weglaufen wie wir auch«, antwortete ich.

Ich ging als Erste los, Leo und Christine folgten mir.

»So werden sie uns sehen!«, flüsterte mein Freund.

Er hatte recht.

Eine Hand packte mich an der Schulter und riss mich rüde herum.

»Was habt ihr hier zu suchen?«, schrie mir der Nachtwächter, der uns den Weg abgeschnitten hatte, ins Gesicht.

Mit seiner Taschenlampe leuchtete er uns in die Augen.

»Also? Ich höre! Es ist gefährlich hier.«

Wir hörten ein gedämpftes Geräusch und hoben die Köpfe zu dem Feuer hoch oben am Kamin. Die Flammen loderten auf und machten seltsame Bewegungen.

Ich kniff die Augen zusammen. Es sah so aus, als würden große Brocken daraus hervorgeschleudert.

»Was zum Teufel …?«, murmelte der Mann.

Dann ertönte ein paar Meter von uns entfernt ein Knall, und eine Staubwolke erhob sich.

»Nein!«, sagte ich und wich zurück. »Das sind Aschemenschen!«

Der Nachtwächter erfasste die Situation nicht schnell genug – die Kreatur hatte sich erhoben und ihn am Knöchel gepackt.

»Loslassen!«, schrie er.

Aber der Aschemensch, der bei dem Sturz ein Bein verloren hatte, schleppte sich mit weit aufgerissenem Kiefer weiter.

Es gab weitere Explosionen, die Luft wurde immer stickiger.

»Bleibt in meiner Nähe!«, schrie ich meinen Freunden zu, die ich nur noch mit Mühe erkennen konnte.

Die Grauen kamen wie verkohlte Zombies auf uns zu. Schwarze Schatten im trockenen Nebel.

Immer mehr von ihnen fielen vom Himmel. Bestimmt warf Ludkar sie aus dem Cinerarium. Wir sahen, wie sie stürzten und auf die Röhren der Raffinerie prallten. Sie platzten auseinander und setzten sich wieder zusammen, sobald sie die Erde berührten. Wir hörten nur noch die Schreie des Nachtwächters, dann schaltete sich die Alarmanlage ein.

Während uns die Aschekreaturen umzingelten, sah ich, dass einige Menschen ihre Arbeitsplätze verließen und über die Stege rannten, um zu entkommen. Ich hätte mir gewünscht, dass sie uns halfen, aber im Prinzip war es besser so.

»Leo! Christine!«, schrie ich und nahm sie an der Hand. »Bleibt dicht bei mir! Die sehen zwar gruselig aus, aber sie sind dumm.«

Leo nahm den Feuerlöscher aus dem Rucksack und zielte auf die Grauen.

»Und sie haben definitiv eine Dusche nötig!«, sagte er und drückte den Hebel hinunter.

Ein weißer Schaumstrahl schoss aus dem Feuerlöscher und traf mindestens fünf Kreaturen, die zuckend auf dem Boden zerflossen. Während Leo die Grauen auf Abstand hielt, nahm ich die Zange.

»Mach weiter!«, verlangte ich. »Gib Christine und mir Deckung, wir besorgen den Rest!«

Meine Freundin und ich gingen zu den Fässern, während Leo die Kreaturen dorthin zurückbeförderte, wo sie hergekommen waren.

»Hilf mir, eines der Fässer herunterzuziehen!«, sagte ich zu Christine.

»Aber die wiegen doch Tonnen!«

Wir packten den Rand eines Fasses und stießen es zu Boden. Es rollte ein paar Meter. Als es liegen blieb, setzte ich mich rittlings darauf, hob die Zange hoch über meinen Kopf und ließ sie mit all meiner Kraft heruntersausen. Es gelang mir, ein Loch hineinzuschlagen, aus dem eine schwärzliche Substanz zu sickern begann.

»Komm, Leo!«, schrie Christine.

»Mach uns den Weg frei!«

Lächelnd lief Leo los und fegte die Monster aus dem Weg. Christine und ich rollten das Fass vor uns her und versuchten, uns nirgends anzuschlagen.

Während wir immer weitermachten, hörte ich Gelächter und erkannte Ludkar, der mit verschränkten Armen auf der Treppe stand, die sich am Kamin hinaufwand. Er hatte die Aschemenschen tatsächlich in die Welt gestoßen. Dieser Bastard amüsierte sich hinter unserem Rücken.

Wir werden ja noch sehen, wer zuletzt lacht!, dachte ich.

Meinen Freunden sagte ich nur, dass sie schneller gehen sollten.

Als wir es schließlich mit den Aschemonstern auf den Fersen aus dem Zentralbereich der Raffinerie hinausgeschafft hatten, holte ich das Feuerzeug aus meiner Tasche.

Ich zündete es an und blickte in die Flamme.

»Charles, das ist meine Art, dir Lebwohl zu sagen.«

Ich ließ das Feuerzeug in die ölige Spur fallen, die wir hinter uns hergezogen hatten.

»Los!«, schrie ich, als das Feuer begann, sich in die entgegengesetzte Richtung auszubreiten.

Wir liefen zum Zaun, krabbelten wieder durch das Loch, das wir aufgeschnitten hatten, und überquerten die Straße, ohne uns nach Fahrzeugen umzublicken.

Wir warfen uns in den Wagen und Leo fuhr mit quietschenden Reifen los.

»Los, los!«, schrien wir, und der Wagen schoss auf die Landstraße wie eine verrückt gewordene Rakete.

Wir brausten durch die Nacht, ohne zurückzublicken.

Plötzlich warf ein gleißendes Licht seinen Schein auf die Straße und die Berge vor uns.

Wie aus dem Nichts erschienen eine Morgendämmerung, ein Mittagshimmel und schließlich eine Abendstimmung vor unseren Augen. Und wir hatten sie erschaffen.

Ich blickte blinzelnd in den Rückspiegel, nur um mich an dem brennenden Pilz zu weiden, der noch immer in die Wolken auffuhr und sie orangegelb leuchten ließ.

Ich lächelte bitter und dachte: Hast du gesehen, Ludkar? Auch ich kann mit dem Feuer spielen.

Stalaktiten im Himmel und Sterne in der Grotte

Es war fast Morgen

Ich weiß nicht, ob die Dunkelheit in jener Nacht wegen unserer Explosion schneller wich – als hätte man sie weggestoßen –, oder ob wir auf unserem Weg vierhundert Kilometer nach Osten dem Sonnenaufgang entgegengefahren waren, jedenfalls färbte sich der Himmel bereits rosa.

Ich hatte das Fenster heruntergekurbelt und schnupperte die frische Luft, dabei stellte ich mir vor, es sei der Duft der Sonne, der Hoffnung.

»Ich habe herausgefunden, dass auch ich eine Art Vampir bin«, sagte ich zu meinen Freunden und zog den Kopf wieder zurück.

»Mach keine Witze, okay?«, schnaubte Leo, von dem ich eine solche Äußerung noch nie gehört hatte.

»Es ist kein Witz. Ich bin ein Blumen-Vampir.«

Christine, die in meiner Tasche gewühlt hatte, bestätigte, was ich gesagt hatte.

»Es sei denn, sie raucht das ganze Zeug. Hier ist alles voller Rosen-, Jasmin- und Veilchentee.«

»Von Blumen-Vampiren habe ich noch nie was gehört«, sagte Leo achselzuckend, »ich nenne dich lieber ›Dämmerwesen‹.«

Meine Freunde schienen kein besonderes Interesse an diesem Thema zu haben. Und ich konnte sie verstehen. Sie hatten kein Auge zugemacht, unser Freund war abgeschlachtet worden, und vor drei Stunden hatten wir ein Verbrechen begangen, das uns mindestens fünfzig Jahre Knast einbringen konnte.

Hinter den mittlerweile nahen Bergen wies uns ein Sonnenstrahl den Weg. Die elektronische Stimme des Navigationsgeräts informierte uns eher unpoetisch darüber, dass wir nach links abbiegen mussten.

Auf einem bröckelnden Schild, das man nur noch mit Mühe entziffern konnte, stand: *Willkommen in Moon's Cave.*

Die Straße wurde zu einem Feldweg, und das Geholpere vertrieb die Müdigkeit, unter der wir litten. Wir fuhren zwischen Bäumen hindurch an einem Bretterzaun entlang, hinter dem man verlassene Holzhäuschen sah.

»Das muss mal ein Feriendorf gewesen sein«, bemerkte Christine. »Und alles ist verfallen.«

»Mein Vater und meine Mutter haben hier glückliche Tage verbracht.«

»Natur und Stille. Kein Kabelfernsehen, kein Internet. Ein Albtraum«, meinte Leo.

Am Ende der Straße kamen wir an einen Platz und eine Campingplatz-Einfahrt. Dort hielten wir an.

Das Holztor war mit einer Kette verschlossen. Verblichene gelbe Absperrbänder, welche die Polizei wahrscheinlich vor Jahren dort angebracht hatte, flatterten im Wind wie die Schwänze toter Papierdrachen.

Wir öffneten die Wagentüren und stiegen aus. Auf dem Gelände waren keinerlei Reifenspuren. Hier schien seit geraumer Zeit niemand mehr gewesen zu sein.

Ich ging ein paar Schritte auf das gravierte Holzschild zu, das neben einem fünf Meter hohen Totem stand. Christine kam zu mir und deutete auf einen Zettel am Tor. Der Regen und die Zeit hatten ihn fast zur Gänze unleserlich gemacht, aber als wir genau hinsahen, stand dort zu lesen, dass das Feriendorf nach einem Einsturz in der Grotte geschlossen worden war. Die Sicherheitsbehörden hatten wohl beschlossen, den Tourismus hier zu stoppen, bevor noch Schlimmeres passierte.

»Das heißt dann also, dass wir in eine Grotte runtersteigen müssen, die uns auf die Köpfe fallen kann«, sagte Leo zu sich selbst. »Ich seh mal nach, ob eine Taschenlampe im Wagen ist.«

Wir gingen mit ihm und fanden tatsächlich eine Lampe im Kofferraum, aber als wir das Licht anknipsen wollten, brannte es nur wenige Augenblicke und wurde immer schwächer.

»Verdammter Mist! So viel zu vollen Batterien!«, brummte Christine.

»Die nächste Stadt ist sechzig Kilometer entfernt. Ich weiß nicht mal, ob das Benzin so lange reicht«, fügte Leo hinzu.

»Benzin …«, wiederholte ich. »Wir müssen einen dicken Stock suchen.«

»Was willst du denn machen? Eine Fackel?«, fragte Christine, während ich mich umsah.

»Ja, na klar! Durch eine Fackel kann Ludkar nicht zu uns gelangen! Es sei denn, er hätte sich durch seine Angst massiv verkleinert!«, gab ich zurück.

Sie stemmte die Hände in die Hüften.

»Ich finde, das ist eine blöde Idee.«

»Aber Thara hat recht«, kam Leo mir zu Hilfe. »Wir dürfen keine Zeit verlieren.«

Er zog ein T-Shirt aus dem Rucksack.

Christine schnaubte, beschloss aber, uns nicht an unserem Vorhaben zu hindern. Sie lehnte sich an den Wagen und sah zu, wie wir den Stoff um den Stock wickelten und ihn mit Benzin aus dem Ersatzkanister tränkten.

»Gehen wir«, sagte ich, als wir fertig waren.

Wir kletterten über den Bretterzaun des Feriendorfs und folgten ein paar versprengten Hinweisschildern.

Hinter den Häuschen führte ein Weg den Hang hinab.

Die Bäume standen dicht, und das Gras war so gewuchert, dass man kaum sah, wo er entlangführte. Doch hin und wieder konnten wir einen Pfeil entdecken, der uns die richtige Richtung wies.

Wir gingen immer weiter und gelangten schließlich ans Ufer eines Flüsschens. Das Wasser war ruhig und klar. Das Flussbett war wohl nur ein paar Meter tief, und an der Oberfläche reflektierte das Morgenlicht wie in einem alten Spiegel. Wir beschlossen, am Ufer entlangzugehen, und fanden an seinem Ende die Grotte. Die Mondgrotte.

Wir blieben stehen und betrachteten verblüfft das Loch.

Der Eingang war breit und niedrig, er sah aus wie ein verzerrter Mund mit Stalaktiten als Zähnen. Und genauso wie ein Schlund verschlang die Grotte den Fluss.

Innen war es so dunkel, dass man nicht sehen konnte, wohin das Wasser floss. Es war, als würde der Fluss von der Erde verschluckt und fiele in bodenlose Tiefen ab.

Vor uns lagen drei kleine Ruderboote an Pfählen vertäut, die aus der Erde ragten. Ein Boot war vollständig gesunken, beim anderen war der Kiel gebrochen, doch das dritte war noch seetauglich und hatte sogar ein Ruder.

Ich setzte als Erste den Fuß hinein. Ich drehte mich um und machte meinen Freunden ein Zeichen, an Bord zu kommen. »Los! Keine Angst vor einem Bad!«

»Solange wir noch am Wasser sind, brauchen wir ja keine Angst zu haben«, sagte Christine und stieg ins Boot.

Auch Leo sprang herein, und wir setzten uns auf die Bänke, die unter unserem Gewicht knarrten.

»Also dann, Leinen los!«, sagte Leo leise und wollte das Tau lösen, aber es riss ihm in der Hand. »Na ganz toll …«

»Mal sehen, ob ich noch weiß, wie das geht.« Christine nahm die Ruder und tauchte sie ins Wasser. »Als ich klein war, war ich immer mit meinem Großvater rudern.«

Sie begann, die Riemen langsam durchs Wasser zu ziehen, und allmählich entfernten wir uns vom Ufer.

Das Boot schaukelte gefährlich. Leo und ich lehnten uns über Bord, um es im Gleichgewicht zu halten.

Ich saß im Heck und sah Christine mit dem Rücken zur Grotte rudern. Bei jeder Armbewegung kam der große, schwarze Schlund näher. Irgendwann schlug uns ein kalter, feuchter Wind entgegen, der Atem des Steins.

Leo sah, dass nun der Moment gekommen war, die Fackel zu entzünden. Er zog ein Feuerzeug aus der Hosentasche und hielt es vorsichtig an den Stoff. Unmittelbar darauf schlugen die Flammen empor, und wir hatten ein sicheres Licht in der Dunkelheit.

Wir kamen unserem Ziel immer näher.

Mit einem letzten Ruderschlag trieb Christine uns ins Unbekannte. Das Boot driftete in die Grotte hinein, und drin waren wir, im Angst einflößenden Bauch der Berge.

Dunkelheit umgab uns, und die schmale Öffnung, die uns daran erinnerte, dass es eine Welt da draußen gab, verschwand hinter einer Biegung des unterirdischen Flusses.

Leonard versuchte, die Fackel so zu halten, dass wir sahen, wohin wir fuhren, und bei jeder Bewegung blitzten die nassen, mit Kalksinter überzogenen Wände auf wie lebendes Fleisch.

Christine hörte auf zu rudern und ließ das Boot mit der Strömung treiben.

Aus dem Inneren drang kein Laut. Hier lebten nicht einmal Fledermäuse. Es gab nur Stille, und wenn ein Tropfen fiel, klang es, als würde ein Felsblock ins Wasser fallen.

Neben uns ragten vier spitze Steinkegel auf, die wir immer wieder rammten.

»Bist du sicher, dass dein Vater hier ist?«, fragte Christine kaum hörbar.

»Ja, da bin ich mir ziemlich sicher.«

»Man sieht überhaupt nichts«, murmelte Leo und versuchte aufzustehen, um das Gewölbe auszuleuchten.

Der Lichtschein wurde von den Gebilden an der Höhlendecke reflektiert, das Ganze wirkte wie eine natürliche Kathedrale. Die Natur hatte erstaunliche Formen geschaffen und eine neue Architektur erfunden, die aus Knochen und Salz zu bestehen schien. An bestimmten Stellen hatten sich Stalaktiten und Stalagmiten zu richtigen, echten Säulen vereint.

Es roch zwar nach verbranntem Benzin, aber der Geruch des Wassers und der Kristalle war dennoch deutlich auszumachen.

Dann hielt das Boot.

»Vielleicht ist hier ein Loch im Boden«, vermutete Leo, als er die Fackel bewegte und sah, dass die Fahrt zu Ende war. »Da vorn müsste das Wasser, statt weiterzufließen, durch Spalte in die Tiefe fallen.«

»Und was sollen wir jetzt tun?«, fragte Christine.

Ich nahm ihr ein Ruder aus der Hand und stakte uns ans Ufer.

»Wir steigen aus und gehen zu Fuß weiter«, sagte ich.

Der Boden war tatsächlich begehbar. Nachdem Leo für die richtige Beleuchtung gesorgt hatte, sahen wir, dass die Grotte sich zu einem Tunnel verengte.

Wir stiegen aus dem Boot und achteten darauf, nicht auszurutschen. Der Boden war mit einer glitschigen Schicht überzogen, wahrscheinlich Schimmel.

»Ich geh voraus«, sagte ich und setzte mich an die Spitze.

Leo folgte mir mit der Fackel.

Wir drangen ich weiß nicht wie viele Meter in die Eingeweide des Felsgesteins ein, bis der Durchgang wieder breiter wurde und wir uns plötzlich im Herz der Grotte befanden.

Die Höhle war riesig und finster. Die Decke war meterhoch, und die Steingebilde ließen die Dunkelheit entsetzlich komplex erscheinen.

»Deshalb nennt man sie also Mondgrotte«, sagte Christine und deutete nach oben.

Oben an einer Höhlenwand erblickten wir ein vollkommen rundes Loch, durch das Tageslicht fiel.

»Hey Wahnsinn!«, sagte Leo, dessen Pupillen sich zusammenzogen.

Ein heller Lichtstrahl drang in jeden Winkel und vermittelte uns den Eindruck, in einer Vollmondnacht unter einem Sternenhimmel zu stehen.

Doch das Staunen über diesen wunderbaren Ort dauerte nicht lange.

Wir folgten dem Lichtstrahl mit den Augen und fanden, was wir gesucht hatten. Das helle Licht fiel auf Ludkars Körper.

»Mein Gott!«, entfuhr es Christine.

Der Körper des Vampirs, mit den mittlerweile zerlumpten Kleidern, war auf dem größten Stalagmit der Höhle aufgepfählt.

Da lag er reglos wie ein Toter, der Tropfstein durchbohrte ihn von vorn nach hinten. Arme, Beine und Kopf hingen herunter, als hätte er sich in einen Augenblick der Ewigkeit gestürzt.

Vorsichtig näherten wir uns.

Wir wollten das Gleichgewicht dieses scheinbaren Todes nicht durcheinanderbringen. Und gerade als wir die makabre, fast lebende Skulptur betrachteten, die aussah wie ein gefallener, von Gott verstoßener und in die Hölle geschleuderter Engel, wisperte eine Stimme in der Dunkelheit: »Wer seid ihr?« Es klang wie trockenes Laub im Wind.

Ein paar Sekunden regten wir uns nicht, dann aber konnte ich mich nicht mehr beherrschen.

»Dad!«, schrie ich so laut, dass die Wände bebten.

Ich sah mich um, spähte in jeden Spalt.

Ich hörte ein gequältes Röcheln.

»Dad!«, rief ich leise und entfernte mich von meinen Freunden.

Beim zweiten Wispern drehte ich den Kopf nach rechts.

Mein Herz fing an zu klopfen. Aber es war keine Angst. Oder vielleicht doch.

Der Gedanke, meinen Vater zu treffen, machte mir Angst.

Denn der dunkle Schatten, der nun auf mich zukam, war ganz bestimmt mein Vater, dessen war ich mir sicher. Der Vater, den ich tot geglaubt hatte, der jedoch gar nicht sterben konnte.

Ein schwarzer Schatten, sehr hager und sehr groß, kam hervor. Aus der Dunkelheit tauchten erst seine Hände auf. Er hielt sie gefaltet. Sie waren schmal und weiß.

»Ich habe keine Kinder«, hörte ich ihn sagen, bevor ich sein Gesicht sah.

Mit einem weiteren Schritt stand er im Licht.

Er trug einen schwarzen Anzug mit dicken Eisenknöpfen. Ein Gesicht, das blass und eingefallen war, früher aber attraktiv gewesen sein musste, sah mich unsäglich traurig an.

Er war es. Kolor.

Der Vampir, den ich Vater genannt hatte, blickte mich unsicher an. Er stand reglos da, dann runzelte er die Stirn.

Ich sah, wie er sich elegant, zugleich aber auch spröde vorbeugte. Ich lächelte ihm zu.

Er schob den Kopf vor mein Gesicht und war erstaunt, dass ich nicht erschrak. Klar, ich hatte Herzklopfen, aber ein Wesen wie er merkte sicherlich den Unterschied zwischen Angst und Aufregung.

»Das kann nicht sein …«, flüsterte er, während er mich betrachtete. »Du riechst genau wie sie …«

Fast dieselben Worte hatte Ludkar bei unserer ersten Begegnung zu mir gesagt, nun aber hatten sie eine völlig andere Bedeutung: Kolor meinte den Geruch meiner Mutter.

Er hob eine Hand, spreizte die Finger, als wären es Vogelflügel, und strich mir durchs Haar.

»Das kann nicht sein!«, sagte er wieder.

In diesem Moment überkam mich ein wundervolles Gefühl, und ich konnte einfach nicht anders, als ihn zu umarmen. Ich warf mich in seine Arme und drückte ihn, dabei brach ich in Tränen aus.

»Dad! Ich kann nicht glauben, dass ich dich gefunden habe! Du hast mir gefehlt, du hast mir so gefehlt!«

Als ich seinen mageren, kalten Körper im Arm hielt, spürte ich, wie sich seine Hände sanft auf meinen Rücken legten.

Er hatte begriffen. Er hatte begriffen und glaubte mir. Ich hätte nicht gedacht, dass ein Vampir gerührt sein konnte, aber als ich mich von ihm löste und ihm ins Gesicht sah, rannen Tränen aus seinen Augen.

»Ich … ich habe eine Tochter«, murmelte er und streichelte mir die Stirn.

»Ich heiße Thara«, sagte ich und legte eine Wange an seine Brust. »Ich werde dich nie wieder verlassen.«

Christine und Leonard hielten sich im Hintergrund, während mein Vater und ich uns ansahen und anlächelten und es gar nicht fassen konnten.

»Aber wie kann das sein?«, sagte Kolor. »Sie hat mich doch verlassen.«

»Ja«, sagte ich in der Hoffnung, ihn nicht allzu sehr zu verletzen. »Sie hat dich verlassen, weil ich unterwegs war und sie Angst hatte.«

Kolor ließ seinen Blick über die Stalaktiten der Grotte wandern.

»Sie hat mir nie etwas gesagt … Sie ist nie gekommen, um mich zu besuchen.«

Er drehte sich wieder zu mir um.

»Ich habe sie geliebt. Und ich liebe sie noch immer.«

Ich drückte fest seine Hand.

»Sie wollte ja, aber als sie herausgefunden hat, dass du … dass du Nate getötet hast, hielt sie es für besser, wenn ich dich nicht kennenlerne.«

Kolor sah mich verdutzt an.

»Ich soll Nate getötet haben? Nein! Das war nicht ich. Ludkar war es!«, sagte er und deutete auf den Körper des anderen Vampirs.

Ich wusste es. Ich hatte es immer gewusst!

»Erzähl mir bitte, was passiert ist.«

Kolor holte tief Luft.

»Es tut weh, sich an diese Zeit zurückzuerinnern … Mein Kopf ist so leer, alles ist so konfus.« Er legte die Hand auf seine Stirn. »Ludkar und ich waren Freunde, als wir noch in Europa lebten. Wir wurden als Monster verschrien und verfolgt, dabei ernährten wir uns nur von Tieren. Die Leute dachten, wir würden Menschen töten, und jagten uns.« Er suchte Verständnis in meinem Blick. »Ich zog es vor, die Flucht zu ergreifen, Ludkar hingegen … Er wählte die Rache und wurde zum Mörder.«

Kolor umschlang seine Schultern.

»Ich konnte mich viele Jahre lang vor ihm verstecken, unendlich viele Jahre lang, aber schließlich hat er mich doch gefunden. Und wie es das Unglück wollte, hat Julia mich wenige Tage darauf verlassen. Ludkar verlangte von mir, mit ihm zusammen seine angeblichen Feinde zu bekämpfen. Aber ich wusste, dass er nur jemanden suchte, mit dem er sich ein Vergnügen daraus machen konnte, Böses zu tun. Ich weigerte mich kategorisch, Menschen zu töten, und sagte ihm, dass er sich in mir geirrt habe … Und genau in diesem Moment kam Nate.«

»Ja. Erzähl mir von ihm«, bat ich ihn.

»Nate. Ein wunderbarer Junge! Er war in das Schloss gekommen, in dem ich Zuflucht gesucht hatte, um mir ein paar Andenken zu bringen.« Ich sah, wie sich sein weißes Gesicht vor Schmerz verzerrte. »Ludkar befahl mir, ihn zu töten. Ich weigerte mich, und bevor ich Ludkar noch davon abbringen konnte, hatte er ihn schon umgebracht.«

Kolor nahm meine Hände und suchte Vergebung.

»Ich konnte Nate nicht retten, aber wenigstens war meine

Existenz insoweit zu etwas nütze, als ich Ludkar aufhalten konnte. Ich habe ihn mit meinen eigenen Händen gepfählt und in diese Grotte gebracht. Und seitdem bewache ich ihn. Solange sein Körper auf diesem Stalagmit steckt, kann er sich nicht regenerieren und nicht ins Leben zurückkehren – er kann nicht länger Böses tun.«

Ich ließ ihm Zeit zu seufzen, musste ihn aber schweren Herzens darüber aufklären, dass er sich irrte.

»So ist es leider nicht«, sagte ich. »Ludkars und Nates Seele sind in einer Parallelwelt gefangen. Und Ludkar kann durch das Feuer auf die Erde kommen.«

»Was?«, fragte mein Vater.

»Es ist kompliziert ... Jedenfalls müssen wir seinen Körper zerstören, bevor er hierherkommt und uns alle tötet.«

Kolor sah mich schweigend an, dann zog er seine dünnen Augenbrauen hoch.

»Aber den Körper eines Vampirs kann man nicht zerstören. Das geht gar nicht.«

Dasselbe hatte Ludkar auch gesagt. Wieder und wieder. Aber ich fragte mich, warum er solche Angst davor gehabt hatte, dass wir ihn zuerst finden könnten. Vielleicht war es gar keine Angst gewesen. Vielleicht hatte er mich nur quälen wollen.

In diesem Augenblick hörte ich Christine und Leonard schreien.

Ich fuhr herum.

Das konnte nicht sein!

Aus der Flamme der Fackel ragte ein Arm. Ein Arm! Das leibhaftige Böse hatte Leo am Hals gepackt.

Eine Glutwelle des Grauen schlug mir voll ins Gesicht. Automatisch zog mein Vater mich an sich.

»Du Teufel!«, schrie er mit der gefährlichen Ruhe eines Mannes, der unendlichen Groll hegte. »Geh in deine Hölle zurück!«

Aus der Flamme kam nun auch eine Schulter, und man

sah ein Profil. In der Hitze waberte ein schwarz grinsender Mund.

»Mein lieber Freund, ich würde das Feuer einem Aschegestöber vorziehen.«

Wut und Zorn hatten von mir Besitz ergriffen und trieben mich dazu, einen Schritt nach vorn zu machen und mich aus Kolors schützendem Griff zu befreien.

»Ich kann das nicht glauben«, sagte ich leise, während Ludkars heiseres Lachen durch das Feuer drang und durch die Grotte hallte.

»Ludkar!«, schrie mein Vater nun in einem so erbarmungslosen Tonfall, dass selbst ich erschrak. »Lass den Jungen los!«

Aus dem Feuer drang eine donnernde Stimme: »Du hast mich vor siebzehn Jahren in dieses Loch gesperrt! Nur einen Schritt weiter, und ich breche eurem Freund den Hals.«

Mein Vater sah mich an und sein Blick schien mich zu fragen, was er nun tun solle. Ich atmete tief durch. Die feuchte, stickige Luft der Höhle und der Benzingeruch vernebelten mir die Sinne. Dieses Monster hatte uns selbst diesen Moment verdorben, vielleicht den wichtigsten in meinem Leben, diesen einen Moment, der meinem Dasein endlich einen Sinn gab. Aber nun konnten wir nicht mehr zurück. Und Leos Leben in diesen schrecklichen Händen zu sehen, die in Körpern wühlten und sich Löcher gruben, wo sonst Herzen schlugen, ließ mich verstehen, dass dies meine Wirklichkeit war. Mein Vater war ein Vampir, ich war ein Dämmerwesen – zwar konnten wir wählen, ob wir Gutes oder Böses taten, aber in jedem Fall würden wir auf immer und ewig mit dem Bösen zu tun haben.

»Was willst du, Ludkar?«, fragte ich.

»Dass ihr meinen Körper befreit! Wie oft muss ich euch das denn noch sagen?«

Ich ballte die Fäuste und trieb mein Gehirn zur Eile an. Wenn ich nicht wollte, dass Leo dasselbe Ende fand wie

Charles, bestand die einzige Lösung darin, Ludkars Körper von dem Stalagmit zu befreien. Aber das durfte nur ein Ablenkungsmanöver sein. Ich musste ihn irgendwie täuschen. Andererseits war seine Intelligenz schärfer als seine Zähne. Also beschloss ich, mit offenen Karten zu spielen, wie Ludkar es verlangt hatte.

»Tu, was er sagt«, sagte ich mit fester Stimme zu meinem Vater.

Er sah mich an, als sei ich wahnsinnig. Wahrscheinlich betrachtete er Leos Tod als ein akzeptableres Opfer, als Ludkar frei in der Welt herumlaufen zu lassen. Für mich jedoch kam das überhaupt nicht infrage.

»Aber, Thara! Hast du eine Ahnung, was …?«

»Ja«, fiel ich ihm ins Wort. »Ich habe gesehen, wozu er fähig ist.« Dann machte ich Kolor ein Zeichen, zu mir zu kommen. »Lass ihn frei, vertrau mir. Ich muss kurz weg.«

Ich sah Christine an, die auf die Knie gefallen war und sich die Hände vor den Mund geschlagen hatte. Ich gab ihr zu verstehen, dass sie Ruhe bewahren sollte. Dann nahm ich die Iris aus meiner Tasche, atmete ihren Duft ein, glitt auf ihren Blütenblättern hinab, stürzte ins Violett und wurde von meinen eigenen Augen verschlungen.

Im Cinerarium fand ich mich vor der Bibliothek von Alexandria zwischen zwei Reihen Sphinxen wieder, die mir sechzehn verschiedene Rätsel stellten. Ich kannte nicht eine einzige Antwort. Und wahrscheinlich war es auch nicht die richtige Antwort gewesen, dorthin zurückzukehren. Was konnte ich schon tun? Ludkar von hinten überfallen? Um etwas gegen ihn ausrichten zu können, brauchte ich die Hilfe von Nate und Susan, und das sofort.

Ich stand auf und blickte zum grauen Horizont. Der weiße Himmel voller Krater schien von einem Augenblick auf den nächsten zersplittern und auf mich herabstürzen zu wollen. Ludkar war nicht in der Nähe. Für den Moment war das ein Segen, aber es könnte sich auch als ernsthaftes Problem erweisen, wenn wir ihn stoppen wollten.

Wenige Schritte von mir entfernt, erkannte ich Penny, Susan und Nate. Es schien fast so, als hätte ich sie in Gedanken zu mir gerufen (wobei es in Wirklichkeit wahrscheinlich genau andersherum war: Meine Gedanken hatten mich zu ihnen gebracht). Sie standen vor dem Portal unter den riesigen ägyptischen Statuen. Alle drei spähten hinter die Dünen.

»Da passiert etwas«, sagte Nate, bevor er mich sah.

»Ich weiß«, antwortete ich und machte ihn so auf mich aufmerksam.

Mit aufgeregten Gesichtern kamen sie zu mir. Ich begegnete ihren Blicken und versuchte, entschlossen aufzutreten. Ich hoffte auf ihre Hilfe, aber auch sie schienen sich Hilfe von mir zu erwarten. Und dabei war ich nur ein Mädchen, das zwischen den Welten hin und her reiste.

»Ludkar versucht gerade, in seinen Körper zurückzukehren.« Trotz meiner Anspannung versuchte ich mich so einfach und klar wie möglich auszudrücken.

Nate wurde nachdenklich, sein Gesicht verfinsterte sich.

»Wir haben ihn schreien gehört.«

Ich zuckte zusammen. Dann war er also hier in der Nähe, auch wenn die Entfernungen im Cinerarium keine große Rolle spielten. Genau in diesem Augenblick zerriss ein teuflischer Schrei die Wüste. Eine Aschebö schlug uns entgegen, sie fuhr an die Säulen des Tempels, die Gesichter der Sphinxen und wehte ins Innere hinein. Und auf einmal brach ein Sturm los.

»Da! Es ist so weit!«

Ich drehte mich zu Susan, während der Wind auffrischte.

»Geht wieder rein! Schnell!«

Das Mädchen bedeckte ihre kleine Schwester mit ihrer Jacke und sah mich noch einmal an. Aschestaub klebte in ihrem Gesicht und hing zwischen ihren Wimpern. Aus ihrem Blick sprach so etwas wie Respekt und Kummer. Dann führte sie Penny weg, als die fürchterliche Asche die Bibliothek zu geißeln begann.

Die zahllosen großen grauen Wolken, die mit einer enormen Geschwindigkeit über den Boden fegten, zwangen uns, Mund und Nase mit den Ärmeln zu bedecken.

Nate versuchte, etwas zu sagen, aber das Getöse war so groß, dass nur verzerrter Lärm an meine Ohren drang. Also nickte er mir zu, und ich begriff, dass ich ihm folgen sollte. Mit gesenktem Kopf liefen wir in die offene Wüste und stemmten uns gegen den beißenden Wind.

»Wir müssen es verhindern!«, sagte ich und rannte dicht neben Nate, damit er mich verstehen konnte. »Wir müssen unbedingt verhindern, dass Ludkar zum Himmel aufsteigt. Wenn es ihm gelingt, durch den schwarzen Mond zu kommen …«

Als wir unsere zusammengekniffenen Augen hoben, sahen wir den Wirbel am Himmel. Der Tornado aus Staub und Tod erhob sich über uns. Er war immens. Entsetzlich, heulend drehte er sich um sich selbst wie das Tentakel einer urzeitlichen Kreatur.

Ich duckte mich ruckartig: Über uns flogen ein paar Graue durch die Luft, mitgerissen vom Sturm wie Hampelmänner im Wind, eingesaugt vom Auge des Zyklons. Ich spürte, wie auch ich nach vorn gestoßen wurde. Wir befanden uns zwar in einiger Entfernung, aber die Anziehungskraft dieses Phänomens war erschreckend. Es war um vieles stärker als der Tornado, der Claytons Seele in seinen Körper zurückgeführt hatte.

Ludkars Seele – wenn man das überhaupt eine Seele nennen konnte – musste wahrlich einen großen Willen haben, in ihre verfluchte Wohnung zurückzukehren.

Nate schubste mich, und ich fiel auf den Boden. Ich landete auf den Händen und sah, wie er sich neben mich warf. Ich drehte mich auf den Rücken. Neben den Grauen fegten nun auch Teile der Bibliothek, eine ganze Sphinx, Brocken von Säulen, Bäume, Autos und andere Teile über uns hinweg, die irgendwo in der Großen Aschewüste ausgerissen worden waren.

Der Junge mit den Regenbogenaugen machte mir ein Zeichen, ihm zu folgen. Wir mussten uns bis hinauf auf den Gipfel der Düne schleppen, um weiterzukommen, sonst wären auch wir in diesen irrsinnigen Reigen geraten. Ich wusste nicht, warum Nate immer weiter wollte, wir machten unsere Situation nur noch schlimmer, aber ich folgte ihm wie einer Fata Morgana. Vielleicht war nun der Moment gekommen zu beten, auch wenn ich keinen Gott kannte, der sich ein solches Schreckensszenario hätte ausdenken können.

Oben auf dem Dünenkamm sahen wir ihn. Hinter dem wirbelnden, tosenden Leichentuch, hinter dem ohne jede Kontrolle umherschwirrenden Grauen, da stand Ludkar. Im Auge des Sturms. Man sah ihn kaum. Sein Arm steckte im violetten Feuer, sein Haar und seine Kleider zuckten wild, als würde er elektrische Schläge bekommen.

Auch wenn wir ihn nicht richtig erkennen konnten, schien es, als würde der Vampir den Kopf nach uns drehen. Ja, er hatte uns gesehen und schrie so sehr, dass wir ihn hören konnten, auch wenn die Laute in verzerrten Wellen zu uns drangen: »Das … wa… kna-app … Denk a… den Ko-opf dein… Freundes.«

In diesem Moment hoben sich Ludkars Füße vom Boden. Das war der Anfang vom Ende, es waren die ersten Schritte in den Abgrund, hin zu einer nie gekannten Katastrophe. Mit Genugtuung warf er den Kopf nach hinten. Er erhob sich in die Lüfte. Er war auf dem Weg in die Welt.

Gleichzeitig brach mein Vater in der Grotte einen Schwur, den er siebzehn endlos lange Jahre unerschütterlich gehalten hatte. Aus Liebe zu seiner Tochter hob er den Körper des Bösen vom Stalagmit.

Während er ihn hielt und Ludkars Fleisch auferstand, weinte er und schüttelte langsam den Kopf.

Er beging die größte Sünde, die er sich je hatte vorstellen können. Ich war der Grund dafür, dass sein schlimmster Albtraum wahr wurde.

Ludkars Hülle wurde nun ganz befreit, und mein Vater ließ den toten Körper fallen, der darauf wartete, wieder belebt zu werden.

»Aaah! Endlich wieder frei! Tod, Krieg, Pestilenz und Hunger! Auf geht's im Galopp!«, schrie Ludkar aus dem Cinerarium. Er zog seine Hand aus der Flamme und breitete die Arme aus.

Mir stockte das Blut in den Adern, ich spürte den Sand in mir brodeln. Es gab keine Hoffnung mehr. Gegen das Lachen des Kannibalen gab es kein Gegenmittel.

Plötzlich stand Nate auf, kämpfte eine Weile gegen den Sturm an, nahm Schwung und sprang.

»Nein, Nate!«, schrie ich und streckte eine Hand aus, um ihn festzuhalten, aber seine Hose glitt mir aus den Händen.

Ich sah, wie er von der wilden Staubbestie eingesogen wurde und in einen Wahnsinn ohne Wiederkehr zwischen Trümmern und Schutt durch die Luft flog. Nate war in den Tornado geraten und wirbelte umher wie eine Fliege, der man die Flügel ausgerissen hatte, umgeben von den Teilen einer Welt, die in Stücke zerfallen war.

Ludkar lachte noch immer und flog höher in den dunklen Strudel hinein, seine schwarzen Haare und sein Mantel flatterten wild. Nate bahnte sich einen Weg durch die Böen dieser verdammten Luft, er schwamm und ruderte wie ein Ertrinkender, während er keuchend versuchte, zu dem Vampir aufzusteigen. Er schrie, er biss die Zähne zusammen, er streckte mit aller Kraft die Hand aus – und hatte es geschafft! Er hatte Ludkars nackte Füße gepackt.

Der Vampir blickte erschrocken an sich hinunter. Entstellt, erstarrt, panisch.

»Ich kann es nicht ertragen, wenn man mich kitzelt!«, schrie er und versetzte Nate einen Tritt ins Gesicht.

Nate ließ nicht locker.

Ich hatte den Blick starr nach oben gerichtet und betete um Gerechtigkeit, wenigstens in diesen wenigen Augenblicken, in denen Nate und Ludkar hin und her schaukelten und immer weiter aufstiegen. Sie flogen auf das schwarze Loch des Himmels zu. Zum Mond der Finsternis.

Sie würden hindurchfliegen.

Ich hatte keine Ahnung, was nun passieren würde. Sie waren nur noch kleine Punkte in schwindelerregender Höhe, ich konnte nichts sehen. Ich konnte die beiden Körper nicht mehr erkennen, ich ahnte nur, dass dort ein heftiger Kampf tobte, dessen Ausgang das Leben von uns allen bestimmen würde.

Um das Chaos perfekt zu machen, traf ein Fels, ein Baumstamm oder ein Pilaster, der im Tornado umherflog, eine der beiden Gestalten. Er riss sie mit sich und schleuderte sie weit fort.

»Nate!«, schrie ich aus Leibeskräften.

Der Aschewirbel riss mir den Schrei vom Mund, er schwirrte umher und breitete sich in alle Richtungen und alle Gebiete des Cinerariums aus. Er löste sich auf in tausend Klagen, wie sich auch mein unruhiger Schlaf auflöste.

Ich schlug die Augen nicht auf.

Das erschien mir in diesem Moment unmöglich. Egal, was ich vor mir sähe, es wäre schlimmer als die verlorene Hoffnung. Ich wusste nicht, wie ich auf diesen Schmerz reagieren würde. Wir würden sterben, ohne uns voneinander verabschieden zu können. Der Trost einer Existenz im Cinerarium war für uns sicher nicht vorgesehen. Ludkar würde uns niedermetzeln und unser Blut ausspucken, anstatt sich einen einzigen Schluck einzuverleiben und zu wissen, dass wir so weiterleben würden.

Leb wohl, Vater. Ich hätte dich gern noch einmal im Arm gehalten.

Leb wohl, Mutter. Ich hätte dich gern besser verstanden.

Lebt wohl, meine Freunde. Vergebt mir, was ich euch angetan habe.

Leb wohl, Liebster. Ich sage Lebwohl zu deinen Augen und zu deinem Herzen, das nun bald erlöschen wird. Denk an mich, wenn du kannst, denn du wirst mich nie mehr wiedersehen. Selbst wenn du kommen und mich in dieser Welt suchen solltest, wirst du nur einen Grabstein finden – vielleicht, wenn sie meine Leiche finden und herausfinden, wer ich war. Ich wäre glücklich, wenn sie mich neben dir begraben würden. Und, wer weiß?, vielleicht bepflanzen sie mein Grab ja mit Iris. Ich küsse dich mit dem Hauch meiner Vorstellungskraft und streichle dich mit meinem allerletzten Seufzer.

Ich schlug die Lider auf, ich war bereit, meinem Henker ins Gesicht zu sehen, aber nicht einmal diese Befriedigung schenkte er mir.

Ludkar stand vor mir, mit gebeugtem Kopf, hängenden Schultern, die Haare im Gesicht.

Ich drehte mich nach meinem Vater und nach meinen Freunden um. Kolor hatte sich mit ausgebreiteten Armen vor die beiden gestellt. Er sah mich ernst an, ohne jeden Vorwurf. Die Schuld war beiderseitig. Was für ein Irrsinn! Was für ein Irrsinn, zu glauben, es könnte uns gelingen, Ludkar zu stoppen! Leonard hatte einen leeren Blick. Er fühlte sich schuldiger als alle anderen für das, was uns erwartete, was die Welt erwartete. Ich konnte ihm nicht einmal erklären, dass das nicht stimmte. Er würde in Reue sterben. Christine hingegen stand da wie eine Statue, erhaben in ihrem Mut. Ihr Gesicht war hart, wie in der Schule, wenn sie verhindern wollte, dass man sie anmachte. Und ich? Was für ein Gesicht machte ich?, fragte ich mich. Und dachte: Es reicht.

Schluss mit den Spielchen, dem schizophrenen Verhalten, der seelischen Grausamkeit. Wenn er es tun musste, dann sollte er es eben tun und Schluss. Mein Vater war zu schwach und zu erschöpft, um in irgendeiner Form einzugreifen, er konnte uns nicht retten.

Ich stand auf und beschloss, dass, wenn es schon so enden musste, ich diejenige sein wollte, die diese Entscheidung traf. Ich!

Ich ließ meinen Körper von der Wut antreiben. Zuerst machte ich ein paar wacklige Schritte, dann richtete ich mich ganz auf und zeigte ein Gesicht, das ich gar nicht an mir kannte. Meine violetten Augen funkelten wie Amethyste, sie glänzten und glitzerten. Weit offen, inquisitorisch. Dann übernahm ich die volle Kontrolle über die Lage. Ich schrie und rannte auf Ludkar zu. Ich würde ihn treffen, bevor ich noch spürte, wie mir die Kehle aufgerissen wurde, ich würde meine Faust voll in sein Gesicht rammen.

Als ich schon fast bei ihm war, hob er den Kopf und begegnete meinem Blick.

Ich blieb abrupt stehen.

Er hatte den Mund nicht aufgerissen, um meinen Arm zu verschlingen. Er sah mich einfach nur an. Mit diesen Augen …

Augen, die nicht die seinen waren.

Sie schimmerten in allen Farben.

Ich spürte meine Beine zittern. Meine Haut gefror, als hätte mich der Winter mit voller Wucht getroffen.

Langsam bewegten sich meine Lippen, ich kniff die Augen zusammen, um mich zu vergewissern, dass ich nicht übergeschnappt war, und sagte ganz vorsichtig: »Nate?«

Derjenige, den ich vor einem Augenblick noch für Ludkar gehalten hatte, lächelte mich an.

»Ja, ich bin's«, sagte die Stimme, die ich kannte und liebte.

Nate.

Es war Nate!

In diesem Moment trat für mich erneut das Leben in die Welt. Die Wolken hatten wieder das Recht, über unsere

Wiesen zu ziehen, und die Sonne durfte uns wieder einen Weg weisen.

Etwas rann mir über die Wangen. Ich hatte nicht einmal bemerkt, dass ich angefangen hatte zu weinen. Ich war außer mir vor Freude. Und es war mir gleichgültig, dass dieser Körper nicht der seine war, mich interessierte nur seine wundervolle Seele. Es war schon zu viel Zeit vergangen, ohne dass ich sie hatte küssen können.

Ich nahm seinen Kopf in meine Hände und küsste ihn mit all der Leidenschaft, die sich in mir aufgestaut hatte und die für meine Liebe und tausend andere Lieben brannte. Es war einfach wunderschön und unvergesslich. Ich hatte die Augen geschlossen und spürte, dass die Hände an meinen Hüften Nates Hände waren und dass es wirklich und wahrhaftig Nate war, der mir über die Lippen strich. Ich gab ihm noch einen Kuss, dann drehten wir uns zu meinem Vater und zu meinen Freunden um, die keine Ahnung hatten, was hier vor sich ging.

»Das ist Nate!«, sagte ich lächelnd. »Er ist an Ludkars Stelle gekommen.«

Ich strich ihm durchs Haar, er durch meines. In jeder Sekunde, die wir eng umschlungen in dieser Welt verbrachten, hatte ich das Gefühl, verlorene Minuten, Tage und Monate aufzuholen, in denen wir nicht zusammen gewesen waren.

Und ich begriff nun, was ein Kuss wirklich bedeutete.

Es war die einzige Möglichkeit für zwei Menschen, sich all das zu sagen, was sie empfanden.

Ich biss ihm in die Lippen.

Es wäre so viel zu erklären gewesen, und kein einziges Wort wäre das richtige gewesen, in keiner bekannten oder noch nicht erfundenen Sprache.

Ich freute mich an seinem Herzschlag.

Es schlug nicht wild. Sein Herz war das Geräusch der Wellen. Ich und Nate waren das Meer, und unsere Lippen waren Morgen- und Abenddämmerung.

Wir fühlten uns ewig. Gerade weil wir wussten, dass wir sterben konnten, dass wir alles hinter uns lassen konnten.

Wir waren uns genug.

Ich löste meine Lippen kurz von seinen und sah ihm tief in die Augen.

»Was war das?«, fragte er mich leise und mit zusammengekniffenen Augen.

Und ich antwortete leise und mit zusammengekniffenen Augen: »Das war ein Fingerhut.«

Er lächelte mich an, und ich hatte den Eindruck, durch Ludkars Konterfei hindurch Nates Gesicht mit seinen liebenswerten Grübchen zu sehen.

»Du hast es geschafft, ich habe mich verliebt.«

Es war ein warmer, süßer Moment. Hin und wieder seufzend und salzig wie das Meer.

Nates Seele brachte all das Leben in Ludkars Körper, das es ihm ermöglicht hatte, im Cinerarium durchzuhalten.

»Nate?«, fragte Kolor noch immer ungläubig und ließ die Arme sinken, die er ausgestreckt hatte, um meine Freunde zu verteidigen.

Nate sah mich an, als würde er mich um Erlaubnis bitten, sich von mir zu entfernen, und ich begleitete ihn sanft zu seinem alten Freund.

»Mein Lieblings-Vampir!«, sagte er und ging auf meinen Vater zu.

Sie sahen einander an, dann schloss Kolor die Augen und legte ihm ganz sanft eine Hand auf die Schulter.

»Ich weiß nicht, was geschehen ist, aber ich bin froh, dass du hier bist. Du kannst dir gar nicht vorstellen, welche Qualen ich ausgestanden habe, als Ludkar dich getötet hat. Jeden einzelnen Augenblick bereue ich, zugelassen zu haben, dass er dir das antun konnte.«

Nun legte Nate eine Hand auf Kolors Arm.

»Mein Freund, du hast nur getan, was jeder gute, weise Mensch getan hätte. Du hast bis zum letzten Moment gehofft, dass auch in Ludkar etwas Gutes steckt. Quäle dich nicht – dank ihm habe ich immerhin Thara kennengelernt. Vielleicht war es Schicksal.«

Mein Vater seufzte.

»Es gibt kein Schicksal. Es gibt nur Fehler, und entweder macht man sie, oder man macht sie nicht.«

Leonard, Christine und ich sahen zu, wie die beiden sich umarmten. Es war ein seltsames, schönes Gefühl, das ich noch nie zuvor empfunden hatte. Später erst begriff ich, dass es das Gefühl war, eine Familie zu haben.

»Hm«, machte Leo schüchtern und sah Christine an. »Sollen auch wir uns … mal küssen?«

Meine Freundin blickte ihn schief an, am Ende aber lächelte sie.

»Aber nur ein Mal!«, sagte sie und bremste Leo, der sich schon vorgebeugt hatte. »Und nur auf die Wange!«

Wohl oder übel gab Leo sich damit zufrieden. Vielleicht war es das, was ihr Verhältnis so stimmig machte: dass sie sich immer noch Zeit für künftige Experimente ließen.

Ich stellte Nate meinen Freunden vor und wurde mir erst bewusst, dass sie ihn ja noch nie zuvor getroffen hatten. Ich hatte kaum darüber nachgedacht. Sie würden sich auf jeden Fall gut verstehen.

Schweigend betrachteten wir die Grotte, als könnten wir nicht glauben, was wir noch vor wenigen Minuten hier erlebt hatten. Sie wirkte wie ein verlassenes Theater.

»Ich glaube, wir sollten jetzt gehen«, sagte ich, ging zu Nate und nahm seine Hand.

»Ja. Ja, das glaube ich auch«, meinte Kolor. »Nach zwanzig Jahren …«

Er streckte die Hand aus, und vor unseren Augen geschah etwas Unglaubliches. Seine Nägel wuchsen unmäßig, gerade und scharf wie Klingen. Er zwinkerte uns zu und gewann wieder ein wenig von seinem alten Zauber zurück.

»Ein paar Tricks kann ich auch!«

Und mit einer Handbewegung schlug er mit seinen Nägeln wie mit einem Spaten den Stalagmiten dort durch, wo Ludkars Körper aufgepfählt gewesen war. Der Steinkegel wackelte und prallte an die Wand, in der sich das mondähnliche Loch befand.

Die Öffnung verlor ihre Rundung und wurde zu einem breiten Spalt, durch den gleißend die Sonne fiel. Die Höhle erstrahlte in einem nie dagewesenen Licht. Die kalkhaltigen Wände, die zuvor im Schatten dahingedämmert waren, wurden hell, und die Wassergumpen glitzerten wie von heiligem Leben erfüllt.

Wir gingen zu dem Stalagmit und kletterten nacheinander darüber wie über einen Steg.

Leonard und Christine verließen die Höhle als Erste und tauchten im hellen Licht wieder auf. Mich und Nate hielt Kolor noch kurz zurück.

Er legte einen Arm auf meine Schulter, den anderen auf die von Nate und sagte mit starrem Blick die Worte, die ich nie vergessen werde.

Worte, nach denen ich nunmehr leben will und nach denen ich mein ganzes Leben gelebt habe, ohne es zu wissen:

»Denkt immer daran … Denkt immer daran, dass der Mond ein Loch im Himmel ist, durch das wir das Licht sehen können, das Licht des nächsten Tages.«

Und wir verloren uns in der Welt.

Vor der Grotte wartete all die Zeit auf uns, die wir noch nicht hatten erkunden können.

Epilog

Die Trauerfeier für Charles fand an einem Regentag statt. Vielleicht hatte der Himmel gemeint, unsere Tränen würden nicht genügen. Vielleicht hatte er recht.

Nate und ich standen dicht nebeneinander unter einem Schirm. Ich sah ihn liebevoll an. Er hatte die Augen starr auf den Sarg gerichtet. Ich wusste nicht, ob es an seinem neuen Körper lag, dass er nicht weinen konnte, oder ob er nichts empfand. Ich drückte ihn fest. Seine Lippen bewegten sich kaum.

Neben ihm stand Sally, meine Mutter hielt sie im Arm.

Auch Leonard und Christine starrten stumm auf den Sarg.

Mein Vater hatte es aus diversen Gründen vorgezogen, nicht zu erscheinen.

Als die Zeit zum letzten Gruß gekommen war, warf jeder Trauergast eine Iris ins Grab.

Wir blieben alle bis zum Schluss.

Irgendwann gab Nate mir den Schirm und nahm im strömenden Regen eine Schaufel. Es rührte mich, zu sehen, wie er seinen Vater mit Erde bedeckte. Im Grunde war es das Letzte, was sie zusammen tun konnten.

Sally kam zu mir – sie sah mich nicht an, ihr Blick war leer – und drückte mir Charles' Fliege in die Hand. Ich versprach ihr, sie immer in Ehren zu halten.

Doch nicht nur ihre Augen waren merkwürdig.

Während ich Nate beim Schaufeln zusah, hatte ich kurz den Eindruck, seine Pupillen seien schwarz, doch ich dachte, es sei nur eine Wolke, die über seinen Blick zog.

Und gleich darauf war der Regenbogen tatsächlich wieder da.

Die Trauerfeier für Charles fand an einem Regentag statt. Vielleicht hatte der Himmel gemeint, unsere Tränen würden nicht genügen. Vielleicht hatte er recht.

Aber die Regentage sollten erst noch kommen.

An einem zukünftigen Himmel braute sich das Unwetter zusammen.

Sorry und Dank

Das Schöne an einem Buch ist, dass man die Danksagung übergehen kann. Deshalb gibt es an dieser Stelle nur Entschuldigungen.

Ich entschuldige mich öffentlich bei Igor Della Libera, meinem langjährigen lieben Freund und Kollegen und einem der wenigen, der mich noch durch seine Ideen und seinen unbändigen Zynismus mir gegenüber erstaunen kann.

Ich entschuldige mich bei Ana Carlota Pacunayen, sie hat mir Gesellschaft geleistet in all den langen Nächten der Dunkelheit in meinem Arbeitszimmer, die sie mit Kaffee, Liebenswürdigkeiten und Scherzen aufgelockert hat.

Ich entschuldige mich bei Vicki Satlow, meiner unfehlbaren Literatur(geheim)agentin. Über sie gibt es Folgendes zu sagen: Es gibt Frauen, die dir Angst machen, weil sie schön sind, andere machen dir Angst, weil sie deine Mutter sind, und dann gibt es noch Vickie: Sie macht dir Angst, weil sie darüber hinaus auch noch alles andere ist.

Ich entschuldige mich bei Maria Chiara Bettazzi, meiner Verlegerin, die, obwohl sie mich und mein literarisches Schaffen kennt, unerschütterlich darauf besteht, sich auf mich einzulassen.

Ich entschuldige mich bei Luigi Serafini und Max Manfredi, die trotz ihrer Genialität immer Zeit gefunden haben, mit mir zusammen zu sein und mir das Gefühl zu geben, ich sei ein ebenbürtiger Gesprächspartner.

Ich entschuldige mich bei Giuliano Giunchi, dem ich dieses Buch gewidmet habe. Er hätte Besseres verdient.

Ich entschuldige mich bei dem »schwarzen« Theaterregisseur Andrea Lanza, der sich schon gerächt hat, als er mich in einem Fass *Endspiel* von Beckett rezitieren ließ.

Ich entschuldige mich bei Thara Repetto, die mich damals zu meiner Thara inspiriert hat und der ich noch immer anonym Iris schenke in der Hoffnung, sie ohnmächtig werden zu sehen.

Ich entschuldige mich bei Laura Ceccacci, die Zeit, Schweiß und Tinte darauf verschwendet hat, dieses Buch von *Auberginen. Früchte der Erde* in *Iris. Blüten aus Asche* zu verwandeln.

Ich entschuldige mich bei Christine Pacunayen und ihren Freundinnen, den geneigten Leserinnen, Beraterinnen und Literaturkritikerinnen dieses Textes für den sicheren Erfolg und die sicheren Anfeindungen.

Ich entschuldige mich bei meinem Vater Fabio Temporin und meiner Mutter Anna Chiesura. Auch wenn ich glaube, dass wir nicht in derselben Welt leben, sind sie immer eine Quelle der Inspiration und stillschweigende Schöpfer.

Ich entschuldige mich bei Andreina Valente und Arturo Fighetti, auch wenn sie nicht wissen, wieso.

Ich entschuldige mich bei Carla Pochettino, und sie weiß, warum.

Ich entschuldige mich bei allen anderen, weil ich sie nicht erwähnt habe.

Vor allem aber muss ich mich bei Susanna Scavone entschuldigen, ohne die diese Geschichte so dürr wie ein Strohhalm geworden wäre. Ihrer ständigen Präsenz und ihrem vehementen Engagement sind fünfzig Prozent der Stärken und Schwächen dieses Romans geschuldet.

Leseprobe

Maurizio Temporin

totenträume

roman

Schwarzer Schnee

Meine Mutter hatte die Geschichte nicht wahrheitsgemäß erzählt. Immer vorausgesetzt, dass es wahre Geschichten gibt.

Nicht mein Vater hat sie ins Krankenhaus gebracht, als ich geboren werden sollte. Charles saß am Steuer.

Und nun ist Charles tot.

Bei seinem Begräbnis hätte sie den Leichenwagen fahren sollen, um sich zu revanchieren, um den Gefallen zu erwidern.

In letzter Zeit bin ich zynischer geworden.

Meine Mutter hat mir auch erzählt, dass am Tag meiner Geburt schwarzer Schnee gefallen sei. Ich weiß nicht, ob ich wenigstens das glauben kann. Der einzige Schnee, den ich bislang gesehen habe, war grau, und es ist nicht mal Schnee.

Es ist Asche. Asche ist alles, was ich noch habe.

Ich muss dort weiterschreiben, wo ich aufgehört habe.

An Halloween bebt die Welt.
Die violetten Kürbisse lachen nicht mehr.

Ein Kuss

Nate blickte mich in dem halbdunklen Zimmer mit einem leichten Lächeln an. Im Licht des Fernsehers, das geisterhaft flimmerte, sah es fast so aus, als würde sein eigenes Gesicht mich anblicken. Obwohl ihm dieser Körper nicht gehörte, strahlten seine Augen in unvorstellbaren Farben, und ich spürte seinen Atem wie einen Wind, der meine Gedanken überwachen wollte.

Seit Charles' Tod hatten wir mehr als ein Mal Gelegenheit gehabt, allein zu sein, aber so eine Intimität wie in diesem Moment hatte es noch nie gegeben. Nach der Beerdigung vor vier Monaten war Nate zu seiner Mutter gezogen und hatte viel Zeit mit ihr verbracht. Für Sally war es nicht leicht gewesen, den Tod ihres Mannes zu akzeptieren, und dass ihr tot geglaubter Sohn nun zurückgekommen war, reichte nicht als Trost, um ihre Tränen zu trocknen. Sie hatte nur aufgehört, auf dem einen Auge zu weinen, um auf dem anderen wieder damit anzufangen.

Natürlich erwartete ich nicht allzu viel Aufmerksamkeit von Nate, trotzdem fühlte ich mich ein wenig vernachlässigt. Da es ihm aber gut zu gehen schien, sagte ich mir, dass es nur eine vorübergehende Phase sei. Mittlerweile hatte die Schule wieder begonnen, doch auch dort konnte ich ihn nicht sehen. Nachdem Ludkar die Schule in Brand gesteckt hatte, konnte Nate sich nicht in dessen Körper zeigen und

Kurse belegen. Auch das verstand ich, aber es hinterließ einen bitteren Nachgeschmack.

Nun saßen wir also auf dem Sofa bei mir zu Hause und taten so, als würden wir einen Film ansehen. Ich weiß nicht mal mehr, welchen, Leonard hatte ihn uns gegeben – wahrscheinlich irgendein zweitklassiger Horrorstreifen. Ich erinnere mich nur noch, dass die Schreie der Darsteller ganz im Gegensatz zu unseren zärtlichen Blicken standen.

Ich hatte meinen Kopf auf seinen Schoß gelegt, und er strich mir das Haar hinter die Ohren. Seine Liebkosung erinnerte mich an die schreckliche Zeit, in der wir uns nicht einmal leicht hatten berühren dürfen, damals im Cinerarium, als der bloße Hautkontakt unser Fleisch verbrennen ließ wie einen Zweig im Feuer.

Ich schloss halb die Augen und empfand jedes Mal, wenn er mir die Haare aus der Stirn strich, eine leise Lust. Und wenn ich sie wieder aufschlug und seinen Blick auf mir ruhen sah, hatte ich das Gefühl, alles sei vorbei und dies das schönste Geschenk, das er mir hatte machen können.

Ich wusste, dass Ludkars Gesicht im Schatten verborgen lag, aber belebt wurde es durch Nates Geist. Sein Lächeln und die Grübchen um seine Mundwinkel waren ein Geheimnis, das nur er kannte. Nur er konnte mir diesen Schauer schenken, den ich in seiner Nähe verspürte.

»Wie machst du das?«, fragte ich und hob langsam den Arm, um sein Kinn zu streicheln.

Bei der Berührung mit meinem Handrücken lachte er und provozierte mich.

»Was?«

Ich schwieg eine Weile, während ich ihm in die Augen sah und mich in ihrem Schillern verlor. Dann setzte ich mich jäh auf und gab ihm einen Kuss.

»Das erkläre ich dir später. Ich mache mir jetzt einen Tee«, sagte ich und stand auf.

Er senkte den Kopf und stützte seine Arme auf die Knie.

»Das ist gemein von dir«, sagte er leise und drehte sich nach mir um.

Ich gab ihm einen Klaps auf die Stirn.

»Du musst dich weiterentwickeln. Dein Gedächtnisverlust geht als Entschuldigung nicht mehr durch.«

»Na hör mal, ich habe fast zwanzig Jahre lang in einer Aschewelt gelebt.« Sein Lächeln verzerrte sich zu einer Schnute. »Glaubst du nicht, ich habe das Recht, ein wenig komisch zu sein?«

Seufzend ging ich in die Küche.

»Wie du meinst. Ich finde es jedenfalls nicht gut.«

Ich hatte ihn nicht gefragt, ob er auch einen heißen Tee wollte, denn ich wusste, dass er abgelehnt hätte. Im Körper eines Vampirs konnte er nichts schmecken, und Kräutertee wäre ihm lediglich wie ein Glas warmes Wasser vorgekommen.

Ich ging zum Schrank neben dem Kühlschrank und machte die Klappe auf. Ich ließ meinen Blick über die Teedosen mit den über dreißig verschiedenen Geschmacksrichtungen wandern. Seit ich herausgefunden hatte, dass ich ein Dämmerwesen war, also ein »Blumen-Vampir«, hatte ich begonnen, die Wirkung der einzelnen Blüten auszuprobieren. So hatte ich zum Beispiel entdeckt, dass mich eine Mischung aus Veilchen und Kamille nicht nur entspannte, sondern mir vor allem auch die Schläfrigkeit nahm, die mich von klein auf quälte. Gewürznelken hingegen verhalfen mir zu besonders schnellen Reflexen. Nicht, dass ich mir etwas daraus machte, außer vielleicht in den Sportstunden, aber mir gefiel der Gedanke, dass ich eine Wendigkeit erlangen konnte, die andere nicht hatten. Ganz abgesehen von meiner Gabe, mithilfe der Iris zwischen den Welten hin und her zu reisen.

Ich wählte Rosentee. Ich wusste, dass er mich in den Augen derer, die mich mochten, schöner machte, und heute Abend wollte ich für Nate die Schönste überhaupt sein. Ich setzte Wasser auf und wartete in der Küche, bis es kochte. Der Sommer ging langsam zu Ende, die Schule hatte wieder angefangen, und ein feuchter Westwind jagte bereits trockenes Laub durch die Straßen, als hätte der Herbst im Vorfeld einen Trupp Kundschafter ausgeschickt.

Ich räusperte mich. Dieses Wetter tat mir nicht gut, aber heute Abend war ich bester Laune. Nicht nur weil Nate und ich allein zu Hause waren, endlich einmal eine ganze Nacht zusammen verbringen und uns in der Dunkelheit in den Armen halten konnten, sondern weil meine Mutter eine Einladung von meinem Vater Kolor zum Abendessen angenommen hatte.

Der Kessel pfiff, und ich stellte schnell den Herd aus. Ich nahm eine Tasse und goss kochendes Wasser hinein. Kaum hatte ich die getrockneten Blütenblätter dazugegeben, färbte es sich rot und die Küche wurde von einem intensiven Rosenduft erfüllt. Ich sog den Dampf ein und dachte daran, dass ich nun schon seit längerer Zeit nicht mehr im Cinerarium gewesen war.

Ich konnte es mir einfach nicht erlauben. Ludkar war in der Aschewelt auf freiem Fuß. Die Raffinerie, durch die er in unsere Welt kommen konnte, stand nicht mehr, und deshalb konnte er keine Rache nehmen. Vor allem aber hatten wir ihm den Körper geraubt. Er musste rasend sein vor Wut. Oder vielleicht hatte sich sein Geist auch im Aschesand aufgelöst, und er war ein Grauer geworden. Aber sicher wissen konnte ich das nicht.

Es tat mir nur leid, dass ich Susan und Penny so selten sehen konnte. Sie waren in der Bibliothek von Alexandria geblieben und hatten nicht viel Abwechslung. Ich besuchte sie regelmäßig im Krankenhaus, um zu sehen, wie es ihnen ging. Leider lagen sie noch immer im Koma, und die Ärzte konnten keine Besserung feststellen. Doch auch wenn ich gezwungen war, mich von ihnen fernzuhalten, verbrannte ich jede Woche ein paar Bücher und Briefe und dachte dabei an sie. So konnte ich sicher sein, dass die Dinge sie im Cinerarium erreichten.

Mit der heißen Tasse in der Hand ging ich zurück ins Wohnzimmer. Nate saß noch immer in derselben Haltung auf dem Sofa. Die langen Haare mit den blutroten Strähnen hingen ihm ins Gesicht. Wir hatten versucht, sie zu schneiden, um Ludkars Antlitz, das sich darunter abzeichnete, so weit wie möglich zu verändern, aber es war uns nicht gelungen. Kaum hatten wir die Schere angesetzt, waren die Haare in der kurzen Zeit, die sie brauchten, um auf den Boden zu fallen, schon wieder nachgewachsen.

Auf dem Bildschirm lief gerade der Abspann.

»Hast du das Ende mitbekommen?«, fragte ich ihn, ging zu ihm und stellte die Tasse auf das Couchtischchen.

»Nur ein bisschen. Diese Art Film ist nichts für mich.«

Ich setzte mich und legte ihm den Arm um die Schulter, während die Besetzungsliste wie ein Sternschnuppenschwarm über den Bildschirm lief.

»Ich glaube, heute Abend ist kein Film etwas für uns«, sagte ich und sah ihm in die Augen.

Er lächelte mich verschwörerisch an und gab mir zu verstehen, dass er dasselbe dachte. Er legte den Kopf an meine Brust.

»Du riechst gut«, flüsterte er an meinem Ohr, und der Klang seiner Stimme drang mir unter die Haut.

»Das bin nicht ich«, sagte ich mit einem Lächeln. »Das ist der Rosentee.« Ich beugte mich vor, um die Tasse in die Hand zu nehmen.

Er folgte meiner Bewegung, was mir ein leichtes Kribbeln verursachte.

»Nein, du bist es. Ich kann zwar nichts schmecken, aber deinen Geruch erkenne ich auf viele Kilometer Entfernung. So ein Vampirkörper ist … in gewisser Weise phänomenal.«

Ich schob ihn ein wenig weg, legte ihm eine Hand an die Wange und ließ meine Finger zu seinem Mund hinunterwandern.

»Und dabei kennen wir ihn doch noch gar nicht ganz!«

Ich merkte, dass das ein bisschen zweideutig war, und wollte mich korrigieren: »Ich meine, du hast beträchtliche Kraft, und deine Sinne sind …«

Nate verzog keine Miene. Er drückte sein Gesicht in meine Hand und nachdem er tief Luft geholt hatte, küsste er mein Handgelenk. Meine andere Hand, mit der ich die Tasse hielt, zitterte leicht, und ich musste den Tee wieder abstellen, damit er nicht hinunterfiel. Ich spürte, dass auch ich immer tiefer atmete. Dass Nate mir so nahe war, machte mich ganz schwach.

»Nate …«, hob ich an, konnte aber nur schlucken.

Er schob meinen Ärmel hoch und begann, die Innenseite meines Armes so sanft und zärtlich zu küssen wie ein Blütenblatt, das ins Wasser fällt.

Er sagte nichts. Mit einer Hand strich er mir über den Rücken und legte mich flach auf das Sofa. Ich spürte, wie mir vor einer unsichtbaren Halluzination die Augen zufielen, spürte, wie er sich entschlossen und liebevoll über mir bewegte wie ein Schatten, der mich vor der Nacht beschützte.

Seine Lippen erkundeten meinen Körper bis hinauf zu den Schultern. Und als sie dort angekommen waren, hoben seine Finger den Ausschnitt meines T-Shirts an und streiften meine Haut. Sie verharrten, öffneten sich leicht und schlossen sich wieder, nachdem sie still »meine Liebe« geflüstert hatten.

Ich war wie von Sinnen, verzaubert gab ich mich dieser Musik aus Berührungen und Liebkosungen hin. Seine lächelnden Lippen erreichten meinen Hals, und ich bog den Kopf nach hinten, um ihm Raum zu lassen, um ihm die Möglichkeit zu geben, mich zum Träumen zu bringen. Aber es war kein Traum. Es war so wirklich und so schön, dass ich den Augenblick kaum genießen konnte, weil ich so damit beschäftigt war, den vergangenen Moment zu verstehen und auszukosten.

Ich hörte nur unseren Atem und spürte Nates Haare, die spielerisch meine Gedanken kitzelten und die Spannung ein wenig milderten. Mein Gott, wie sehr ich ihn liebte! Wahrscheinlich mochte ich diesen Jungen mit den Regenbogenaugen viel zu sehr, ich wollte ihm alles geben, was ich im Leben zur Verfügung hatte. Aber nur ihm. Nur seiner Seele.

Inzwischen war er hinuntergewandert und taufte meine Brust mit einem Kuss. Mir war, als würde er mein Herz streicheln. Mit Herzklopfen vergalt ich ihm diese kleine Berührung, die mich so lebendig und glücklich machte, und das wusste er.

Ich war kurz davor, meinen Körper nicht mehr zu spüren und nur noch in meine Gefühlswelt einzutauchen, doch das T-Shirt, das an meinem Bauch hinaufgerutscht war, und die frische Herbstluft machten mir Gänsehaut. Sofort wärmte Nate mich wieder mit seinem Atem, und ich spürte seine Wange an meinem Bauch. Ich war für ihn da, und er wusste es. Wie viele Gefahren hatten wir für diese kurzen Momente durchgestanden! Wie viel Einsamkeit und wie viel Hass hatten wir gesehen! Und nun war alles ruhig, angenehm, es fühlte sich gut und richtig an. Solange unsere Seelen verbunden waren, konnte nichts die Welt erschüttern.

Nun schloss auch Nate die Augen, er legte seine Hände auf meine Hüften und küsste meinen Bauchnabel. Ich biss mir leicht auf die Lippen, um die Intensität des Augenblicks zu dämpfen – und da, ohne mir dessen bewusst zu sein, schrie ich auf.

Ich schrie vor Schmerz.

Augenblicklich verflog der Zauber, und ich kehrte in die Wirklichkeit des Raums zurück, als wäre ich von der Zimmerdecke aufs Sofa geschleudert worden. Ich setzte mich auf und riss die Augen auf – ich starrte in den Fernseher, auf dem nur graues Rieseln zu sehen war.

Ich merkte, dass ich mir den Unterarm auf den Bauch drückte, und als ich an mir hinunterblickte, sah ich etwas, das ich nicht hätte sehen dürfen. Ich nahm meine Hand weg. Ich blutete.

Ganz langsam, als wollte ich es nicht wahrhaben, hob ich den Kopf und mein Blick suchte Nate. Mit verzerrtem Gesicht und halb offenem Mund saß er neben mir, umgeben von einem schwärzlichen Schein. Dieses Bild rief brutale Erinnerungen in mir hervor.

Mit erschütternder Deutlichkeit sah ich den sterbenden Charles vor mir. Ludkar mitten auf der Straße, hinter ihm eine Höllenbrunst und auf seinen Lippen ein wahnsinniges Lächeln, das durch die Stadt hallte. Mein Freund auf dem Asphalt ermordet, hingeschlachtet wie ein Tier.

Instinktiv sprang ich auf und wich zurück.

»Nate …«, sagte ich leise in der unbegründeten Angst, nicht ihn selbst vor mir zu haben, sondern Ludkar, der irgendwie wieder in den Besitz seines eigenen Körpers gekommen war.

Er hob den Kopf und sah mich an. Die Farben seiner Augen waren düster, als wäre ein Tropfen Tinte hineingefallen.

»Ich habe dich gebissen«, sagte er verstört und fuhr sich durchs Haar. Verlegen starrte er auf den Boden, als würde er dort etwas suchen, was er in sich selbst nicht finden konnte. »Ich kann nicht glauben, dass ich dich gebissen habe!«